# 痴漢冤《えん》罪《ざい》

新堂冬樹



祥伝社文庫

## プロローグ

『次は、代々木《よよぎ》～、代々木～。車内は大変混み合っております。降りるお客様のご迷惑になりませんよう、ドア付近のお客様は一度お降りいただくようお願いいたします』

通勤ラッシュの山手線《やまのてせん》は、いつにも増して混雑していた。恵比寿《えびす》駅で人身事故があり、到着時間が遅れているのが原因だ。

右手に鞄《かばん》を提《さ》げ、左手は空《あ》いていたが吊革《つりかわ》にも摑《つか》まれないほど車内は鮨《すし》詰めだった。

「痛っ……」

中島《なかじま》は、眉間《みけん》に縦皺《たてじわ》を刻んだ。腰のあたりに、誰かの鞄の角が当たっていた。背中にもリュックのようなものが押しつけられた。汗を吸ったワイシャツが皮膚に貼りつき、不快指数が上昇した。

あとひと駅……新宿《しんじゆく》駅でかなりの数の乗客が下車するので、それまでの辛抱《しんぼう》だ。

田町《たまち》の出版社に勤めていた頃は、通勤時の電車も空《す》いていた。小さな出版社で文芸編集者をしていたのだが、不況の煽《あお》りを受けて二ヵ月前に会社が倒産し、職を失ってしまった。

先月から再就職した高田馬場《たかだのばば》の出版社は中島の大学時代の先輩が経営しており、教材を扱っていた。本当は文芸書関連の仕事に携《たずさ》わりたかったが、食べていくために贅沢《ぜいたく》は言ってられない。半年前に娘が生まれたばかりなので、仕事の選《え》り好みなどしていられなかった。三十六歳になる自分を中途入社させてくれただけでも、先輩には感謝の気持ちで一杯だ。

急激な揺れに襲われた——中島は右足で踏ん張った。ふくらはぎが攣《つ》りそうだったが、懸命に堪《こら》えた。

頭頂部の薄い中年男性が踏ん張ろうともせずに体重を預けてきたことに、イライラが募《つの》った。左肘《ひじ》で中年男性を押し返そうとしたが、思うように動かせなかった。

これから先もこの満員電車に揺られる生活が続くと考えただけで、うんざりした。もともと人混みが苦手でストレスを感じやすい中島にとって、毎朝が地獄だった。

車窓に流れる景色のスピードがゆっくりと減速し、ようやく代々木駅のプラットホームが現われた。

「この人、痴漢《ちかん》です！」

不意に、若い女性の叫び声が聞こえた。

中島は、首を巡らせた。

こんなストレスだらけの環境で、よくも痴漢などする気分になれるものだ。

左の手首に、圧迫感を覚えた。

電車が停《と》まりドアが開くと、乗客の波が外へと流れた。

「すみません！　降りまーす！」

背後の男性が叫んだ。

中島の目的地はまだ先だったが、流れに任せてもみくちゃにされながらドアに向かった。

「この人、痴漢です！」

ふたたび、若い女性の声がした。

「えっ……」

プラットホームに降りた中島は、目の前の少女をみて絶句した。紺色《こんいろ》のブレザーにチェックのミニスカートを穿《は》いたふたつ結びの少女が、中島の左手を掴み、睨《にら》みつけていた。

「おじさん、私のお尻触ったでしょ⁉」

「お尻⁉　ちょ、ちょっと、き、君は、なにを言ってるんだ……なにかの間違いだよ！」

少女の予期せぬ言葉に動転した中島は、しどろもどろになりながらも潔白《けっぱく》を訴えた。

「お前、痴漢してたな！」

突然、紺色のスーツを身に纏《まと》った三十代と思《おぼ》しき恰幅《かっぷく》のいい中年男性が現われて、中島の右腕を掴んだ。

「僕は、痴漢なんてやってません！　彼女は勘違いをしてるんですっ」

「勘違いじゃありません！　おじさんは、私のお尻をずっと撫《な》でて、代々木に着く直前にはスカートの中に手を入れてきたんです！」

「スカートの中に手を入れただと⁉　お前は、朝から女子高生相手になんてことをしてるんだ！」

中年男性の大声に、通勤途中のサラリーマンやＯＬが眉《まゆ》をひそめた顔で振り返った。

まるで中島が痴漢だとでもいうように、プラットホームに溢《あふ》れる人々の軽蔑《けいべつ》と好奇の視線が容赦《ようしゃ》なく突き刺さった。もし、この人混みの中に会社の同僚や妻の知り合いがいたら……と考えただけで脳みそが粟立《あわだ》った。

「ス、スカートの中に手なんて入れてませんから！　その前に、お尻も触ってません！」

中島は、懸命に否定した。

「とにかく、ここじゃ乗客に迷惑になるから、とりあえず行こう」

中年男性が、中島の腕を引いて歩き出した。

「行くって、どこにですか？」

「駅の事務室だよ。無実の自信があるなら、そこで潔白を証明しろよ」

「わかりました。僕は痴漢なんてしていないので、逃げも隠れもしませんよ。いい加減、放しなよ」

中島は自信満々に言うと、少女と中年男性の手を振り払った。

少女の尻など触っていないことは、自分が一番わかっていた。

潔白を証明して、朝から不快な気分にさせた少女に詫《わ》びを入れさせるつもりだった。

改めて少女をみると、目鼻立ちがはっきりとしたかなりの美形だった。華奢《きやしや》な身体《からだ》だが胸はブレザー越しにもわかるほど豊かで、肉づきのいい尻もスカートを盛り上げていた。中島の学生時代には考えられないほどの発育のよさだ。たしかに、これだけ肉感的な身体をしていると妙な気になる男性もいるかもしれない。

自分とて、至って健康な男なので、少女にまったく性的魅力を感じないと言えば嘘《うそ》になる。だが、いま問われているのは少女をみてムラムラするかどうかではなく、尻に触ったか触らなかったかなのだ。性的欲求に魔がさして触ったのならまだしも、触ってもいないのに痴漢扱いされたらたまったものではない。

「ちょっと、すみません」

事務室に向かおうとしていた三人に、髪の毛をセンター分けにした色白で中性的な貌《かお》の男性が声をかけてきた。

「失礼ですが、事務室に行かれるんですか？」

センター分けの男性が、中島に問いかけてきた。

「あ、はい、そうですが……」

「痴漢の疑いをかけられているんですよね？　事務室に行くのは、お勧《すす》めしません」

「え？　どうして事務室に行ったらいけないん……」

「おい、余計なことを言うんじゃない！」

中年男性が、センター分けの男性に厳しい口調で食ってかかった。

「事務室に行けば警察を呼ばれ、署で話を聞くからと連行されます。警察署に到着したらすぐに取調室に入れられ、ふたりの刑事が現われて、『調書を作るから質問に答えろ』と強制的な取り調べが始まります。『逮捕状はあるのか？』と抵抗しても刑事に、『私人《しじん》による現行犯逮捕に逮捕状は必要ない。痴漢の現行犯逮捕として被害者女性に腕を摑まれた時点で、現行犯逮捕は成立している』と説《と》き伏《ふ》せられてしまうのが関の山です。刑事はノートパソコンを使って供述《きょうじゅつ》調書を作成します。生年月日、氏名、現住所、家族構成、職場……あなたの個人情報が丸裸にされます。その後『痴漢をしたんだろう』と決めつけたような尋問《じんもん》が始まります。あなたがいくら潔白を主張しても、痴漢をしていないという証拠がないかぎり、刑事は一歩も退《ひ》きません。逆に、痴漢をしたという証拠もないので、あなたが否認や黙秘を続けた場合、物証の採取に移ります。専用の粘着シートを使ってあなたの両手から微小な繊維《せんい》片を採取します」

「おいおい、なにをさっきから一方的にベラベラベラベラ喋《しゃべ》ってるんだ⁉　このお嬢《じょう》さんにこいつが痴漢したところを、俺もみたんだ。いまから事務室に行って……」

「だから、その事務室に行ったらすべてが終わると彼に教えているんですよ！」

苛立《いらだ》つ中年男性を、センター分けの男性が語気強く遮《さえぎ》った。

「知ったようなことばかり言いやがって、お前は、いったい、何者なんだよ⁉」

「私、弁護士の木塚《きづか》と申します」

センター分けの男性——木塚が、名刺を中島と中年男性に手渡した。

「弁護士が、なんの用だよ？」

中年男性が、怪訝《けげん》な表情で訊《たず》ねた。

「近年、痴漢冤罪《えんざい》事件が増えてましてね。ウチの事務所にも、かなりの数の依頼がきてるんです」

「冤罪ってね、弁護士さん、彼女が嘘を吐《つ》いているって言ってるのか⁉」

中年男性が気色《けしき》ばんだ。

「いいえ、そうは言ってません。ただ、満員電車の場合、女性側の勘違いという可能性もあるということです」

「あんたねえ……」

「とにかく、今日のところは、私が彼と話します。今後のことにつきましては、明日までにお電話を差し上げますので、おふたりのお電話番号をお伺《うかが》いしてもいいですか？」

渋々といったふうに、中年男性と少女が木塚の差し出すメモ用紙にボールペンを走らせた。

自分としては潔白なので、ふたりと話し合ってもいいと中島は考えていたが、警察署に連行されると厄介《やっかい》なことになりそうなので、木塚に任せたほうがよいと判断した。

「では、できるだけ早くご連絡しますね。とりあえず、どこかのカフェにでも入りましょう」

木塚は中年男性と少女に軽く頭を下げ、中島を下りの階段に促《うなが》した。

☆

代々木駅の改札を出てすぐのセルフサービスのカフェは、出勤前のサラリーマンで溢れていた。

中島も木塚も、Mサイズのホットコーヒーを注文していた。助けてもらった形なので、代金は中島が出した。

「なんだか、すみません。弁護料も払っていないのに、時間を取っていただいて……」

本当はなにもしていないので自分が礼を言う筋合いなどないが、木塚がいなければ面倒なことに巻き込まれていたのは事実なので仕方がない。

「いいえ、今朝はたまたま現場に居合わせたものですから、お金のことはお気遣いなく。私、人権問題を主に扱っている弁護士ですので、こういった冤罪に繋《つな》がりそうな物事を放っておけないんですよ。金にならない事件ばかり抱え込んで……妻に、よく怒られてます」

木塚が白い歯を覗《のぞ》かせ、ホットコーヒーに口をつけた。

グレイの落ち着いたスーツを着ているが、年齢は中島と同年代の四十手前にみえた。そのきれいな顔立ちは、昔モデルをやっていたといっても十分に通用するレベルだ。

「僕は、本当に痴漢なんてしていないんです。腕を動かそうにも動かせないほど鮨詰め状態でしたし。それを証明しようとしても、警察は信じてくれないんですか？」

中島は、率直《そっちょく》な疑問を口にした。

賄賂《わいろ》を摑まされて犯罪者に加担《かたん》するような中南米の警察官ならいざ知らず、日本の警察は世界一優秀と言われているのだ。

「ほかの事件なら別ですが、痴漢はちょっと特殊でしてね。基本的には、被害者の女性が嘘を吐くはずはない、という前提で取り調べられるんですよ。警察は自供させることしか考えてないので、否認や黙秘を続けた場合、勾留《こうりゅう》期間を目一杯使って、鬼のような取り調べを続けます。それでも否認や黙秘を続ければ、さらに勾留延長の手続きを申請され、徹底的に追い込まれます。

『罪を認めてしまえば略式起訴で即日釈放《しゃくほう》してやる』

と刑事に持ちかけられて、誰にもバレずに帰れるならと、やってもいない痴漢の加害者になる人もいます。とにかく、警察は自供しないかぎり絶対に釈放してはくれません。勾留期間の延長を繰り返され、一ヵ月、二ヵ月と、ずっと会社にも出られないし家にも帰れません。そうなれば、中島さんが痴漢をやったやらないにかかわらず、会社にはいづらくなるでしょうし、最悪、家庭崩壊ということにもなりかねません。痴漢事件で恐ろしいのは、真実がどうかよりも、勾留されているだけで、みなに、本当は痴漢したんじゃないか？と無意識に思われてしまうことなんです。それも、勾留期間が長引けば長引くほどにね」

木塚の話を聞いているだけで、中島の腕には鳥肌が立った。

潔白だからなにも怖くないというさっきまでの自信は、どこかに消え去っていた。

「でも、やってないものはやってないから、認めるわけにはいかないじゃないですか？否認を続けたら、最終的にどうなるんですか？」

「自供しないで突《つ》っ撥《ぱ》ねていると、刑事は意地でも裁判に持ち込もうとします。手錠と腰縄という屈辱《くつじょく》的な姿で留置場に連れていかれ、閉じ込められ、連日に亘《わた》って取り調べが続くことになります。刑事と質疑応答しながら中島さんの一人称で調書を書き込んでいきます。

『容疑を否認し続けると検事や裁判官の心証も悪くなるし、なにより、勾留期間が長くなる。お前も、早く家に帰りたいだろう？　このへんで認めたほうがいい。否認を続ければ続けるほどに、お前の罪は重くなる』

そう囁《ささや》き、署名と捺印《なついん》をしたほうが罪が軽くなる、と脅《おど》してきます。分厚い鉄扉で遮《しゃ》断《だん》された留置場と取調室を往復する日々は、精神的にかなり追い詰められます。被疑者になった中島さんは医務室と呼ばれる小部屋に連れていかれ、パンツ一枚になり身体検査を受けます。最終的にはパンツを脱がされ、肛門《こうもん》の中まで調べられる屈辱に耐えられますか？　身体検査が終わったら薄っぺらいサンダルが支給されます。留置場の個室に持ち込めるのは衣服と眼鏡《めがね》だけです。その眼鏡も、自殺防止のために就寝前に没収されます。何度も言ってますように、調書の作成段階で罪を認めた場合は略式起訴で即釈放になりますが、否認を続けていれば勾留期間が長くなる……つまり、この劣悪《れつあく》な環境で過ごす時間が長くなるということです」

中島は、眩暈《めまい》と吐き気に襲われた。

木塚のネガティヴオーラ満載の生々しい説明が続いた。

「便器に座ればアクリル製の窓から上半身がみえるようになっているトイレ、明かりがつけられたままの煎餅布団《せんべいぶとん》での就寝、週に二回だけの入浴、質素で不味《まず》い仕出し弁当の朝食、検察庁での検事による鬼の取り調べ……被疑者がどれだけ否認しても検事は頭から犯人と決めつけていますから、泣き落としや懇願《こんがん》は一切《いっさい》通用しません。ここでも、『罪を認めれば略式起訴になり二、三日で家に帰れるから、もうそろそろ観念したらどうだ？　楽になるぞ』

と、自白を強要してきます。その後の展開は……」

「も、もう結構です！　つまり罪を認めなければ最終的にどうなるか、結果だけ教えてもらえますか⁉」

これ以上、木塚の話を聞き続ければ、脳みそが爆発してしまいそうだった。

じっさい、このカフェに入って十分そこそこで、胃液が逆流し、心臓が疼痛《とうつう》に襲われた。

「では話を端折《はしょ》ります。否認を続けた場合、検事が折れて釈放ということにはまずなりません。最終的に起訴され裁判が始まります。ここから中島さんは、被告人と呼ばれます。第一回公判で被告人が罪状を否認すると約一ヵ月後に第二回公判が行なわれます。第二回公判の閉廷後、保釈許可が下りる場合が多いですね」

「家に帰れるんですか⁉」

中島は、まるで自分が長期間勾留されていたかのように身を乗り出して訊ねた。

「ええ。痴漢の罪は証拠隠滅《いんめつ》などの恐れがないため、保釈金が払い込まれれば、よほどのことがないかぎり保釈が認められます。ですが、喜ぶのはまだ早いですよ。保釈が認められても、会社復帰はほぼ無理です」

「罪を認めて判決が出たわけでもないのに、どうして会社に復帰できないんですか⁉」

「日本の刑事裁判の有罪率は九九・九％です。会社側としては、無罪になる可能性が〇・一％しかない人間を雇えないというわけです。中島さんに厳しい眼が注がれるのは、会社だけではありませんよ。保釈中といっても、裁判は続きます。第三回、四回、五回、六回と、〇・一％しか勝ち目のない公判が半年以上に亘《わた》って繰り返された結果、判決日を迎え、九九・九％中島さんは有罪になります。どれだけ声を大にして無罪だと叫んでも、司法の場で有罪と言い渡されれば、世間は中島さんを犯罪者とみなします。奥さんやお子さんもつらいでしょうね。判決日の翌日から二週間以内に申立書を提出すれば控訴《こうそ》できますが、一審の判決を覆《くつがえ》すほどの新しい証拠や、『被告人は痴漢していない』と証言する目撃者が出てこないかぎり、裁判官は審理もせずに控訴棄却《ききやく》を言い渡します。一年近く戦って中島さんに残された結果は、東京都迷惑防止条例違反の刑罰……六ヵ月以下の懲役《ちょうえき》または五十万円以下の罰金です」

「お、おかしいでしょう⁉　だって、本当に、僕はなにもやってないんですよ⁉　日本の警察は、世界一優秀なんじゃないんですか⁉　それなのに、半年も一年も裁判して九九・九％有罪だなんて、真実を見抜けてないじゃないですか⁉」

「もう少し、小さめのボリュームでお願いします」

周囲のサラリーマン客の視線を気にした木塚が、中島を窘《たしな》めた。

中島は、熱弁でからからに干上《ひあ》がった喉《のど》をすっかり温《ぬる》くなったホットコーヒーで潤《うるお》した。

「裁判において重要なのは、なにが真実か？　ではなく、いかに真実を作るか？　なんですよ。その意味において、有罪率九九・九％という数字は、優秀以外のなにものでもありませんね」

淡々《たんたん》とした口調で、木塚が言った。

「罪のない人間を犯罪者にすることが、優秀なわけないじゃないですか！」

思わず、中島はテーブルに平手を叩《たた》きつけていた。

プラスティックカップから溢れたコーヒーが、テーブルに染《し》みを作った。

「犯人ではないということを証明できないかぎり、裁判では犯人ということになるんですよ。とくに痴漢は、ほかの事件にくらべても無実の証明が非常に困難なのです」

「なんと言われようとも、弁護士さんの言っていることは納得できませんよ！　あなたは、間違ってます！」

中島は、木塚に人差し指を突きつけた。

「中島さんはお忘れでしょうが、僕はたまたま通りすがった弁護士に過ぎません。あなたが痴漢の疑いをかけられていたから、助けようと思って、こうしてお金もいただかずに時間を取ってるんですよ」

穏《おだ》やかな口調で諭《さと》す木塚に、中島はすぐに後悔した。忙しい中、赤の他人のために時間を割《さ》いて助言してくれている木塚に八《や》つ当《あ》たりするなど、本末転倒もいいところだ。

「……すみませんでした。つい、動転してしまって……」

中島は、素直に詫びた。

「いえ、いいんですよ。職業柄、パニックになる依頼人の方には慣れてますから。さて、それより、これからどうするかを打ち合わせておいたほうがいいですね。被害者側は目撃者の男性までいるので、警察に訴えるのは間違いありません。さきほどから言ってますが、警察署に連行されたら、ほぼ勝ち目はありません。罪を認めて略式起訴で切り抜けるのが精一杯です。ただ、職場や家庭にはバレませんが、前科はついてしまいます」

「警察署に行ってはいけないと言っても、訴えられたら拒否するわけにはいきませんよね？　僕は、どうしたらいいんでしょうか？」

藁《わら》にも縋《すが》りたい気持ちだった。半年も一年も取り調べを受けた末に法廷に立たされ、挙《あげ》句《く》の果てに痴漢の濡《ぬ》れ衣《ぎぬ》を着せられるなど冗談ではなかった。

「ひとつだけ、警察に行かなくてもいい方法があります」

「その方法って、なんですか⁉　教えてください！」

中島の尻は椅子《いす》から浮いていた。

「示談《じだん》です」

「示談？」

「ええ。女子高生側と示談交渉するんですよ」

「だけど、お金なんかで納得してくれますかね？　火に油を注ぐ結果になりませんか？」

中島は、懸念《けねん》を率直にぶつけた。

金で解決しようとした、などと心証が悪くなってしまわないかが心配だった。

「少額だったらそうなるかもしれませんが、ある程度の額を提示すれば相手にも誠意が伝わると思います」

「ある程度の額っていうのは、どのくらいでしょうか?」

怖々《こわごわ》と、中島は訊ねた。

再就職したばかりの出版社の給料は以前よりも安くなり、貯金は僅《わず》かしかなかった。

「まあ、相手との交渉次第ですが、最低、一本は必要でしょうね」

「一本って……十万?」

「ひと桁《けた》違います」

「ひゃ……百万⁉」

中島は、頓狂《とんきょう》な声を上げた。

「そんな大金が必要なんですか?」

「被疑者として逮捕、裁判の流れになったとすれば、無料の国選弁護人ではなく私選の弁護士を雇わなければなりません。被疑者が否認した場合の裁判は『困難事件』と呼ばれ、手付金五十万、成功報酬五十万の合計百万が必要になります。しかも、裁判になれば恐らく会社は依願退職というふうになるでしょうし、収入が途絶《とだ》えてしまいます。敗訴の場合、罰金がさらに最高五十万と、裁判の経費十万がかかります。加えて、やはり前科がつくのは免《まぬが》れたいということで示談交渉を始めた場合、そのお金は別途になります。ざっと計算しても、三百万くらいかかってしまいます。お金だけではありません。時間、社会的信用、家族を失ってしまいます。そう考えたら、相手の言い値になってしまう恐れはありますが、警察が介入する前段階で和解したほうが賢明《けんめい》です」

中島の背筋には氷柱《つらら》になったように悪寒《おかん》が走り、両足が震えた。話を聞いているだけでこの状態なのに、じっさいに捕まってしまったなら……耐えられるはずがない。

「百万を……お支払いすれば、解決しますか？」

干涸《ひか》びた声が、喉から剝《は》がれ落ちた。

中島の貯金は、五十万にも満たなかった。

百万を揃《そろ》えるとなれば、どこかから借り集めなければならない。

中島の実家の両親は年金で細々と暮らしており、借金は無理だ。

妻の実家はそれなりに裕福だが、厳格な義父から根掘り葉掘り理由を訊《き》かれるのが眼にみえている。なんとか借りられたとしても、情けない夫として一生、蔑《さげす》まれてしまう。

ただでさえ、三十代半《なか》ばを過ぎての再就職で中島の株は下がっていた。

となれば、金融機関で借りるしかない。

新しい職場はまだ勤務して一ヵ月しか経っていないので、銀行からは無理だ。

必然的に消費者金融からの借金になってしまうが、仕方がない。背に腹は代えられない。サラ金は怖いが、痴漢として刑務所に入るよりは**まし**だ。

「ええ。ただし、直接交渉は危険です。脅せばどれだけでもお金を払いそうだと足もとをみられ、二度、三度と要求される恐れがありますからね」

「じゃあ、どうすれば……」

「私が、中島さんの代理人として示談交渉してきますよ」

「それはありがたいんですけど、示談金を揃えるのが精一杯で、弁護士さんにお支払いするお金は……」

「お気になさらず。弁護士費用は、いただきません。乗りかかった船ですから」

木塚が、ふたたび白い歯をみせた。

「本当に、いいんですか？　なんてお礼を言ったらいいのか……」

「いえいえ、いいんですよ。弁護士の使命は、冤罪を撲滅《ぼくめつ》することですから。最後に、もう一度、確認させてください。中島さん、神に誓《ちか》って、痴漢はしてませんか？」

それまでと一転し、中島に注がれる木塚の眼が厳しくなった。

「はい！　絶対に、指先さえ触れていません！」

中島は即答した。

「わかりました。その言葉を信じて、私が中島さんを必ず救います。明後日《あさって》には女子高生側と示談交渉を始めたいので、今日明日中に、示談金を揃えることはできますか？」

「今日明日ですか……せめて、一週間くらい時間を頂けないでしょうか？」

サラ金を回るといっても、そう都合よく融資《ゆうし》が受けられるかどうかわからない。

「時間稼《かせ》ぎは、二日が限界です。それ以上時間が経てば、警察に訴えられてしまいますから。そうなれば、終わりです」

——そうなれば、終わりです。

「わかりました。明日までに百万を用意します！」

鼓膜《こまく》に蘇《よみがえ》る木塚の声を打ち消すように、中島は約束した。

# 1

中野《なかの》駅の南口——中野通り沿いの雑居ビルに足を踏み入れた木塚は、エレベータに乗った。二階で降りると、共用廊下突き当たりの「木塚法律事務所」のプレートのかかるドアに向かう。

「お疲れ様です！　袴田《はかまだ》さん、奥でお待ちです」

七三分けで銀縁《ぎんぶち》眼鏡をかけた男性スタッフの矢代《やしろ》が、木塚を認めて立ち上がった。

矢代は「木塚法律事務所」の創設時からのメンバーで、木塚よりひとつ下の三十五歳だ。弁護士になることを夢見て木塚に師事しているが、過去に司法試験に八回落ちていた。はっきり言って弁護士としての才能はないが、事務処理系の単調な作業は確実にこなし、雑務係として非常に重宝《ちょうほう》していた。

十坪《つぼ》ほどの縦長の空間には、スチールデスクが二脚ずつ、向かい合わせに四脚設置されていた。それぞれのデスクで作業していた二十代の男性スタッフ——水野《みずの》と、同年代の女性スタッフ——奈央《なお》が、矢代に続いて立ち上がった。

水野と奈央は、以前に木塚が顧問をしていた街金融で働いていたのだが、警察の摘発で倒産後、路頭に迷っていたところを拾ってやったのだ。

矢代、水野、奈央と、クセのある人間を揃えているのには、わけがあった。それは、「木塚法律事務所」自体が、かなり特殊な弁護士事務所だからだ。

倫理《りんり》観と道徳観を持ち合わせているような人間は、木塚は必要としていなかった。

正義感など、尻拭《しりふ》き紙ほどの価値もない。

必要としているのは、金のためなら手も汚すし、魂も売るという貪欲《どんよく》な精神の持ち主だった。

木塚は三人に軽く頷《うなず》き、パーティションで仕切られた応接室に向かった。

ブレザーにチェックのミニスカート――制服姿の石原《いしはら》リリと、恰幅のいい身体にピンストライプ柄の三つ揃いのスーツを纏った袴田が並んでソファに座っていた。

「お疲れ様です！」

「お疲れ様で～す」

腰を上げ、直立不動で挨拶《あいさつ》する袴田とは対照的に、リリはスマートフォンをイジりながら気怠《けだる》げに挨拶をしてきた。

「お前も座れよ」

木塚はソファに腰を下ろし、袴田に着席を促した。

「ほら、二十万だ。俺の分は引いといたから」

木塚は札束の入った封筒をテーブルに放り投げた。

「ありがとうございます」

袴田が礼を言いながら、封筒から抜いた十万をリリに渡した。

「えーっ、たったの十万⁉　あんだけ頑張《がんば》ったのにさ～」

リリが札束をヒラヒラとさせながら、不満そうに頬《ほお》を膨《ふく》らませた。

「お前らの取り分は示談金の一割だって、最初に説明してるじゃないか。それに、十六歳の女子高生が二、三十分で十万も稼げるバイトなんてないぞ。援助交際だって、気持ち悪い親父とセックスして二万や三万程度だろ？」

袴田が、諭すように言った。

「触ってもないおっさんにこの人痴漢でーすなんて叫んで捕まえるの、普通のバイトと一緒にしないでくれる？」

「もっと稼ぎたいなら、しょぼいカモじゃなくて極上のカモを捕まえろよ」

木塚が、冷え冷えとした眼でリリを見据《みす》えた。

「だって満員でさ……」

「だってじゃない。『カモの見極《みきわ》め三ヵ条』を言ってみろ」

木塚は、リリの言い訳を遮った。

「一、指輪を見極める、二、靴を見極める、三、腕時計を見極める。でしょ？」

「わかってるなら、なぜあんな金なし男を選んだ？　クリアしてるのは、一だけだ。妻子にバレるのを恐れて言いなりになりやすい既婚者を狙うのは確かに必須だ。だが貧乏人がスーツやネクタイで見栄《みえ》を張っても靴までは金が回らないものだし、安物やコピー品の腕時計を嵌《は》めてる奴は論外だ。あの中島って奴はどうだ？　靴は二足五千円で売ってるような安物で、踵《かかと》は磨《す》り減って爪先《つまさき》はボロボロ、腕時計のベルトのメッキは剝げまくり……とても金を持っているようにみえないだろう？　給料が安くても会社に信用があって銀行からいくらでも借りられるような奴ならまだしも、中島は再就職して一ヵ月だ。貯金も信用もなければ給料も安い。サラ金駆けずり回って百万集めるのがやっとだったよ。お前の教育法にも問題があるぞ」

木塚は、リリから袴田に視線を移し、ダメを出した。袴田は、リリが中島の腕を摑んだときに、目撃者役として駅の事務室に連れていこうとするサラリーマンを演じていた。

「すみませんでした」

力なく、袴田が頭を下げた。

木塚が都内に弁護士事務所を開設して五年になるが、最初の二年はほとんど依頼もなく、赤字経営だった。アメリカとまではいかないが、日本も弁護士が飽和《ほうわ》状態で、有名な大手弁護士事務所に金になる仕事が集中する仕組みになっていたのだ。

実績も人脈もない弁護士が食べてゆくために、闇金融と手を組んで多重債務者の債務整理を専門にしたり、ほかの闇金、サラ金業者の過払い金を取り戻したりと、犯罪スレスレの仕事をしている者も多かった。

木塚も、事務所を開設した当時は、金にはならず労力ばかりかかる浮気調査のような依頼ばかりで、借金が膨らむ一方だった。

痴漢冤罪事件の、駅の事務室に連れていかれたら最後、すぐに罪を認めて略式起訴に応じるしかないという理不尽《りふじん》さを知ったときに、システムを作れば大金を稼げると木塚は閃《ひらめ》いた。

木塚の作ったシステムとは、援助交際などで遊び金を作っている少女や水商売の女を利用して、カモの男に濡れ衣を着せる、というものだった。

木塚の読みは当たり、面白いほどあっさりと示談金が入ってきた。

痴漢の濡れ衣を着せられた男性に脅しをかけてやれば、例外なく動揺し、救世主をみる眼で木塚に縋ってくる。とくに既婚者は完全に言いなりで、抵抗も疑いもなく金を払う。

過去に最高額の示談金を払ったのは中学校の教頭だった。中島のときと同じシナリオで八百万を払わせることに成功した。

八百万は出来過ぎにしても、木塚達はカモから平均して二百万をかっ剝《ぱ》いでいた。

スムーズに事が運ぶ一番の理由は、木塚が本物の弁護士であるからだ。ひまわりバッジをつけているだけで、説得力は十分だった。

もうひとつのポイントは、被疑者を駅の事務室に連れていかずに、カフェなどのほかの場所で説き伏せるということだ。事務室だと駅員が警察を呼ぶので、示談金を手に入れるまでに時間がかかってしまう。それに、痴漢されたというのは嘘なので、警察の捜査が進む過程で少女がミスをして、万が一にもバレる可能性があった。

　このシステムを三年前に思いついた木塚は、顧問をしていた歌舞伎町《かぶきちょう》のキャバクラの元経営者袴田を責任者に据え、一年間で二十人を超える援交少女とキャバクラ嬢を集めて痴漢被害者になるためのノウハウを叩き込んだ。

　袴田をパートナーにしたのは、みかけの厳《いか》つさとは裏腹に、元の職業柄、女扱いに長《た》けているからだ。

　袴田の下には、元のキャバクラから引き連れてきた男女合わせて五人のスタッフがいた。彼らは、晴海埠頭《はるみふとう》の倉庫を事務所代わりにしていた。倉庫を事務所にしているのには、理由があった。倉庫に、アダルトビデオで使用されているような撮影用の電車の車両を設置し、痴漢被害者の育成を日々行なうためだった。

「今日、晴海に桃香《ももか》はいるのか？」

　木塚は、腕時計に視線を落としながら訊ねた。

　午後三時四十分。痴漢被害トレーニングは、たいてい午後五時頃から行なわれる。

　桃香は十七歳の高校二年生だ。これまでに彼女が騙《だま》し取った示談金は、五千万近い。間違いなく、いまいる女子の中でナンバーワンだ。

清純そうでアイドル顔負けのビジュアルはもちろんのこと、とにかく、桃香のカモ選びの嗅覚《きゅうかく》の鋭さと演技力の秀逸《しゅういつ》さは、辛口の木塚も舌を巻くほどだった。

桃香は小悪魔などではなく、木塚に言わせれば魔性《ましょう》の女だ。

「実は、いま、とんでもない大物を狙っててな」

木塚は、スマートフォンに保存していた若手俳優の画像を袴田に見せた。

「あれ……彼はたしか……」

「あ！　松岡秀太《まつおかしゅうた》じゃん！　マジイケメン！」

リリが画像に食いつき、黄色い声を上げた。

「そう、いま『抱かれたい男ナンバーワン』の二十歳《はたち》の売れっ子俳優だ」

「彼が、なにか？」

「松岡秀太は舞台稽古《げいこ》で毎朝渋谷《しぶや》のスタジオに通ってるんだが、これだけの売れっ子なのに珍しく電車を利用しているらしい」

「まさか、彼をターゲットに……？」

木塚は、酷薄《こくはく》な笑みを浮かべて頷いてみせた。

「でも、売れてるって言っても、まだ駆け出しの新人だからギャラは安いし、貯金なんてろくにないと思いますよ」

「馬鹿だな、お前は。少しはここを使えよ」

木塚は、自分のこめかみを指しながら言った。

「と、いいますと……？」

袴田が、怪訝な顔で首を傾《かし》げた。

「金の卵が痴漢の濡れ衣をかけられただけで、真実かどうかにかかわらず、ドラマやＣＭはすべて降板になるだろう。たしか、ＣＭは四社と契約していたはずだ。違約金は、億はくだらない。なにより、順調に行けば将来、数十億を稼ぐ宝物を、事務所が放っておくわけないじゃないか」

「あ！　もしかして本人じゃなくて……」

「そう、所属事務所の社長が、今回の交渉相手ってわけだ」

袴田の言葉尻を引き継いだ木塚は、端整《たんせい》な顔に冷酷な笑みを浮かべ、セーラムをくわえて火をつけた。

ゆらゆらと立ち上る紫煙《しえん》が、木塚の眼には、抜き取られた松岡秀太の魂のようにみえた。

## 2

「最近では、カモ達も警戒して、少し混雑した電車だと両手を胸より上にしている場合が多い。電車の揺れやなにかで、痴漢する気がなくても偶然に女の腰や尻に手が当たってしまうことがあるからな。パターン一は、両手で吊革に摑まるタイプだ」

車両の中で袴田は、五人の少女を前に説明しながら、カモ役の男性スタッフ――望月《もちづき》の両手を吊革に持っていった。

この電車は、アダルトビデオメーカーが痴漢物のＤＶＤを撮影するときに使用していた廃棄《はいき》車両を安く譲《ゆず》り受けたものだ。

木塚は優先席に座り、袴田の指導を眺《なが》めていた。

晴海埠頭の約百坪の倉庫に電車を一両設置し、週に二日、実技訓練を行なっていた。

今日集まっている少女は五人だが、痴漢ビジネスに登録している数は二十人を超える。

十代の少女が多く、理想は女子高生だった。

被害者が成人よりも未成年であるほうが、裁判で被告人への心証が悪くなる。そしてなにより、十代の少女に訴えられたとなれば、カモは精神的に動揺する。それが狙いだ。

中学生では演技力に問題があるので、女子高生くらいがちょうどよかった。

メンバーを集める方法は、木塚が顧問をしている出会い系サイトの経営者からの紹介が一番多い。出会い系サイトに登録している少女達は援助交際も厭《いと》わず、見ず知らずの中年男に二万や三万で肉体を開く。

一方、木塚のもとで働けばカモから騙し取る示談金の一割を報酬《ほうしゅう》としてもらえるので、うまく行けば一度の稼働《かどう》で数十万もの大金を手にすることも可能だ。

示談金は手に入るまで時間がかかるので、別に一万円の日当が少女達には支給される。

少女達にとっては、セックスもせずに何倍、場合によっては十倍以上の金を手にできるバイトに不平などあろうはずがない。

倫理観や将来のビジョンなどを一切持ち合わせておらず、目先の金のためだけに動く少女達の軽率《けいそつ》な性質が木塚の考案した痴漢冤罪ビジネスには都合がよかった。

現場に出すのは、ひと通りの訓練が終わり木塚と袴田のテストをクリアしてからだ。

「この場合は、カモの身体は座席にたいして横を向いているから、どこにポジションを取るのが理想か、セイラ、立ってみろ」

袴田が、セイラに命じた。

「ここじゃん？」

いまどきのギャルふうに茶髪を盛り髪にしたセイラが、望月の背後に回った。

「お前なら、どこに立つ？」

今度は、栗色《くりいろ》のショートカットの沙織《さおり》に視線を移した。

沙織が、望月と向き合う格好《かっこう》になった。

「お前らふたりも、正解だと思う位置についてみろ」

金髪ストレートロングの沙理《さり》がセイラ、茶髪をゆる巻きにした亜美《あみ》が沙織と同じ位置に立った。

「この中に正解はあるか？」

袴田が、桃香に訊ねた。

ふたつ結びの黒髪、くっきりとした二重瞼《ふたえまぶた》の円《つぶ》らな瞳、抜けるような白い肌――桃香は、アイドルといっても過言ではない可憐《かれん》な美少女だった。

童顔とは対照的に、制服越しにも彼女が豊満な肉体の持ち主だということはわかった。だからといって、桃香が肉づきがいいというわけではない。手足は華奢で細長く、ウエストはマネキンのように括《くび》れている。欧米人並みに豊満なのは胸だけで、尻はアスリート並みに引き締まっていた。

女子高生、ロリータフェイス、細身で巨乳――桃香のビジュアルに情欲を感じない男はゲイと疑われるほど彼女は魅力的だった。

桃香ほどの抜群のスタイルではないが、セイラ、沙織、沙理、亜美の四人も、Dカップ以上ありそうな巨乳揃いだ。

偶然ではなく、意識的に木塚が胸の大きな少女を選んでいるのだ。

木塚の好みというわけではない。「痴漢された」と訴え出るのが肉感的な少女であったほうが、貧弱な体形の少女よりも説得力があるのだ。

欲を言えば、全員、桃香のように髪の色もメイクも清楚《せいそ》な感じにしたかった。が、そうすることを条件にしてしまえば痴漢冤罪ビジネスをやる少女がいなくなってしまう。

十代の彼女達にとって髪形やメイクは自己主張する重要なツールなのだ。

だが、現実問題として、派手なギャルふうにしている少女の訴えよりも、清純っぽくしている少女の訴えのほうが説得力を増すのは事実だ。四人がバイトに慣れて、金を稼ぐことを覚え、クビを切られるのを恐れるようになってから従わせるつもりだった。

「ないわ」

桃香が首を横に振った。

「なら、どこが正解か、立ってみろ」

袴田に促され、桃香が望月の正面に背を向けて立った。

「どうして、そこが正解なんだ？」

「セイラちゃんの位置だと両手で吊革に摑まっているターゲットは触ることができないし、ターゲットがお尻を突き出して女の子のお腹あたりに触れたとしても、それを痴漢だと騒ぐのは無理があるから。亜美ちゃんの位置だと、ターゲットは股間《こかん》を女の子に押しつけることは可能だけどさ。正面を向いてるよりも私みたいに後ろを向いているほうが、お尻にペニスが触れやすくて、痴漢の疑いをかけやすくなるから……でしょ？」

桃香が、自信満々の表情で袴田をみた。

「さすがは、桃香だな。正解だ。いいか、みんな。一番大事なことは、桃香が言ったように、いかにカモに痴漢の濡れ衣を着せるかだ。いくら女の子が触られたと訴えても、立ち位置によっては説得力がなくなる。セイラの位置はカモの背後だから論外だ。亜美は正面に立ったところまではいいが、向き合う格好で立っていたら、カモが痴漢するには性器を女の子の股間か太腿《ふともも》に押しつけるしかない。不可能じゃないが、股間に触れるには腰をかなり突き出さなければならないし、体勢に無理がある。太腿だと体勢に無理はないが、痴漢を主張するインパクトとして弱い。その点、桃香みたいに背を向けて立っていれば、カモの両手が使えなかったとしても性器をお尻に押しつけられたと主張すれば、体勢に無理もないしインパクトもある」

「でもさ、本当に腰を突き出してちんこをあそこに押しつけてくる奴だっていそうじゃん？　太腿だってちんこ当てられたらマジキモいし」

亜美が、不満そうに吐き捨てた。

「議論が白熱してるじゃないか？」

木塚が優先席から腰を上げ、袴田と亜美の話に割って入った。

「亜美って言ったっけ？　たしかに、お前の意見は間違ってはいない。でもな、俺らは確実に早くカモに金を払わせなければならない。被害者の訴えに説得力がなかったり触られた場所のインパクトが弱かったりすれば、痴漢を立証するのに時間がかかるし、そのぶん、示談に持ってゆくにも時間がかかる。だから、誰が聞いてもカモが疑われる立ち位置と触られる場所は大事だ。覚えておけよ、胸か尻。この二ヵ所を触られたと主張できるポジショニングを常に頭に入れるんだ。手っ取り早く、たくさんの金を稼ぎたいだろ？」

木塚が問いかけると、亜美が満面の笑みで頷いた。

「お前らも、楽して大金が入ってきたほうがよくないか？」

「もちろん。ダルいのやだし」

セイラが、当然、といった顔で言った。

「金稼いで、流星《りゅうせい》君にボトル入れてあげたいし」

沙織がカラコンでひと回り大きくなった黒眼を輝かせた。

「そっこーで諭吉《ゆきち》ちゃんの大群がほしいよ」

沙理が、ピアスの光る舌をペロリと出した。

痴漢ビジネスをやる少女達をその気にさせる魔法の言葉は「手っ取り早く大金を稼ぐ」だ。

彼女達の頭の中には、一にも二にも楽して大金を手にすることしかなかった。

そもそも、時給九百円のアルバイトで満足するような少女は援助交際をしない。

はっきり言って、ここにいる少女はろくでなしばかりだ。

ブランド物を買いたいから、ホストに貢《みつ》ぎたいから、とにかく遊びたいから……たった
それだけの理由で、ひとりの男性の人生を破滅させることに微塵《みじん》の罪の意識も感じない。

まるでゲームのように笑い、ふざけ合い、罪なき者を冤罪地獄に誘い込む。

痴漢の罪に問われた者は、白であろうが黒であろうが関係ない。疑われたら最後、罪を

認めるまで取り調べは続き、自白を強要される。自白すれば早々に釈放されるが前科がついてしまう。否認を続ければ裁判に持ち込まれ、九九・九%の確率で有罪になる。

仕事や家族を失い、命を絶つ者も珍しくはない。

だが、少女達はそんな彼らの末路を知らない。また、知ったからといってなにも変わらない。少女達が痴漢ビジネスをやめることもなければ、良心の呵責《かしやく》に苛《さいな》まれることもない。カモが失意の底で首を吊ろうとしているときでも、ＬＩＮＥ《ライン》でコミュニケーションを取り、つけ睫毛《まつげ》を選び、クラブで踊り、プリクラを撮るという日常の生活を送っているだろう。少女達にとって、カモが死のうが生きようが関係ない……というよりも興味がないのだ。そんなろくでなしに訓練を施《ほどこ》し、金を稼がせる自分は、さしずめひとでなしということか？

ひとでなしで結構だ。

金のない聖人よりも木塚は金を持つ悪魔の道を選ぶ。カモに同情する必要はない。彼らが少女に嵌められ、自分に示談金を巻き上げられるのは、蛾《が》が街灯にぶつかって死ぬのと同じだ。

騙される奴が馬鹿なだけ——それ以上でも以下でもない。

木塚がこの世で許せないのは、馬鹿を救おうとする偽善者と、愛ですべてが救えると思い込んでいる博愛主義者だ。

「だったら、早く桃香のようになるんだな。お前、この一年でどれくらい稼いだ？」

木塚は、桃香に視線を移した。

「えっと……五百万くらいかな」

「五百万⁉　マジ！」

「嘘でしょ⁉」

セイラと亜美が黄色い声を上げた。

「五百万っていくらくらい⁉」

「馬鹿じゃん。そんな計算もできないの⁉　一万円の五十倍だよ」

沙織が頭の悪い質問をし、沙理が頭の悪い返答をした。

「本当だ。桃香は多い月で五十万は稼いでいる。おい、貯金はどれくらいある？」

ふたたび、木塚は桃香に話を振った。

彼女達には中年男の百の言葉より、桃香のひと言のほうが千倍の説得力がある。

「先月シャネルのブーツとかバッグを買ったし……あ、そうそう、ティファニーのピアスも買ったからもう二百万くらいしか残ってないよ」

「二百万！　ありえない！」

「超羨《うらや》ましいんですけど！」

セイラと亜美が興奮に色めき立った。

「二百万って、いくらくらい？」

「もう、マジにあんた馬鹿だね⁉　一万円の二千倍だって」

沙織と沙理が、頭の悪い会話を再現していた。

「ついでに、四人はまだこれからの新人だから、お前の体験談を交えながらこのバイトのいいとこを教えてやってくれ」

木塚は、桃香を促した。

「体験談とかはないけどさ、ぶっちゃけ、楽勝で金を稼げるよ。すけべったらしくて金持ってそうなおやじに近づいて、胸かお尻に触れさせて手首摑んで痴漢って叫べばいいんだからさ」

「凄い！　それだけで五百万も貯金したの⁉」

セイラが鼻息荒く言った。

「だけど、本当は痴漢してないんだから、犯人扱いしたら逆ギレするんじゃない？」

沙織が、不安げに訊ねた。

「逆ギレなんてしないしない。もしキレても、乗客みんなが味方してくれるから大丈夫」

「なんで味方してくれんの？」

亜美が怪訝な表情を桃香に向けた。

「だって、男なんてみんなエロいから、女の子が痴漢されたって言えば疑わないし」

自信満々に言う桃香に、四人が素直に頷いた。

きっと袴田も同じような話をしたに違いないが、桃香のときほど頭に残らなかったのだろう。つまらない講義をする年老いた教授の話より、バラエティ番組に引っ張りだこの若手講師の話のほうが耳に入るようなものだ。

少女達には、その話が真実かどうかよりも、誰から聞いたかが重要なのだ。

嘘の話でも語り手が興味のある人物なら真実になるということだ。

「あとは、袴田さんや木塚さんがやってくれるから超楽だよ」

桃香の言葉に嘘はない。罪悪感などという無価値な感情さえ捨てれば、痴漢冤罪ビジネスは誰だって手軽に金を稼げるバイトだ。

「桃香だって、最初はお前らと同じ新人だった。訓練をつまらないと思わず、金のためだと思って頑張れば、一千万の貯金だって夢じゃない」

木塚が言うと、車内がどよめいた。

「一千万あったら、世界中のカラコン買い占めよーかな！」

「私は顔ちっちゃくして眼と胸を大きくして太腿の脂肪を吸引するんだ！」

沙織と亜美が、嬉々《きき》とした顔で叫んだ。

「一千万あったら、遊んで暮らせるよね⁉」

「高校も辞めよっかなー！」

セイラと沙理もハイテンションだった。

「まあまあ、落ち着け。大金持ちになるには、訓練をしないとな。じゃあ、次はスマホをイジっているカモのパターンだ。おい、右手で吊革、左手にスマホを持て」

木塚は望月に命じた。

「桃香、手本をみせろ」

桃香が望月の左サイドに移動した。

「スマホをイジってる奴って、よほどチビやデカい奴じゃなきゃ肘の位置が胸のあたりにくるから、次の駅に停まる寸前によろけたふりして押しつければいいんだよ」

説明通り、桃香が望月の左肘に右の乳房を押しつけた。

「で、電車が停まる頃にこうやって……」

言葉を切った桃香が、望月の手首を摑んで上げた。

「この人痴漢です！　胸を触られました！　って叫ぶの。このとき、恥ずかしがっちゃだめよ。本当に痴漢に遭《あ》ったと思って、キモいし怖いしって気分で大声を出すことがポイントだから」

「桃香の言う通り、恥ずかしがって小さな声になったらカモが焦《あせ》らないし、調子づいて強気に出てきてしまう。それから、手首を摑んですぐに上げさせるのは、周囲の乗客に痴漢を認識させるためだ。叫んだだけだと逃げられてしまう恐れがあるからな。まずは、ひとりでも多くの乗客を味方につけて逃げ道を塞《ふさ》ぐことが先決だ」

「どこまで手を摑んでいれば、いいの？」

セイラが訊ねてきた。

「すぐに、乗客を装った袴田が加勢に現われる。あとは、彼とふたりでカモを駅の事務室に連行する途中で、俺が正義の味方面《づら》して現われるって流れだ。注意事項を説明しろ」

木塚は袴田に命じると、優先席に腰を戻し、セーラムをくわえた。

「カモを選ぶときの三条件をもう一度確認するぞ。一、指輪を見極める、二、靴を見極める、三、腕時計を見極める。一は、結婚してる奴を選べって意味だ。守るべき存在……妻や子供がいる奴は噂《うわさ》を気にするから脅しに屈しやすい。だが、独身男は守るものがないから脅迫《きょうはく》しても開き直ることが多い。二は、いい靴を履いてるかどうかで、金を持ってるかがある程度わかる。三は、二以上に金を持ってるかどうかを見極めるアイテムだ。腕時計は靴のような必需品と違って贅沢品だから、そこに金をかけてる奴は狙い目だ」

「でも、私ら、指輪ならわかるけどさ、おっさんの腕時計や靴が高いとか安いとかわかんないよ。そもそも興味ないし」

沙理が、下唇《したくちびる》を突き出した。

「そうだよ。おっさんはどんな高い時計を嵌めても同じようにしかみえないしさ」

セイラが大笑いした。

「だったら、勉強しろ。ネットとかでいくらでも調べられるだろう？」

袴田が、苦虫を噛《か》み潰《つぶ》したような顔で言った。

「いいか？　あとで紳士用の腕時計と靴のカタログを渡すから、しっかり頭に入れとけよ。明日テストして不合格の奴はバイトをクビだ」

「えーっ、クビなんてマジに勘弁！」

「援交のバイトを断わったんだから絶対無理！」

「一千万貯める気満々になってたのに！」

「なにそれ⁉　脅迫だよ！」

セイラ、亜美、沙織、沙理の四人が口々に騒いだ。

「クビになるのが嫌なら、ちゃんと頭に入れてこい。ほかに注意点は、どんなに金を持っていそうなカモをみつけても、無理なポジショニングなら諦《あきら》めろ、ということだな。痴漢って叫べばなんとかなると思ったら大間違いで、胸や尻に触れるのが明らかに不可能な体勢や距離で被害を訴えても示談まで持ち込むことはできない。逆に、いいポジションのカモがいたとしても、金のなさそうな奴なら相手にするな。貧乏神を引っかけたって時間の無駄だ。お前ら、おしゃれして友達と遊びまくりたいなら、俺の言う通りにしろ」

最後の決め台詞《ぜりふ》に、少女達の口がピタリと閉じた。

元キャバクラの経営者だけあり、袴田は女の欲を餌《えさ》にコントロールするのがうまい。

「最後に、これが一番重要だが、もし偶然に目撃者がいて、お前らが嘘を吐いていると訴えてきたとしよう。そんなときでも、絶対に認めたらだめだ。相手がどんなふうに言ってきても、痴漢されたと主張するんだ。それに、お前らには目撃者として俺がついている」

「痴漢してないところをみたって人がさ、何人も出てきたらどうすんの？」

亜美が、ゆる巻きの髪の毛を指先でくるくると回しながら訊ねてきた。

「目撃者が何人いても、痴漢されていないって証拠はないから自信を持って主張しろ」

「だけどさ、痴漢されたって証拠もないじゃん？」

沙理が疑問を重ねてきた。

「痴漢を巡る裁判のほとんどに、決定的証拠もなければ目撃者もいない。被害者女性の証言だけで警察は動き、裁判まで持ち込める。有罪判決が出たうちの何割かは冤罪じゃないかと言われるほどだ。つまり、被害者女性の証言が最も強いということだ」

「へぇ～、私達、偉いんだ」

沙織が、誇らしげに胸を張った。

「お前が偉いんじゃない。痴漢の被害者の立場が強いって話だ」

袴田が、呆《あき》れた顔で否定した。

「逆に私らが嘘を吐いてるってことを警察に認めちゃったら、おじさん達、捕まっちゃうの？」

沙織が、木塚と袴田を交互にみた。

「他人事《ひとごと》みたいに言うな。バレたら、お前らも少年院行きだ」

木塚が言うと、少女達が表情を強張《こわば》らせた。

「なんで私達が捕まるのよ⁉」

気色ばんだ亜美が食ってかかってきた。

「そうだよ！　そんなヤバいバイトやんないし！」

金髪を振り乱し、沙理が続いた。

「共犯だから、あたりまえだろう。でも、安心しろ。俺は弁護士だ。万が一のときでも罪を逃れる方法はちゃんと考えてあるから」

「なーんだ。ビビらせないでよ」

「ほんとだよ。そっこー帰ろうかと思ったし」

沙織と沙理が安堵《あんど》の吐息《といき》を漏《も》らした。


——馬鹿な奴ら。


木塚は、心でふたりを嘲笑《あざわら》った。

罪のない人間に痴漢の濡れ衣を着せ、示談金を騙し取るという犯罪の責《せ》めを、いくら弁護士であっても逃れられるわけがない。

ただし、それは彼女達が嘘を認めた場合だ。少女達が触られたと言い張るかぎり、警察がカモの言いぶんを信用することはまずない。

「十分休憩だ。あ、お前は残れ」

木塚は四人の少女に告げ、桃香に命じた。

「なに？　トイレ行きたいんだけど？」

「お前に、新しい仕事だ」

「わかったわかった。いつも通りうまくやるからさ。じゃ」

「今度のカモは松岡秀太だ」

話を切り上げようと踵《きびす》を返した桃香の足が止まった。

「え⁉　松岡秀太って、あの、俳優の松岡秀太⁉」

桃香が驚愕《きょうがく》の表情で振り返った。

「ああ、そうだ。舞台稽古で、毎朝、渋谷の稽古場に山手線で通ってる」

「嘘でしょ⁉　あんな有名人が電車なんか乗るわけないじゃん！」

「庶民的なのをアピールして、イメージアップを狙ってるんだろう。まあ、そんなことはどうでもいいが、今回の仕事は、いままでとは桁が違うビッグビジネスになる。できるか？　念のために言っておくが、相手がスターだからってミーハー心を起こすのなら断わってくれ。億になるかもしれない金のカモを、逃したくないからな」

木塚は桃香の瞳を見据え、挑発的《ちょうはつてき》に言った。

「は？　私を誰だと思ってんの？　松岡秀太がどんだけ有名でもイケメンでも、私にとったらただのカモだし」

桃香が口もとに薄い笑みを湛《たた》え、まったく感情の窺《うかが》えない無機質な瞳で木塚をみつめた。


――心のないところが、似ている。


木塚は思った。

目の前の少女は、自分の分身かも……と。

☆

ニットキャップと黒縁の伊達《だて》眼鏡で変装している秀太の背中に、電車が揺れるたびに太った中年男性の湿った背中が押しつけられた。

目の前の中年男性のうなじから漂う甘く香ばしい加齢臭に、秀太は顔を顰《しか》めた。

先週から始まった舞台稽古に通うため、秀太は毎朝八時に代々木の自宅マンションを出て渋谷まで満員電車に揺られていた。

「ったく……だから嫌だって言ったのに……」

　秀太は、小さな声で吐き捨てた。

　――えーっ、マジっすか？　その時間、超混んでますよ？　なんで車じゃないんですか⁉

　――今度の舞台は大物演出家の海老川《えびがわ》さんの引退作ってことで、稽古場の周囲にはマスコミが大勢集まってるからよ。

　――だったら、車じゃないとカッコ悪いじゃないっすか？「抱かれたい男ナンバーワン」が電車使ってるなんてマスコミに知られたら恥ずかしいっすよ。

　――馬鹿！　逆よ。そういうときこそ天狗《てんぐ》にならないで、謙虚《けんきょ》アピールしなきゃだめじゃない。売れっ子なのに電車で舞台稽古に通ってるって記事が芸能欄やワイドショーで取り上げられたら、あんたの好感度がまた上がるってものよ。いい？　あんたにドラマやCMのオファーがたくさんくるのは、爽《さわ》やかで誠実な好青年のイメージで売ってるからよ。

　――じゃあ、途中まで車で行ってそこから歩けば、マスコミにもバレないっすよね？

　――そんなこととしてバレたら、あんたの芸能生命終わるわよ？　朝ドラでブレイクした好青年俳優、松岡秀太、好感度UPを狙って偽《いつわ》りの電車通勤！　なんて記事書かれたらさ、スポンサーが離れてゆくから、いま決まってるドラマとCMの違約金だけで一億くらい請求されちゃうんだから。

——に、二億⁉　そんな大金、払えないっすよ！

——だから、私の言う通り、ちゃんと電車で通いなさい。舞台稽古なんて、たかが三週間くらいでしょ？　しかも、代々木から渋谷なんて二駅目じゃない？　若いうちから運転手付きの車移動ばかりしてたら、メタボ腹になるわよ。

マネージャーの笹原洋子《ささはらようこ》との会話を思い出した秀太は、ため息を吐いた。

飛ぶ鳥を落とす勢いのイケメン俳優、CM契約数四本、三クール連続でドラマ主演の売れっ子……人は秀太のことを、金は唸《うな》るほど入り、女も取っ替え引っ替えだと思っていることだろう。

現実はまったく違った。

——二十三歳までの三年間は恋愛禁止だからな。

初めて連ドラの主役が決まったとき、社長の吉原《よしはら》に事務所に呼び出され、いきなり告げられた。

――えっ……三年もですか⁉

――それだけじゃない。門限は九時、これからは誰かと飲みにいくときはマネージャーが同行だ。理由は、わかってるだろうな？

吉原が押し殺した声で言うと、秀太を睨みつけてきた。

遡《さかのぼ》ること数ヵ月前、秀太は交際していたキャバクラ嬢とのツーショットを写真週刊誌のカメラマンに撮られてしまったのだ。

――そのことなら、もう、別れたじゃないですか……。

――馬鹿野郎！　揉《も》み消すのにカメラマンにいくら払ったと思ってんだ！　いいか？　いままでみたいな自堕落《じだらく》な生活を送ってたらとんでもないことになるぞ⁉　連ドラの主役と言えば一気に知名度が広がる。女なんかとイチャついてみろ？　ツイッターだなんだですぐに拡散されてしまう。その上に写真誌にすっぱ抜かれてみろ⁉　スポンサーは激怒し、ドラマを降板させられ、莫大《ばくだい》な違約金地獄だ。たったの三年の我慢だ。その間に、スキャンダルくらいじゃビクともしない不動のトップスターの地位を築けばいい。

ふたたび、秀太は長いため息を吐いた。

事務所には感謝している。どこに行ってもチヤホヤされ、若い女性に騒がれ、金も稼げるようになり、普通の二十歳の青年では体験できないようなことをさせてもらっている。

だが、有名になり過ぎたからこそ、普通の二十歳の青年ができることができないという息苦しさもあった。酒を飲むときは個室にしなければならない、人前で煙草《たばこ》を吸ってはならない、タトゥーを入れている友人と行動してはならない、パチンコ、競馬をしてはならない——好青年のイメージを守るために禁じられていることが、恋愛以外にいくつもあった。

秀太の感じるストレスは、半端《はんぱ》ではない。だが、吉原にはキャバクラ嬢とのスキャンダルの件で借りがあるので我慢するしかなかった。

秀太はスマートフォンを手に取り、ゲームのアプリを開いた。

ＬＩＮＥは抜き打ちでマネージャーにチェックされるので女性とのやり取りはできないし、ツイッターのフォローもできないのだった。

不意に電車が揺れ、秀太の胸に加齢臭の中年サラリーマンが体重を預けてきた。

「ちょっと……」

文句を言いかけた秀太は、自分に寄りかかっているのが女子高生であることに気づいた。

「ごめんなさい……」

秀太の胸に頬を押しつける格好で、女子高生が申し訳なさそうに謝った。

「あ、いえ……」

てっきり中年男だと思っていたので、秀太は動揺した。

しかも、モデル顔負けのスタイルをした美少女だった。

胸の鼓動が早鐘を打ち始めた。

強引に身体の向きを変えれば少女から離れられるが、中年男と違い心地《ここち》よいので、敢《あ》えて秀太はそのままの体勢にしていた。

秀太は、ニットキャップを脱いで伊達眼鏡を外したい誘惑に駆られた。

いま、自分の凭《もた》れかかっている相手が、日本中の女子を熱狂させている「抱かれたい男ナンバーワン」の松岡秀太だと知ったら、少女はどんな顔をするだろうか？

もし、秀太が正体を明かして、携帯番号かＬＩＮＥのＩＤを教えてと言えば、断わられることはないだろう。

ふたつ結びの黒髪、切れ長の二重瞼、黒眼がちな円らな瞳、雪のように白い肌、長い手足に括れたウエスト、ブレザー越しにもわかる胸の膨らみ……。自分が勇気を持って行動を起こせば、高い確率でこの飛び切りの美少女を彼女にできるのだ。

秀太は眼を閉じ、頭を左右に振った。

なにを考えている？

三年間は恋愛禁止だと、吉原に釘《くぎ》を刺されたばかりじゃないか？

車内アナウンスが渋谷駅への到着を告げたとき、少女が秀太の手を握《にぎ》ってきた。

口内が干上《ひあ》がり、心音がボリュームアップした。

もしかして、正体がバレたのか？　それにしても、なんて大胆な少女なのだ……。

千載一遇《せんざいいちぐう》のチャンスだ。いくら人気俳優でも、これだけのレベルの少女から手を握られる機会などそうそうあるものではない。


――二十三歳までの三年間は恋愛禁止だからな。


隠れてつき合えば問題はないはずだ。

鼓膜に蘇る吉原の声に、秀太は反論した。

ここで誘わなければ、自分は一生後悔してしまうだろう。

「あの、実は俺、俳優の……」

突然、少女が摑んでいた秀太の手を高々と上げた。

「この人、痴漢です！」

少女の叫びに、秀太の脳内が白く染まった。

## 3

山手線内回り――渋谷駅のホームは、朝の通勤ラッシュの時間だけあって混雑していた。

木塚はスマートフォンを取り出し、袴田から送られてきた業務連絡メールを時系列順に再チェックした。

『いま、カモが自宅マンションをひとりで出てきました。黒のニットキャップ、伊達眼鏡、白いパーカー、デニム姿です』

『カモがJR代々木駅に到着しました』

『カモが山手線、渋谷、品川《しながわ》方面の最前列の車両に乗車しました。八時二十八分に到着予定』

『カモに接触しました』

『カモをゲット。まもなく到着します』

木塚は、階段近くのキヨスクの前で電車の到着を待った。

鼓動が高鳴り、掌《てのひら》が汗ばんだ。

これまで、三百人を超えるカモをトラップにかけてきたが、この緊張感は初めてだ。

無理もない。CMの契約本数が四本、来クールの連続ドラマの主演決定、来年公開の映画の主演決定……今回のターゲットは、飛ぶ鳥を落とす勢いの「抱かれたい男ナンバーワン」の松岡秀太だ。過去のカモ達――サラリーマンや自営業者とはレベルが違う。

メールの着信音が鳴るのとほとんど同時に、山手線がホームに滑《すべ》り込んできた。

『カモが到着しました。進行方向から二番目のドアです』

木塚は袴田からのメッセージを確認すると、スマートフォンを鞄にしまった。

ドアが開くと、大量の乗客が車両からホームへと吐き出された。

木塚は、袴田の姿を探した。

初対面の松岡よりも、見慣れている袴田のほうが、脳が認識しやすいからだ。

「お前、この子の胸を触っていたじゃないか！」

聞き覚えのある声に、木塚は視線を巡らせた。人垣の間に、紺色のスーツに身を包んだ袴田の姿を発見した。木塚は、人混みを縫《ぬ》って歩いた。

「なんの騒ぎですか？」

「喧嘩《けんか》でしょ」

「痴漢だってさ」

「女子高生の胸を触ったらしいよ」

「なんか、あの男、誰かと似てないか？」

「あの女子高生、勇気あるよな」

「ガタイのいいサラリーマンに捕まってるぜ」

「あの人、松岡秀太に似てない？」

「まさか。松岡秀太が痴漢するわけないじゃん」

「ってか、その前に朝の満員電車に乗るわけないいか」

口々に、乗降客が痴漢について語っていたが、まさか本物の松岡秀太とは思わず、足早に去っていった。

「僕は、そんなことしてません！　なにかの間違いですっ」

「私の胸、触ったじゃないですか！」

「俺もこの眼でみたんだから、間違いない！　お前は、この子の胸を触った！」

木塚は、必死に弁明するニット帽の青年――松岡秀太を責め立てる桃香と袴田を人だかりに紛《まぎ》れて見守っていた。後の展開を優位に運ぶには、ここで徹底的に地獄を味わわせないとならない。

「痴漢なんて、していませんから！　君は、どうしてそんな嘘を吐くんだ⁉」

蒼白《そうはく》な顔で、松岡が桃香に抗議した。

「あなたこそ……私の胸を触ったくせに、嘘を吐かないでください！」

桃香が、松岡の右の手首を摑んだまま嗚咽《おえつ》混じりに叫んだ。

さすがは、エースだけのことはある。

有名な芸能人に強い口調で反論されれば怯《ひる》んでしまうものだ。とくに、桃香の年代からすれば松岡秀太は憧《あこが》れの的《まと》だ。目の前に立っているだけでも緊張してしまうのが普通なのに、桃香には同情を引くための泣きの演技までする余裕があった。

「だから、触ってないって言ってるじゃないですか！」

「話は駅の事務室に行ってからだ。こっちにこい」

袴田が、松岡の腕を摑んだ。

「待ってください……僕は、これから舞台の稽古があるんですよ！」

「痴漢しといてそんなの知るか！　とにかく、こっちにくるんだ」

手を振り払おうとする松岡を、袴田が力ずくで引き摺《ず》った。

「困りますっ、僕が主演なので行かないと……」

「おとなしく事務室にこないと、警察を呼ぶぞ！」

「け、警察……」

袴田の一喝《いっかつ》に、松岡の顔が凍《い》てついた。

そろそろ、場が温まったようだ。

木塚は足を踏み出した。

「あの、なにがあったんですか？」

「あなたは？」

袴田が、怪訝そうに眉をひそめて木塚をみた。毎度ながら、いい演技だ。事務所のゴリ押しでドラマの主役をやっているアイドルより、袴田のほうがよほどうまい芝居をする。

「私、弁護士の木塚と申します」

折り目正しく頭を下げ、木塚は名刺を袴田、桃香、松岡に手渡した。

「ああ、ちょうどよかった。いま、この痴漢を駅の事務室に連れていくところなんだよ。よかったら、弁護士さんもこの女の子の応援をしてやってくれよ」

「君は、痴漢をしたんですか？」

木塚は、松岡に訊ねた。

「やってません！　さっきからそう言ってるのに、この人達、信じてくれないんですよ！」

松岡が、袴田と桃香を指差して訴えた。

「なら、駅の事務室には行かないほうがいいですね」

「あんた、こいつの言うことを真に受けるのか⁉」

袴田が、血相を変えて木塚に食ってかかってきた。

「真に受けるか否かではありません。駅の事務室に行くことが問題だと言っているんです」

「なんで事務室に行くのが問題なんだよ⁉」

「事務室に行けば警察を呼ばれ、署に連行されます。すぐに取調室に入れられ……」

木塚は、いつもの脅し文句を延々と繰り返した。警察に連れていかれたら最後、たとえ痴漢をしていなくても九九・九％の確率で有罪にされるという話だ。

「あんた、こいつに依頼されたわけでもないのに、なんで首を突っ込んでくるんだよ⁉」

袴田が、納得できないというふうに木塚を見据えた。

「冤罪を防ぐためですよ。ウチの弁護士事務所にも、かなりの依頼がありましてね」

「あんた、この女の子が嘘を吐いているって言うのか⁉」

予定調和の展開——袴田が、憤慨《ふんがい》してみせた。

「そうは言ってません。ただし満員電車での出来事なので勘違いということもありえます」

木塚も、予定調和の返答をした。

「俺もみたんだよっ、この眼で！」

「ですから、嘘とは言ってません。私が言いたいのは、嫌疑《けんぎ》の段階で駅の事務室に行く流れは冤罪に繋がる恐れがあるということです」

木塚と袴田の応酬を見守る松岡の顔は、失血死寸前の重篤《じゅうとく》患者のように血の気がなかった。生きた心地がしないのも当然だ。もし、痴漢の罪に問われるようなことになれば、飛ぶ鳥を落とす勢いだった売れっ子俳優は瞬時にして地に堕《お》ちる。

「じゃあ、この痴漢男をどうするつもりだ⁉」

「私の事務所に連れてゆきます。それとも弁護士の私に任せるのは、なにかご不満でも？」

「べ、別にそんなことは言ってないだろう」

「なら、彼を預かりますよ。訴訟か示談か決まりましたらご連絡しますので、名刺を頂けますか？　それからお嬢さん、君の携帯の番号も教えてもらっていいですか？」

手を差し出す木塚に、渋々袴田が名刺を差し出した。桃香も番号を書いたメモを木塚に手渡す。

「では、また、ご連絡します」

「ちょっと、おじさん！」

木塚が立ち去ろうとしたとき、桃香に呼び止められた。

「なにか？」

「そいつを、絶対に許さないから！」

燃え立つような瞳で、桃香が睨みつけてきた。

「大丈夫です。お嬢さんに悪いようにはしませんから」

木塚は言いながら、黒眼を眼尻に滑らせた。

松岡が、怯えた表情で桃香をみつめていた。

ダメ押しを入れるあたりが、桃香の優秀なところだ。

「行きますよ」

木塚は松岡をホームの階段に促した。

「あの、僕、舞台の稽古があるんですけど……」

階段を下りながら、恐る恐る松岡が言った。

「あなた、ご自分の置かれている状況、わかってますか？」

木塚が言うと、松岡が何度も頷いた。

「わかったのなら、体調が悪いとか適当な理由をつけて、今日は稽古を休むと電話を入れてください。あ、電話は移動するタクシーの中でお願いします。私の事務所は中野ですが、電車を使うのは、とりあえずやめておきましょうね」

木塚は片眼を瞑《つむ》り、網にかかった大魚を逃さないように改札口に向かった。

☆

「本当に、すみません……はい、はい。明日には、出られるようにしますから」

中野へ向かうタクシーのリアシート——木塚の横で、携帯電話を耳に当てた松岡がへこへこと頭を下げていた。

「はい、はい、ありがとうございます」

「マネージャーにも、かけてください」

電話を切ったばかりの松岡に、すかさず木塚は言った。

「え？　どうしてですか？」

「決まってるでしょう。私の事務所にきてもらうためですよ」

「そんなの、だめですよ！　こんなこと事務所にバレたら、怒られちゃいますからっ」

　血相を変えて松岡が拒絶した。

「だからって、隠しておくわけにはいきませんよ。相手の出方によったら、裁判沙汰《ざた》になるかもしれないんですよ」

「裁判沙汰……」

　松岡が絶句した。

「そう。そういう最悪な事態にならないように、君の事務所の方と打ち合わせをしなければならないんですよ」

「困ったな……」

「困ってる暇《ひま》はありませんよ。一刻も早く対策を練《ね》らなければ、大変なことになります」

「ってことは、弁護士さんは、僕が痴漢してないって信じてくれてるんですね？」

「それはわかりません」

　木塚は即答した。

「信じてないなら、どうして僕を助けてくれたんですか⁉」

　松岡が、苛ついた口調で訊ねてきた。

「信じてないとも言ってません。わからないと言ったんです。君をあの場から連れ出したのは、駅の事務室に足を踏み入れたが最後、たとえ潔白でも警察に引き渡されて法廷に引っ張り出されてしまうからなんです。だから、現時点では、あなたが無実か無実でないかよりも、駅の事務室に行かせないことを優先する必要があったんです」

松岡はもう反論することはなく、生気のない顔で俯《うつむ》いていた。

「躊躇《ちゅうちょ》している暇はありません。マネージャーに電話して替わってください。現場のマネージャーではなく、決定権のあるチーフマネージャーにかけてくださいね。さあ、早く」

木塚に急《せ》かされ、松岡が携帯電話のダイヤルボタンをタップした。

「あ、もしもし、お疲れ様です。松岡ですけど、小西《こにし》チーフはいますか？」

松岡が緊張の面持《おもも》ちで待っている間に、木塚は脳内で戦略を巡らせた。

最終的に示談金を出すのは社長だとしても、伝書鳩《でんしょばと》のチーフマネージャーの役どころは重要だ。伝書鳩の切迫の度合いで、社長の出方も変わってくる。チーフマネージャーの頭がいいことを願うしかない。

「秀太です、お疲れ様です！　あ、いえ、いま稽古場じゃなくて……」

言い淀《よど》む松岡に、木塚は電話を替われとジェスチャーで伝えた。

「ちょっと、チーフとお話ししたいって人がいるので替わりますね」

松岡は早口で言うと、携帯電話を木塚に渡した。

「もしもし、初めまして。お忙しいところすみません。私、弁護士の木塚と申します」

『弁護士さん？　弁護士さんが、どうして秀太といるんですか？』

訝《いぶか》し気《げ》な声――想像していたより、チーフマネージャーは若い声だった。

まだ、四十はいっていないだろう。

「実は、山手線の車内で女子高生が松岡さんに痴漢されたと訴え出てきましてね」

『え⁉　痴漢⁉　秀太が、痴漢したっていうんですか⁉』

チーフマネージャーの動転が、電話越しに伝わってきた。

「いいえ、本人は否定していますが、目撃者のサラリーマンまで騒ぎ出しまして」

『目撃者⁉　痴漢してないなら、どうして目撃者がいるんですか⁉　秀太は痴漢したんですか⁉　してないんですか⁉』

「落ち着いてください。現段階で、私に彼が痴漢をしたかどうかの判断はつきませんが、あのまま放置していれば警察署に引き渡されていましたので、とりあえず私が保護しました」

『秀太が、弁護士さんに依頼したんですか？』

「いいえ。彼はパニックになって、それどころじゃありません。私から、声をかけたんですよ」

『弁護士先生がどうして、秀太を助けてくれたんですか？』

「まず第一に、私は松岡さんを助けたのではなく保護したのです。第二に、松岡さんを助けられるかどうかは事務所とのお話次第なので、決定権のあるスタッフの方に電話をしてもらいました。第三に、私は人権問題を専門にしている弁護士です。そういうわけですので、ご足労かけますが私の事務所までお越し願えますか？」

『わ、わかりました。どちらへ伺えばいいんですか⁉』

針にかかった。

木塚は内心でほくそ笑み、「木塚法律事務所」の住所を告げた。

☆

松岡の前に置かれたアイスコーヒーは口をつけられないまま、氷が解けて薄くなっていた。

応接室のソファに座った松岡は、事務所にきて三十分近く黙りこくったまま俯いていた。まるで、この世が地獄であるとでもいうような顔で……いや、彼にとって痴漢の烙印《らくいん》を押されそうになっているいまの状況は正真正銘《しょうしんしょうめい》の地獄に違いない。

ノックの音とともに、ドアが開いた。

「所長、『アカデミアアプロ』の小西様がおみえになりました」

いつもより濃い目のメイクでキメたスタッフの奈央が、松岡を意識しながら頭を下げた。松岡に胸の谷間がみえるように、ブラウスのボタンをひとつ余分に外しているのも計算のうちだ。だが、当の松岡に女に欲情している精神的余裕はない。

「通してくれ」

木塚が言うと奈央が後ろを振り返り、どうぞ、と促した。

「秀太！」

濃紺のスーツを纏った三十前後と思しき男性が奈央の背後から現われ、大声で松岡の名を呼んだ。

「あ……お疲れ様です！」

弾《はじ》かれたように立ち上がった松岡が、小西に頭を下げた。

「お疲れ様ですじゃないよ！　痴漢だなんて、どういうことなんだ⁉」

「小西さんですね？　お電話しました、弁護士の木塚です」

熱《いき》り立つ小西に、木塚は名刺を差し出した。

「ご迷惑をおかけしてます。『アカデミアプロ』で松岡秀太の担当をしてます、チーフマネージャーの小西です」

「まあ、とりあえずお座りください」

小西から名刺を受け取った木塚は、松岡の隣のソファに座るよう促した。

「秀太、お前、本当に触ってないんだな⁉」

「触ってないですよ！　信じてください！」

確認する小西に、松岡が懸命に訴えた。

「弁護士さん、私は秀太が学生だった頃から知ってますが、嘘を吐くような子ではありません。なにより、痴漢なんてする男じゃないです。信じてあげてくださいっ」

小西が、切迫した表情を木塚に向けた。

「小西さん、私が信じてどうなる問題じゃないんですよ」

「それは、どういうことですか⁉」

小西が、憤然とした。

「痴漢というのは、被害者の女性が圧倒的に有利な事件なんです。いったん警察に連れていかれたら、罪を認めないかぎり釈放はないと思ってください」

木塚がジャブを放つと、小西と松岡が蒼褪《あおざ》めた。

「そんなのおかしいじゃないですか⁉　まるで、警察は最初から秀太を痴漢だと決めつけているように聞こえますよ！」

「警察は、被害者が嘘を吐くはずがないという前提で取り調べを始めるので、無実を証明するのは相当に困難です。しかも、今回は目撃者までいます。裁判になれば、ほぼ勝ち目はないでしょうね」

「さ、裁判……冗談じゃないですよ！　弁護士さん、秀太の仕事を知ってるでしょう⁉　そんなことになったらウチの事務所は違約金で破産してしまいますよっ」

小西が興奮して、テーブルを叩いた。

「裁判になるまでに、勾留期間の延長が繰り返され、一ヵ月、二ヵ月と取り調べは続きます。当然、舞台は降板になりますよね？　有名人なので、降板の理由を発表しなければなりません。まさか痴漢の容疑者として勾留されているなんて言えないでしょうから、病気とか入院とか発表するんでしょうが、いつまでもごまかし切れるものではありません。ドラマや映画のオファーも受けられないし、長引けば長引くほどスポンサーをはじめとする業界関係者にたいして説明が難しくなります。それでもまだ、一、二ヵ月で釈放されるならましでしょう。ですが、警察は容疑者が否認を続けると意地でも裁判に持ち込もうとしますす。訴訟が始まってしまえば、半年……最悪、一年を超えることも珍しくないでしょうね」

「い、一年……」

小西が絶句した。隣では松岡が、冬でもないのに膝《ひざ》を震わせていた。

「それだけの期間仕事ができないとなると、さすがに病気や入院では通用しなくなるでしょうし、逆に信用してもらえたとしても重病説や死亡説が噂され、どちらにしてもスポンサーは離れ、仕事がなくなります」

木塚は、メトロノームがリズムを刻むように淡々とふたりの精神を追い込んだ。

「秀太はやってないわけですから、それを証明すればいいだけでしょう⁉　警察だって、きっとわかってくれますよ！」

小西は、木塚に、というよりも自らに言い聞かせているようだった。

「小西さんは、ふたつの事実を認識できていません」

「ふたつの事実？」

「ええ。ひとつは、痴漢として捕まった容疑者の潔白が証明される確率は、ある条件付きで飛行機が墜落《ついらく》するより低いということ……」

「飛行機が墜落するより低い確率って、嘘でしょう!?」

それまで黙りこくっていた松岡が、素《す》っ頓狂《とんきょう》な声を上げた。

「二十年間、毎日飛行機に乗り続けて……という前提ではありますがね。この前提だと〇・〇二％の確率で乗った飛行機が墜落します。一方、痴漢の容疑で捕まって裁判で争った場合、勝訴できる確率は〇・〇一％といったところです。まあ、あくまでも統計から導き出した数字の単純な比較に過ぎませんがね」

「そんな……」

松岡の瞳から、みるみる光が失われた。

「そしてふたつ目が、たとえ無実が証明されたとしても芸能人としての商品価値が著《いちじる》しく損なわれてしまうということです。写真週刊誌で、アイドルが男性とのツーショットを撮られたときに、よく、マネージャーもいたとか、友人も一緒だったとか釈明しますよね？」

「それが、なにか今回の事件と関係あるんですか？」

小西が、怪訝そうに眉根を寄せた。

「ここからが重要なポイントです。その釈明は真実かもしれないし嘘かもしれない。ですが、私ら読者からすれば、たとえ無実であったとしてもそのアイドルにたいして一度抱いた不純なイメージは消えません。頭では理解できても、元の印象に戻らないんですよ。ここが、イメージ商売の怖いところですね。松岡さんは、清涼飲料水や銀行のCMに出ていることから察しても、爽やかなイメージを売りにしているのは間違いありません。平たく言えば、好青年、ですよね。だから、十代から中年まで、幅広い層から高い支持を得ている。そんな松岡秀太が、電車で女子高生の胸を揉んだの揉まなかったのと連日ワイドショーで取り沙汰《ざた》されたり、週刊誌に掲載されたらどう思います？　押しも押されもせぬトップスターの下ネタスキャンダルは視聴率が取れて販売部数も伸びるから、半年は楽に保《も》つでしょうね」

木塚は、喋りながらふたりの様子を窺った。

小西も松岡も、魂を抜かれたような顔で話を聞いていた。

彼らの頭の中では、悍《おぞ》ましい地獄絵図が広がっているに違いない。

「それまで猫撫で声で寄ってきていたスポンサーやプロデューサーは掌を返したように松岡さんに背を向けるでしょう。判決が出るまではCMもドラマも流せなくなります。メーカーやテレビ局の被《こうむ》る損害は甚大《じんだい》ですし、ドラマの共演者の事務所にたいしても被害は及びます。賠償額をすべてひっくるめると数億は下らないでしょうね」

「で、でも……それは、有罪だった場合ですよね?」

質問する小西の声は、聞き取れないほどに弱々しく震えていた。

「損害賠償については免れます。ですが、無罪になったからといって、一度離れたスポンサーやプロデューサーが戻ってくると思います? そこらへんの事情は、私なんかより小西さんのほうがお詳しいんじゃないでしょうか?」

木塚は言葉を切り、ブラックのアイスコーヒーをストローで吸い上げた。

一分、二分……沈黙が続いた。

トラップの仕掛けは万全だ。あとは、獲物がかかるのを待つだけだ。

五分が経過したあたりで、小西が氷の解けたアイスコーヒーをストローを使わずにひと息に流し込んだ。

「……私達は……どうすればいいんですか?」

木塚は、眼を閉じた。

これまでに、何百回も耳にしてきた恍惚《こうこつ》の言葉は、一流のピアニストが奏でる流麗《りゅうれい》な旋律のように木塚を陶酔《とうすい》させた。

「弁護士さん……どうすれば……」

「解決法は、ただひとつ。被害を訴える女子高生を納得させるしかありません」

小西を遮り、木塚は切り出した。

「どうやって、納得させるんでしょうか？」

「示談に持ち込むしか方法はないですね」

「示談……ですか？」

「はい。示談金を支払って、和解するんですよ」

「そんな！　僕は無実なのに、どうしてお金を払うんですか⁉　それじゃまるで、痴漢しましたって認めるようなものじゃないですか！」

珍しく松岡が、強い語調で捲《まく》し立てた。若い松岡の、この反論は想定の範囲内だった。

「松岡さんの気持ちはわかりますが、先ほどから言っているように、警察に被害届を出されて取り調べが始まったら、いくら無実を訴えても聞き入れてはくれません。きつい取り調べに耐えられなくなり罪を認めて略式起訴になる道を選ぶか、無実を主張し続けて裁判で戦うか、ふたつにひとつです。因《ちな》みに、略式起訴は周囲にはバレませんが前科はつきます。そして、なにより厄介なのは、釈放されて素知《そし》らぬ顔で現場に復帰できたとしても、被害者がSNSなどを使って松岡秀太に痴漢されたと暴露《ばくろ》する可能性が高いことです」

「なっ……」

松岡が息を呑《の》み、小西が眼を見開いた。

イメージが命の人気商売にとって、SNSで痴漢の前科を晒《さら》されるのは死刑に等しい。

「僕は……僕は、なにもしてないんですよ！　それなのに、どうして、こんなひどい目に遭わなければならないんですか！」

松岡が、涙声で訴えた。

「被害者は、松岡さんが胸を触ったと思い込んでいます。松岡さんがどんなに否定しても潔白を訴えても、彼女の中ではあなたは痴漢なのです」

「……弁護士さんは、やっぱり僕のことを疑ってるんですね？」

松岡が、恨《うら》めしそうな顔で言った。

「疑ってはいません。ですが、疑っていたとしても、私は同じことを言うでしょう。松岡さん、いいですか？　肝《きも》に銘《めい》じてほしいのですが、痴漢をしたかしないかが問題ではなく、提訴されるかされないかが問題なんです。有罪か無罪かを争う舞台に上がった時点で、世間には公《おおやけ》になるので、結果如何《いかん》にかかわらず松岡さんの負けです」

「じゃあ、僕はどうすれば……ひどいよ……あの女……」

松岡が拳で膝を殴《なぐ》りつけ、唇を嚙んだ。

「松岡さん、悔しくてやり切れないとは思いますが、示談金を払って提訴させないようにするしかないんです」

「秀太、弁護士さんの言う通りだ。お前が無名ならまだしも、有名人だからな。ここはとりあえず、示談の方向で話を進めよう」

木塚に続き小西が諭すと、松岡は頸椎《けいつい》が折れたように項垂《うなだ》れた。

「弁護士さん、示談金っていくら払えばいいんでしょうか？」

小西が、緊張した面持ちで訊ねてきた。

「そうですね……」

木塚は腕を組み、思案するふりをした。

本当は、松岡をターゲットにした時点で搾《しぼ》り取るだいたいの金額は決めていた。

「安く見積もっても、これくらいは覚悟したほうがいいかと思います」

木塚は、パーにした右手を宙に掲《かか》げた。

「五百万ですか……まあ、仕方ないですかね」

小西が、渋い表情で頷いた。

「いえいえ、ゼロがひとつたりないですよ」

「えっ……」

「ですから、示談金は五百ではなく五千万です」

「ご、五千万⁉　冗談でしょう⁉」

小西が裏返った声で叫んだ。

「いいえ、被害者サイドに納得してもらうには、これくらいの額は妥当《だとう》な線だと思います。現在の松岡さんのＣＭ契約本数は四本、それから、来クールの連ドラの主演と映画の主演が決まっていますよね？　ざっと計算しても、年間で事務所には一億円以上の売り上げがあります。何事もなく行けば、この先数年は同額程度かそれ以上の売り上げが続くことが予想されます。ですが、痴漢の疑いで警察に訴えられた場合、それらの売り上げがすべてフイになるだけじゃなくて、違約金も発生しますよね？　知り合いの広告代理店に聞いたんですが、芸能プロダクションの違約金の相場って契約金の二倍から三倍だそうじゃないですか？　大雑把《おおざっぱ》な計算ですが、和解に持ち込めれば五億以上の損失を免れるはずです。当然、被害者サイドも相手が有名人だと知るでしょうし、一般人より高い金額を要求されるのは覚悟したほうがいいですね」

木塚は、事務的な口調で言った。

「有名人だから事件になったときにマスコミに騒がれるのは仕方がないですが、示談金が五千万だなんて……。下手《へた》すれば、サラリーマンの方の示談金の百倍くらいいってるんじゃないんですか？　そんなの、理不尽ですよ！」

小西が、不満げに吐き捨てた。

「収入も十倍はいってるんでしょうから、仕方がありません。慰謝料なんかと同じで、年収一億の人と三百万の人を一緒に考えるわけにはいきませんから」

木塚は、冷たく突き放した。

ここで甘い顔をみせ、小西につけ入る隙《すき》を与えてはならない。示談金を払うのは小西ではなく「アカデミアプロ」の社長だ。伝書鳩を徹底的に叩いて従順にしなければ、うまく社長から金を引き出すことができない。

「まあ、無理にとは言いません。私は、最善の策をお伝えしただけですから」

「五千万を払えなければ、弁護士さんには示談の交渉をしていただけないんですか？」

不満と不安が入り混じった顔で、小西が木塚をみつめた。

「交渉しないとは言ってません。小西さん、誤解してほしくないんですが、私だって示談金は安いに越したことはないと思います。ですが、被害者サイドが納得しなければどうしようもないですし、最初の金額提示が大事です。相手が考えている金額と開きがあり過ぎた場合、怒りに任せて警察に被害届を出すかもしれません。または、金額を吊り上げるために脅しの意味で確信犯的に警察に訴え出るという可能性もあります。何度も言いますが、松岡さんは警察沙汰になった時点でアウトです。マスコミに嗅ぎつけられ、報道されたあとに和解が成立しても無意味ですからね。いいですか？」

木塚は取り出したセーラムを小西と松岡に翳《かざ》し、ふたりが頷くのをみて火をつけた。

「私も、いいですか？」

小西がセブンスターをくわえた。

木塚が一本を吸い終わるまでに、小西は貪《むさぼ》るようなハイペースで三本を灰にしていた。

「できれば、私もいい返事をしたいのですが、持ち帰って社長と相談しなければなんとも言えません。本当に、すみません」

グラスに直接口をつけてアイスコーヒーを飲み干した小西が、申し訳なさそうに言った。

「私に謝る必要はありませんよ。被害者サイドが警察に訴え出ても、私は別に困りませんから」

木塚は、無感情に言った。

「とにかく、いったん、事務所に戻って社長に報告します」

「いつ、ご連絡いただけますか？ 最初に断わっておきますが、あまり時間はありませんよ」

すかさず木塚は釘を刺した。

時間を与えれば知恵を入れる者も出てくる。大手芸能プロダクションならば顧問弁護士のひとりやふたりはいるであろうし、相談するのは間違いない。

もちろん、同業者が出しゃばってきたときの対処法も考えてある。

「いつまでに、ご連絡すればいいですか？」

「明日一杯までなら、なんとか被害者サイドを繋ぎとめておけます」

「わかりました。では、明日の夜になりますが、弁護士さんの携帯のほうにご連絡を差し上げてもいいでしょうか？」

「はい。日付が変わるくらいまでに頂ければ、助かります」

小西からの電話が入った直後に、袴田、桃香と作戦会議を開かなければならない。

「アカデミアプロ」の顧問弁護士から連絡が入ることも想定しておく必要があった。

「了解しました。いろいろと、すみません。今日は本当に、ありがとう……あ、そう言えば、相談料をお支払いするのを忘れてました。おいくらになりますか？」

小西が、財布を取り出しながら訊ねてきた。

「いえ、今回は乗りかかった船ですから、ボランティアでやらせてもらいます。正式な依頼を受けることになったら、着手金十五万、成功報酬十五万の三十万で結構です」

カモによっては金はいらないと恩を着せるケースもあるが、小西は芸能プロの業務で酸《す》いも甘いも経験しているだろうから、ただと言ってしまえば却《かえ》って怪しまれる恐れがあった。

「そんなにお安くて、いいんですか⁉　普通は、もっとかかりますよね？」

「もともと、痴漢冤罪の案件で商売するつもりはありませんから。地獄に堕とされそうになった男性をひとりでも多く助けられれば……その思いだけでやっています」

木塚は、打ち合わせが始まってから初めて柔和《にゅうわ》な微笑《ほほえ》みをみせた。

「なんとお礼を言えばいいのか……先生が、仏様のようにみえますよ」

小西が感極まった表情で、頭を下げた。

「そんな、私が仏様なんて、とんでもありません」

木塚は、苦笑いを浮かべた。謙遜《けんそん》ではなかった。

――予言しよう。数日後、お前の瞳に映っていた仏が悪魔に変わっているだろうことを。

「私の言う通りにしてくだされば、決して悪いようには致しません。安心して、お任せください」

木塚は、心の呟きとは裏腹の穏やかな表情で頷いた。

4

「スペシャルなカモにかんぱーい！」

中野駅北口近くのイタリアンレストランの個室——袴田が、厳《いか》つい類人猿顔を無邪気に綻《ほころ》ばせ、生ビールのジョッキを宙に翳した。

木塚はこの店の常連客で、重要な商談や打ち合わせなどでよく利用している。酒も料理も並の味だが、木塚のために四人用の個室を常にキープしてくれるのが贔屓《ひいき》にする理由だった。スタッフに聞かれたくない話をするときに、重宝している場所だ。

「五千万にかんぱーい！　いぇーい！」

桃香が、コーラのグラスを宙に掲げた。

ハイテンションな袴田と桃香とは対照的に、木塚は無言でワイングラスをふたりのグラスに触れ合わせた。

「天下のイケメンスター、松岡秀太の事務所から五千万！　さすがはウチのエース、神様、仏様、桃香様だな！」

上機嫌《じょうきげん》な袴田が、桃香を拝むポーズをした。

「たしかにイケメンだったけどさ、お金の魅力にはかなわないし。それよか、示談金が五千万ってことはさ、私の取り分は一〇％だから五百万だよね⁉　お金が入ったら『１０９《マルキユー》』でソッコー大人買いしよっと！」

桃香が、声を弾《はず》ませた。

「なんだ、そんなケチなこと言ってないで、ハイブランドにしろ！　シャネルとかヴィトンとか、五百万もあればいくらでも買えるだろうが？」

袴田が、煽るように言った。

「ハイブランドなんて、いまウチらの間じゃ流行《はや》んないし。それに、その手には乗らないからさ」

桃香が言いながら、オニオンリングを齧《かじ》った。

「なんだよ、その手って？」

「貯金が増えるとバイトやめるかもしれないから、お金たくさん使わせたいんでしょ？」

「俺が、そんな腹黒いお兄さんにみえる？」

「みえるよ。腹黒いおっさんに」

「俺はまだ三十代だぞ？　おっさんはないだろ？」

「ウチらの常識じゃ二十代でおっさん、おばさんだから。それよか、袴田さんこそ車でも買えば？　フェラーリとか、余裕じゃん？」

「俺、こうみえてもポルシェ派なんだよ」

「ゴリラがポルシェなんて似合わねぇ～。木塚さんは、なに買うの？　貯金なんて言わないでよ」

　桃香が、弾んだ声で訊ねてきた。

「ふたりとも、はしゃぎ過ぎだ」

　木塚は冷めた口調で言うと、切り分けたイベリコ豚を口に放り込んだ。

「木塚さんはさ、いつも冷め過ぎだって」

「そうですよ！　所長、今日は、大きなカモをゲットしたおめでたい日じゃないですか！　さ、五千万の前祝いです。ガンガン飲みましょう！」

　袴田が注《つ》ごうとした赤ワインのボトルを、木塚は手で押さえた。

「勘違いするな。今日お前らをここに連れてきたのは前祝いのためじゃない。明日の作戦会議だ」

　木塚が、袴田と桃香を無機質な瞳で見据えた。

「作戦会議？」

袴田が、怪訝な表情で鸚鵡《おうむ》返しに訊ねた。

「そうだ。五千万が手に入るまでは、作戦が成功したとは言えない」

「でもさ、痴漢やったなんて広められたら困るから、絶対に払うでしょ？」

桃香が、楽観的に言った。

「そんなに甘いものじゃない。『アカデミアプロ』は業界大手で、社長の吉原って男はまだ二十八歳だがかなりのやり手だ」

「二十八歳⁉　嘘でしょう⁉」

袴田が、素っ頓狂な声を上げた。驚くのも、無理はない。普通、弱小プロならいざ知らず、大手芸能プロの社長ともなれば若くても五十代が常識だ。

「アカデミアプロ」には、松岡秀太以外にも連ドラで主役を張れる男優や女優が四、五人はおり、オリコンベスト10入りの常連アーティストも何組か所属している。テレビ局も「アカデミアプロ」にそっぽを向かれるとドラマや歌番組のキャスティングに困るので、常に吉原の顔色を窺っているという。吉原が気に入らない役者の名前がドラマのキャストに挙がっていると、さりげなくプロデューサーに圧力をかけて降ろさせるくらいは朝飯前だ。

「本当だ。しかも、吉原自身が十八の頃に立ち上げて僅か十年でここまでの規模にした」

「マジですか⁉　普通、あそこまでの規模にするには、三十年……どんなに早くても二十年はかかります」

「吉原が相当に切れ者である証拠だ。噂では政治家やヤクザに太いパイプがあるらしい」

「表も裏も……ってわけですね？」

袴田の問いかけに、木塚は頷いた。

「その青年実業家、最強じゃん！」

「他人事じゃない。これから、奴と戦わなければならないかもしれないんだぞ」

木塚は、桃香を窘めた。

「え？　なんで、ウチらが青年実業家と戦わなきゃなんないの？」

「いくらドル箱スターが痴漢の嫌疑をかけられているからといって、吉原が素直に五千万もの大金を払うとは思えない」

「でも、マスコミや世間に知られたら違約金問題になるんでしょ？」

「もちろん、払わないなんてことはないさ。ただ、かなり金額を値切ってくるはずだ」

「どのくらいで、交渉してくるつもりなんですかね？」

袴田が、さっきまでとは打って変わった深刻な表情で訊ねてきた。

「五百ってところだろうな」

「ご、五百!?　じょ……冗談でしょ!?」

袴田が眼を剝《む》き、フォークを足もとに落とした。

「いや、冗談じゃない。そもそも、痴漢の示談金の相場は、個人差はあるが五十万から二百万ってところだ。そのへんの相場は、きっちり調べているはずだ。逆に、五百万も払うんですよ？　みたいなノリで交渉してくるだろう」

「それは一般人の話で、松岡秀太は年間数億を生み出す売れっ子俳優ですよ？　そこらのサラリーマンとは桁が違う示談金を払わなければ収まらないことくらい、わかってるでしょうに」

「わかってても、わからないふりをして交渉してくるような奴だ」

「じゃあ、どうすんの？　五百万しか取らないの？」

桃香が不満げに唇を尖《とが》らせた。

「そうならないために、こっちも対策を立てないとな」

木塚は、パーラメントをくわえた。

「どうするんです？」

袴田が、ライターの火を差し出しながら訊ねた。

「明日、吉原との交渉の場にお前らも同席しろ」

「私、なにをすればいいの？」

「お前は、とにかく大騒ぎしろ。警察やマスコミに訴えてやるってな。人気商売の芸能人には、それが一番効果的だ。吉原がなにを言ってきても、会話にするんじゃないぞ」

「会話にするんじゃないって、なにそれ？」

桃香が、カプレーゼを頬張りながら怪訝な顔を木塚に向けた。

「感情的になれってことだ。昔、闇金融をやっているヤクザが言ってたんだが、取り立てするのに一番厄介なのは、ヒステリックに喚《わめ》き立てて話を聞かない女だそうだ。触られた、示談なんて冗談じゃない、警察に訴えてやる、マスコミに暴露する……これを繰り返し喚き散らせばいい」

「なんか、私、馬鹿みたいじゃん」

「お前は、聞き分けのないガキを演じてればそれでいいんだよ。それから袴田、お前は示談に持ち込もうとする俺に突っかかるんだ。金の力で卑劣《ひれつ》な行為を揉み消そうという気か!? ってな」

木塚は、桃香から袴田に視線を移して言った。

立ち上る紫煙を眼で追いながら、木塚は灰色の脳細胞をフル回転させた。

吉原のペースで、交渉してはならない。いや、交渉自体、させてはならない。

桃香と袴田を納得させなければ大変なことになる、と狼狽《ろうばい》させなければならない。

「それで五千万、払いますかね？」

袴田が、不安げに訊ねてきた。

「お前、何年、俺の下で働いている？　払いますかね？　じゃなくて、払わせるんだよ。

絶対的なカードはこっちが握ってるんだ。従わなければ警察に訴えられて松岡秀太のタレント生命が終わってしまうって恐怖を植えつけるのさ」

「煙草ちょうだい」

桃香が、パーラメントのパッケージに手を伸ばした。

木塚は無言でパッケージを取り上げ、上着のポケットにしまった。

「一本くらい、いいじゃん！　ケチ！」

「そういう問題じゃない。煙草はやめろ。警察官や駅員の前で煙草の匂いをさせてたら、お前の言葉の信憑《しんぴょう》性がなくなるだろう？」

木塚は、抑揚のない口調で言った。

「そんな、大袈裟《おおげさ》だよ」

「大袈裟じゃない。被害を訴える少女は、真面目《まじめ》であればあるほど説得力を増すもんだ。いくら黒髪にして清純さを装ってても、ヤニ臭さで台無しだ。稼ぎたいなら煙草くらい我慢しろ」

「わかったよ」

渋々、桃香が納得した。

「所長、もし、三千万とか四千万ならすぐに払えるといったら、どうしますか？」

袴田が生ビール半分ですっかり赤らんだ顔を向けた。

過去にも、示談金を値切ってきたカモはいた。

「だめだ。五千万から、一円もマケはしない」

「ですが、四千万でも手を打ったほうが得じゃないんですかね？　話がこじれたら厄介ですし……」

「馬鹿。払える体力のあるカモには、容赦する必要はない。この前の中島みたいな安月給のサラリーマンなら話は別だがな。いいか？　同情なんて一銭の得にもならないくだらない感情を持つのはやめろ」

木塚は冷え冷えとした眼で袴田を見据えながら、ワイングラスを傾けた。

追い詰められたカモが破滅しようが自殺しようが、どうだっていい。

木塚にとって重要なのは、一円でも多くの示談金を吐き出させることだった。

☆

「木塚法律事務所」の応接室のソファに、袴田と桃香が並んで座っていた。

木塚は窓際に立ち、ブラインド越しに通りを見下ろしていた。

約束の午前十時を、既に十五分回っていた。

「ねえ、遅刻なんて、ウチらを馬鹿にしてない？」

桃香の声は、苛立っていた。

「時間に遅れるカモなんて、初めてですよね？　いったい、どういうつもりですかね？」

袴田が、むすっとした表情で言った。

「もう、吉原の駆け引きが始まってるんだろう」

木塚は、窓の外に視線を向けたまま言った。

「駆け引きって……こっちを怒らせたら、マイナスになるだけでしょう？」

「普通は、そうだ。だが、吉原は敢えて遅刻して、気後《きおく》れなんかひとつもしていないってことをアピールしてるのさ」

「ねえ、電話したらいいじゃん」

「いいや。そんなことをしたら、相手にイラついているって知られてしまうだけだ」

「でも私、感情的に喚き散らすんでしょ？　イラついてるって思われてもいいんじゃゃね？」

「演技で感情的になるのと、本当に感情的になるのは違う。冷静さを失えば、どこでボロが出るかわからないからな。吉原の目的は、俺らを怒らせることだ」

「どうして、そんな逆効果なことを……」

袴田が訝し気な声で言った。

「疑ってるんだよ。松岡秀太が嵌められたんじゃないかってね」

木塚は、さらりと言った。

「まさか！」

「芸能屋の社長だったら、まず最初にそう考えるさ。有名人相手に騒ぎを起こしたら、無名の人間のほうが得するのが常識だからな。さあ、噂の主役が、ようやくご登場だ」

窓の下――黒光りしたヴェルファイアが停車し、三人の男が降りてきた。

先頭がチーフマネージャーの小西、次が松岡、最後を歩いている若く長身の男が吉原に違いない。

「もう、二十分も過ぎてますよっ。ふざけやがって……」

袴田が、怒りに声を震わせた。

「いいか？　遅刻したことに、ひと言も触れるなよ」

木塚は、テーブルを挟んで向き合う応接ソファを見渡せる位置にハイバックチェアを移動させ、袴田と桃香に命じた。ほどなくすると、ドアがノックされた。

「入れ」

「失礼します」

ドアが開き、奈央が現われた。松岡が来所することがわかっているので、奈央はいつにも増して胸の谷間を強調した露出度の高い服を着ていた。

「所長、『アカデミアプロ』の方がおみえになりました」

「失礼します」

奈央の背後から、グレイのスーツ姿の小西が姿を現わした。

「どうぞ、お入りください」

小西に続き、松岡、そして吉原が事務所に足を踏み入れた。

青地にピンストライプ柄の鮮やかなスーツを纏った吉原は、松岡と並んでも引けを取らないモデル並みの長身だった。

だが、決定的に違うのはオオカミのように鋭く狂気を宿した瞳をしていることだった。

「遅くなって申し訳ありません。こちら、ウチの代表の吉原です」

小西が、年下の上司を紹介した。

「小西、謝る必要はない」

「なんだって⁉」

吉原が小西に言うと、袴田が血相を変えた。

「どうも、代表の吉原です」

なに食わぬ顔で、吉原が木塚に名刺を差し出した。

「あんた、痴漢の件で詫びにきたんじゃないのか⁉　遅れた上に、その態度はなんだ！」

袴田が、木塚の命令を忘れて感情的に吉原に食ってかかった。

「目撃者の方？　なんで関係のない第三者がここにいるんだ？」

吉原が、袴田にちらりと視線をやった。

「私の判断で、公正な立場で証言をお願いするために呼びました。松岡さんが有名人ということを鑑《かんが》み、あらぬ痴漢の噂を流されてトラブルを生んでしまわないためにも」

木塚が口を挟んだ。

「ああ、そうだ。わざわざ仕事休んできてるんだ、いい加減にしろよ」

「俺は、詫びにきたんじゃなく、話し合いにきたんだよ」

吉原が、吼《ほ》える袴田を無視してふてぶてしい顔で言った。しかも端《はな》からため口だった。

「なに⁉」

「まあまあ、落ち着いてください。とりあえず、みなさん、お座りください」

木塚は、吉原達にソファを勧めた。

吉原が中央に踏ん反《ふんぞ》り返るように腰を下ろし、両端に松岡と小西が遠慮がちに座った。

想像以上のやり手だ。所属タレントが痴漢の嫌疑をかけられ、目撃者までいるという絶対的不利な状況下において、強気な姿勢を貫《つらぬ》くとは、相当な肝の据わりかただ。

「早速ですが、一昨日《おととい》、通勤ラッシュの山手線の車内で、こちらの女子高生、斎藤《さいとう》桃香さんが松岡秀太さんに胸を触られたと訴えてきまして、チーフマネージャーの小西さんにきてもらいました」

「聞いてるよ。示談金が五千万だとか？」

吉原が、すかさず本題に切り込んできた。

「はい。松岡さんは数多くのＣＭやドラマに出演していますから、痴漢をやったなどと噂が広がれば大変なことになってしまいますので、示談で済ませたほうがいいかと判断しまして……」

「弁護士さん、ちょっと待ってよ。秀太、お前、彼女の胸を触ったのか？」

吉原が木塚を遮り、松岡に訊ねた。

「触ってません」

松岡が、すかさず否定した。

「嘘吐き！　あなた、私の胸触ったじゃないですか！　なんでそんな嘘が吐けるんですか⁉　ひどい……ひどいよ！」

桃香が、打ち合わせ通りに感情的に松岡に食ってかかった。

「嘘なんて吐いてない！　僕は、触ってないよ！」

吉原が隣にいるせいか、松岡は昨日よりも強気だった。

「私に痴漢したじゃないですか！　胸を触ったじゃないですか！　嘘を吐かないでください！」

片頭痛がするような金切り声が、事務所の空気を切り裂いた。

「ねえ、君、ウチの秀太は痴漢してないって言ってるんだけどさ、勘違いじゃないの？」

吉原の問いかけに、桃香の血相が変わった。

「勘違いじゃありません！　私が、嘘を吐いているって言うんですか⁉」

桃香が眼に涙を溜め、唇を震わせて訴えた。女優並みの演技力だった。

「そうは言ってないさ。でも、秀太も嘘を吐くような男じゃないから。だから、ほかの人の手が当たったのを勘違いしたんじゃないかと思って訊いたのさ。満員電車なら、そういう勘違いがあっても不思議じゃないし」

吉原は、目の前で取り乱す桃香が視界に入らないとでもいうように、淡々と言った。

「勘違いじゃないよ！　俺もこの眼でみたんだからな！」

袴田が、桃香の援護射撃をした。

「また、お宅か」

「俺は、彼女と同じ車両に乗っていたんだよ」

「じゃあ訊くけどさ、秀太はどっちの手で彼女のどこを触ったのか教えてくれよ」

「え……？」

予期せぬ吉原の質問に、袴田が言葉に詰まった。

「吉原社長は、松岡さんがどちらの手で桃香さんのどこを触ったのかを確認しています」

咄嗟《とっさ》に、木塚は袴田に助け船を出した。

「あ、ああ……たしか、右手で胸を触ってたよ」

動揺に、袴田はしどろもどろになっていた。

「たしか？　お宅は、秀太が彼女に痴漢したのをはっきりみたんだよな？　それなのに、たしか、なんて、曖昧《あいまい》な表現はおかしいじゃないか？」

ここぞとばかりに、吉原が突っ込んだ。まるで、血の匂いを嗅ぎつけたサメのようだった。

事務所に現われてまだ五分くらいしか経っていないというのに、袴田も桃香も完全に吉原に翻弄《ほんろう》されていた。吉原は、聞きしに勝《まさ》る切れ者だ。

「いや……たしかっていうのは言葉のあやでさ……」

「言葉のあや？　ウチの大事なタレントの人生がかかっているのに、言葉のあやはないだろうよ？　あんた、本当にみたのか⁉　もしかして、この女とグルじゃないのか？」

吉原が、逆に袴田を詰めにかかった。

木塚は、さりげなく桃香に視線を送った。

ここで流れを変えなければ、完全に吉原のペースになってしまう。

「私がグルですって⁉　私が、痴漢されたって嘘を吐いてるっていうんですか⁉」

木塚のサインを見逃さない桃香は、さすがだった。

「君は、秀太にどっちの手で触られたか覚えてる？」

吉原が、袴田にしたのと同じ質問を繰り返した。

「だから、右手ですよ！」

桃香は、即座に断言した。

「秀太は、右手に台本の入った鞄を持ってたんだよ。だから、君の胸を触ることはできない」

吉原が、勝ち誇ったように言った。

「嘘を言わないでください！　私は触られたとき、彼の右手首を摑んだんですから！」

「嘘だっていう証拠は？　秀太が右手に鞄を持っていなかったって証拠は？」

「証拠って……私が、右手首を摑んだって言ってるんですから！　それに、袴田さんもみてるんですから！」

桃香が眼尻を吊り上げ、テーブルを叩いた。

本当に激憤しているのか演技なのかの判断はつかなかった。

「ふたりがグルだったら、口裏を合わせるのは簡単だろう？」

吉原が、鼻で笑った。

「そこまでして、私を嘘吐きにするつもり……」

「なんてな。鞄を持ってたってのは俺のアドリブだ。だが、俺や秀太が言い張れば、右手に鞄を持ってなかったって証明することはできないんだよ。だから、あんたらは秀太が痴漢したっていうけど、それだってもしかしたら、俺のいまの鞄の嘘と同じかもしれないだろ？　秀太は絶対に触ってないって言ってるわけだしな」

熱り立つ桃香を遮り、吉原が種明かしをした。敵ながらあっぱれな男だ。この状況で吉原は、袴田と桃香を試す余裕まであるのだ。

ふたたび、木塚は桃香に目顔で合図した。

「もう、警察に訴えます！　痴漢されたのに嘘吐きなんて、ひど過ぎます！　弁護士さん、警察に電話してください！」

「賛成だっ。人をペテン師扱いしやがって！　警察だけじゃなくて、マスコミにも電話してくれ！　人気スターが女子高生に痴漢したってスキャンダルなら、飛んでくるだろうよ！」

桃香に続き、袴田が逆襲に転じた。松岡と小西が揃って顔色を失った。

「ふたりとも、待ってください。今日は、示談にするための話し合いですから。吉原社長も、これでは逆効果ですよ。事を荒立てないように、話し合いの場を持った意味がありません」

木塚は中立の立場を強調し、吉原を諭した。

「だって、本当に彼らがグルだったらどうするわけ？」

相変わらず吉原は、動じた様子をみせなかった。なぜ、吉原が僅か十年で「アカデミアプロ」を業界大手に成し得たかの理由がわかったような気がした。

「私はこれまでに何件も痴漢事件を扱ってきましたが、警察が介入すると、罪を認めて略式起訴で釈放されないかぎり裁判になり、九九・九％有罪になります。痴漢が怖いのは、無罪であっても本当はやったんじゃないのか？　というイメージがついてしまうことです。一般の方でも大きなダメージを被るわけですから、有名人の松岡さんは比較にならないほどの損害になることが予想されます。だから、私は示談をご提案しているんです。松岡さんが痴漢で訴えられたなんてインターネットで流されれば、一気に拡散してしまいます。そこらへんの事情は、私なんかより吉原社長のほうがよくご存じでしょう？」

「初歩的な質問だけど、弁護士さんはさ、秀太が痴漢したと思ってるわけ？」

吉原が身を乗り出し、木塚を三白眼《さんぱくがん》で見据えた。

「正直なところ、痴漢したかどうか確証はありません。誤解を恐れずに言えば、真実に興味はありません。なぜなら、松岡さんが警察に訴えられるのを阻止《そし》できるかどうかが、すべてですから」

「ずいぶん、はっきり言ってくれるな。いいのか？　弁護士が、真実に興味がないなんて言って」

「そこが、痴漢事件の不条理なところです」

木塚は、悲痛のいろを眉間に浮かべてみせた。

吉原を追い込むには、力ずくで押してもだめだ。彼は、それ以上の力で押し返してこようとするし、それだけの頭脳と戦略を持っている。示談を拒絶すれば損害を被るという計算を、吉原自身がするように仕向けなければならない。

木塚が一番恐れている展開は、吉原が開き直り、警察に連絡しろと言い出すことだ。現実に松岡は痴漢などしていないし、示談金をせしめるのが目的なので、本当に警察に突き出して得することなど、木塚にはなにもない。

「なるほどな」

吉原が、言いながら頷いた。

一分、二分、三分……吉原が腕を組み、なにかを考え込んでいた。

袴田、桃香、松岡、小西が、緊張の面持ちで吉原が口を開くのを待っていた。

木塚は、心の動きが顔に出ないよう平静を装っていた。

勘のいい吉原に策略を感じ取られてしまえば、面倒なことになるからだ。

「わかった。示談金を払おう」

五分が経った頃、吉原が沈黙を破った。

「ご理解してくださり、ありがとう……」

「ただし、金額は五十万だ。それ以上は、ビタ一文《いちもん》払う気はない」

吉原が木塚を遮り、眉ひとつ動かさずに言うと唇の片端を吊り上げた。

木塚は浅く息を吸い込み、吉原の視線を受け止めた。

もしかしたら自分は、大変な男を敵に回したのかもしれない。

木塚の脳内で、黄色信号が明滅した。

# 5

既に山盛りになっている灰皿に、新たな煙草の吸い殻が荒々しく捩《ね》じりつけられた。

「あのガキ、ナメやがって！」

袴田が、新しい煙草に火をつけた。

吉原が帰ってから十五分も経っていないのに、袴田は十本以上の煙草を吸っていた。

その吸い殻がすべて折れたり捩じ曲がったりしている様が、袴田の心境を物語っていた。

「マジ、信じらんない！　五十万しか払わないなんて、ありえないでしょ⁉」

桃香も、興奮口調で吐き捨てた。ふたりが憤然とするのも、無理はなかった。

木塚が提示した五千万にたいして、吉原は五十万なら払うと涼しい顔で言い放った。

年間億単位を稼ぐ自社のドル箱俳優が痴漢の嫌疑をかけられているというのに、吉原は揉み消そうとするどころか、袴田と桃香がグルではないかと疑ってきた。

松岡秀太が痴漢をしていないとしても、警察に訴えられ、マスコミに嗅ぎつけられただけで、「アカデミアプロ」が被る損害は甚大だ。連日に亘ってワイドショーや週刊誌が松岡の痴漢事件を取り上げるだろう。そうなれば、スポンサーは離れてしまう。

たとえシロであっても、ＣＭで松岡の顔をみるたびに視聴者の頭には痴漢事件が浮かぶようになる。

結果、スポンサーの企業イメージ＝痴漢となりかねないのだ。

木塚はソファで足を組み、パーラメントをくわえた。

「五十万って、本気で言ってるんですかね⁉」

袴田が、ライターの火を差し出しながら訊ねてきた。

「半分はブラフで、半分は本気だろう」

「俺らの出方を窺ってるってことですか⁉」

「ああ。マネージャーから報告を受けて、受け身になったら骨の髄《ずい》までしゃぶられると思ったんだろうな。だから、イニシアチブを取るために一《いち》か八《ばち》か強気の姿勢を貫いたってところだな」

木塚は、紫煙を肺の奥に吸い込みながら十数分前に記憶を巻き戻した。

☆

――ただし、金額は五十万だ。それ以上は、ビタ一文払う気はない。

――困りましたね。それは、吉原さんや私ではなく、被害者の彼女が決めることですから。

木塚は、敢《あ》えて一歩引いた目線で物を言った。

――俺は五十万までしか払えないけど、どうする？

吉原は、桃香に視線を移した。

――冗談じゃないです！　警察に訴えますから！

桃香が、金切り声で叫んだ。

――君は、五千万がほしいわけ？　それとも、秀太を警察に訴えたいわけ？

吉原が、人を食ったような顔で桃香に訊ねた。

――お金の問題じゃありません！　罪を認めて、ちゃんと反省してほしいんです！

本気か演技か、桃香の瞳は涙で潤《うる》んでいた。

——僕は、痴漢なんてしてないよ！

松岡が、血相を変えて話に割って入ってきた。

——嘘を言わないでください！　触ったじゃ……。

——秀太が認めて反省すれば、五十万の示談金で納得するのか？

反論しようとする桃香を遮り、吉原が切り込んだ。

——え……。

想定外の質問に、桃香が返事に詰まった。

——本当に反省しているのであれば、そもそも五十万以上はビタ一文払う気はないなんて冷たい言いかたはしないはずです。

木塚は、すかさず口を挟んだ。吉原は、自分を切り離して桃香から言質《げんち》を取ろうとしていた。

——じゃあ、弁護士さんは、示談金が高ければ高いほど反省している証になるっていう考えなのか？　金が物を言う世界ってことを言いたいのか？

相変わらず挑発的に、吉原が畳《たた》みかけてきた。この状況で好戦的になれるのは、相当に神経が図太い証拠だ。

——どう受け取ってもらっても構いませんが、松岡さんの推定年収からすれば、示談金が五千万というのは妥当な額だと思います。

木塚も、一歩も退かなかった。これ以上受け身に回れば吉原を調子づかせるだけだ。

——だから、それは秀太が痴漢してた場合だろう？　無実なのに、どうして五千万も払うのが妥当なんだよ？

——無実だと証明するためには、警察で取り調べを受け、法廷に立つ必要があります。

そうなればマスコミに騒がれて世間に知れ渡ってしまうし、それが嫌だから示談にするわけでしょう？　金額に不満があるなら、裁判で無実を証明するしかないですね。

木塚は、突き放すように言った。

——弁護士さんは、どっちの味方なわけ？

——どっちの味方でもありません。私は松岡さんの事件を表沙汰にせずに収めたいだけです。

——おい、秀太、帰るぞ。

突然、吉原が腰を上げた。

困惑《こんわく》した表情で、松岡とチーフマネージャーも立ち上がった。

——示談は決裂と受け取ってもいいですか？

木塚は、ドアに向かう吉原の背中に声をかけた。

――今週一杯、時間をくれ。

――それは、前向きに検討するというふうに考えてもいいですか？

――とにかく、月曜には連絡する。

吉原は一方的に言い残し、事務所をあとにした。

☆

「月曜に返事するなんて、ナメてますよね⁉」

袴田が、岩のような拳を膝の上で握り締めた。

たしかに、勝手に話し合いを中止して席を立つなどありえなかった。

桃香が腹を立て、警察に訴えるかもしれないという可能性が頭を過《よぎ》れば、普通ならあの行動は怖くてできないはずだ。

自信があるのか？　駆け引きか？　それとも、ただの無鉄砲な男か？　いずれにしても、吉原は一筋縄ではいかない男だ。

「とりあえず、奴の出方をみてみるつもりだ」

木塚は、吸い差しの煙草を灰皿に押しつけながら言った。

「あのガキ、五千万、払いますかね？」

袴田が、不安げな表情で訊ねてきた。

「払わせるさ。奴の立場が圧倒的に不利なのは変わらない。ああやって強気で押し通して、俺らの様子を窺ってるのさ。だから絶対に弱気な態度をみせるわけにはいかない」

「五千万を払わないといったら、どうします？　警察に訴えるんですか？」

「いいや。警察を絡《から》めたら、こっちも厄介になる。桃香も出頭しなければならないし、なによりマスコミに知れ渡ってしまう。翌日にはどのスポーツ新聞もワイドショーもこぞって取り上げるだろう。そんなことになってみろ？　ＣＭもドラマも降板になり、松岡のタレント生命は終わる。価値のなくなった商品に五千万も払う馬鹿はいない」

人は、守りたいものに価値があればあるほど、多額の金を払ってでも解決しようとするものだ。

「じゃあ、どうします？」

「被害者の少女が警察に訴えると騒いでいる。早く示談にしなければ、取り返しのつかないことになりそうだ。この一点張りで詰めるさ。どんなに強がっていても、吉原はそれをやられたら命取りだとわかっている。頭のいい奴だからな。必ず、歩み寄ってくるさ」

木塚は、自信満々の口調《くちょう》で言った。

どんなに吉原が手強《てごわ》い男でも、切り札は木塚の手中にあるのだ。

「桃香は、俺が呼ぶまで事務所にも訓練所にも近づくな。袴田、任務のときは尾行に気をつけろ。狙われるとしたらお前の可能性が高い。それから調査部には、吉原の背後関係を徹底的に洗い出すよう伝えておけ」

木塚は各々《おのおの》に指示を与えると、新しい煙草に火をつけた。

ゆらゆらと天井に立ち上る紫煙を、木塚は視線で追った。

生意気にも、俺と渡り合えるとでも思っているのか？　切れ者を気取っても、しょせんは底辺を這《は》いずり回るチンピラヤクザだということを思い知らせてやろう。

木塚は、酷薄な笑みを口角《こうかく》に浮かべた。

# 6

十坪のスクエアな空間。壁を埋め尽くす所属タレントの映像作品のポスター。窓から見下ろす青山《あおやま》通り——「アカデミアプロ」社長室の空気は張り詰めていた。

カッシーナの白革のソファの背凭《せもた》れに身を預けた吉原は、ラークの穂先をライターの火で炙《あぶ》りながら、正面のソファに座る秀太の瞳を見据えた。

「本当に、僕は痴漢なんてやってません」

眼の下に憔悴《しょうすい》の隈《くま》が貼りついてはいるが、秀太の瞳には一点の曇《くも》りもなかった。

「社長、私も秀太が痴漢なんてするとは思えません」

小西が、秀太を擁護《ようご》した。

「馬鹿かお前は？」

吉原は、冷めた眼で小西を見据えた。

「え……」

小西の顔が強張った。

「あの弁護士の言ってること、聞いてなかったのか？　やってるやってないは重要じゃない。嫌疑だけで、松岡秀太のタレント生命を殺せるんだぞ？」

「すみません……」

消え入るような声で、小西が詫びた。

「お前みたいな無能な男は、謝ることで解決しようとする。そもそも、秀太になぜ満員電車での移動を許した？」

「だめだと言ったのですが……」

「今度はタレントに責任転嫁《てんか》か？　売れっ子俳優が満員電車なんかに乗ればトラブルに巻き込まれるリスクがあることくらいわかるだろう？」

「申し訳……」

「また、詫びか？　そんな能無しはウチには必要ない」

小西を遮り、吉原が抑揚のない口調で言った。

「社長、小西さんを責めないでください。僕の落ち度です」

「お前が庇《かば》う問題じゃない。小西にはチーフマネージャーとしての責務がある。それより、もう一度訊くが、知らないうちに腕や肘が当たっていたとかもないんだな？」

吉原の問いに、秀太が力強く頷いた。

「やっぱり、嵌められたか……」

「嵌められたとは？」

吉原の呟きに、小西が反応した。

「示談金目的の罠《わな》だ」

「示談金目的の罠……ですか？」

小西が、鸚鵡《おうむ》返しに訊ねた。

「ああ。秀太ほどの売れっ子に痴漢の濡れ衣を着せれば、大金を請求できるからな」

「でも、弁護士が間に入ってるんですよ？」

「だから？」

吉原は、欧米人のように両手を広げてみせた。

「いえ……弁護士がそんな犯罪の片棒を担《かつ》ぐようなことをするかなと思いまして……」

「そもそも、弁護士なんて嘘八百並べて犯罪者の罪を軽くする詐欺師だろう？　それに、犯罪の片棒を担いでいるのは被害者の女子高生のほうだ」

「どういう意味です？」

「まだわからないのか？　主犯は木塚って弁護士だよ」

吉原は、涼しい顔でラークの紫煙を吐き出した。

「まさか！」

秀太が、思わず声を上げた。

「お前、弁護士を正義の味方とか思ってるわけじゃないよな？　弁護士もいまは飽和状態で、客の取り合いだ。最近、過払い金のＣＭが目立つのも、面倒で手間がかかる刑事事件に比べて金になるからさ。客を焚《た》きつけて高利のサラ金から何年も前の利息を取り戻して上前《うわまえ》撥《は》ねるのが、弁護士って職業さ」

吉原が、嘲《あざけ》るように言った。

「じゃあ、あの女子高生と弁護士は、僕を嵌めるためのグルだったってことですか⁉」

秀太が血相を変えた。

「多分な。女子高生も、目撃者も、弁護士も、すべてグルだ。人権問題専門の弁護士だかなんだか知らねえが、あんな場所に居合わせるのはタイミング良過ぎだろう？」

「でも、僕があの電車に乗っていることは……」

「知ってたに決まってるだろう？　お前の行動スケジュールを調べ上げて、何時何分の電車に乗るとわかった上で、偶然を装って待ち構えていたのさ」

「そんな……」

秀太が絶句した。

弁護士が金のために濡れ衣を着せるなど、世間知らずの若者には信じられないのだろう。

「あらかじめ秀太の乗る電車を調べておいて、女子高生が近づき、痴漢だと騒ぐ。袴田って男が目撃者として現われ、秀太を駅の事務室に連れていこうとする。そこへ、弁護士の木塚が声をかけ、秀太を助けるふりをして自分の事務所に連れていき、示談を持ちかけ金をせしめる……つまりは、そういうことですか?」

小西が、シャーロック・ホームズでも気取っているかのように推理を披露《ひろう》した。

「まあ、そんなところだろうな」

「だったら、示談金なんて五十万どころか一円も払わなくていいじゃないですか⁉」

秀太が、憤然とした口調で言った。

「そう簡単にいかないさ。木塚が言ってたように、痴漢をやったかどうかは重要じゃない。問題なのは、お前に痴漢されたという女子高生と目撃したサラリーマンがいるってことだ。マスコミに知れたら大騒ぎになって、スポンサーは離れてゆくだろう。イメージ商売の俺らにとっちゃ致命傷だ。そこが、奴らの狙い目だ。悔しいが、よく考えたもんだぜ」

吉原は、舌を鳴らした。

「では、嵌められたってわかってても五千万を払わなきゃならないってことですか？」

小西が、やり切れないといった表情で訊ねた。

「いまのままだとな。だが、証拠を押さえれば別だ」

吉原はラークを灰皿で捩じり消すと、すぐに新しい煙草に火をつけた。

「証拠……ですか？」

「ああ。じつは、もう押さえてある」

携帯電話のプッシュボタンを押しながら、吉原が片側の口角を吊り上げた。

「俺だ。社長室に連れてこい」

吉原は一方的に言うと電話を切った。

「誰ですか？」

怪訝な顔を、小西が向けた。

「待ってろ。下の階に待たせてたから、すぐにくる」

ビルの八階が社長室で、七階が「アカデミアプロ」の事務所になっていた。

電話を切って三十秒ほどで、ドアがノックされた。

「入れ」

吉原の声に促され、ドアが開いた。

「お疲れ様です。お連れしました」

黒いスーツに身を包んだ眼つきの鋭い男——梶《かじ》が、頭を下げた。

「彼は、どなたですか？」

小西は、梶とは初対面だった。

「諜報部《ちょうほう》の梶だ」

「諜報部？　そんな部署があったんですか⁉」

小西が驚くのも当然だ。

諜報部は自社のタレントの素行《そこう》調査や取引企業の信用調査を主に行なっている部署だ。隠密《おんみつ》に動いている裏部隊なので、「アカデミアプロ」のほかの部署はその存在を知らない。

諜報部には梶を含めて五人が在籍しており、調査だけでなく、他の事務所とのトラブルなどの荒事のときにも活躍する。

「まあ、いろいろ面倒なことを処理する部署だ。梶、あの方に中へ入ってもらえ」

吉原は小西から梶に視線を移して命じた。

「どうぞ」

梶に促されて怖々と入ってきたのは、グレイのシングルスーツを纏った百六十センチくらいの中年男性だった。

「こちら、石山《いしやま》さんです」

梶が紹介すると、石山はおどおどした様子で頭を下げた。

「とりあえず座って」

吉原が、石山に正面のソファを促した。

「は、はあ……失礼します」

石山は、小西の隣に腰を下ろした。

「社長、この方は？」

小西が、突然現われた石山を怪訝な表情でみた。

「秀太の仲間だ」

「僕の仲間？」

秀太は首を傾げた。

「木塚にカモにされた憐《あわ》れな犠牲者だ」

「え⁉」

小西と秀太が、揃って驚きの声を上げた。

「木塚に痴漢に仕立て上げられて、品川駅構内のカフェに連れ込まれていたのさ」

吉原が、愉快そうに言った。

「それは、どういうことですか？」

テーブルに零《こぼ》れた灰をウエットティッシュで拭《ぬぐ》いながら、小西が訊ねた。

「『木塚法律事務所』を出た直後から、諜報部に建物を張らせていたんだ。ターゲットはあの袴田って目撃者の男だ。三日後の今朝、山手線外回りの車内で袴田は女子高生に痴漢した石山さんを捕らえ、品川駅で下車した」

「私は痴漢なんてしてません！」

石山が、むすっとした顔で口を挟んだ。

「そう怒るなって。わかってるから、ここに連れてきたんだろうが」

吉原が、宥《なだ》めるように言った。

「あなた達は、誰なんですか？」

「芸能事務所だ。ウチのタレントが、石山さんと同じように痴漢の濡れ衣を着せられたのさ」

「だからって、どうして私をここへ？」

「俺らと一緒に戦うんだよ」

「戦う？」

石山が、眉を顰《ひそ》めた。

「そうだ。あんたもウチのタレントも痴漢の濡れ衣を着せられている。木塚が犯罪者だってことを証明するんだよ」

「ちょ、ちょっと待ってください。弁護士さんが犯罪者だなんて……そもそも、私に痴漢の濡れ衣を着せて、なんの得があるんですか？」

石山は、典型的な日本人……肩書だけで疑いもなく人を信じてしまう、従順な犬だ。

「示談金、いくら要求された？」

「二百万ですけど……どうして、それを？」

「だから、言ってるだろ。俺らも同じ手口で金を要求されてるって。それにしても二百万なんて、ずいぶん安いじゃねえか……あの野郎、足もとみやがって」

吉原は、膝の上で拳を握り締めた。

「驚きました……あの弁護士達は、本当に痴漢を金儲けの手段にしていたんですね……」

小西が、狐《きつね》に摘《つ》まれたような顔で言った。

「そうだよ。木塚は弱者を守る弁護士どころか、弱者の生き血を啜《すす》るダニみたいな奴だ」

吉原は吐き捨てた。

ヤクザをバックにつけて恫喝《どうかつ》してくるタイプ、金を摑ませコントロールしようとするタイプ、所属タレントを出演させないとテレビ局に圧力をかけ、言いなりにさせようとするタイプ……芸能界には、いろんなタイプの妖怪がいる。

「アカデミアプロ」を設立してすぐに、様々な妖怪からあらゆる脅迫や妨害を受けてきた。だが、どんな威圧にも屈することはなかった。

暴力にはそれ以上の暴力で、金にはそれ以上の金で、恫喝にはそれ以上の恫喝で、画策《かくさく》にはそれ以上の画策で……吉原は、すべての敵を排除してきた。

排除するたびに、勢力を拡大した。

設立十年で「アカデミアプロ」をここまで大きくできたのは、吉原の秀《ひい》でた才覚と武力の証だった。

昔から、人に屈することがなにより許せなかった。

負け犬になるくらいなら、刑務所に入るか死んだほうがましだった。

吉原の心の奥底で、記憶の扉が開く音がした。

☆

——む、息子はまだ十五歳で……せ、世間の常識も知らない子供です。息子に代わって、ち、父親である私が深くお詫びします！


塞がった視界で、父が土下座していた。父の周囲を、三人の男達が取り囲んでいた。

三人ともまだ二十代で、制服とでもいうように、ピンストライプのスーツを着ていた。

時間とともに吉原の瞼が腫《は》れ上がり、さらに視界が狭《せば》まった。

口の中に鉄の味が広がり、脇腹や下腹に激痛が走った。

事務所の床を、吉原の漏らした尿が濡らしていた。

小学生の頃から、父にボクシングを習っていた。

中学生になってからは町のボクシングジムに通い始めた。

学校では一番腕っぷしが強く、吉原に喧嘩を売ってくる者はいなかった。

だが、三人の男達に袋叩きにされているとき、反撃するどころか恐怖に身体が凍てつき、殴られ、蹴られるがままだった。

このとき、吉原は悟《さと》った。

腕力が強いだけでは、大人の社会では通用しないことを。

元プロボクサーで日本ランキングにも入ったことのある父も、子供ほども歳の離れたヤクザの前で土下座することしかできなかった。

このとき、吉原は悟った。

大人の社会では、腕力よりも権力が必要であることを。


――親父が謝って済むようなことだと思ってんのか⁉　ああ！

長髪オールバックが、父の脇腹を蹴りつけた。

――杏奈《あんな》がどれだけ稼いでいたと思ってんだ！　うら！

口髭《くちひげ》男が、父の背中に踵を落とした。

――てめえのガキは、年間三億を稼ぐドル箱タレントをはらましたんだよ！

坊主頭が、父の顔面を蹴り上げた。

美里《みさと》杏奈は、吉原と小学生時代からの幼馴染《おさななじ》みだった。

杏奈と吉原は中学二年になってから、本格的に交際するようになった。

中学三年になってすぐに杏奈は町でスカウトされて芸能界に入り、瞬《またた》く間にブレイクした。だが、杏奈が有名人になってもふたりの関係は続いた。

事務所から別れるようにきつく言われていた杏奈だったが、隠れて吉原と会っていた。

そんな関係が一年くらい続いたときに、杏奈が妊娠した。

妊娠が発覚したときには六ヵ月半を超えていた。中絶はできないので病気と偽り、無期限の休養に入った。が、それは事実上の引退を意味した。

当時の杏奈は三本のＣＭと連続ドラマに出演する売れっ子で、所属事務所の吉原にたいしての怒りは相当なものだった。

ある日、授業を終えて正門を出た吉原は、近くで待ち伏せていた風体《ふうてい》の悪い三人の男達に拉致《らち》され、事務所に監禁されたのだ。三人は、杏奈の所属事務所の背後につく暴力団の組員だった。

――も……申し訳ありません。損失分は、必ずお支払い致しますから……。

――あたりめえだろうが！　いますぐてめえの家を売っ払って、足りねえぶんは角膜でも内臓でも売って補えよ！

長髪オールバックが、父の髪の毛を摑んで引き摺り立たせると怒声を浴びせた。

――私の命に代えてもお支払い致しますので、聖《ひじり》のことは許してやってください……。

ひたすら謝り懇願する父をみて、申し訳ないという気持ちも哀しいという気持ちもなかった。ただ、ただ、吉原の胸には悔しさと屈辱しかなかった。

父は、有言実行した。

自宅を売り払った金額が五千万強……不足分は、生命保険で補った。

――おい、ガキ、命拾いしたな。灰になって守ってくれた親父に感謝するんだな。

通夜の席に現われ嘲笑う杏奈の所属事務所の社長を涙目で睨みつけた吉原は誓った。

権力を手にした暁《あかつき》には、真っ先に杏奈の事務所を潰すことを。

誓いは、五年後に果たされた。

吉原は十六歳のとき、出張ホストで貯めた五十万を元手に、場外馬券場に入り浸《びた》るギャンブル狂相手に、十日で五割の高利貸しを始めた。出張ホスト時代に一番の太客《ふときやく》だったマダムの弟が新宿、渋谷、池袋《いけぶくろ》一帯の闇金融の元締めをやっており、金貸しのノウハウを伝授してくれたのだ。

マダムが吉原に、場外馬券場の客を相手にしろとアドバイスしたのには理由があった。

第一に、事務所を構える必要がないので資金がかからないということ。

普通なら、事務所を借りたり電話を引いたり、種銭以外に五十万はかかってしまう。

第二に、貸す相手に困らないので広告費がかからないということ。

一般の金貸しは、待ってるだけでは客はこない。スポーツ新聞やインターネットに広告を出さなければならないが、煙草のパッケージほどの欄でも二、三十万は軽くかかってしまう。その点、場外馬券場には急場の金が必要な人間が溢れ返っているので、広告を出す必要はない。

第三に、彼らは基本的にギャンブルに勝てると思っているので、どんなに高い利息でも借りるということ。

彼らは五万円が十日後に七万五千円になるという常軌《じょうき》を逸《いっ》した利息でも、急場の金が必要なので迷いなく借りた。

第四に、客が競馬に勝った場合、その日のうちに貸金を回収できるということ。

第一レースの始まる午前十時頃に貸して、数分後に回収できることも珍しくはなかった。

取りっぱぐれないコツは、金を貸すときに免許証や保険証を預かり、返済が終わるまで返さないことと、レースに勝ったらすぐに完済するという条件をつけることだ。普通なら呑まない条件でも、馬券の締め切り時間が近づくにつれ、ギャンブル狂は従順な犬となる。

マダムは金貸しのノウハウを教えてくれる以外に、闇人脈を紹介してくれた。

闇金融グループの元締めをしているマダムの弟には、新宿一帯を拠点とする関東最大の広域暴力団の若頭という別の顔があった。

だが、吉原は決して闇世界の住人にはならなかった。

伸し上がるのに闇世界の力は必要だが、支配下に入れば身動きが取れなくなる。

強大な力を手に入れ、自由も失わない方法——吉原は、フロント企業の道を選んだ。

闇世界の主に多額の金を払うことで後ろ盾《だて》になってもらいながら、好き勝手に商売を拡大することができた。吉原の商売が繁盛《はんじょう》すればするほどに闇世界の主の懐《ふところ》も潤うので、誰も文句を言う者はいなかった。

十七歳の頃には、月に二百万の上納金を払えるまでになっていた。吉原は人を雇い、場外馬券場以外に、競艇場、競輪場、パチンコ店、ポーカー店などにも島を広げた。

十八歳で年商三億を挙げるほどに商売は成功し、上納金も年間五千万を超え、吉原は闇世界の主に寵愛《ちょうあい》された。

だが、どんなに扱いがよくなっても、吉原はヤクザと一定の距離を置いた。

吉原が頭角を現わすことができたのはフロント企業だからであって、闇世界の住人になってしまえば様々な制約ができて、そうはいかなくなる。アングラパワーは時間を置いて服用すれば薬になるが、間を置かずに服用すれば毒になる諸刃《もろは》の剣《つるぎ》だ。

その年、吉原は、念願の芸能プロダクション――「アカデミアプロ」を設立した。

まず吉原がやったことは、需要のある商品《タレント》の確保だった。

オーディションやスカウトで一から育てていたら、利益が見込める商品《タレント》になるまでに十年はかかってしまう。

吉原が考えたのは、既にできあがっている商品《タレント》を引き抜くことだった。

引き抜くといってもいきなり大手のプロダクションからは難しいので、弱小プロダクションに所属するタレントを狙った。

吉原のバックについているのは関東最大の組織なので、弱小プロでは太刀打《たちう》ちできなかった。

アングラパワーゲームだけなら大手のプロダクションにも負けはしないが、芸能界で物を言うのは、テレビ局がほしがるタレントを何人抱えているかだ。そのために吉原は弱小プロを次々と吸収し、あっという間に中堅プロと呼ばれる立場になった。

芸能界で「アカデミアプロ」の名前が広まり始めた二十歳のとき、吉原が新しくターゲットにしたのは、杏奈が所属していた宿敵のプロダクションだった。

父を死に追い込んだそのプロダクション――「ダイオライトプロ」は、業界で十指に入る大手だった。

四年間、闇世界の主の信頼を築いてきたのは、この日のためと言ってもよかった。

「ダイオライトプロ」のケツ持ちは中堅のヤクザ組織だったので、すぐに勝敗は決した。

吉原は、「ダイオライトプロ」のタレントを引き抜くだけでなく、父を殺した三人のヤクザと社長を比喩《ひゆ》ではなく闇に葬《ほうむ》った。

罪悪感など、あるはずもなかった。

だが、達成感もなかった。あるのは、満たされることのない底なしの野心だった。

十年経った現在、「アカデミアプロ」は業界で三本指に入る大手プロダクションへと成長していた。

☆

「俺と手を組めば示談金なんて一円も払わなくていい」

吉原は、不安げな顔で居心地悪そうに座る石山に言った。

ヤクザ、半グレ、右翼……過去に数々の障害物を叩き潰しながら勢力を伸ばしてきたが、今回の相手は勝手が違う。これまでのように正面から、闇の力で従わせるというわけにはいかない。

木塚は、かなりの策士だ。過去最強の難敵かもしれない。

だが、頭脳戦は望むところだ。

しかも、売られた喧嘩だ。絶対に、負けるわけにはいかない。

「少し、考えさせて……」

「俺を相手に、ノーは許さない。あんたに、選択肢はない」

狂気の宿る吉原の瞳に、血の気を失った石山の顔が映った。

## 7

「木塚法律事務所」の応接室——テーブルに置かれた携帯電話を、木塚と袴田は凝視《ぎょうし》していた。あと五分で、約束の午前十時だ。

「野郎、いくらって言ってきますかね？」

袴田が、貧乏揺すりをしながら訊ねてきた。

「まあ、もうすぐわかるさ」

木塚はパーラメントに火をつけ、思考をフル回転させた。

「一千万とか言ってくる可能性は、ほぼ皆無《かいむ》だ。半分の二千五百万も望めないだろう。

「一千万とか言ってきたら、どうします？　許せないですよね⁉」

憤然として、袴田は言った。

この男の読みは、まだ甘い。一千万も無理だろう。五千万を請求された吉原は、一割の五百万を提示してくる可能性が高い。

五十万しか払わないつもりだったところを、十倍にしたのだから感謝しろ。

吉原なら、それくらいのことを平気で言ってきそうだ。

「もし、ふざけたこと言ってきやがったら、俺と桃香でソッコーで乗り込みますよ。警察とマスコミにぶちまけてやるって！」

袴田が息巻いた。

「そのときは、頼む……」

木塚の声を、携帯電話のコール音が遮った。

ディスプレイには「吉原」の文字が浮いていた。

「野郎ですよ！　出ないんですか⁉」

勢い込む袴田を無視して、木塚はコール音を数えた。首を長くして待っていたとは思われたくなかった。
五、六回目のコールで、電話に出るつもりだった。
もう既に、心理戦は始まっているのだ。

三回……。

コール音が止《や》んだ。

「切れましたよ⁉　かけ直しましょう！」

「まあ、待て。すぐにかかってくるから」

木塚は吸い差しを灰皿に押しつけ、すぐに新しい煙草に火をつけた。

二本目が灰になっても、コールバックはなかった。

苛立ちから意識を逸《そ》らし、木塚は三本目の煙草に火をつけた。

すぐにかけ直さないということは、確信犯だ。

たった三回しか鳴らさずに切るとは、相変わらずナメた真似《まね》をする男だ。

着信履歴は残したんだから、気になるならそっちからかけ直せ――吉原は、そう言っている。

「かかってこないですよ⁉　かけ直さないんですか……」

「そんなことしたら、奴の思う壺《つぼ》だ」

木塚は、平板な口調で言った。

本当は、袴田に負けないくらいに神経がささくれ立っていたが、挑発に乗ってはならない。

「でも、このままずっとかかってこなかったらどうするんですか？」

袴田の問いかけに答えず、木塚は席を立ち、上着を着た。

「どちらへ？」

怪訝な顔を袴田が向けた。

「桃香を拾って『アカデミアプロ』に行くぞ」

涼しい顔で、木塚は言った。

「了解です！」

袴田が瞳を輝かせ、すっくと腰を上げた。

クールな表情とは対照的に、木塚の胸の内は憤激の炎で燃え上がっていた。

☆

「へぇ〜、なかなかやるね、あの社長」
アルファードのリアシート――木塚の隣で携帯電話のゲームをやりながら、桃香が感心したように言った。

「お前、他人事みたいに言ってんじゃねえぞ。俺とお前がナメられてるってことだからな」

ステアリングを握った袴田が、ルームミラー越しに桃香を睨みつけた。

「木塚さんもね」

ゲーム画面から眼を離さず、桃香が言った。

桃香の言うとおりだ。吉原は、自分を甘くみている。

過去に、誰かを見下すことはあっても、見下された経験は一度もなかった。

もしかしたら、内心、見下していた人間はいたかもしれないが、面と向かって小馬鹿にしたような言動をとる相手は初めてだ。

だが、あの男はこれでもかと自分を挑発する。立場的には木塚のほうが圧倒的に有利であるにもかかわらず、吉原は少しも臆《おく》した気配をみせなかった。

生き馬の眼を抜く芸能界で若くして伸し上がった自信が、彼を強気にさせているのか？

それとも、木塚が想像もつかない切り札を手にしているのか？

思考を止めた。あれやこれやと思惟《しい》を巡らせるのは無意味なことだ。

対峙《たいじ》すれば、みえてくるはず——吉原という男の本質が……。

アルファードは、青山通りに入っていた。

中野の事務所を出て、高校を早退してきた桃香を渋谷でピックアップし、「アカデミアプロ」の事務所がある青山に向かった。

吉原からの電話が切れて一時間が過ぎたが、コールバックはなかった。

木塚は、移動中ずっと思惟を巡らせていた。

松岡秀太が痴漢の罪で訴えられるかもしれないという一刻を争う時期に、泰然自若《たいぜんじじゃく》と構えている吉原の胸の内はどうなっているのか？　本当は余裕などなく、ハッタリで大博打《おおばくち》に出ているのか？　あるいは、五千万を用意しているから強気に出ているのか？

「あと少しで、到着します」

袴田が、強張った声音《こわね》で言った。

怖気《おじけ》づいているから強張っているのではなく、怒りでそうなっているのだ。

「お前ら、吉原がどんな態度に出ても、怒ったふりはいいが、本当に怒るなよ。感情的になれば、必ずどこかでミスをする。わかったな？」

「はい！」

「りょーかーい」

袴田と桃香が、それぞれ返事をした。

木塚は眼を閉じ、深呼吸をした。

ふたりに言い聞かせただけでなく、自分にも向けた忠告だった。

☆

南青山三丁目近くの洗練されたガラス張りのビルの前で、木塚達三人は車を降りた。

「一等地のいいビルに事務所構えやがって……」

袴田が、腹立たしげに吐き捨てた。

「いいな～。青山の芸能プロって、お洒落《しやれ》じゃん！　私も所属しようかな？　そこらのタレントより、私のほうがルックスもスタイルも全然イケてるでしょ？」

桃香が、両手を蟻《あり》のように括れた腰に当て、制服のミニスカートから伸びた嫌味なほどにすらりと長い足を強調してみせた。

「馬鹿野郎！　お前、なんのためにここにきたのかわかってんのか⁉」

袴田が血相を変えて桃香を叱責《しつせき》した。

「警察とマスコミに訴えるって脅して、カモから五千万の示談金をかっ剝ぐんでしょ？」

桃香が悪びれたふうもなく言うと、舌を出した。

「わかってるなら……」

「もう、そのへんにしておけ」

木塚は袴田を窘め、エントランスに足を踏み入れた。

受付を通り抜け、エレベータホールに進みながら、「アカデミアプロ」の社長室の階をチェックした――木塚はエレベータに乗り、八階のボタンを押した。

「野郎、いますかね？」

袴田が訊ねてきた。

「いなきゃ、待てばいい。それより、お前ら、わかってるな？」

「怒ったふりはいいけど、本当に怒るな、だよね？」

桃香がウインクした。

階数表示ランプが８の数字を朱色に染めた。

「そうだ。あとはとにかく、誠意を感じられないから訴えるの一点張りで行くんだ」

木塚は念を押し、エレベータを降りた。

「アカデミアプロＣＥＯ」のプレートのかかったドアは、降りてすぐ正面にあった。

「なにがＣＥＯだ」

木塚がインタホンを顎《あご》で指すと、袴田がぶつぶつと文句を言いながらボタンを押した。

「開いてるぞ」

ほどなくして、吉原らしき男の声が流れてきた。

「この野郎、待ってやがったのか！」

袴田が怒りに声を震わせた。

確信犯――木塚は、奥歯を嚙み締めた。すべては、計算のうちだ。

コール音を三回しか鳴らさなかったのも、木塚が乗り込んでくるのも……。

予想以上に、吉原は計算高く、したたかな男だ。

袴田がドアを開けると、カッシーナの白革のソファに深く身を預けた吉原が驚いたふうもなく、対面のソファに右手を投げた。吉原の隣には、チーフマネージャーの小西とは違う、黒いスーツを着た眼つきの鋭い若い男が座っていた。

「いきなり押しかけてすみません」

木塚は心とは裏腹の穏やかな声で言いながら、ソファに腰を下ろした。

袴田と桃香は、厳しい表情で木塚の両脇に座った。

「示談金の件だよね？」

吉原が、何事もなかったかのような顔で訊ねてきた。

「あんた、反省してるのか⁉」

「そうよ！　私に痴漢しておいて、ひどいわ！」

袴田と桃香が、打ち合わせ通り感情的に吉原に詰め寄った。

「は？　どうして、俺が反省しなきゃなんないの？　まず第一に、痴漢をしたと疑われてるのは秀太であって俺じゃない。第二に、秀太も痴漢じゃないかと疑われているだけで犯人と決まったわけじゃない」

吉原が涼しい顔で言うと、煙草に火をつけた。

「私は痴漢されたって言ってるじゃない⁉　私が嘘を吐いてるっていうの？」

桃香が気色ばみ、吉原に食ってかかった。

「この前も言わなかったか？　勘違いってことがあるだろ？　満員電車の中なんだから、痴漢したのはほかの誰かの手かもしれないじゃないか？　わかるか？　お嬢ちゃん？」

「俺もみていたって言わなかったか？　あんたのとこの松岡秀太が、彼女の胸を触ったところをこの眼でな！」

袴田が、自分の眼を指差した。

「あんたら、コーヒーでも出したほうがいい？」

人を小馬鹿にしたような物言いで、吉原が三人の顔を見渡した。

「おいっ、いい加減に……」

「落ち着いてください。吉原社長の言うことも一理あります」

木塚は袴田を窘めた。

「さすが弁護士さん。物わかりがいいな」

吉原の態度に、袴田の顔が紅潮《こうちょう》した。

「吉原社長、さきほどからのお言葉を聞いていると示談なさる気はないようですね？」

木塚は、事務的な口調で訊ねた。

「いいや、する気あるよ」

吉原があっさりと言った。

「そうですか。では、示談金の額のほうはご検討願えましたか？」

強引にイニシアチブを取り、有利に事を運ぼうとするのは、この前と同じだ。

だが、今回はそうはいかない。

「もちろん」

吉原は薄く微笑み、煙草の紫煙をくゆらせた。

一分、二分……沈黙が続いた。

また、心理戦か？

焦《じ》らすように、吉原は無言で煙草を吸い続けていた。

隣の黒スーツの男も、木塚達が現われてからひと言も発さないで無表情に座っていた。

チーフマネージャーの小西とは人種がまったく違うことは、黒スーツの醸《かも》し出す雰囲気でわかった。

「それで示談金のほうは、おいくら払ってもらえるんですか？」

木塚は沈黙を破った。

「この前、五十万って言ったじゃん」

信じられない吉原の言葉に、木塚は耳を疑った。

「あんた、いい加減にしろよ！　からかってるのか⁉」

袴田が気色ばみ、声を荒らげた。恐らく、演技ではない本当の怒りに違いない。

それも、仕方がない。平静を装う木塚の腸《はらわた》も、煮えくり返っていた。

最悪でも、五千万の一割の額は提示してくると思っていた。吉原が五百万といったところで、売れっ子俳優である松岡秀太の示談金としては桁がひとつ違う。

通常の事務所の社長なら、借金してでも掻き集めて、示談にしてほしいと懇願してくるはずだ。痴漢事件が公になったときに被る甚大な損害額と、何事もなければ将来入ってくるだろう莫大な利益を考えればあたりまえの話だ。

この男はいったい、なにを考えている？

この男の狙いはなんだ？

この男の自信の根拠は？

木塚の脳内で、立て続けに疑問の声が響き渡った。

「からかってなんかいないよ。十分、考えて出した答えだ。いいか？　一方的に痴漢したとか言いがかりをつけられて、証拠もなにもないのに警察に訴えられたくなければ五千万の示談金を払えなんてよ、あんたらのほうこそからかってんじゃねえのか⁉　目撃者なんてよ、いくらでもでっち上げられるだろうが⁉」

吉原が一気に捲し立て、袴田を指差した。

「俺がでたらめな証言をしてるって……」

「袴田さん、あんた、昨日、独り暮らしの女の部屋を窓から覗き見してたろ？」

熱り立つ袴田を遮り、吉原が唐突《とうとつ》に言った。

「は？　あんた、なにをわけわかんないことを言ってるんだ⁉」

「覗きながら、股間を触ってただろ？　俺、この眼でみてたんだよ。黙っててほしかったらさ、五千万を払えよ」

唇に冷笑を浮かべた吉原が煙草を消し、袴田に右手を差し出した。

「き、貴様……」

眼尻を吊り上げ、袴田は唇を震わせた。

「ほら？　どうした？　早く寄越《よこ》せよ。あんたが覗き見してること世間にバラしてもいいのか？　ほら？　示談にしてやるから、早く金を出せって」

吉原が差し出した手を上下に揺らし、挑発的に催促《さいそく》した。

どこまでも憎らしい男だが、言っていることは正しい。

自分達は、痴漢してもいない松岡を犯人に仕立て上げ、五千万を巻き上げようとしている詐欺師集団なのだ。そう、被害者は松岡秀太であり、吉原は救世主だ。

だが、そんなことはどうでもいい。重要なことは、勝つのは自分であり、負けるのは吉原だということ——その事実以外に、必要なことはなにもない。

「おとなしくしてれば図に乗りやがって……」

「図に乗ってんのはてめえのほうだろうが！　同じことをてめえらがやってんだよ！」

それまでとは一転した修羅《しゅら》の面相で、吉原が机に拳を打ちつけた。吊り上がった眼尻、殺気が宿る瞳、剝き出しの犬歯――吉原の素顔がみえたような気がした。

あまりの迫力に、袴田は気圧《けお》されていた。

「吉原社長も袴田さんも、抑えてください。こんな感じなら、示談なんて無理ですね」

木塚は、敢えて突き放すような言いかたをした。

「示談なんて、嫌よ！　私、松岡秀太を訴えるわ！」

憤然とした表情で席を立とうとする桃香の腕を、木塚は摑んだ。

「待ってください。気持ちはわかりますが、とりあえず話し合いましょう」

「嫌よ！　この人、全然悪いなんて思ってないから！　知らない男の人に身体を触られて、どんなに怖かったかわからないでしょう!?　マスコミにもバレればいい！」

桃香が、吉原を指差した。

「桃香さん、とにかく落ち着いてください。吉原社長、もう一度お訊ねしますが、示談金の件、考え直していただけませんか？　ここで物別れに終わったら、吉原社長にとっても松岡さんにとっても、いい結果になるとは思えません。たしかに、五千万は安い金額ではありません。あなたが言うように松岡さんが痴漢だと決まったわけでもありません。ですが、先日も言ったように、桃香さんが警察に被害届を出し、袴田さんが目撃者として証言した場合、松岡さんの立場は非常に不利になります。裁判で白黒結果が出る前に、松岡さんはすべてを失うでしょう。吉原社長も莫大な損害金を支払うことになります。松岡さんの仕事内容からして、その額は五千万では済みません。軽く、億は超えるでしょうね。念のため言っておきますが、たとえ勝訴してもそれは同じです」

木塚は、淡々と、しかし根気強く説明した。繰り返し同じ説明をすることで、吉原の脳に、示談を拒否するイコール破滅するというイメージを刷り込むのが目的だった。

「たとえ、秀太が痴漢をしていなくても同じ？」

吉原が疑問形で言った。

「同じです」

木塚は、無表情に頷いた。

「たとえ、あんた達が全員グルでも同じ？」

吉原が、質問を重ねた。

「同じです」

木塚がなんの躊躇《ためら》いもなく即答すると、吉原が口角を吊り上げた。

「わかった。示談に応じるよ」

吉原の言葉に、袴田と桃香が眼を丸くした。

「ただし、ふたつだけ条件がある」

「なんでしょう?」

木塚は心で構えた。条件の中から、吉原の戦略を見抜かなければならない。この男が、なんの策もなしに素直に納得するとは思えなかった。

「ひとつは示談金の支払期限を二ヵ月後にすること、もうひとつは示談金を三千万にすることだ」

「ふざけるな! 期限をそんなに延ばした上に示談金まで値切るなんて、虫が好過《よす》ぎるだろ⁉」

袴田が血相を変えて抗議した。

木塚は、まったく別のことを考えていた。期限を延ばすことも金額のディスカウントを交渉することも、裏を返せば支払う気がある証明とも言える。

五千万の示談金を三千万にしてほしいという申し出は、五十万を提示してきたときのようなあからさまな挑発とは違い、それなりの誠意を感じるものだ。支払時期の延長だけを条件として言ってきたのであれば、なにかの画策のための時間稼ぎの可能性を疑わなければならなかった。もし、吉原に示談金を支払う気がないのであれば、わざわざ印象の悪くなる値下げ交渉をする必要はない。

しかし……。

木塚は眼を閉じ、脳細胞を研《と》ぎ澄《す》ました。

なにか裏はないか？　なにか見落としていることはないか？

なにかが違和感を訴えた。だが、そのなにかがわからない。

眼を開けた。吉原の横では、相変わらず黒スーツの男が彫像《ちょうぞう》のように座っていた。

「失礼ですが、お隣の方は？」

木塚は、吉原に訊ねた。

「ああ、こいつは俺の運転手だ。それがなにか？」

逆に、吉原が質問を返してきた。

「いえ、この前の小西さんはどうしたのかなと思いまして」

「小西はタレントの現場だよ。で、条件を呑むのか？」

「偉そうに言うなよ！」

横柄《おうへい》な態度で返事を迫ってくる吉原に、袴田が咬《か》みついた。

単なる運転手をチーフマネージャーの代わりに大事な席に着けるというのは不自然だった。黒スーツの男の存在が、カギを握っているような気がした。

「わかりました。吉原社長の条件を呑みましょう」

「ちょっと、弁護士さん……」

「ただし、私にも条件があります」

袴田を遮り、木塚は吉原を見据えた。

「なんだよ?」

吉原が新しい煙草に火をつけた。

「期限が二ヵ月後であることと示談金が三千万であることが記載された覚書を今日中に届けさせますので、署名捺印してください」

「ああ、それはいいが、秀太の名前は一切入れるな」

「名前は入れるに決まってるだろう! ねえ、弁護士さん」

袴田が、木塚に顔を向けた。

「いいですよ。吉原社長が二ヵ月後にウチの弁護士事務所に三千万を払うという文言さえ入っていれば、法的効力はありますから」

木塚は、あっさりと受け入れた。人気タレントの松岡秀太の名前を、痴漢の示談金に関する覚書に載せたくないという気持ちはわかる。

「じゃあ、もう、帰ってくれ。いろいろと、仕事が詰まってるんでね」

一方的に言うと、吉原はドアに手を投げた。

「では、後ほど、覚書を届けさせますので」

木塚は言うと、不満げな袴田と桃香を促し、ソファから腰を上げた。

「あ、弁護士さん」

木塚は、ドアの前で足を止めた。

「なんですか?」

振り返らずに、木塚は訊ねた。

「その目撃者さんとお嬢ちゃんが暴走しないように、しっかり手綱《たづな》を握っておいてくれよ」

「なんだと……」

反論しようとする袴田の手を押さえ、木塚はドアを開けた。

「大丈夫です。ご安心ください」

振り返らずに言い残し、木塚は「アカデミアプロ」をあとにした。

8

R&Bのリズムに乗って、腰をくねらせながら白人男に舌を絡ませる不細工《ぶさいく》な日本人女。Tシャツからつき出た黒人の丸太のような腕で後ろから抱き締められ、陶酔顔の不細工な日本人女。

見慣れた光景——六本木《ろっぽんぎ》のクラブ「B」のフロアを突っ切る吉原に、ボーイが弾かれたように頭を下げる。

不細工女ばかりではない。チューブトップから零れそうな胸に尻が食《は》み出たミニスカートを穿いた女や、褐色《かっしょく》の肌をした黒豹《くろひょう》のようなエキゾチックな顔立ちの女は、はっとするほどの美女だった。だが、ビジュアルのいい女は外国人ばかりだ。

「吉原様。いらっしゃいませ」

黒服が、恭《うやうや》しく頭を下げながらガラス張りのＶＩＰルームのドアを開けた。

「ウォッカトニック」

燃えるような真紅《しんく》のソファに腰を下ろし、吉原は注文した。

「お前らも、なんか頼め」

吉原に促された梶と小西が、それぞれマティーニとハイボールを頼んだ。

「社長は、こういうとこ、よくくるんですか？」

小西が、フロアで踊り、男と抱擁《ほうよう》し、酒を飲む女達を、ガラス張りの壁越しに物珍しそうに見渡しながら言った。

「日本人は外国人目当てのブス女しかいねえから、大事な話をするのにちょうどいいんだよ」

吉原は鼻で笑い、煙草をくわえた。

「それじゃ、ナンパできないじゃないですか」

小西が、ライターの炎で穂先を炙った。

「大事な話をしにきたって、言ってるだろ」

梶が、低い声で小西を窘めた。

「なんだよ、偉そうに。お前、俺より年下だろうが？」

不満そうに小西が言った。

二十五の梶は、小西より五つ年下だ。諜報部トップの梶とマネジメント部トップの小西は、顔を合わせるのが今日で二回目だが、ふたりは反《そ》りが合わない。部の特色かもしれないが、梶は寡黙《かもく》でストイック、小西は饒舌《じょうぜつ》で社交的な性格をしていた。

「それを言ったら、俺だってお前より年下だ」

「社長はいいんですよ。それで、大事な話っていうのは木塚って弁護士の件ですか？」

小西は訊ねると、カクテルグラスに入ったキスチョコを口に放り込んだ。

「ああ。三千万を二ヵ月後に支払うことにした。さっき、覚書に署名捺印して、木塚の事務所のスタッフに渡したばかりだ」

吉原は運ばれてきたウォッカトニックを小西と梶のグラスに触れ合わせた。

「三千万も払うんですか⁉」

小西の頓狂な声がＶＩＰルームに響き渡った。

「ああ、そう約束した」

涼しい顔で言うと、吉原は透明な液体を喉に流し込んだ。

「約束したって……木塚に、負けたってことですか⁉」

「馬鹿言うな」

「でも、三千万を払うと約束したって……」

「約束を守るなんて、誰も言ってねえだろ？」

吉原は、口角を吊り上げた。

「だけど、覚書にサインしたんですよね？」

不安げに、小西が訊ねてきた。

「あれは時間稼ぎだ。三千万に値切ったのも、支払う気があるって思わせるためだ。信じたかどうかわからねえが、奴はこっちの条件を呑んだ。あとは二ヵ月の間に引っ繰り返す材料を集める」

吉原は、小西の顔に向かって勢いよく紫煙を吐きかけた。

「引っ繰り返す材料……ですか？」

顔に纏わりつく紫煙を手で払い、小西が繰り返した。

「梶。石山みたいな被害者を、最低、あとふたりは確保しろ」

「了解です」

マティーニのグラスを口もとに運ぶ手を止め、梶が頷いた。

「どういうことですか？」

小西が怪訝そうに首を傾げた。

「まだわからねえのか？　三人とも袴田ってゴリラが目撃者で木塚が示談を持ちかけるな

んて偶然、ありえねえだろ？　俺らリイドについて証言する痴漢が三人もいれば、奴らが正義の味方を気取った詐欺師集団だってことが証明できるってもんだ」

吉原は、酷薄な顔で笑った。

「社長っ、凄《すご》いですね！　まるで、救世主じゃないですか！」

小西が無邪気に手を叩き、瞳を輝かせた。

「救世主？　冗談だろ？」

それまでとは一変した、険《けわ》しい形相《ぎょうそう》で吉原は吐き捨てた。

「え？」

「諜報部を総動員して、木塚の交友関係を洗い出せ。奴にとって一番の宝物を探し出すんだ」

吉原は、梶に命じた。

「宝物って、なんですか？　車とか宝石とかですか？」

小西の問いかけを無視し、吉原はガラス壁に映る自分の眼をみつめた。

――待っていろ。お前の一番大切な存在を破壊し、立ち上がれないほどのダメージを与えてやる。そして、この俺を毒牙《どくが》にかけたことを、死が魅力的にみえるほど後悔させてやる。

ガラス壁の中の「鬼」に、吉原は誓った。

# 9

吊革に摑まった木塚は、電車の揺れに合わせて体重移動をしながら周囲に視線を巡らせた。少女達の訓練施設に設置してある車両には何度か足を運んでいるが、本物の電車に乗るのは数年振りだった。午前十時。通勤ラッシュの時間帯は避けていたので、車内は満員ではなかった。

「誰を選ぶ？」

ほとんど唇を動かさずに、木塚は隣に立つ道端《みちばた》に囁いた。

「左……ドア口にいるヴィトンのバッグの男です」

道端も、腹話術師のように囁き返した。

「不合格だな。踵が磨り減り、履き古しているのはノーブランドの靴だ。腕時計もディスカウントショップで売ってるような安物なのは、ベルトのメッキでわかる。スーツは遠目からでも、安っぽい吊るしだってことが見え見えだ。襟足《えりあし》は雑にバリカンで刈り上げられてて、恐らく激安の千円カットだろう。これらの材料から推測すると、男の金回りがいいとは思えない。断定はできないがヴィトンはコピーの可能性が高いし、もし本物でも、たまたま誰かにプレゼントされた物か、質流《しちなが》れの中古を安く購入したものだろう」

木塚は、シャーロック・ホームズ並みの洞察力で、道端の選んだ男性がカモとして相応《ふさわ》しくない理由を並べた。

「凄いですね。離れているのに、よく、そこまでわかりますね」

道端が、驚きの表情で言った。

「高価な物と安物を見分ける眼を養え。電車通勤だからセレブはいないにしても、年収一千万クラスの高給取りのサラリーマンはいる。今日は練習だから空いている時間帯にしたが、本番は満員の車両だから見極めがもっと難しくなる」

「勉強します」

道端が、次のターゲットを探し始めた。

袴田は吉原に顔が割れているので、別の目撃者を育てる必要があった。

目撃者には、カモを選別する眼力も必要だ。

優秀な桃香なら自分でカモを選べるが、ほかの少女には袴田が指示していた。

道端は、袴田が以前経営していたキャバクラでラッキーを務めていた男だ。ラッキーとは、店にきたフリー客の好みを瞬時に見抜き、キャストを選別して席に着けるという重要な役割を担っている。カモを物色するという仕事は、道端には向いているはずだった。

「右斜め後ろの座席に座っている男はどうですか?」

道端が囁いた。

木塚は、さりげなく後方に首を巡らせた。

歳の頃は三十代半ばから後半。仕立てのいいグレイのタイトスーツ……恐らくドルチェ&ガッバーナかヴェルサーチで靴はバリー、バッグはボッテガ・ヴェネタ、腕時計はフランク・ミュラー。緩《ゆる》くウェーブのかかった長髪に人工的に灼《や》けた肌。

「さっきよりはましだ。金回りもそこそこいいだろう。だが、身なりや雰囲気からして、不動産、先物取引、金融系の匂いがする。貧乏サラリーマンよりいいが、ベストではない。アンダーグラウンドに近い職種で働いている人間は、痴漢の濡れ衣を着せられてもなかなか動じない。道を踏み外すことに慣れてる連中が多いし、世間体《せけんてい》を気にしないからな」

木塚は、淡々とした口調で言った。

アンダーグラウンドの人間がNGというわけではないが、一般的なサラリーマンに比べて世間体にたいして敏感ではないので、開き直ってくる可能性が高い。ヤクザを出してきたりと徹底抗戦してくるタイプが多いのも特徴だ。

上着のポケットで携帯電話が震えた——ディスプレイに浮く「宮根《みやね》」の文字。

タイミングよく、電車が中野駅に停車するところだった。

「お前は残って練習していけ」

木塚は道端に言い残し、携帯電話の通話ボタンをタップしながら総武《そうぶ》線を降りた。

「どうした?」

『お疲れ様です。吉原についての報告ですが、どうしましょう？』

宮根が率いる調査部には、吉原の身辺調査を命じていた。

「続けてくれ」

『吉原が中学生のときに、父親は自殺しています。芸能関係者の話では、吉原が交際していた売れっ子タレントを妊娠させてしまったことで多額の損害金が発生し、父親が質《たち》の悪い事務所関係者に相当追い詰められたみたいです。結局、自宅を売り払っただけでは足りずに、生命保険で補ったようです。当の吉原は十代の頃からいろんな裏稼業《うらかぎょう》を渡り歩いているときに、暴力団の幹部に出会って以来、深い関係になったみたいです』

その指定暴力団は新宿を拠点とする、関東最大の勢力を誇る広域組織だ。

『その企業舎弟《しゃてい》として事業を広げた吉原は「アカデミアプロ」を設立し、芸能界に進出しました。引き抜きと吸収合併を力ずくで推し進めた吉原はメキメキと頭角を現わし、父親を自殺に追い込んだ芸能事務所の社長を抹殺《まっさつ》したと言われています』

真偽のほどは定かではないが、吉原ならばそれくらいやっても不思議ではない。

「妊娠した彼女っていうのは、まだ現役なのか？」

『いいえ、その騒ぎで引退に追い込まれたみたいです』

「行方《ゆくえ》を追えるか？」

『当時、かなりの売れっ子タレントだったみたいなので、行方を追うのはそう難しいことではないと思います』

「吉原との子供がいれば、中学生くらいか？」

『そのくらいになりますね』

「わかった。とにかく、彼女の行方を追ってくれ」

木塚は宮根に命じ、電話を切った。

どんな獣にも、弱点はある。

鋭い牙があるのは猛獣ばかりでないことを、吉原は知ることになるだろう。

☆

中野駅で降りた木塚は、事務所ではなく中野サンプラザに向かった。

正面玄関前にいた葉月《はづき》が、木塚を認めると手を振りながら駆け寄ってきた。

木塚の眼の前で、葉月が転倒した。

「おい、大丈夫か？」

苦笑いを浮かべ、木塚は手を差し伸べた。

「恥ずかし！」

葉月が顔を真っ赤に染めて木塚の手を握り、立ち上がった。

「相変わらずおっちょこちょいだな。お前ももういい大人なんだから、落ち着けよ」

木塚は、呆れた口調で言った。

「まだ二十二ですから」

葉月が、頰を膨らませた。

「いいか？　世間では、二十二歳は大人だと認識されているんだ。いつまでもそんなだから、恋人もできないんだぞ」

「三十六にもなって独り身のお兄ちゃんに言われたくありませんよーだ」

葉月が眼を瞑り、舌を出した。

「俺は、結婚できないんじゃなくてしないんだ。お前とは違う」

「負けず嫌いは相変わらずね。それに、私に恋人がいないなんて決めつけないでよ。ブラッドリー・クーパーみたいな彼氏と素敵な恋愛してるかもでしょ？」

「素敵な恋をしてるなら、休みのたびに上京して俺の家に泊まらないだろう」

「孤独なお兄ちゃんを癒《いや》しにきてあげてるのがわからない？」

葉月が腕組みをし、顎を上げ気味にして木塚をみつめた。

百五十五センチの小柄な葉月は、ボブヘアに童顔ということもあり、今日のようなデニムのショートパンツにニットのセーター姿だと高校生にみえてしまう。クリクリとした大きな瞳に抜けるような白い肌の持ち主で、幼い頃はよくハーフに間違われたものだ。

「わかったわかった。なにを食べたい？」

「とりあえずケーキ！」

「なんだよ、ちゃんとした飯は食わないのかよ？」

「夜勤明けで疲れてるから、身体が甘い物を欲してるの！」

葉月は静岡の私立病院で外科病棟のナースをしている。

「はいはい」

木塚はため息を吐きながら、ブロードウェイ商店街に足を向けた。

☆

「あ〜、この瞬間が至福のひとときよ」

ブロードウェイ商店街のカフェ——ショートケーキ、モンブラン、ミルフィーユの三つのケーキを前に、葉月が相好《そうごう》を崩した。

「お前、そんなに食えるのか？」

ブラックコーヒーに口をつけ、木塚は呆れた顔で言った。

「スウィーツに関しては、私の胃袋は大食いチャンピオン級だからさ。ではでは、いっただきまーす！」

葉月が、幸せそうな顔でショートケーキのイチゴを頬張った。

――ウチのお兄ちゃんはさ、どうして葉月よりずっと年上なの？　あきちゃんやミクちゃんのお兄ちゃんは、二つとか三つだよ？　葉月はまだ七歳なのに、お兄ちゃんは大学生だもんね。

小学校に上がった頃からの葉月は、友人の兄弟と比べるようになり、木塚と歳が離れていることを気にするようになった。

――お兄ちゃんが生まれたのは、まだ、パパとママが若い頃なんだよ。葉月はね、パパとママが大人になったときに生まれたから歳が離れてるだけさ。

――ふ〜ん、よくわかんないけど、お兄ちゃんのこと大好きだからいいや！

顔をくしゃくしゃにする幼い葉月の顔が、モンブランの栗《くり》を頬張る葉月に重なった。

両親の顔は、みたことがなかった。物心ついたときには、施設にいた。

葉月の両親に引き取られたのは、木塚が六歳のときだった。養父は静岡県で開業医をやっており、経済的には裕福な家庭だったが、結婚して十年が経っても子宝に恵まれなかったのだ。優しい養父母で、木塚に不満はなかった。

木塚が中学生になったときに、実の両親が自殺したことを養父から聞かされた。

夫婦で洋食屋を営み、店も繁盛していたらしいが、ある朝、友人の家に電車で向かっていた父が女子高生の身体を触ったという痴漢の容疑で逮捕された。

父は一貫して容疑を否認していたが、一年に亘る裁判で有罪を言い渡された。すぐに上訴したが、世間は父を完全に痴漢扱いした。近所の住民は母のことも色眼鏡でみるようになり、洋食屋の客足も遠のいた。


エロジジイ！　痴漢店主！　ロリコン変態！


閑古鳥《かんこどり》の鳴く店のガラス扉やメニューウインドウには心無い人間がスプレーで誹謗中傷《ひぼうちゆうしよう》の言葉を落書きし、悪戯《いたずら》電話も日に数十件かかってきたという。精神的に追い詰められていた母だが、父の無実を信じてパートをかけ持ちしながら幼い木塚を育てた。

だが、身も心もギリギリの状態の母に止《とど》めを刺す事件が起こった。

第二審でも敗訴した父は絶望し、拘置所内で自殺したのだ。

父の訃報《ふほう》を聞いた母は二歳の木塚を施設の前に置き去りにし、自宅で首を吊った。

皮肉なことに、両親の死後に同じ電車に乗っていたという女性が名乗りを上げ、父が両手で吊革に摑まっていたのを覚えていると証言した。ワイドショーなどで冤罪が叫ばれ、父を逮捕した警察と有罪判決を下した判事が非難されたが、死んだ両親が戻ってくるわけではなかった。

痴漢の嫌疑をかけられたら最後、潔白を証明するのはほぼ不可能だということが、木塚の傷ついた心に強烈に刻み込まれた。

養父が木塚に真実を聞かせたのは、木塚が両親を恨まないようにするためだった。決して、実の両親が息子に愛がなくて施設に捨てたのではないということを……。

葉月が生まれたのは、ちょうどその頃だった。

もう、子宝には恵まれないと諦めていた養父母は、思わぬ神様からのプレゼントに喜びもひとしおだった。

木塚も、死んだ両親からの贈り物のような気がして、葉月を実の妹のようにかわいがった。

幼い葉月を自転車の荷台に乗せ、茶畑を見下ろす径《みち》をサイクリングするのが日課だった。

学校に行っている間以外は、常に十四歳下の妹と行動を共にした。

葉月もまた、本当の兄のように木塚を慕《した》った。

葉月が八歳のときに、東京の大学院に入学する木塚は上京した。

——弁護士になって、私をイジめる悪い人達をやっつけてね。約束だよ?

旅立ちの朝――新幹線のホームで、葉月が小指を立てた。
必死で涙を堪える葉月の顔が、昨日のことのように蘇った。

「で、悪い人達をやっつけてる？」

「なんだよ、藪《やぶ》から棒に」

木塚は平静を装い、コーヒーカップを傾けた。

「大人になってからはさ、お互いに忙しくて、ゆっくりと話したことなかったよね。いまだから言うけどさ、お兄ちゃんが東京の大学院に行くって知ったとき、凄くショックだったんだよ。なんだか、置き去りにされた気分だったわ」

恨みがましい口調で言いながら、葉月が三つ目のケーキに取りかかった。

「大袈裟だな。月に一回は会ってるだろう？」

「昔は、ずっと一緒だったじゃん。でも、お兄ちゃんは偉いよ。悪い人をやっつけるって約束して、ちゃんと有言実行してるものね」

一点の曇りもない瞳を向ける葉月に、木塚の胸は痛んだ。

「弁護士なんて……」

クソみたいなものだ――言葉の続きを、木塚は呑み込んだ。

クソは弁護士ではなく自分だ。

——ああ、立派な弁護士になって、葉月をイジめる悪い奴らを全員退治してやるよ。


木塚は力強く頷き、葉月の小指に小指を絡ませた。そのつもりだった。

父のような被害者を二度と出さないために……。

父は無実だった。だが、法廷に立たなければ無実を立証できない。

そのときの木塚に必要だったのは、法廷に立つ資格を得ることだった。

司法試験に合格したときの正義感に満ちた志《こころざし》は、長くは続かなかった。

居候《いそうろう》弁護士……通称、いそ弁となった木塚は現実を思い知らされた。

法廷は真実を証明する場所ではなく、証明されたことが真実になる場だということを。

弁護士は、金のためなら悪を守り、善を攻撃することを。

独立するまでの辛抱……そう言い聞かせてきた。

志は自分の事務所を持ってから貫けばいい……何度も言い聞かせてきた。

違った。

独立しても、志とは程遠い依頼を受けなければならなかった。雇われ弁護士のときよりも出費が多いぶん、理想と懸《か》け離れた仕事をこなす数は増えていった。それでも、独立したての弁護士が都内で事務所を維持していくのは楽ではなかった。

志の最後のひと欠片《かけら》は、痴漢冤罪ビジネスという禁断の果実に手をつけたことで喪失《そうしつ》した。


「弁護士なんて？」

言葉の続きを促す葉月の声で、木塚は我に返った。

「あ、ああ……弁護士なんて、俺のガラじゃないって言いたかったのさ」

木塚は、動揺する気持ちを押し隠し、別の言葉を口にした。

嘘を吐くことにも慣れてしまった。いつしか、嘘が日常の一部からすべてになった。

いまでは、自分の言動のなにが真実でなにが嘘なのかも曖昧になっていた。

「そんなことないよ。お兄ちゃんは、弱者の味方として戦っているじゃない？」

葉月の純粋さが、木塚の胸を刺した。

弱者の味方が、聞いて呆れる。父のような冤罪の犠牲者を二度と出さないためになったはずの弁護士なのに、自らが第二、第三の「父」を量産し続けている。

最初は、経営を軌道《きどう》に乗せるために始めたはずだった。

だが、経営難を脱しても、木塚は痴漢冤罪ビジネスをやめることはしなかった。

金の亡者《もうじゃ》になってしまった？

そう自嘲《じちょう》したこともあった。

——本当に、そうなのか？

自問の声が聞こえた。養父母のもとで幸せな幼少期を過ごし、可愛い妹ができ、今は金もある。それで、満たされているのか？

「お前こそ、看護師になって人助けをして偉いじゃないか」

強張りそうになる頬の筋肉を従わせ、木塚は微笑みを湛えた。

葉月の瞳には、昔のままのお兄ちゃんが映っているに違いない。

「お兄ちゃんの背中をみて育ってるからね」

葉月がウインクした。

——ごめんな……俺はもう、お前の知っているお兄ちゃんじゃない。

木塚は、心で葉月に詫びた。

——金のためじゃない。無実の父を死に追い込んだ世間への復讐《ふくしゅう》のためだ。

また、自問の声が聞こえた。

どちらにしても、自分が悪魔に魂を売り渡したことに変わりはなかった。

10

「でも、私の義父は政治家なので、明るみに出てしまったら……」

青山通りのカフェ——吉原の正面で顔面を蒼白にした宮田《みやた》が、消え入りそうな声で言った。

十分前に運ばれてきたホットコーヒーには口がつけられていなかったが、代わりにグラスの水は空《から》になっていた。

生え際の薄くなったこめかみには汗の玉が浮き、ノーフレイムの眼鏡の奥の眼の下には色濃い隈ができていた。

「しっかりしろよ。宮田さん、そんなに弱気だと足もとをみられるぞ？　やってもない罪を、どうして贖《あがな》わなきゃなんないんだよ。おかしいと思わないか？」

『宮田貞夫《さだお》　四十八歳
京丸《きょうまる》証券飯田橋《いいだばし》支店の課長　政治家を父に持つ妻と高校二年の娘がひとり　世田谷《せたがや》区上用賀《かみようが》に戸建《こだ》てのマイホームを購入』

吉原は、諜報部の梶から受け取った報告書に視線を這わせながら宮田を諭した。

宮田は総武線の車内で痴漢したと女子高生に手首を摑まれ、目撃者として現われた袴田とともに飯田橋の駅に降ろされた。駅の事務室に連行されようとしているときに、偶然現われた木塚に救われ、改札を出てすぐのカフェに連れていかれた。

木塚の事務所には行かずその場で示談を勧められたということ以外は、秀太や石山のときとまったく同じ流れだった。

宮田が提示された示談金は、五百万だった。秀太の五千万に比べればはした金だが、サラリーマンの宮田にとっては決して楽な額ではない。

恐らく、木塚は端から宮田の義父が政治家だということを知って狙ったのだろう。吉原が抱える諜報部と同じような優秀な手先が、木塚にもいるに違いない。

世間的知名度と影響力のある人間であればあるほど、木塚は示談金を吊り上げる。

秀太のように自らに知名度や影響力があるわけではないが、宮田が痴漢の現行犯で捕まった場合に義父の政治活動に悪影響を及ぼすのは眼にみえていた。

「あんた、本当に痴漢してないんだろう?」

「もちろんですよ！」

吉原の問いかけに、宮田が声を大にして否定した。

「だったら、五百万の示談金を払う必要はないだろうが」

「それはそうですが、弁護士さんが言うには訴えられたらまず勝ち目はないし、たとえ私が痴漢をしていなかったとしても世間に噂が広まって家族や義父《とう》さんに多大な迷惑がかかってしまうと言われまして……」

宮田が、魂が抜け出しているようなため息を吐いた。

「まったく同じ手口ですね」

吉原の隣の席で、梶が抑揚のない口調で言った。

「それが木塚の手口なんだって。義父《おやじ》さんが政治家だから、脅せばいくらでも金を引っ張れるってつけ込まれてるんだよ」

「でも、どうして吉原さんは、私にこんな話をしてくれるんですか？」

宮田が訝しげな顔で訊ねてきた。

「ウチのタレントも、あんたと同じように痴漢に仕立て上げられて、高額な示談金を請求されてるのさ。ほかにもうひとり、サラリーマンの被害者がいる。俺は被害者の会を作って、木塚を逆に警察に突き出してやろうと思ってるんだ」

――裁判で白黒結果が出る前に、松岡さんはすべてを失うでしょう。吉原社長も莫大な損害金を支払うことになります。松岡さんの仕事内容からして、その額は五千万では済みません。軽く、億は超えるでしょうね。念のため言っておきますが、たとえ勝訴してもそれは同じです。

脳裏に、涼しい顔で話す木塚が蘇った。

法を盾にする木塚は、脅迫や恫喝が通じないぶん、ヤクザや芸能ゴロよりも質が悪い。

「そうだったんですね。もし私がその会に入ったら、具体的にどうすればいいんですか?」

「そのままを言えばいい。被害者の女子高生、目撃者の袴田、偶然居合わせた弁護士の木塚……三人も四人もこのパターンだったら、警察だっておかしいと思うはずだ」

秀太、石山、宮田……あとひとり、木塚の被害者を引き込むことができたら完璧《かんぺき》だ。

「なるほど……。しかし、せっかくのご厚意はありがたいんですが、今回は授業料として五百万を支払います。友人を当たれば、それくらいの額はなんとかなると思いますので」

宮田が、吹っ切れたような顔で言った。

「あんたみたいな弱腰で保身しか考えない人間がいるから、木塚みたいな悪徳弁護士がのさばるんじゃねえか!」

「なんですって?」

吉原の言葉に、宮田が憮然とした。

「言ってる意味が、わからないか? ヨーロッパの観光地に行くと、観光客を狙って勝手に写真を撮って売りつけてくるような輩《やから》が多い。欧米人ははっきり断わるか無視するけど、日本人は金を払う奴が多い。押し売りだとわかっていても、このくらいの金額なら払えるからいいか、って感覚でな。味を占めた押し売りは、日本人はすぐに金を払うと学習し、仲間に情報を広める。その結果、日本人観光客はいいカモだと思われて集中的に狙われるってわけだ。あんたも同じだ。五百万を払える払えないの問題じゃなくて、痴漢してないなら突っ撥ねるべきだ」

「あなたの言うことは理解できますし、尤《もっと》もです。ですが、私の立場もあります。弱腰？　保身？　ええ、そうです。義父の政治生命や家庭崩壊にかかわることを五百万で回避できるなら、無理してでも工面《くめん》しますよ」

宮田が、開き直り気味に言った。

「宮田さん、もう一度だけ言う。あんたは痴漢をしていない。だから、示談金を払う必要はない。俺らと手を組んで木塚を訴えるべきだ。そう思わないか？」

吉原は、ラストチャンスを与えた。

ここで首を縦に振りさえすれば、嫌な思いをせずに済む。

「本当にすみません。私には妻と子供を守る義務があります。自分が泥を被《かぶ》ってでも家族を路頭に迷わせるわけにはいかないんです。では、失礼します」

「五百万払っても、守れないぜ」

吉原の言葉に、腰を上げかけた宮田の動きが止まった。

「いま、なんとおっしゃいました？」

「だから、示談金を払っても家族や義父《おやじ》さんの政治生命は守れないって言ったのさ」

吉原は椅子の背凭れに身を預け、煙草に火をつけた。

「どうしてですか？　弁護士さんは、五百万の示談金を払えば警察沙汰にはならないと約束してくれました。それが、嘘だというんですか？」

宮田が席に腰を戻しつつ、不安げに訊ねてきた。

「嘘じゃない。金さえ手に入れれば、約束は守るだろう」

「だったら、問題ないじゃ……」

「俺があんたのことをマスコミにバラしてやる。女子高生に痴漢したあんたが、政治家の義父《おやじ》さんに被害が行かないように五百万の示談金で揉み消したってネタは、ワイドショーや写真週刊誌が大好物だろうからな」

吉原は、冷淡《れいたん》な微笑を口もとに湛えた。

「ちょ、ちょっと、待ってくださいよ！　どうして、私を苦しめるようなことをするんですか⁉」

宮田が、蒼白な顔で抗議してきた。

「悪徳弁護士を潰すためなら俺はなんだってやるつもりだ。あんたが示談金を払うっていうなら、俺の敵だ。仕事柄、局のプロデューサーや週刊誌の編集長に知り合いが多くてね」

吉原は、微笑み同様に冷淡な口調で言った。

「それじゃあなた、あの弁護士と同じじゃないですかっ」

「一緒にするな。あいつは詐欺師で、俺は被害者を救う正義の味方だ。さあ、どうする？　悪徳弁護士に五百万を払った上にマスコミにバラされて地獄をみるか？　それとも、俺と組んで金も払わずマスコミにもバラされずに天国に行くか？　決めるのはあんただから、好きにすればいい」

興味を失ったように宮田から視線を外した吉原は、すっかり温くなったコーヒーで喉を潤した。

「示談金を払わなければ、警察沙汰にされて世間にバレてしまいますよっ」

「二ヵ月か三ヵ月、示談金を支払う期日を先延ばしにしろ。理由は、親戚中から金を掻き集めるから時間が必要だって言えばいい。奴は最終的に金を手にするのが目的だから、念書でも入れれば納得する。時間稼ぎしている間に、被害者の会を作って抗議すれば、奴も迂闊《うかつ》なことができなくなる。なぜなら、本当はあんたが痴漢していないのを知ってるから、警察に引き渡してもプラスにならないことをわかっている。プラスどころか、自分のとこで抱えてるサクラも被害者として事情聴取を受けなければならないし、裁判になったら法廷に立たなければならない。なにより、裁判費用がかかる。いいか？　もう一度言うが、木塚の目的はあんたを警察に引き渡すことじゃなく、示談金を取ることだ。示談金も入らないのに、時間、労力、金をかけて訴訟を起こすわけないだろうが？」

宮田が考え込む表情で腕を組んだ。

嘘ではない。木塚は、宮田が反旗を翻したとしても警察やマスコミに持ち込んだりはしないだろう。だが、自分の場合は違う。松岡秀太というドル箱タレントを抱えている自分にたいしては、労力や経費をかけてでも示談金を払わせようとするはずだ。

理由は明白だ。五千万の秀太に五百万の宮田——費用対効果が違い過ぎる。つまり、木塚にとっては宮田や石山はいくらでも代わりのいる雑魚《ざこ》だが、秀太は一生に一度網にかかるかどうかの大魚ということだ。

「わかりました。吉原さんのことを信じます」

「まずは、示談金は払うから二ヵ月待ってほしいと言え。あとは、普段と変わらない生活をしていればいい。木塚から連絡があったら、すぐに梶に連絡を入れろ。呼び出されたりなにかを要求されたら、いったん保留にして連絡を入れろ。絶対に、自分で判断するんじゃない。わかったな？」

鼻の下にまで汗の玉を浮かべた宮田が、即座に頷いた。

「とりあえず、今日は行っていいぞ。また、こっちから連絡する」

吉原が言うと、宮田は席を立ち、深々と頭を下げた。

「おい、これ」

立ち去ろうとする宮田を呼び止めた吉原は、伝票を宙にヒラヒラさせた。

「あ……すみません」

もう一度頭を下げ、宮田がレジに向かった。

「木塚に詰められて、内緒で示談金を払ったりしませんかね？」

梶が疑いの表情で訊ねてきた。

「大丈夫だろう。あいつも馬鹿じゃない。五百万払おうが払うまいがマスコミにバラされるなら、木塚を選ぶことはないだろう。それより、なにか面白そうなお宝はみつかったか？」

お宝——木塚の大事にしているなにか。

人、物、秘密……なんでもいい。宝は、ときとして弱味に姿を変える。

「お宝かどうかはわかりませんが、木塚には静岡に二十二歳の妹がいます」

梶が起動させたタブレットを眼で追いながら言った。

「二十二歳だと？　ずいぶん、歳が離れてるな」

木塚はたしか、三十代半ばだった記憶がある。

「妹といっても、実の兄妹《きょうだい》ではありません。木塚は幼い頃に両親が自殺し、施設で育っています。六歳のときに、妹の両親に養子として引き取られたみたいです。養父母はもう他界していて、木塚にとって身内と呼べるのは妹だけのようです」

梶の淡々とした報告を聞きながら、吉原は思考をフル回転させた。

「疎遠《そえん》だと意味はないぞ」

「妹は木塚に会うために、休みを利用して月に一回ペースで上京しているようです」

「あんな鉄仮面《てつかめん》にも、自分以外に大事なものがあったか」

吉原の口角が、自然と吊り上がった。

「どうします？」

「妹の居場所を押さえて報告しろ」

吉原は梶に命じると眼を閉じた。

光と闇——両方の力を使って、木塚を足もとに跪《ひざまず》かせてみせる。

## 11

「本当に、出てくるのか？」

フロントウインドウ越し——「浜松《はままつ》中央病院」の職員通用口に視線を向けながら、吉原は訊ねた。

「夜勤明けですから、通常通りなら九時半までには出てきます」

ドライバーズシートに座った梶も、職員通用口から視線を外さずに言った。

レンタカーのプリウスは、病院の裏口から十メートルほど離れた路肩に停めていた。木塚の妹の勤務する静岡県の病院に到着してから、一時間半が経過していた。

「仕込みのほうは、予定通りか？」

吉原は、ルームミラー越しに誠也《せいや》に訊ねた。

「バッチリっすよ。ストレス溜まりまくりの看護師なんて楽勝っす」

誠也の端整な顔立ちが軽薄な笑みに歪《ゆが》んだ。

「直前になって、裏切ったりしないだろうな？」

「大丈夫ですって。千奈《ちな》は俺に調教されてますから、言いなりっすよ。一昨日《おととい》も、ローター入れたままコンビニに買い物に行かせましたから」

下卑《げび》た笑い声が、車内に響き渡った。

梶の眉間に深い縦皺が刻まれた。梶は、誠也のことを嫌悪している。

「アカデミアプロ」のスタッフのほとんどが、誠也のことを嫌っていた。

道を歩けば女子が二度見するほどに整ったルックス、百八十センチのモデル並みのスタイル――誠也は、ビジュアルだけならば秀太に引けは取っていなかった。

だが、あっという間に全国区のメジャー男優に成長した秀太と対照的に、誠也は無名の舞台俳優の座に甘んじていた。

芝居が下手なわけでもなく、誠也が売れない理由は素行の悪さにほかならなかった。

誠也は、とにかく女癖が悪かったのだ。舞台で共演した女優にすぐに手をつけるので、事務所関係者からのクレームが絶えなかった。

誠也は所属してからの三年間で、四人の女優を妊娠させた。

マネジメント部の小西をはじめとするスタッフは解雇を訴えてきたが、吉原は誠也を手もとに置いていた。

芸能人としては致命的な悪癖も、使い途《みち》を変えれば強力な武器となる。

そう、ジゴロとしての才能だ。舞台稽古の二週間から一ヵ月くらいの期間に、女優を三人も四人も妊娠させるというのは、そうそうできるものではない。

裏を返せば、女優のほうも短期間で誠也に身も心も許してしまうということだ。

これまでに吉原は、ライバル事務所のタレントをスキャンダルで潰すために、何度か誠也を使ったことがあった。

もちろん俳優という身元は隠し、ターゲットに接触させた。

男優と違って女優は、異性関係のスキャンダルが致命傷になる場合が多い。

とくに若手であればあるほど、受けるダメージは大きい。

誠也は狙ったターゲットをほぼ一〇〇%の確率で落としてきた。

しかも、そこらのモテない素人《しろうと》女を口説《くど》くのとは違い、誠也が落としてきたのは女優……それも、名のある若手女優ばかりだった。

今回のターゲットは看護師……木塚葉月の同僚だ。

二週間で看護師の心を奪うくらい、赤子の手を捻《ひね》るようなものだ。

「ところで、その演出はターゲット好みなのか？」

吉原はリアシートを振り返り、訊ねた。

誠也のいつものウルフカットは緩いパーマヘアになり、ヴェルサーチのタイトスーツは白いニットセーターとグレイのデニムになっていた。

「千奈は、オラオラな感じの男が苦手で、草食系男子が好きなんすよ」

「ハイエナって、草食動物だったか？」

吉原は、茶化《ちゃか》すように言った。

「もう、勘弁してくださいよー、社長。俺は女性にたいしては、フェミニンのシマウマさんなんすよ」

誠也が、おどけた口調で言った。

肉食系、オラオラ系、セクシー系、ちょいワル系、紳士系、誠実系、甘えん坊系……ターゲットによって彼は、いくつもの顔を使いわけている。

人間としてはクズだが、女性を虜《とりこ》にする腕は超一流だ。

「社長だって、今日はチョー地味地味のコーディネートじゃないっすか？　しかも、伊達眼鏡までかけちゃって」

誠也が、吉原のスーツに視線を這わせた。たしかに、普段の吉原は明るいブルー系やピンストライプ柄の派手なスーツを好んで着ているが、今日は役作りのために濃紺のシングルスーツにストライプ柄のネクタイをチョイスした。

「女は、しくじってないだろうな？　なにも出てこなかったら、シャレにならないぞ？」

梶が、珍しく口を挟んだ。

「ガールズマスターの俺が調教した女が、失敗するわけないっしょ？」

「調子に乗るな」

「梶さんってさ、笑ったことないの？　たまには、バラエティ番組とかみて笑ったほうがいいよ。笑うと免疫力《めんえきりょく》がアップして、健康にいいらしいからさ」

「仕事に関係ないことをペラペラ喋るな」

「おお、怖っ……」

誠也が大袈裟に肩を竦《すく》めた。

いきなり後ろを振り返った梶が、誠也の胸倉《むなぐら》を摑んだ。

「社長っ、この人、大事な商品を傷つけようとしてるっすよ！」

誠也がこれみよがしに叫んだ。

「誰が大事な商品……」

「梶、あの女か？」

吉原は梶を遮り、フロントウインドウ越し――職員通用口のドアから出てきたボブヘアの女性を指差した。

「木塚葉月に間違いありません」

「よし、任務開始だ」

吉原は梶の言葉を背に、プリウスから降りると葉月に駆け寄った。

「すみません。ちょっと、いいですか？」

吉原が声をかけると、葉月が驚いた顔で立ち止まった。

「私、麻薬取締官の山本《やまもと》と申します」

吉原は偽名を口にし、偽造の身分証明書を提示した。

吉原の隣に並んだ梶も身分証明書を掲げていた。因みに、彼の偽名は所《ところ》だ。

「あの、どういった御用ですか？」

葉月の幼い顔立ちに、怪訝ないろが浮かんだ。

「実は、まだ極秘捜査の段階なのですが、『浜松中央病院』のスタッフが違法薬物を横流ししているという噂がありましてね」

「違法薬物をですか？」

「ええ。『リタリン』という薬をご存じですよね？」

「はい、うつ病の薬として認定された向精神薬ですよね？」

「そうです。しかし、ドラッグとして使用する若者が増えて社会問題化し、二〇〇七年以降は効能効果からうつ病が外されました。現在はナルコレプシーという睡眠障害などの神経刺激薬として処方されていますが、規制が厳しくて扱う病院はほとんどありません。なので、一錠十二円程度……二百錠で二千四百円のリタリンが、闇で十万や二十万で取り引きされています」

吉原は、唇をへの字に曲げて渋い表情を作ってみせた。

「まさか、ウチのスタッフが『リタリン』を誰かに売っているということですか？」

「内偵段階なので断言はできませんが、その可能性は非常に高いです」

「で、私にどういった御用でしょうか？」

葉月が、吉原の瞳を直視した。

思わず、眼を逸らしたくなる衝動を堪えた。

不意に、鼓動が高鳴った——蘇りそうになる少女の顔を、慌てて打ち消した。

疚《やま》しさなど微塵もない澄んだ瞳に、少女の顔が重なりそうになった。

なぜ？　葉月と少女は、歳も顔立ちも背格好も似通っていない。

だが、葉月にみつめられると思い出しそうになる。

呆れるほどにまっすぐで、疑いを知らなかったあの頃の感覚を……。

——嫌だっ。俺がなんとかする！　だから、別れようなんて言うなよ！

少年の心に、迷いも恐怖もなかった。
あるのは、少女を守らなければ……という思いだけだった。

——ありがとう、聖。でも、子供の私達が勝てる相手じゃないの。
——そんなの、やってみなきゃわからないだろ⁉　あっちはおっさんなんだし、体力は俺のほうがある。事務所の社長って、五十過ぎてるんだろう？　そんなじじいに負けるわけないだろう。

少年は、拳を突き出してみせた。

——聖は、なんにも知らないのね。大人の世界は、どれだけ喧嘩が強くてもなんの役にも立たないのよ。

少女が、呆れ笑いを浮かべながら言った。

――なんでだよ！　ボコボコに殴って言うことを聞かせればいいだろう！

――あのね、大人の世界でそんなことしたらすぐに警察に通報されるのが落ちよ。それに、ウチの事務所の社長はヤクザとつき合いがあるから、下手なことをすれば大怪我をするわ。だから、馬鹿な真似はやめて。

少女が、諭すように言った。その瞳は慈愛に満ち、とても同じ十五歳と思えなかった。少女はもともと大人びた性格だったが、お腹に新しい生命を宿していることがよけいにそうみせているのかもしれない。

――そんなの、ちっとも怖く……。

少年の言葉を遮るように、少女が両手を握ってきた。

――私のこと好き？

唐突に、少女が訊ねてきた。

――なんだよ……急に⁉

――いいから、答えて。好きなの？　嫌いなの？

――最初のほうだよ。

――それじゃわからない。私のことどう思ってるのか、はっきり言葉にして。

少女が、有無を言わさぬ口調で詰めてきた。

――……好きだよ。

――だったら、私の言う通りにして。これ以上、社長を怒らせるのはまずいわ。いまは、社長に従ったふりをして。ふたりの想いが本物なら、また、つき合えるはずよ。

少女が潤む瞳でみつめ、ペンダントを差し出してきた。

――なに？

少年は、ペンダントを受け取り、しげしげとみつめた。

ペンダントトップは、ハートの片割れだった。

——何年かかるかわからないけど、再会する日まで持ってて。

笑顔で、少女が同じハートの片割れのペンダントを宙に翳した。


吉原は、ワイシャツ越しにペンダントを握り締めた。

自分と別れて以来、杏奈は無期限の休養に入ったまま、芸能界を去った。

あれから十三年経ったいまも、ペンダントトップのハートは片割れのままだ。

元芸能人なので、その気になれば彼女と再会するのはそう難しいことではなかった。

そうしなかったのは、杏奈の想いが昔のままだという保証がなかったから。

芸能界を引退しても連絡をしてこなかったということは、心変わりした証だ。

昔と変わったのは自分も同じだ。もう、杏奈の知っている少年はどこにもいない。

父の仇《かたき》を討つためとはいえ、杏奈が所属していた事務所の社長を闇に葬った。

「アカデミアプロ」の勢力を拡大するために、多くの人間を蹴落とし、踏み台にした。

杏奈とやり直すには、自分の手はあまりにも汚れ過ぎていた。

「お忙しいところ申し訳ありませんが、スタッフの方々に捜査の協力をしていただきたく思いまして」

吉原は雑念を振り払い、葉月に折り目正しく言った。

「協力って、なにをすればいいんですか？」

葉月が、不安げな顔で訊ねてきた。

「違法薬物が持ち出されていないか、簡単な手荷物検査をさせてください」

「手荷物検査……どうして、病院でやらないんですか？」

「極秘の内偵捜査ですので、大っぴらには動けません。それに、病院で手荷物検査なんてやってしまえば、卸元《おろしもと》に勘づかれて逃げられてしまいますから。お時間は取らせませんので、あちらのほうでお願いします」

吉原は、路肩に停車しているプリウスに手を向けた。

「車の中で、ですか？」

「はい。ここでも構いませんが、バッグの中身を全部出してしまいますので。何事もなければ、五分ほどで終わります」

吉原は、公務員らしく淡々とした口調で言った。

人を騙すには、まずは自分を完璧に騙さなければならない。自分が信じ込めば疚しさはなくなるので、瞳に落ち着きが、言葉には説得力が出てくるものだ。

「わかりました」

「では、こちらへ」

吉原は、プリウスに葉月を促した。

「どうも」

ドアを開けると、後部座席に座っていた誠也が葉月に頭を下げた。

「彼も麻薬取締官で、いま、潜入捜査中なのでこんな格好をしています」

吉原は、葉月の心に疑念が浮かぶ前に説明した。

「ああ……ドラマとかでやってるようなこと、本当にあるんですね?」

「私達の仕事は、刑事みたいに派手ではありませんがね」

「え? 警察じゃないんですか?」

「はい。我々は、厚労省の管轄《かんかつ》です。警察では組織犯罪対策課が麻薬を取り締まっていますが、彼らの目的は麻薬撲滅《ぼくめつ》をきっかけに暴力団を壊滅させることです。私達はあくまでも麻薬撲滅だけが目的なんです。ただ、警察と同じように逮捕権と拳銃の所持は認められています」

葉月を信用させるために、吉原は懇切丁寧《こんせつていねい》に説明をした。

「そうなんですね。ドラマとかでよく麻取《まとり》とか麻薬Gメンとかが出てきますけど、警察だと思ってました。麻取の人達って、やっぱりドラマみたいに囮《おとり》捜査とかもするんですか?」

「ええ。必要とあらば行ないます。麻薬及び違法薬物の卸元を突き止めるには、外部からの捜査では限界があります。だから、ときには麻薬中毒者を演じるために絶食と徹夜で顔色を悪くして売人《ばいにん》に接触することも珍しくはありません。表立って捜査する刑事と違って、我々麻薬取締官は潜入捜査が主ですね」

これからの計画を見据えて吉原は、麻薬取締官は極秘裏に捜査するのが主流という印象を植えつけた。

「バッグの中身を拝見してもよろしいですか？」

「あ、はい。どうぞ」

吉原が言うと、葉月は疑いもなく白いトートバッグを差し出してきた。

「逆さにしますよ？」

確認を取り、吉原はバッグの中身をシートに空けた。

財布、化粧ポーチ、携帯電話、のど飴《あめ》、そして封筒がシートに散らばった。

吉原は封筒を手に取り、封を開けた。

「これは、なんですか？」

吉原は心でほくそ笑みながら、白い粉末の入ったポリエチレンの小袋を宙に掲げた。

それをみた葉月の顔が強張った。

「これは、覚醒剤《かくせいざい》ですよね？」

「どうして……」

葉月が、わけがわからないといった顔で固まっていた。

無理もない。このパケは葉月のものではないのだから。


――千奈はもう、俺の言うことはなんでも聞くと思います。で、社長、そろそろなにをやるか教えてくださいよ。

――シャブのパケを、木塚葉月って看護師の私物に紛れ込ませろ。

――木塚葉月って、もしかして、秀太を嵌めた弁護士の妹っすか？

――お前は、余計なことは知らなくてもいい。千奈って女を使って、木塚葉月のバッグにこの封筒を忍ばせる。女には封筒の中身を知らせるな。お前の命令になんの疑問も抱かずに動くように調教する……それだけを、考えてろ。


誠也に葉月と同じ病棟の看護師を口説かせたのも、すべてはこの日のためだった。

「どうしてって、我々のほうが訊きたいですね」

「私、本当に知りませんっ。覚醒剤なんてみたこともないし……なんで私のバッグにこんな物が入っていたのか……」

葉月の黒眼が、白眼の中を不規則に泳いだ。

「まさか、パケが歩いてあなたのバッグに入ったとでも？」

「でも……私、本当に知りません！　本当なんですっ、信じてください！」

葉月が、涙声で訴えた。

「ほとんどの人が、そう言いますから。とりあえず、お話は事務所で聞きますから、一緒にきてもらえますか？」

「事務所？」

「はい。厚生労働省の設置した事務所が全国にいくつもあります。もちろん、あなたを完全なクロだと断定したら管轄の警察署に引き渡しますが、まだ容疑者の段階では、事務所で取り調べを行ないます」

「でも、私、仕事が……」

「休んでもらうしかありませんね。我々のほうから連絡してもいいんですが、それじゃあなたも困るでしょうから、何か理由をつけて一週間ほど休んでもらえますか？」

「嘘を吐いても、逮捕されたらバレるんじゃないですか？」

葉月が、不安と動揺に血の気を失った顔で質問してきた。

「我々の目的は末端ではなく、卸元を突き止めることです。あなたが我々に協力してくれたら、司法取引として今回の件は見逃します」

吉原は、葉月をみつめながら小さく頷いた。

「……協力って、どういうことですか？」

「詳しくは、事務所に着いてから話します。出してくれ」

吉原は、葉月から視線を梶に移した。

☆

プリウスから降りた吉原は、虎《と》ノ門《もん》の壮大なマンションのエントランスに足を踏み入れた。

このマンションはマンスリー契約で、長期出張のサラリーマンなどが主な借り主だ。

マンスリーマンションといっても、新宿や池袋の繁華街《はんかがい》に建つ物件とは違うので、水商売関係者や怪しげな外国人の入居者はいない。十四階建てで、百戸以上入っている。

この日のために、他人名義で契約したのだ。

「こんなところに、事務所があるんですか？」

葉月が、訝しげにエントランスホールを見渡した。

「関東信越厚生局の麻薬取締部の事務所は、千代田《ちよだ》区九段南《くだんみなみ》にあります。ここは、潜入捜査や囮捜査のときに使う部屋のうちのひとつです。こういった非公式な部屋が、東京都内だけでも数十軒はあります」

説明しながら、吉原は葉月をエレベータに促した。

梶と誠也は葉月の逃げ道を塞ぐように後方からついてきていた。

エレベータを十階で降りた。一〇〇二号室のドアにカードキーを差し入れた。

部屋は八畳ほどのフローリングタイプだった。縦長の空間に、テレビ、ベッド、冷蔵庫、ソファ、テーブルが備えつけられており、キッチンシンクの収納庫には調理器具や食器類も揃えられていた。シンクの端には電子レンジと電子ポットが置かれていた。

「とりあえず、座ってください」

吉原は、葉月にソファを促し、テーブル越しに正面に座った。

「なにか、飲みますか?」

「いえ……それより、さっきのお話の続きを……」

「ああ、司法取引の件ですね。我々がマークしている人物を捕まえるために、囮になってほしいんです」

「私が囮にですか⁉」

葉月が驚きの表情を向けた。

「はい。その人物は卸元と繋がっているプッシャー……売人のことですが、そいつを逮捕できれば、大もとを一網打尽《いちもうだじん》にできるんです」

「嫌です……そんな怖いこと……。それに、私、本当に覚醒剤なんてやってないんです！信じてくださいっ」

葉月が懸命に否定するほどに、吉原のシナリオが順調に進んでいる証となった。

「あなたの私物に覚醒剤のパケが入っていた。その事実は動かしようがありません。薬物所持の現行犯で立件するのは簡単です。しかし、我々の狙いは末端ではなく卸元です。あなたが我々に協力してくれれば、覚醒剤のことは職場にも家族にもバレません。どうしても司法取引が嫌だと言うのなら、強制はしません。正規の手順に則《のっと》って捜査を進めます」

「そんな……」

葉月が、言葉を失った。

「さあ、どうします。あなたが決めていいですよ」

吉原は、葉月に選択権を与えた。もっとも、彼女が選ぶ答えはわかっていた。

「囮って……なにをすれば……いいんですか?」

葉月が、魂を吸い取られたような顔を向けた。

「ターゲットは、六本木のクラブで覚醒剤、大麻、危険ドラッグを売ってます。客に成りすましてクラブに行って、覚醒剤を買ってください。我々はその現場を盗撮します」

「捕まえないんですか?」

「いまは、材料集めの段階です」

「材料集め?」

葉月の顔に疑問符が浮かんだ。

「ええ。狙いは六本木芸能スポーツ密売ルートです。そのクラブには、芸能人やスポーツ選手が頻繁《ひんぱん》に出入りしていて、覚醒剤やドラッグを購入しています。その背後には、中国の密売組織が絡んでいます。我々の最終的な目的は、中国密売ルートの摘発《てきはつ》です」

映画かドラマに出てくるような話だが、すべて真実だ。

ただ、摘発する、ということを除いては。

☆

——本当に、大丈夫なのか？

Ｒ＆Ｂのサウンドが鳴り響くＶＩＰルームで、重森《しげもり》は怪訝そうに訊ねてきた。

——ああ、女がシャブを購入しているところを動画で押さえるだけだ。そっちに迷惑はかけない。

——動画が流出することはないだろうな？　万が一のことがあったら俺もお前も消されるぞ。

——俺がいままで、お前に損させたことあるか？

吉原は、重森の眼を見据えた。

——だから、こんな危ない橋を渡ってやってるんじゃねえか。とにかく、下手打つなよ。お前が修羅場を潜ってきたのはわかるし、気性の荒さも、肚《はら》が据わってるのもわかってる。暴力団の後ろ盾があることもな。だがな、中国の密売ルートが叩かれるようなことがあれば、暴力団でもお前を守ることはできねえぞ？

——わかってるって。俺も馬鹿じゃない。動画を女の兄貴にみせて、おとなしくさせるのが目的だ。どこの誰から仕入れたとか、動画に映ってる場所がどこかとか、一切わからない。それに、動画が人手に渡ることもないから心配するな。

重森が無言で頷き、大理石のテーブルに置かれた百万の束を三束、鷲摑《わしづか》みにして上着の内ポケットに突っ込んだ。

三百万で三千万を払わなくて済むなら安いものだ。

重森とは、吉原が十代の頃に闇金融をやっていたときからのつき合いだった。

フロント企業のオーナーだった吉原と暴力団の組員だった重森はウマが合い、立場を超えて友情関係を育んだ。

吉原が「アカデミアプロ」を立ち上げた頃、重森は覚醒剤の密売に手を出し、暴力団を破門になった。破門になった重森は覚醒剤の密売を続けていたが、吉原はつき合いをやめなかった。友情を重んじたわけではなく、中国マフィアと通じている重森に利用価値があると思ったからだ。

吉原の予想は現実になった——木塚を倒すために、重森は重要なカードとなる。

☆

「あなたに、守ってもらわなければならない取り決めがあります。まず、任務が終わるまでの間は、誰とも接触しないでください。情報が外部に漏れれば、密売組織に囮捜査がバレてしまう恐れがあります」

事務的に言うと、吉原は葉月に手を出した。

「なんです？」

「携帯電話を預かります。任務が終われば、お返ししますので」

渋々と、葉月が携帯電話を差し出してきた。

「もうひとつ。任務が終了するまでの間、この部屋で過ごしてもらいます」

「外に出られないということですか⁉」

「食べたい物を言ってくれれば、三食きちんと差し入れます。生活に必要なものは、ウチの女性職員が用意しますのでなんなりと言ってください。因《ちな》みに、その女性職員が同居しますので」

吉原が言うと、葉月が眼を見開いた。

「それって……私を監視するって意味ですか？」

「そう取ってもらって構いません。忘れないでください。あなたは、覚醒剤所持の容疑者です。牢屋《ろうや》の中にいるよりはましだと思いますよ」

吉原は、冷え冷えとした眼で葉月を見据えた。

「……わかりました」

葉月が、この世の終わりのような顔で肩を落とした。

彼女はまだ、わかっていない。

これからが、本当の地獄の始まりだということを。

☆

六本木交差点近く——路肩に停車したプリウスの車内の空気は、張り詰めていた。

虎ノ門のマンスリーマンションから移動する間、葉月はひと言も言葉を発しなかった。

葉月を軟禁《なんきん》して三日が経った。

病院には体調不良と届けさせ、一週間ほど休みを取らせた。

吉原のシナリオを、彼女が疑う気配はなかった。

葉月が特別に騙されやすいというわけではなかった。

人間は先入観念の生き物だ。

ポストは赤い。粉薬はまずい。夏は暑い。犬はワンと吠える。

人間は、語り継がれている常識を疑うことをしない。

昔からそうだから、みながそう言ってるから……なんの根拠もなく、人々は信じ込む。

白いポストがあったら、美味《おい》しい粉薬があったら、寒い夏があったら、ニャーと吠える犬がいたら——人間は、観念の範囲外の物事をみつめようとしない。

いや、みつめようとしないのではなく、みえないのだ。

葉月が、吉原は麻薬取締官ではないのでは？　と疑えば、軟禁されることもなかっただろう。逆を言えば、先入観念の裏を衝《つ》けば人間は簡単に騙されるということだ。

「いいですか？　ＶＩＰルームに仕込まれているビデオカメラで、あなた達の取り引きはすべて撮影されます」

「ビデオカメラは、どこにあるんですか？」

葉月が不安げに訊ねてきた。

「それは知らなくても大丈夫です。位置を知れば、無意識のうちにビデオカメラのほうを気にしてしまいますからね」

ビデオカメラは重森が仕込んでいるので、アングルは彼に任せていた。

もちろん、そのことを葉月は知らない。

「一グラム五万円の覚醒剤を三グラムぶん……購入資金の十五万です」

吉原は、葉月に封筒を渡した。

「もう一度、確認作業をします。あなたは、六本木の通称ミッシェルというＤＪの紹介で坂巻《さかまき》のもとを訪れました。合言葉は、『フィジーは今日も晴れている』です。あなたに覚醒剤の経験はなく、ミッシェルに頼まれただけです。大丈夫ですか？」

無意味な打ち合わせ――葉月を騙すための打ち合わせ。

葉月が硬い表情で頷いた。

「じゃあ、行ってください」

葉月が、蒼白な顔で車を降りた。左右の手足が同時に動いていた。これが本当の囮捜査なら、すぐにバレてしまう緊張ぶりだ。

吉原は携帯電話を取り出し、リダイヤルボタンをタップした。

三回目でコール音が途切れた。

「いま、女がそっちに向かった。手順通り頼む」

『わかった。今回だけにしてくれよ』

重森が、ため息交じりに言った。

「ああ。恩に着るよ」

『なあ、マジにその女、大丈夫だろうな？』

「それを訊くの何度目だ？　大丈夫だって言ってるだろう？　俺のこと信用できないのか？」

『信用してるさ。ただ、俺はまだ死にたくねえだけの話だ』

「安心しろ。俺もお前も死にはしねえよ。終わったら、連絡くれ」

吉原は一方的に電話を切った。


死ぬわけがない――死ぬわけにはいかない。

吉原には、まだまだやらなければならないことがある。

登山でたとえれば、山の中腹辺りだ。頂《いただき》までの道のりは遠い。

邪魔する人間は、ヤクザだろうがマフィアだろうが潰すだけだ。そうやって、前に進んできた。

過去を捨て……未来を諦め。

吉原は、脳裏に浮かびかけた少女の顔をふたたび打ち消した。

悪魔になった男には、思い出に浸ることも許されない。

「あの女、うまくやりますかね？」

ドライバーズシートから振り返った誠也が、好奇に瞳を輝かせた。

「重森が仕切ってるから、心配はいらない。あいつは、鼻が利く奴だから」

昔から重森は、嗅覚の鋭い男だった。危険を察知する術《すべ》に長《た》けていた。

暴力団で御法度《ごはっと》とされている覚醒剤の密売に手を染めながら破門で済んだのも、重森が中国マフィアを後ろ盾につけていたからだ。日本の組織を頼らずに中国の密売組織に身を寄せたあたりが、重森の保身のうまさだった。

破門した組員が別のヤクザ組織に逃げ込んだとなれば見過ごせない暴力団も、元組員の後ろ盾が中国マフィアとなれば話は違ってくる。

不要な面倒を起こしたくないのは、堅気《かたぎ》の世界もヤクザの世界も同じだ。

「それにしても、社長も思い切ったことやりますね。木塚葉月に覚醒剤を購入させる絵図を描いて、動画に撮る。その動画を、木塚って弁護士との交換条件にする気なんでしょ？ね？　俺、こうみえても勘が鋭いっしょ？」

「お前は余計なこと言うな」

梶が低く短い声で言うと、誠也を睨みつけた。

「でも、なんでこんな面倒なことするんすか？　あの女を嵌めるんなら、千奈がバッグに仕込んだシャブパケを発見したときに、動画に撮っておけばよかったでしょ？」

梶を無視した誠也が訊ねてきた。

「知らない間に覚醒剤が入っていたっていうより、自分から売人に会いに行って覚醒剤を購入するっていうほうが決定的だろ？　相手は法の抜け道を探すプロだ。念には念を入れないとな」

「絶対、敵に回したくないタイプっすね」

誠也が自分の肩を抱き、大袈裟に震えてみせた。

「敵ね……」

吉原は呟き、ラークをくわえた。


敵に、父は殺された。

敵に、少女を奪われた。

敵さえいなければ、大切な誰かを失うことはなかった。


シートの上で震える携帯電話を、吉原は耳に当てた。

『終わった。うまく撮れたぜ』

受話口から、重森の声が流れてきた。

「ありがとう。あとで、電話する」

吉原は電話を切ると、リアウインドウ越しに視線を投げた。
二、三十メートル先の建物から出てくる葉月に向かって、吉原は広げた掌を伸ばした。
――敵は……この手で握り潰すだけだ。

吉原は、空で掌をきつく握り締めた。

## 12

「これが、灯台下暗《もと》しっていうんですかね」

六本木の人混みを縫うように進みながら、宮根が独りごちた。

「でも、十数年前はそこそこの売れっ子だったのに、顔バレしないんですかね？」

「十四、五の頃の話だろう？　十年以上も経って化粧してれば、わからないものだ」

木塚は派手な制服姿で声をかけてくるガールズバーの女達を無視し、素っ気なく言った。杏奈のいまがどうであろうと、興味はなかった。木塚の頭にあるのは、彼女の利用価値だけだ。

——美里杏奈が所属していた「ダイオライトプロ」は業界屈指の大手芸能プロダクションだったんですが、八年前に潰れてますね。当時飛ぶ鳥を落とす勢いの「アカデミアプロ」に主要タレントをごっそり引き抜かれてから、一気にガタガタになったみたいです。

調査部の宮根の報告を、木塚は脳裏に蘇らせた。

——ケツ持ちの力を借りたのか？

——はい。「ダイオライトプロ」にもバックはついていたんですが、比べ物にならない中堅だったので勝負にならなかったようです。

——佐倉《さくら》って社長は行方不明らしいが、本当に失踪《しっそう》なのか？

——確証はありませんが、この前もお話ししたように吉原がヒットマンを雇って消したとも言われています。まあ、あくまでも噂レベルですが。

——父親が死に追い込まれ、杏奈との仲を裂かれたことへの復讐ってやつか？

——確証はありませんが、その可能性は高いですね。

——吉原は、杏奈とは連絡は取ってないのか？

——断言はできませんが、吉原の女性関係を調べたかぎり、美里杏奈の存在はありませんでした。まあ、陰で金銭的援助とかしていたらわかりませんが。

宮根が優秀なのは、先入観で物事を決めつけないことだ。誰がみても白と思う物事にたいしても、稀《まれ》ではあるがこういう場合に黒の可能性もある、というふうに別のパターンも想定する。調査部に、うってつけの人材だった。

「あそこですよ」

宮根の声が、木塚を現実に引き戻した。

六本木交差点近くのビルを指す宮根の指先を、視線で追った。

地下に続く階段脇に設置された、「ナイトドルフィン」の電飾看板。

「あの店か?」

「ええ。店では、七海《ななみ》って源氏名《げんじな》で働いてます。ナンバーワンキャストみたいですよ。さすがは、もと売れっ子タレントですね」

「行こうか」

宮根の言葉を受け流し、木塚は階段を下りた。

杏奈がナンバーワンキャストだろうがお荷物キャストだろうが、木塚の駒になるかならないか……興味があるのはそれだけだ。どんなに魅力的な女性でも、吉原にたいしての切り札にならなければ、木塚にとっては一円の価値もない。

「いらっしゃいませ。ご指名のほうは、お決まりですか?」

階段を下りると、店の入り口に現われた黒服が訊ねてきた。

「彼が七海さんで、僕はフリーで」

慣れた様子で、宮根が言った。

「かしこまりました。普通の席とＶＩＰ席がございますが？」

「ＶＩＰでお願いします」

すかさず、宮根が言った。

プライベートでも通い詰めているのではないかと思うほどの自然体だった。

「お席にご案内するまで、こちらで少々お待ちください」

黒服が、待合ソファにふたりを促した。

白いボックスソファが点在するピンクの大理石床を、煌《きら》びやかなドレスを纏ったキャスト達が笑顔を振り撒き、行き交っていた。

鼻の下を伸ばした客、満面の笑みの客、茹蛸《ゆでだこ》のように顔を紅潮させた客、うっとりした顔の客、仏頂面《ぶっちょうづら》をした客、嫉妬《しっと》に顔を歪ませた客……フロアでは、二十代と思しき男性から還暦《かんれき》を超えていそうな男性まで、様々な年齢層の客達が夜の宴《うたげ》を満喫していた。

「ナイトドルフィン」は、六本木でも一、二を争う大箱のキャバクラだった。

芸能人やスポーツ選手がよく訪れる店としても有名だ。

「お席のご用意ができました。こちらへどうぞ」

フロアを先導する黒服の背中に、木塚、宮根の順で続いた。

キャスト達の値踏みの視線が肌に突き刺さる。

黒服は、フロアの奥の半個室ふうのスペースにふたりを案内した。

一般席の白革のソファと違い、VIPルームのソファはモスグリーンの革を使ったものだった。L字形のソファの短いほうに木塚、長いほうに宮根が座った。

「夏希《なつき》さん、レイさん」

黒服に呼ばれたキャスト――真紅のショートドレスの夏希が木塚の隣に、ブルーのショートドレスのレイが宮根の隣に座った。

「夏希です。お飲み物、なになさいますか?」

温かいおしぼりを差し出しながら、夏希が訊ねてきた。

夏希はいわゆるギャルふうで、ミルクティー色に染めた髪をトップで盛り、茶系のコンタクトを嵌めていた。爪にはスマートフォンをタップするのも大変そうな色石が、ごてごてとデコレーションされていた。

「赤ワインをグラスで」

「私も、なにか頂いていいですか?」

木塚が頷くと夏希は黒服を呼び、赤ワインとキティを注文した。赤ワインにジンジャーエールを混ぜたキティは、水商売の女性に人気らしいとなにかの雑誌で読んだことがあった。

「よく、いらっしゃるんですか？」

木塚が手を拭いたおしぼりを畳みながら、夏希が訊ねた。

夏希は、杏奈が席に着くまでの繋ぎ……業界でいうところのヘルプだ。

「いいや、初めてだよ」

「え、七海さんを本指名したから、常連さんかと思いました。誰かの紹介ですか？」

「ホームページでみて、指名したんだよ」

さらっと口を衝くでたらめ――嘘には慣れていた。

「ああ、七海さん、きれいだからな～。この店のナンバーワンなの、知ってました？」

「知らなかった。彼女、長いの？」

「まだ、一年経たないんじゃないですか」

「前も、同じような店にいたのかな？」

運ばれてきたワイングラスを夏希のキティのグラスに触れ合わせ、木塚は訊ねた。

七海が現われるまでに、ほかのキャストから情報収集するのも重要だった。

「西麻布《にしあざぶ》のラウンジで、働いていたみたいですよ」

芸能界を追われてからの杏奈は、夜の商売を転々としていたようだ。

「それだけ美人だと、スカウトとかされそうだけどな。場所柄、芸能関係のお客さんとかこないの？」

世間話を装い、木塚は訊ねた。

「結構、きますよ。俳優さんとか、サッカー選手とか……昨日も、崎本光也《さきもとみつや》がきてました。めっちゃ、かっこよかったです！」

夏希が瞳を輝かせ、ハイテンションに言った。お忍びで遊びにきている人気俳優の名前を簡単にバラす夏希は、見込み通り口の軽い女だ。

松岡秀太が痴漢の罪に問われれば、崎本光也のキャバクラ遊びなど三面記事にもならない、一大スキャンダルになる。

「事務所関係の人とかは？」

「いっぱいきますよ。ウチの事務所に入らない？　って。でも、ＡＶとかに売り飛ばされたら怖いじゃないですか～」

「夏希さ～ん」

夏希を呼びにきた黒服の背後に、胸もとがＶ字に切れ込んだ純白のドレスを着た女性が佇《たたず》んでいた。

「七海さんです」

黒服が、七海――杏奈を紹介し、木塚の隣を促した。

「ご指名、ありがとうございます。七海です」

切れ長の二重瞼、黒眼がちな瞳、抜けるような白い肌、すらりと伸びた細く長い手足、形のよい胸に括れたウエスト……杏奈のビジュアルは、周囲のキャストと比べて次元が違った。

みかけだけでなく、オーラも発していた。

さすがは、もと売れっ子の芸能人だっただけのことはある。

宮根も、レイというキャストの肩越しに杏奈に見惚《みと》れていた。

「なにか飲みなよ」

「ありがとうございます。すみません、オペレーターください。改めまして、七海です」

黒服にドリンクを注文すると、杏奈が名刺を差し出してきた。

「君みたいな子がいるんだね」

木塚は、名刺を受け取りつつ言った。

「それって、どういう意味ですか？　私が垢抜《あかぬ》けないとか？」

「逆だよ。芸能人みたいなきれいな子だと思ってさ」

木塚が軽いジャブを放つと、微《かす》かに杏奈の顔が強張った。

この店のキャストもスタッフも、七海が美里杏奈だと気づいてないのだろう。

木塚も、十四歳の頃のスッピンで微笑む彼女のタレント名鑑の写真と、華やかに装った眼の前のナンバーワンキャストが同一人物とは思えなかった。

宮根から情報をもらわず偶然に彼女に会ったなら、木塚もわからなかったに違いない。

「芸能人は、きっと私なんかよりずっときれいですよ。でも、お世辞《せじ》でも褒《ほ》めてくださってありがとうございます」

杏奈が口もとに優艶《ゆうえん》な笑みを浮かべ、黒服から受け取ったグラスを宙に掲げた。

「お世辞じゃないさ。こんなにバランスの取れた女性は、そうそういないよ」

木塚は、赤ワインのグラスを杏奈のグラスに触れ合わせた。

「とにかく、お礼を言っておきますね。木塚さんはどんなお仕事をなさっているんですか?」

「当ててみて。三回以内に正解したら、シャンパンを入れてあげよう」

「本当ですか? じゃあ、外れたら?」

「そうだな……アフターにでもつき合ってもらおうかな」

ベタな会話に、木塚は心で冷笑した。

「あら、外れなくてもつき合いますよ」

杏奈が、さりげなく太腿に手を置いた。初心《うぶ》な客なら、この仕草だけで勘違いしてしまうだろう。

「ま、とりあえず当ててみて」

「外資系の金融マン」

杏奈が即答した。

「外れだ。でも、どうして?」

「クールで冷静なイメージだから、そんな気がしたんです。けど、外れちゃいましたね」

杏奈の口から覗く八重歯《やえば》が、ギャップがあって魅力的だった。

「まだ、チャンスは二回あるさ」

言って、木塚はパーラメントをくわえた。

ポーチからライターを出した杏奈が、しなやかな手つきで穂先を炙った。

「あっ、お医者さん……それも外科医」

杏奈が、自信満々の表情で木塚を指差した。

「また、クールで冷静そうなイメージだから？」

木塚が問うと、杏奈が頷いた。

「でも、外れだ」

「リーチがかかっちゃいましたね。えー、なんだろう？　ヒント、いいですか？」

「じゃあ、特別に。一般的なイメージは、人を助ける仕事だ」

人を助ける仕事――金がある依頼人だけを助ける仕事といったほうが正しい。

「人を助ける……余計、わからなくなっちゃいました」

杏奈が、眉毛を八の字にして困った顔を作ってみせた。

無駄話をして、時間を潰しているわけではない。

本題に切り込む前に、少しでも美里杏奈という人間を知っておきたかった。

したたかなのか？　単純なのか？　短気なのか？　のんびりしているのか？　一途なのか？　浮気性なのか？　職業柄、会って四、五分話せば相手のおおよそのタイプを読み取ることができる木塚だったが、杏奈に関してはまったくわからなかった。

もしかしたら、物凄く無邪気かもしれないし、あるいは、物凄く腹黒いのかもしれない。

「まさか……お巡りさん⁉」

杏奈が、眼をまん丸にして言った。

「近いと言えば、近かったかもな。それも外れだ。正解は、弁護士だ」

「え⁉　弁護士さんなんですか⁉」

杏奈の声がオクターブ上がった。

「弁護士らしくない？」

「いえ、まさか弁護士さんとは考えなかったので驚きましたが、言われてみれば納得です。お飲み物、どうします？」

杏奈が、宮根の空のグラスに視線を移し、訊ねた。

「ああ、同じのでお願いします」

本来は、宮根に付いているレイが気づかなければならないことだった。

杏奈が、気配りのできる女だということはわかった。

「でも、弁護士さんってお忙しいのに、こんなところにきて大丈夫なんですか？」

「弁護士も生き物だからね、たまには息抜きしないと」

「生き物……そんな表現をする人、初めてみました」

杏奈が唇に手を翳し、笑った。

息がかかるほどの距離でみても、ため息が出るほどに杏奈は美しかった。

「七海さんは、彼氏とかいないの？」

唐突に、木塚は切り込んだ。余興は、そろそろ終わりだ。

「残念ながら、いません」

「そんなにきれいなのに、信じられないな」

「営業用ではなくて、本当なんです。きちんとおつき合いした人は、もう何年もいません」

「どうして？」

「笑われるかもしれないんですけど、初恋の人のことが忘れられなくて」

杏奈の瞳が微かに曇ったのを、木塚は見逃さなかった。

初恋の人……吉原のことに違いない。

「へぇ、ドラマみたいな話だね。初恋の彼って、どんな人だったのかな？」

木塚は平静を装い、訊ねた。

「ちょっと短気なところはあったけど、まっすぐで、優しい男の子でした」

杏奈が、遠い眼差《まなざ》しで言った。

あの吉原が、まっすぐで優しい男の子……。

笑いが止まらなかった。ひとつわかったことは、杏奈の中ではいまでも、吉原のイメージは美しい思い出のままだということだ。

「そんなに好きな彼と、どうして別れたの？」

さりげなく訊ねる木塚に、杏奈が沈黙した。

苦い記憶の扉の開く音が、こちらにまで聞こえてくるようだった。

「あ、答えたくないならいいよ。話は変わるけど、この前友人から、痴漢を巡る事件で面白い話を聞いてね」

木塚は、核心に切り込んだ。

「痴漢って、あの痴漢ですか？」

「そう。ある売れっ子俳優が、朝の通勤の時間帯に女子高生の身体を触った疑いをかけられているらしくてね」

「本当に痴漢したんですか？」

「俳優のほうは否定しているそうだが、痴漢の係争は被害者の発言のほうが圧倒的に有利なんだ。たとえ本当に無実でも、それを証明できる確率は飛行機が墜落するより低い。しかも今回は、目撃者までいるからね」

「その俳優さん、刑務所に入るんですか？」

「罪を認めなければ、そうなってしまう」

「有名人なのに、大変な騒ぎになってしまいますね」

杏奈が表情を曇らせた。

「さんざんワイドショーで叩かれたのちに、引退だろう。そんなことになったら、事務所としても大変な損害だ。そこで友人の弁護士は、双方が納得するように示談を勧めたんだ」

「示談って、なんですか？」

「加害者が被害者にお金を払って、裁判沙汰にしないことさ。友人の弁護士は加害者に五千万の示談金を支払うように提案したけど、所属事務所の社長が支払いを拒否してきた。正確に言えば、五十万に値切ってきたんだが、拒否と同じだ」

――わかった。示談金を払おう。ただし、金額は五十万だ。それ以上は、ビタ一文払う気はない。

唇の端を吊り上げる吉原の顔が蘇り、木塚の胃を鷲掴みにした。

「五千万もですか⁉」

杏奈が驚きに眼を丸くした。

「妥当な金額だと思う。加害者の俳優には複数のＣＭ契約があり、もし裁判沙汰になったら、数億という違約金を払わなければならない。五千万で訴えを取り下げてもらえるなら、安いものさ」

「あの世界は、スポンサーがすべてですからね」

自分が元いた世界の話だけに、杏奈の呑み込みは早かった。

「でも、どうして、事務所の社長さんは示談金を払わないんでしょう?」

杏奈が、怪訝な顔で訊ねてきた。

「悪い噂の多い社長でね。闇社会との繋がりもあるらしく、一筋縄ではいかない男だ」

木塚は、杏奈の表情を窺いながら言った。彼女はまだ、気づいていないようだった。

「なんだか、怖いですね」

他人事のように眉をひそめる杏奈をみて、木塚のサディズムが刺激された。

この話の社長が、忘れられない初恋の相手と知ったときの杏奈の顔をみたかった。

「本当だね。まだ二十八歳だというのに、恐ろしい男だよ」

「二十八⁉」

杏奈が、年齢に反応した。

「どうかした?」

白々《しらじら》しく、木塚は訊ねた。

「あ、いいえ……私と同い年だな、って」

取り繕《つくろ》うように、杏奈が言った。

「で、友人の弁護士はどうしたものかと考えた。なんとか示談を成立させる方法はないかと青年社長の身辺調査をした結果、とんでもない過去が浮かび上がった。青年社長は、ある大手芸能プロダクションの社長を殺害している。その社長は表向き失踪扱いになっているが、実際は復讐のために殺されたのさ」

「えっ……」

杏奈が絶句した。だが、まだ、その青年社長が吉原だと気づいてはいないようだ。

そろそろ、世間話も終わりだ。

「青年社長には、学生時代に愛し合った少女がいた。だが、その少女は芸能人……しかも売れっ子だった」

杏奈のワイングラスを口もとに運ぶ手が止まった。

「少女は妊娠した。当然、少女の所属事務所の社長は激怒した。大切な商品を傷物にした少年と父親を拉致し、損害金の支払いを迫った。父親は自宅を売った上に不足金を生命保険で補った。自殺にみえない方法で、息子の尻拭《しりぬぐ》いをした。少年は父親を死に追い込み、最愛の少女との仲を引き裂いた大手プロの社長に復讐を果たすために自ら芸能プロダクション『アカデミアプロ』を立ち上げた」

木塚は言葉を切り、杏奈に視線を向けた。彼女の持つワイングラスの中の液体が揺れていた。顔は血の気を失い、明らかに杏奈は動揺していた。

「青年社長の名前は、吉原という」

蒼白な顔の杏奈が、表情を失った。

「あなたは……誰ですか？」

掠《かす》れた声で、杏奈が訊ねてきた。

「弁護士だと、教えたでしょう？」

「もしかして……友人の弁護士というのは？」

「ひとつだけ、君に嘘を吐いた。いまのは、すべて自分の話だ」

木塚は、うっすらと微笑んだ。

杏奈が絶句し、唇を震わせた。

「私にこんな話をして……なにが目的ですか？」

声を上ずらせながらも、杏奈が気丈《きじょう》に訊ねてきた。

取り乱さないあたりは、なかなか肚の据わっている女だ。

「単刀直入に言おう。俺は、被害者に一日も早く示談金を払って穏便に話をまとめたい。だが、意地っ張りの君の初恋の彼は、五千万を三千万にディスカウントしてあげたにもかかわらず、いまだに支払う意思がない。こちら側としては、過去に失踪として処理された『ダイオライトプロ』の社長に関する新事実を警察に話すということで揺さぶってもいいが、それではあまりにも品がない。その代わりと言ってはなんだが、君に協力してほしいんだ。そうすれば、彼の過去を警察に告げ口しなくてもよくなるからね」

木塚は淡々と言うと、パーラメントの紫煙を口内で弄《もてあそ》んだ。

ブラフ——吉原にこの話をしても、動じることはないだろう。

警察に垂《た》れ込んだところで、八年前の失踪事件を殺人だと立証するのは至難の業《わざ》だ。

用意周到《しゅうとう》な吉原が、証拠を残すようなミスをしているとは考えづらい。

死体も、発見されないように処理しているに違いない。そもそも直接手を下したのは暴力団の組員なので、なおさら吉原に殺人罪の嫌疑をかけるのは難しいだろう。

直接脅して吉原が屈するならば、わざわざ初恋の彼女を探し出したりはしない。

「私に……どうしろというんですか?」

杏奈は必死に平静さを保とうとしていたが、グラスを持つ手だけではなく、ハンカチが載せられた膝まで震えていた。

「セット時間はまだ残っているが、もう出るよ」

木塚は杏奈の質問には答えず、腰を上げた。宮根も、慌てて立ち上がった。

ここでなにもアクションがなければ、杏奈は賞味期限切れということになる。

「まだ、話は途中なんじゃありません?」

杏奈の呼びかけに、木塚は心でほくそ笑んだ。

「話の続きは、アフターで。さっき、クイズにも勝ったことだしね」

「わかりました。店は一時までなので、近くなら一時半までには行けると思います」

「俺は先に出てるから、彼女と連絡先を交換してくれ」

宮根に命じ、木塚は足を踏み出した。

「あ、そうそう、最後にもうひとつ」

思い出したように、木塚は足を止めた。

「わかっているとは思うけど、もし、吉原社長の連絡先を知っていてもコンタクトはしないように。約束を破ったら、吉原社長は殺人罪で塀《へい》の中に入ることになる」

平板な口調で杏奈に言い残し、木塚はＶＩＰルームをあとにした。

☆

「ここには、よくくるのか？」

Ｕ字形のソファの中央に座った木塚は、水槽に囲まれた個室に首を巡らせた。

三方の壁に埋め込まれている水槽には、ウミガメや色鮮やかな熱帯魚が泳いでいた。

「ええ、このバーは先輩がやってる会員制なんですよ。大事な情報をもらうときとか、よく使わせてもらってます。お忍びで使う芸能人とかが多いので、スタッフも口が堅《かた》いですから」

宮根に案内された会員制バー「シークレット」は、「ナイトドルフィン」から歩いて四、五分の裏路地にあるビルの五階だった。

「彼女、きますかね？」

ウォッカトニックのグラスを傾けつつ、宮根が訊ねてきた。

木塚はノンアルコールビールを頼んでいた。

「ナイトドルフィン」でのやり取りはプロローグで、これからが本編だ。ワインの酔いを覚まし、頭をクリアにしておく必要があった。

「くるさ」

木塚には、確信があった。杏奈の中では、いまでも初恋は続いている。

「女を、どう使うんですか？」

宮根が、興味津々《しんしん》の表情で身を乗り出した。

「彼女の思い出を利用するのさ」

「思い出？」

「引き裂かれたお陰で、彼女の中の初恋は美しいままだ。現実の吉原がどんなに汚れていても、彼女の初恋は汚れはしない」

「でも、いまの美里杏奈はキャバ嬢ですよ？　しかも、ナンバーワンですからね。男を手玉に取る女が、そんな純粋な心を持ってますかね?」

「お前、いくつだ?」

「二十九です」

「もう三十になるんだから、女心を少しは勉強したほうがいい。闇をみてきた女ほど、心の中の光を大事にするものだ」

「なんか、所長って詩人ですね。でも、そんなものですか。女って、複雑ですね」

宮根が肩を竦め、ウォッカトニックを呷《あお》った。

「お客様、お連れ様がおみえになりました」

個室の扉が開き、男性スタッフとともに私服に着替えた杏奈が現われた。

店の妖艶なドレス姿とは打って変わった、スキニータイプのデニムにニットのサマーセーターというカジュアルなファッションもよく似合っていた。

「さ、こちらへどうぞ」

宮根が席を立ち、木塚の隣に杏奈を促した。

「ここで結構です」

杏奈が、U字形のソファの端に腰を下ろした。

「お飲み物、なににします?」

「すぐに帰るので、結構です」

ボーイさながらに注文を取る宮根に、杏奈は素っ気ない口調で断わった。

「ずいぶん、ご機嫌斜めだな。怒ってるの？」

「早く、話の続きをお願いします」

木塚の問いかけに答えず、杏奈が言った。

「そんなに気になるか？　昔の恋人のことが」

「話がないのなら、帰ります」

杏奈が立ち上がり、ドアに向かった。

宮根の、いいんですか？　というような視線を木塚は無視した。

一種の賭けだった。

ここで引き止めれば主導権を握られてしまい、木塚の描いたシナリオが失敗に終わるかもしれない。だが、このまま帰られたら、今日の労力が水泡《すいほう》に帰《き》してしまう。

「私に協力してほしいことって、なんですか⁉」

戻ってきた杏奈が、苛立たしげな口調で訊ねてきた。

木塚は、無言でソファに視線をやった。諦めたように、杏奈が座った。

「君に五千万を貸す」

前ふりなく、木塚は言った。

「五千万⁉　そんな大金、いりませんっ。どうして、私があなたに……」

「誰も本当に貸すとは言ってない。君は、俺の指示する人間から五千万を借りたことにすればいいんだよ」

「いったい、どういうことですか⁉　どうしてそんなことをしなければならないんですか⁉」

　杏奈が訝しがるのも、無理はなかった。

「君が知る必要はない。ただ、万が一、誰かからそのことを訊かれたら、間違いないと口裏を合わせるんだ」

「まさか……そのことで、彼を脅迫しようとしてるんですか⁉」

　杏奈の血相が変わった。

「おいおい、人聞きの悪いことを言わないでくれ。俺は示談を成立させて、吉原社長の所属タレントを助けようとしてるんだぞ？　五千万の示談金も、被害者サイドの要望だからどうしようもない。君はなにか勘違いしているようだが、所属タレントが女子高生に痴漢をしたと訴えられている事実があり、示談にしなければ警察が介入し、裁判になる。稼ぎ頭のタレントがいなくなったら、吉原社長のプロダクションは多大な損害を被る。店でも言ったが、数千万どころの金額じゃない。下手をすれば、倒産の憂《う》き目に遭うだろう。そうならないように、俺は彼に示談金を支払わせようとしてるのさ。たしかに、君に嘘の片棒を担がせるのは褒められたことではない。だが、昔の罪をほじくり返して刑務所に入れるよりはましだろう？　少なくとも俺は、感謝されることはあっても責められることはなにもしていないと思うがな」

木塚は、抑揚のない口調で言った。

すべては、自分の仕組んだ罠——微塵の後ろめたさもなかった。

嘘も吐き通せば真実になる。

「でも……彼の事務所のタレントは、痴漢を否定しているんですよね？」

「ああ。だが、痴漢の場合は、本人がどれだけ否定してもほとんど勝ち目はない。とくに彼は有名人だから、ワイドショーや新聞で叩かれて晒し者になった挙句に刑務所行きだ」

木塚は、断言した。

松岡が痴漢したというのは嘘だが、裁判になったらほぼ勝てないのは本当のことだった。

「なんだか、嬉《うれ》しそうですね」

杏奈が、非難するような眼を向けた。

「どう思おうが構わないが……」

木塚は言葉を切り、書類鞄から金銭借用書を取り出して、ボールペンとともにテーブルに置いた。

「サインしてくれ。印鑑は拇印《ぼいん》でいい。心配しなくても、形だけだ。本当に請求したりしないから、安心しろ」

「あなた、本気で言ってるんですか⁉　今日会ったばかりの人から、五千万を借りたなんて借用書にサインするわけないでしょう⁉」

「俺のことは会ったばかりでも、吉原社長は違うだろう？」

「もう、昔の話です。ずっと、連絡も取っていませんし……だから、私には関係ありません」

杏奈が、木塚をまっすぐに見据えて言った。ハッタリ——瞳の動揺が、伝わってきた。

「そうか。じゃあ、仕方がないな」

あっさりと引き下がった木塚は、金銭借用書を書類鞄にしまった。

「悪かったな。変なことで時間を取らせて」

「やけに、簡単に諦めるんですね」

杏奈が、怪訝そうな顔を向けた。

「仕方ないだろう？　俺だって、彼の昔の罪を掘り返したくはない。だから、わざわざこんな小細工を君に頼みにきたんだ。だが、君が拒否している以上、力ずくでやらせられるものじゃないし、諦めるしかない」

淡々と言いながら、木塚は帰り支度を始めた。

「で、どうするんですか？」

獲物が、撒き餌《まえ》に寄ってきた。

「なにが？」

「だから、彼が示談金を払わなかった場合です」

「さっきから、言ってるだろう？　刑務所に入ってもらうことになるって」

木塚は突き放すように言うと、腰を上げた。

「本当に、形式だけですか？」

杏奈の問いかけに、綻びそうになる口もとを木塚は引き締めた。

「ああ、それは約束する。こうみえても、一応、弁護士だから、罪は犯さないよ」

「彼を騙すのは、罪ではないんですか？」

「彼を助けるための、聖なる嘘と言ってほしいね」

木塚は、口もとに薄い笑みを浮かべた。

「私がサインしたとして、五千万も借りる理由がありません」

「理由なんて、なんだっていい。君の直筆の署名と捺印があれば、法的に成立する。サインしてくれるのか？」

木塚はソファに腰を戻し、杏奈を詰めた。

「一日だけ、時間をください」

「念のためにもう一度だけ言っておくが、吉原社長や彼の関係者に連絡を入れたら……」

「私、そんなに馬鹿ではありませんから」

杏奈が木塚を遮り、強いいろの宿る瞳でみつめてきた……いや、睨みつけてきた。

「わかった。明日の同じ時間に、ここで待っている。十分待ってこなかったら、この話はなかったものとして帰るから、サインする気があるなら遅れないでくれ」

木塚は一方的に言い残し、席を立った。慌てて、伝票を手にした宮根もあとを追ってきた。

結論は、わかっていた。

吉原という名の餌に、杏奈は食いついた——木塚の垂らした釣り針が、喉奥に食い込んだという確信があった。

——俺を本気にさせたら、お前如《ごと》き敵じゃない。

木塚は心で呟き、個室をあとにした。

13

黒い光沢《こうたく》を放ちながらマイバッハ57が中野通りに入った。

あと五分ほどで、「木塚法律事務所」に到着する。

「社長、どうぞ」

「お前も飲め」

表面を起毛させた牛革製のリアシート――シャンパングラスを差し出す梶に、吉原は交換するように空のグラスを手渡した。

「ありがとうございます。でも、勤務中ですので」

「堅いことを言うな。前祝いの乾杯だ」

吉原は梶のグラスに黄金色の液体を注ぎ、ボトルをシャンパンクーラーに戻した。

「あ、ずるいっすよ！　だから、今日は俺に運転させたんですね？」

ルームミラー越し――端整な顔立ちを恨めしそうに歪め、誠也が不満を口にした。

「お前は黙って運転してろ」

梶が、抑揚のない口調で命じた。

「ひどいっすよ。俺が女を垂らし込んだおかげで、葉月って女を嵌めることができたんじゃないですか！　梶さんなんて、木塚の妹の居所を探し出しただけじゃないっすか？」

唇を尖らせ、誠也が抗議した。

「居所がわからなければ、女を垂らし込むこともできないだろ」

にべもなく梶が言った。

「ええっ、そんな言いかた……」

「わかった、わかった。あとで飲ませてやるから、おとなしくしてろ」

吉原は幼子にそうするように誠也を宥め、シャンパングラスを宙に掲げた。

「乾杯」

梶が、遠慮がちにグラスを触れ合わせてきた。前祝い――木塚との決着に。

「それにしても、木塚って弁護士、動画を観たらどんな顔しますかね？」

誠也が、弾んだ声で訊ねてきた。

「ああ、俺も愉しみでたまらねえな」

吉原は、指先に摘まんだＤＶＤに視線を落とし、唇の端を吊り上げた。

ディスクには、六本木のクラブのＶＩＰルームで葉月が重森から三グラムの覚醒剤を購入する様子が撮影されていた。これだけの決定的な証拠がある以上、木塚がどれだけ優秀な弁護士であろうと、無実を証明するのは至難の業だ。

木塚が、最愛の妹を救い出す方法はただひとつ――吉原の要求を呑むしかない。

松岡秀太にかけられた痴漢容疑を取り下げるという要求を……。


――そうですか。約束の期日より、随分、早く用意できたんですね。明日、午前中なら中野の事務所におりますので。

昨日、示談金の三千万が用意できたから払いに行きたいという吉原に、木塚は事務所で待っていると応じた。

信用したかどうかはわからない。

疑《うたぐ》り深い木塚のことだ。自分になにか魂胆《こんたん》があると疑っているかもしれない。

だとしたら、木塚の予感は的中することになる。それも想像を絶する最悪の形で……。

あの憎々しい鉄仮面が動揺し、白い肌がさらに血の気を失うのが見ものだ。

「木塚との話がまとまったら、あの女どうするんすか？　麻取とかなんとか、木塚が調べれば、妹が嵌められたってバレちゃいますよ？」

誠也が心配するのも無理はない。

「妹が麻取に捕まったって、木塚はどうやって知るんだ？」

吉原は言いながら、シャンパンを喉に流し込んだ。

「え？　それは、妹からですよ」

「無理だろう。葉月は罪から逃れるために脱走して行方不明なんだからな」

「ん？　脱走？　行方不明？　社長、なにを言ってるんすか？　あの女、虎ノ門のマンスリーマンションにいるじゃないっすか？」

誠也が、怪訝な声で言った。

「木塚との取り引きが終わったら、葉月をフィリピンに飛ばす」

「フィリピン？」

「ああ。ゴールデンフィールドの風俗街でブローカーをやってる知り合いがいてな。葉月には、ほとぼりが冷めるまでそこで働いてもらう」

吉原は、涼しい顔で言った。

フィリピンのゴールデンフィールドには、闇の売春街がある。昔より取り締まりが厳しくなったとはいえ、まだまだ日本に比べるとフィリピンの風俗街の闇は深い。いまでも人身売買は平然と行なわれており、日本人は肌質がきめ細やかで従順なので高値で売れる。

「働いてもらうって言っても、あの女、おとなしく従わないっしょ？　無理やり連れていっても、隙をみて逃げ出そうとしますよ」

誠也が言うことには一理ある。ただし、それは葉月が健常な精神状態にある場合の話だ。

「誠也。お前、忘れてないか？　葉月がシャブ中だってことを」

吉原は意味深に言うと、ラークをくわえた。すかさず、梶がライターの火で穂先を炙る。

「え？　でも、それは木塚を嵌めるための芝居じゃないんですか？」

「ゴールデンフィールドじゃ、いまでも平然と人身売買が行なわれている。シャブ中の女でも、いい金になる」

「社長……まさか、あの女をシャブ漬けにしてフィリピンに売り飛ばす気じゃ……」

「おいおい、人聞きの悪いことを言うな。葉月はもともとシャブ中だ。お前も、重森と取り引きするのをみただろう？」

「でも、あれは……」

「俺は、葉月が警察に捕まらないようにフィリピンに逃がしてやろうとしてるだけだ。感謝されることはあっても、非難されることはないと思うがな」

　吉原は、平然と言い放った。

「社長は、恐ろしい人っすね……」

　誠也が、強張った声で呟いた。

「この材料で、木塚は退きますかね？」

　それまで黙って話を聞いていた梶が、珍しく口を挟んできた。

「なにか引っかかることでもあるのか？」

　シャンパンを飲み干した吉原は、空のグラスを梶に差し出しながら訊ねた。

「いえ、特別になにかがあるわけではないのですが、木塚はかなり非情な印象を受けたので、妹のことでコントロールできるかと思いまして」

　遠慮がちに、梶が意見を口にした。梶が心配するのも、無理はない。たしかに、木塚は非情な男だ。

　ヤクザ、企業ゴロ、半グレ……。いままでいろんなタイプの敵と相対してきたが、木塚は誰よりも冷酷で、誰よりも頭のキレる男だった。

　だが、そんな木塚にも心動かされる人間はいるはずだ。

　吉原は、脳裏に浮かびかけた少女の顔を打ち消した。自分は、木塚とは違う。

命を懸けても守りたいと思った少女がいた。

将来を誓い合った少女がいた。

少女のためなら、自分の一切を犠牲にしても構わない……そう思っていた。

それも、過去の話だ。少女への想いは、感情とともに置いてきた。

吉原にそう決意させたのは、少女だった。

無力だから、少女を救えなかった。

無力だから、少女を守れなかった。

必要なのは、愛情でも誠実さでもないことを吉原は悟った。

この世の中を支配しているのは、金と権力だ。それ以外に、必要なものはなにもない。

いや、必要どころか愛情や誠実さは邪魔なだけだということを悟った。

「心配するな。非情といっても、しょせんは法律に守られている弁護士先生だ。法の外では無力だっていうことを思い知らせてやる」

吉原は、薄笑いを浮かべながら言った。

「到着しました……」

マイバッハが「木塚法律事務所」の入るビルの前で停車した。

「どうした?」

ステアリングを握ったまま動こうとしない誠也に、吉原は声をかけた。

「あの……社長、さっきの話なんですが……」

誠也が、怖々といった様子で口を開いた。

「なんだ？」

「木塚との取り引きが終わったあとに葉月って女をシャブ漬けにしてフィリピンに売り飛ばすって……嘘っすよね？」

振り返って訊ねる誠也の顔には、いつものおちゃらけた感じはなかった。

「日本にいたら、木塚にシナリオがバレてしまうだろう？　そうなったら、秀太が痴漢で訴えられるんだぞ？　それだけじゃない。俺らも詐欺罪で刑務所にぶち込まれることになる。それでもいいのか？」

吉原は二杯目のシャンパンを飲み干し、誠也を見据えた。

誠也の黒眼が、白眼の中を泳いでいた。

女たらしの申し子も、やはり、俳優を目指す堅気でしかなかった。

修羅場を潜り抜けてきた自分や梶とは人種が違う。

「木塚にバレても、こっちにはシャブの取り引き現場の決定的な動画があるじゃないっすか？　女がいくら騙されたと訴えても、木塚もどうしようもないっすよ」

「甘いな。俺らは麻取を騙《かた》ったんだぞ？　敵がヤクザや半グレなら通じるかもしれないが、木塚は弁護士だ。法の外で戦うなら秒殺できるが、法の内側に引っ張り込まれたらこっちが秒殺されてしまう。そんなこともわからないのか？」

吉原は、誠也に冷眼を向けた。

証拠品が動画だけなら、木塚も吉原の策略を立証することはできない。

自分が勝つには、葉月と木塚を再会させるわけにはいかない。

そして勝つためならば、自分がどんな卑劣な人間にもなれることを吉原は知っていた。

「でも……」

「この世で俺が許せないのは、俺の行く手を阻む奴と、俺の足を引っ張る奴だ。そういう奴が現われると、必ず潰してきた。お前のことは、どうすべきかな？」

吉原が見据えると、誠也が表情を失った。

「お、俺が、社長の邪魔をするわけ……ないじゃないっすか。や、やだなぁ、もう……」

誠也が、引き攣り笑いをしながらしどろもどろに否定した。

「だよな？　安心したよ。お前には、期待してるから」

吉原は誠也の肩を叩き、グラスを差し出してシャンパンを注いだ。

「あ、俺は運転が……」

「いいじゃないか。少しくらい、つき合え」

言って、吉原は誠也のグラスにグラスを触れ合わせた。

「乾杯だ。永遠の忠誠心にな」

強張る誠也の顔をみながら、吉原はシャンパンを喉に流し込んだ。

☆

「どうも、お待ちしていました」

応接室に入ると、相変わらずの作り笑顔で木塚が出迎えた。

隣には、吉原と同年代の二十代後半と思しき男が立っていた。初めてみる顔だ。サラサラの髪をセンター分けにし、ノーフレイムの眼鏡をかけた影の薄い男だった。

だが、男の瞳がさりげなく自分と梶をチェックしているのがわかった。

みかけの割には、隙のない男だった。

「彼は、私の秘書で宮根といいます。吉原社長にご挨拶を」

「はじめまして……」

「吉原だ、よろしく」

宮根の声を遮って一方的に名乗ると、吉原はテーブルを挟んで向き合うソファのドア寄りに座った。

「相変わらずのマイペースぶりですね」

木塚が、吉原の対面のソファに腰を沈めながら微笑んだ。

かつて、これほど笑顔を絶やさない男に会ったことがなかった。

かつて、これほど笑顔をみるたびに警戒心を募らせる男に会ったことがなかった。

「早速だが、取り引きと行こうか？」

「そんなに慌てなくても、まだ、お茶も出してませんから」

「おい」

吉原は木塚をスルーして、梶に目顔で合図した。

梶がボストンバッグをテーブルに置くと、木塚と宮根の視線が集まった。

ふたりの脳裏には、三千人の福沢《ふくざわ》諭吉が浮かんでいるに違いない。

梶がバッグからノートパソコンを取り出すと、木塚の右の眉尻が微かに吊り上がった。

「弁護士さんに、観てもらいたいものがあるんだ」

吉原は言いながら、開いた液晶を木塚のほうに向けて、再生ボタンをタップした。

『あんたが使ってるの？』

液晶には、葉月に問いかける重森の後頭部しか映っていない。

訊ねる重森の向こう側にいる女が葉月だと知ったら、木塚はどんな顔をするだろうか？

一分三十秒を過ぎたあたりで、重森が立ち上がったとき、葉月の顔がはっきりと映る。

『はい』

葉月の短い返答だけでは、木塚も妹だと気づけないようだ。

「なんですか？　この映像は？」

木塚が、怪訝な顔で訊ねてきた。

「まあ、すぐにわかるから、黙ってみてろよ」

吉原はニヤつきながら、ラークをくわえた。

『何グラム必要なんだ？』

『三グラム、お願いします』

木塚の眉間に、深い縦皺が刻まれた。微かに、首を傾げている。声に聞き覚えがあると思ったようだ。

『そんな大量に仕入れて、捌《さば》くつもりか？』

『……いいえ、自分で使います』

『シャブをキメてセックスか？　お前も、好きもんだな』

重森の下卑た笑いに、木塚が眉をひそめた。

「私に関係のある映像には思えませんが？」

訊ねる木塚に、吉原は無言で冷笑を返した。

あと三十秒もすれば、そのいけ好かない鉄仮面をかなぐり捨てることになる。

『そんなのじゃ、ありません』

『ごまかさなくてもいいからよ。シャブなんてやる奴は、ほとんどがキメセックスが目的なんだから』

『時間がないので、早くお願いします』

『わかったわかった』

重森がパケを取りに席を立った瞬間、液晶に葉月の顔が映った。

「これは……」

木塚が絶句した。いつものクールフェイスとは違った意味で表情を失っていた。

『万が一捕まっても、口を割るなよ。お前は初犯だから執行猶予《しっこうゆうよ》がついて、すぐ娑婆《しゃば》に出られる。もしバラしたりしたら、俺の仲間がお前を狙うのは赤子の手を捻るよりも簡単だ』

「どういうことですか……これは？」

木塚が、蒼白な顔を吉原に向けた。

「は？　どういうことって、みたままだろう？　お前の妹は、ヤクの売人からシャブを購入してたってことだ」

吉原は口角を吊り上げ、ラークの紫煙をくゆらせた。

半開きの唇、凍てつく表情筋、開いた瞳孔《どうこう》——この顔を、みたかったのだ。

「……そんなわけない」

木塚は膝の上に置いた握り拳を小刻みに震わせ、絞《しぼ》り出すような声で言った。

「弁護士先生、眼が悪くなったのか？　動画に映ってるのはあんたの妹の葉月だろうが？」

「どうして……あなたがこんなものを持っているんです？」

平静を装っているが、明らかに木塚は動揺していた。

「俺の知り合いに私立探偵がいてな」

言いながら、吉原はパソコンの動画プレイヤーの終了ボタンをタップした。

「適当なことを言ってもらっては困りますね。どうして私立探偵が吉原社長にこんなものを渡す必要があるんですか？　それに、なぜこの女性が私の妹だとわかるんです？」

あくまでも木塚は、冷静さを崩さなかった。

さすがは弁護士だけあり、ポーカーフェイスを取り戻すのが早かった。

「まあ、あんたの身辺を探らせてたら、この女が引っ掛かったってわけだ。そんなことより重要なのは、あんたの妹が覚醒剤を購入していたこと、その取り引きの一部始終が映っている動画を俺が持っているってことだ。違うか？」

吉原は、ラークの穂先を灰皿に押しつけつつ、木塚を見据えた。

「女が私の妹じゃなかったら？」

「なら、この動画を警察に持ち込んで葉月を逮捕してもらうか？　あんたは弁護士だから、弁護してやりゃいいじゃねえか」

吉原は、ニヤつきながら言った。

「狙いはなんですか？」

木塚が、視線を逸らさずに訊ねてきた。やはり、木塚にとって葉月は大切な存在だ。

「秀太の痴漢の容疑を取り下げれば、この動画はなかったことにしてやる」

吉原は、直球を投げた。妹が覚醒剤を購入している動画は、十分に〝勝負球〟になる。

「それが目的で、こんな卑劣な絵図を描いたんですね？」

木塚は吉原を見据えたまま、抑揚のない口調で言った。

物言いこそ穏やかだが、木塚の瞳からは静かな怒りが窺えた。

「卑劣な絵図？　秀太を嵌めた悪徳弁護士に言われたくねえな」

吉原は吐き捨てた。

「私は、松岡さんを嵌めたりはしてませんよ。なにか、勘違いをしてませんか？」

「よくもしゃあしゃあと、そんな嘘が吐けるな。まあ、いい。そっちが秀太を地獄に堕とす気なら、こっちもあんたの妹を地獄に叩き落とすだけだ」

「葉月は覚醒剤をやるような女じゃありません。どうせ、吉原社長が仕組んだことでしょう？　そんな濡れ衣は、すぐに晴らせますから」

木塚は、余裕の表情を崩さなかった。本気かハッタリかの判断がつかなかった。

だが、どちらにしても後戻りはできない。前に進むだけだ。

それに葉月の身柄を渡さないかぎり、木塚が濡れ衣を晴らすことはできない。

「ほう、本人は逮捕を恐れて行方不明だっていうのに、どうやって濡れ衣を晴らすつもりだ？　どんなに優秀な弁護士さんでも、依頼人と会って話を聞かなきゃどうしようもねえだろう？」

吉原は、テーブルに両足を投げ出した。

「葉月に、なにをしたんです？」

木塚の表情が険しくなり、声のトーンが一オクターブ低くなった。

「え？　俺がなにをするっつーんだよ？　あんたの妹は、三グラムのシャブを購入したあとに行方不明になったんだよ。つまり、逃亡者ってわけだな」

吉原は、木塚を挑発するように腹を抱えて笑った。

木塚の、氷の仮面を引き剥がしてやりたかった。

激高し、怒鳴り、取り乱す様《さま》をみたかった。

「吉原社長は噂通り怖いもの知らずですね。私にこんな力業《ちからわざ》を仕掛けて、後悔しますよ」

吉原の狙いとは逆に、木塚は平静さを保っていた。

「あんたこそ、強がってると後悔するぞ？　いいか？　秀太の痴漢容疑を取り下げれば済むだけの話だ。もともと、それこそ濡れ衣だろうが？　俺から三千万を取れないだけで、あんたに損失はないはずだ。別に俺は、そう無茶苦茶なことを言ってるとは思わないがな」

「何度も言いますが、松岡さんの件に関しては、私は弁護士として丸くおさめようとしているだけです。仮に、私がここで吉原社長の言う通りにしても、被害者の女子高生と目撃者の男性は、警察に訴え出ることになります。あなたは頭から、松岡さんの件は私が絵を描いたと決めつけていますが、それは大きな間違いです。私が黒幕という前提でこんな強引な取り引きを成立させたら、あとから困るのは吉原社長ですよ？　私は、誓って嘘など吐いてません。考え直してもらえませんか？」

木塚が、切実な表情で訴えた。想像以上に、手強い相手だ。

もしかしたら本当かも……と思ってしまうほどの、迫真の演技だった。

驚くべきは、木塚にとってこの世で一番大切な存在であるはずの妹が絶体絶命の窮地《きゅうち》に陥《おちい》っているというのに、秀太を嵌めたことを認めない……いや、認めないにしても、痴漢の容疑さえ取り下げないところだ。

「わかった。あんたには妹が刑務所にぶち込まれるより、俺から三千万を引っ張るほうが大事だってことだな？　なら、お望み通りにしてやるよ。おい、行くぞ」

吉原は梶を促し、席を立った──一か八かの賭けに出た。

「わかりました。検討しましょう」

ドアに向かいかけた吉原は、足を止めた。

「あ？　検討？　なにを検討するんだ？」

吉原は、惚《とぼ》けてみせた。

「松岡さんへの容疑を取り下げてもらえるよう、話をしてみます」

「おお、それは助かるな」

見え透いた嘘だが、吉原は乗った。

吉原の目的は、木塚の嘘を暴くことではなく、秀太から手を引かせることだ。

「ところで、私が被害者を説得できたとしたら、その動画は渡してもらえるんでしょうね？」

木塚が訊ねてきた。

「ああ、もちろんだ」

「因みに葉月とは、いつ会えるんですか？」

吉原を試すように、木塚が質問を重ねた。

「さあ、俺はあんたの妹さんがどこにいるのか知らねえからな。だが、秀太の件から手を引いたら、ひょっこり戻ってくるんじゃないのか？」

吉原は、白々しい口調で言った。

「明日一杯、時間を頂けますか？」

木塚の瞳を、吉原は見据えた。

五秒、十秒……ふたりは視線を逸らさなかった。

――素直に手を引くつもりか？　それともなにか企《たくら》んでいるのか？

無表情の木塚からは、真意が読み取れなかった。だが吉原には危惧《きぐ》も懸念もなかった。

切り札を握っているのは自分だ。最後には、木塚が従うことになる。

「明後日の午前中、ウチの事務所にこい。妹を助けたければ、被害者の女子高生を説得するんだな」

人を食ったように言い残し、吉原は応接室をあとにした。

ノートパソコンをバッグにしまった梶があとに続いた。

——妹を失って、後悔しろ。この俺をカモにしようとした愚《おろ》かな自分を。

吉原の眼に、残酷な光が宿った。

14

ドアが閉まった瞬間、木塚はスマートフォンを鷲摑みにし、葉月の番号をタップした。

『オカケニナッタデンワハ　デンゲンガハイッテイナイカ　デンパノトドカナイバショニアルタメ　カカリマセン』

通話を切り、リダイヤルボタンをタップした。

自動再生された同じ女性の声が、木塚の鼓膜で冷たく反響した。

「所長……妹さん、大丈夫ですかね？」

遠慮がちに訊ねてくる宮根に答えず、木塚は「浜松中央病院」に電話した。

『浜松中央病院でござ……』

「外科病棟のナースセンターに繋いでください」

木塚は、受付の女性の声を遮り、早口に言った。

『失礼ですが、どちら様でしょうか？』

「そちらで勤務しているナースの兄です」

『少々お待ちください』

受付の女性の声から、保留のメロディに切り替わった。


――三グラム、お願いします。

――いいえ、自分で使います。

――時間がないので、早くお願いします。

動画の中の、葉月の声が鼓膜に蘇る。

ありえない。葉月が覚醒剤など、やるはずがない。

だが、動画に映っていたのは、葉月に間違いはなかった。

なぜだ？　なぜ、葉月が売人から覚醒剤を購入する？　吉原に脅されたのか？

覚醒剤を買いに行かされるほどの弱味が、葉月にあるとは思えなかった。

ならば、嵌められたのか？

しかし、葉月自身が売人のところに足を運び、グラムまで指定していた。

なにがいったい、どうなっている？

考えれば考えるほど、思考が錯綜した。

『お待たせしました。ナースセンターです』

保留のメロディが途切れ、年配の女性の声が受話口から流れてきた。

「私、木塚葉月の兄ですが、妹はいますか？」

『ああ、お兄様ですか。葉月さんは先日、体調が悪いという連絡が入り、お休みしています』

「……そうですか。あの、つかぬことをお訊ねしますが、この数日の間で、妹を訪ねてきたり、電話をしてきた人はいますか？」

『少々お待ちくださいね』

ふたたび、保留のメロディ——美しいクラシックの名曲も、いまの木塚には鎮魂歌《レクイエム》にしか聞こえなかった。

『いま、確認したのですが、そういった来客も電話もないようです』

「ありがとうございます」

木塚は電話を切り、ソファの背凭れに倒れ込むように背を預けた。

眼を閉じ、目まぐるしく脳細胞を回転させた。

葉月はいったい、どこにいるのだ？　吉原がどこかに監禁しているのか？

もしそうだとしたら……いや、そうに決まっている。

「今日、杏奈との待ち合わせは何時だ？」

眼を閉じたまま、宮根に訊ねた。

「深夜の一時半です」

「美里杏奈の自宅を、知ってるか？」

「ええ。麻布十番に……」

「俺のスマホに住所をメールしろ。行くぞ」

眼を開け、木塚は立ち上がった。

「どちらへ？」

怪訝な顔で、宮根が見上げた。

「俺は美里杏奈の自宅マンションだ。お前は、調査部の人間を総動員して、吉原の行動を徹底マークしろ」

「えっ……約束は、『ナイトドルフィン』が終わってからって……」

「それじゃ遅い。いますぐ、切り札が必要なんだよ」

言い終わらないうちに、木塚は応接室を出た。

「あ、待ってください……」

慌てて、宮根が追いかけてきた。


――葉月に手を出した以上、松岡秀太だけでは終わらせない。美里杏奈もろとも、仲良く地獄の業火《ごうか》に焼かれるがいい。

## 15

麻布十番の商店街――瀟洒《しょうしゃ》なマンションの前に横付けしたジャガーXEに寄りかかり、木塚は新しい煙草に火をつけた。

納車されたばかりの新車に気分よく乗るはずが、最悪の日になってしまった。

足もとには、十本を超える吸い殻が散乱していた。

腕時計に視線を落とした。

電話を切ってまだ十分も経っていなかったが、木塚の気は急いていた。

——弁護士先生、眼が悪くなったのか？　動画に映ってるのはあんたの妹の葉月だろうが？

薄笑いを浮かべる吉原の顔が、木塚の憤激と焦燥《しょうそう》に拍車《はくしゃ》をかけた。

——そっちが秀太を地獄に堕とす気なら、こっちもあんたの妹を地獄に叩き落とすだけだ。


記憶の中の吉原の声が、木塚の胸に爪を立てた。

葉月だけは、絶対にだめだ。彼女を危険な目に遭わせるのだけは、避けなければならない。

いや、もう、危険な目に遭っている。

一刻も早く……一分、一秒でも早く救出したかった。

自分は後戻りできないほどに薄汚れてしまったが、葉月は違う。

葉月の前だけでは、彼女の心に生きている昔のままの「兄」でいると決めていた。

彼女を救出するのに寿命が縮まるというのなら、十年早く死んでもいい。

彼女を救出するのに左腕を失うというのなら、右腕一本で生きてもいい。

彼女を救出するのに悪魔になるというのなら、人間性を捨ててもいい。

まったく無関係の人間を傷つけることも厭《いと》わない。

非道のかぎりを尽くしてでも、葉月を救い出してみせる。

もちろん、葉月はそんな自分を望まないだろう。

だが、構わなかった。

望まれなくても……葉月に忌み嫌われても、大切な「妹」を救うためなら、それでいい。

「お店が終わってからじゃなかったんですか?」

エントランスから現われた杏奈が、不機嫌な声で訊ねてきた。

「状況が変わった。とりあえず、車に乗ってくれ」

木塚は、杏奈を助手席に促した。

「説明してください」

運転席に乗り込んだ木塚に、杏奈が怪訝な顔を向けた。

「実印は持ってきたか?」

木塚は杏奈の言葉を無視して手を差し出した。

「持ってきましたけど、どうして急ぐのか説明してくれなきゃ借用書に署名はできません」

杏奈が、頑《かたく》なな眼差しで木塚を見据えた。

「彼は俺の妹に手を出し、脅してきた」

杏奈が息を呑んだ。

「彼はそんなことをする人じゃ……」

「人殺しでも？」

木塚は、杏奈を遮った。

「それとも、自分のために嫌な社長を殺すのは特別ってわけか？」

「皮肉を言わないでください。私は、まじめに言ってるんですっ。彼は、そんな卑劣な人じゃありません！」

杏奈が、瞳を潤ませて訴えた。

「眼を覚ましたほうがいい。彼はもう、君の知っている男じゃない」

杏奈に……というより、木塚は自分に言い聞かせた。

「たしかに、昔の彼は純粋だったかもしれない。だが、人は変わる。夏が冬に、炎が氷に変化するくらいにね。もしかしたら、君にたいしてだけは昔のままの彼かもしれない。だが、周りにも同じだとはかぎらない。君を守りたかったからこそ、彼は『ダイオライトプロ』の社長を殺した。君を大事に思うからこそ、彼は悪魔にならざるを得なかった」

木塚の頭の中には、ずっと葉月の顔が浮かんでいた。

ステアリングに置いていた手を握り締めた――奥歯を嚙み締めた。

「美しい思い出は、思い出のままにしておいたほうがいい。いまの彼は……」

木塚は言葉を切り、眼を閉じた。

「最低の人間だ」

自分に向けた言葉だった。

「無理にとは言わない。彼を見捨てて、このまま車を降りてもいい」

木塚は、敢えて突き放した。

「私が車を降りたら……彼はどうなるんですか？」

怖々と、杏奈が訊ねてきた。

穴熊と同じだ。巣穴から引きずり出そうと躍起《やっき》になればなるほどに、穴熊は奥へと潜り込む。離れた位置で静かに待っていれば、のこのこと巣穴から出てくるものだ。

「殺人容疑で、警察に突き出すことになる。弁護士人生を懸けて、彼を刑務所送りにすることを約束するよ」

木塚の宣言に、杏奈が表情を失った。

胸が痛んだ。杏奈にたいしてではない。杏奈の背後にみえる、葉月にたいしてだった。

「本当に……私が借用書に署名すれば、彼のことを見逃してくれるんですか？」

「ああ、約束する。俺の目的は、妹への手出しをやめさせ、痴漢の示談金を吉原社長に払ってもらって訴えを取り下げさせることだ。彼に昔の罪を償《つぐな》わせたところで、一円の得にもなりはしないからな」

木塚は淡々と言うと、パーラメントをくわえて火をつけた。

「煙草は、やめてください」

杏奈が、眉間に嫌悪の縦皺を刻んだ。

木塚は火をつけたばかりの煙草を灰皿で消し、アタッシェケースから金銭借用書を取り出した。

「サインするまでは、吸わないでおいてやる。こうみえてもヘビースモーカーで、長くは我慢できないからな。すぐに決断できないなら、車を降りてくれ」

木塚は、抑揚のない口調で言った。

切れ長の瞳、長い睫毛、すっと通った鼻梁《びりょう》……悩んでいる杏奈の横顔は、思わず引き込まれそうになるほどに美しかった。

「……わかりました」

杏奈は、震える手でボールペンを手に取った。

「本当に、約束してくれますね？」

「安心しろ。約束は守る」

木塚は、憎しみと不安が宿る杏奈の瞳を見据えた。嘘ではない。

――約束する。お前の大切な王子様の息の根を止めることを。

☆

「え⁉　マジで⁉」

「木塚法律事務所」の応接室に、桃香の頓狂な声が響き渡った。

「痴漢の訴えを取り下げるって、どういう意味ですか⁉」

桃香の隣に座る袴田も、身を乗り出して血相を変えた。

「そのままの意味だ。松岡秀太にたいしての痴漢の訴えを取り下げると言ったんだ」

木塚は、涼しい顔で言った。

「ええっ、なんで⁉　あんなに頑張ったのにさ」

「そうですよっ。たしかに吉原は強敵ですが、松岡みたいな極上のカモを逃すのはもったいないですよ！」

袴田が、口角沫《あわ》を飛ばして訴えた。

「誰が、松岡を逃すと言った？」

木塚は冷え冷えとした眼を袴田に向け、パーラメントをくわえた。

「え……でも……」

困惑した顔で、袴田がライターの火を差し出した。

「吉原に、俺らが引いたと思わせるのさ」

「どういうことですか？」

袴田が、怪訝な表情で訊ねてきた。

「詳しくは話せない。とにかく、お前らの役目は吉原を欺《あざむ》くことだ」

葉月のことは、彼らに話せはしない。

私情で作戦を変更することをふたりが知れば、士気が下がってしまう。

「欺くって？」

桃香が、首を傾げた。

「俺らが諦めたと思わせるんだ。これから、俺は委任状を持って吉原の事務所に行く。奴の前で、痴漢の訴えを取り下げるのさ」

「委任状ってなに？」

桃香が眉根を寄せて訊ねた。

「松岡秀太に要求していた示談金の請求を取り下げると記した書類のことだ」

「ヤダよ！　お金が入らなくなるじゃん！」

桃香が血相を変えて訴えた。

「本当に諦めるわけじゃない。諦めたと信じ込ませるだけだと言っただろう？　安心しろ。最終的に奴から、三千万以上の金をかっ剝いでやる」

桃香に、というより、木塚は己に言い聞かせた。

「理由は、なんて言うんですか？　いままでかなり強硬《きょうこう》な態度に出ていたので、急に訴えを取り下げたら怪しまれるんじゃないんですか？」

袴田が、心配そうに訊ねてきた。

「そのへんは、心配しなくても大丈夫だ。それよりお前らは、言われた通りにしろ」

木塚はパーラメントの紫煙を勢いよく吐き出した。

杏奈の五千万の金銭借用書――切り札を、最初から出すつもりはなかった。

まずは、桃香と袴田の説得に成功したようにみせ、葉月の動画を差し出させる。

だが、周到な吉原は動画を渡しても葉月を渡そうとはしないだろう。

動画で脅されることのなくなった自分が、ふたたび痴漢の罪で松岡秀太を訴えることがないように、葉月の身柄を保険にしようと考えるはずだ。

杏奈に署名させた金銭借用書は、葉月を救出するための切り札だ。

葉月と杏奈――互いのカードの交換が終わったら、話は振り出しに戻る。

吉原は、所属タレントの松岡秀太が女子高生に痴漢した罪で三千万の示談金を支払わなければならない立場だ。だが、状況と立場は振り出しに戻っても示談金の額は別だ。

自分にこれだけの屈辱を、いや、それはどうでもいい。

木塚がなにより許せないのは、葉月に手を出したことだ。

三千万程度では、吉原の犯した罪を贖えはしない。

「さあ、署名しろ」

木塚は、桃香の前にB5サイズの用紙……委任状を置いた。

不服そうな顔で、桃香がボールペンを手に取った。

袴田も、納得のいっていない表情をしていた。

——心配するな。最初とは比較にならない報酬を手にさせてやる。

木塚は、渋面《じゅうめん》のふたりに心の内で約束した。

☆

「待ってたぜ、敏腕《びんわん》弁護士さん」

カッシーナの白革のソファにふんぞり返る吉原が、ふてぶてしい態度で出迎えた。

十坪ほどの空間の壁は、映画やドラマのポスターで埋め尽くされていた。

そのうちのほとんどが、松岡秀太の出演している作品だった。

吉原の隣には、この前の梶という無口で眼つきの鋭い男ではなく、最初に松岡と「木塚法律事務所」に現われた小西というチーフマネージャーが座っていた。

　茶髪を巻髪にした派手なメイクの女性スタッフがコーヒーを運んできた。

「で、女子高生の説得のほうは、うまくいったのか？」

　女性スタッフが出ていくのを見計らい、吉原が口を開いた。

「その話の前に、確認したいことがあるんですが」

「なんだ？」

「葉月と、電話でもいいので話させてもらえますか？」

　木塚は、ジャブを放った。本当に話せるとは思っていない。吉原の反応をみるためだった。

「一昨日、言っただろう？　お前の妹がどこでなにをしているか、俺は知らねえって。秀太の件から手を引けば、ひょっこり戻ってくるんじゃねえかって」

　吉原が、人を小馬鹿にしたような口調で言った。

「では、被害者の説得と動画が交換条件ということですか？」

「不服か？　痴漢と覚醒剤……罪の重さから言って、あんたのほうが得をする取り引きだと思うがな」

「でも、吉原社長は松岡秀太さんにたいしての訴えが取り下げられたら一件落着ですが、私の場合は動画は手にできても葉月が戻ってこなければ解決とはいきません」

　木塚は食い下がった。できるなら、桃香の委任状で葉月を取り戻したかった。

杏奈の金銭借用書は、松岡秀太の示談金を吊り上げるために温存しておきたかった。

「あんた、大きな勘違いしてねえか？　俺はあんたの妹が覚醒剤を購入した動画をたまたま手に入れただけで、さらったわけじゃねえ。だから、しつこく居場所を訊かれても答えようがねえんだよ」

吉原が肩を竦め、ラークをくわえた。すかさず、小西がライターの火を差し出した。

あくまでも吉原は、シラを切り通すつもりだ。

「わかりました。確認してください」

木塚は、書類鞄から取り出した委任状をテーブルに置いた。

委任状を手にした吉原は、文面に視線を走らせた。

「問題はありませんよね？」

「ああ、これでいい。ようやく、秀太は濡れ衣地獄から解放されるってわけだ」

吉原が、指先に摘まんだ委任状をヒラヒラとさせた。

「動画のマスターテープを頂けますか？」

木塚が言い終わらないうちに、吉原がスーツのポケットからＵＳＢメモリを取り出した。

「コピーがないって保証はありますか？」

受け取ったＵＳＢメモリを掲げ、木塚は訊ねた。

「コピーなんかしてねえよ。保証はねえがな」

吉原が、ニヤつきながら言った。

「もし、コピーがあった場合、被害者の女子高生がマスコミに告発することになるので、覚えておいてください。いまをときめく売れっ子俳優の松岡秀太に痴漢されたとね」

今度は、木塚が薄笑いを浮かべた。

「あんた、馬鹿か？　俺の手に委任状があるのを忘れたのか？」

「もちろん、忘れてませんよ。たしかに、その委任状があれば刑務所行きは免れます。ですが、マスコミはどうでしょうね？　人気芸能人に痴漢されたと女子高生が訴えれば、ワイドショーも週刊誌も飛びついてくるでしょう。以前も言ったように、有名人の方は真実はさておき、噂になっただけでイメージダウンですからね。あ、間違っても、その委任状を使って記者会見なんて開かないほうがいいですよ。繰り返しその映像がテレビで流れれば、世間には松岡秀太イコール痴漢のイメージがついてしまいます。松岡さんが無実だとわかっていても、スポンサーさんは嫌がるでしょうね。まあ、妹の動画のコピーさえ存在しなければ、なにも問題ないわけですから」

木塚は、唇の端を捩じ曲げて笑った。

「てめえっ、ふざけやがって……」

吉原が歯ぎしりをした。

「さて、そろそろ、本題に入りますか」

木塚は、吉原に微笑みかけた。

「本題？　なにを言ってるんだ？　もう、話は終わっただろうが⁉」

吉原がラークを灰皿で捻り消し、気色ばんだ顔を木塚に向けた。

「いえいえ、これからが重要な話です」

「は⁉　わけのわかんねえことばかり言って……」

木塚がテーブルに書類を置くと、吉原が言葉を呑み込んだ。

「金銭借用証書……五千万？　なんだこりゃ？」

吉原が、怪訝そうな眼で木塚をみた。

「署名欄をみてください」

木塚が促すと、吉原が借用書に視線を戻した。

「これは……」

署名欄に書き込まれた美里杏奈の名前を認めた吉原の顔が、瞬時に強張った。

「てめえ……いったい、なんの真似だ⁉」

押し殺した声で言いながら、吉原が木塚を睨みつけた。

木塚は受け流すように薄く微笑み、吸い差しの煙草を灰皿に置いた。

「債務者の美里杏奈さんは、吉原社長が以前におつき合いしていた方ですよね？」

木塚の問いかけに、吉原が席を蹴って立ち上がった。

「誰が債務者だっ⁉　てめえっ、なにをした⁉　杏奈に、なにをしたって訊いてんだよ⁉　答えろ！　こらっ！　答えろって言ってんだろうが！」

吉原が、こめかみと首筋に太い血管を浮かせて怒声を上げた。

もともと直情的な男だが、これほどまでに取り乱した姿はみたことがなかった。

上々のリアクションに、木塚は心でほくそ笑んだ。

「そう興奮しないで、落ち着いてください」

木塚は、吉原の怒りの炎に油を注ぐような呆れた顔を作ってみせた。

「おいっ、こら！　杏奈になにをした⁉」

狙い通り、興奮した吉原が両手をテーブルに叩きつけた。

「みての通りです。美里杏奈さんは、私から五千万の借金をしています。この金銭借用書はコピーですがね。吉原さんに破かれたら困りますので」

木塚は、淡々とした口調で言った。

「杏奈が、てめえから金を借りるわけねえだろ！　でたらめ言ってんじゃねえぞ！」

吉原が右手を伸ばし、木塚の胸倉を摑んで立ち上がらせた。

「社長、まずいですすよ……」

「てめえは引っ込んでろ！」

止めに入った小西を、吉原は片手で突き飛ばした。

「本人の字かどうか、わかりませんか？」

胸倉を摑まれたまま、木塚は吉原とは対照的な冷静な口調で訊ねた。

「なにを企んでいるか知らねえが、杏奈になにかがあったら、ただじゃおかねえぞ！　これは、脅しじゃねえっ。正確に、確実にぶっ殺してやるからな！」

吉原の狂気のいろの宿る瞳に、背筋が凍てついた。

これまでに誰かに脅迫されて、恐怖を覚えたことはなかった。

それは、あくまでも脅しであり、言葉の上での暴力だからだ。

だが、吉原は脅しではなく、言葉通りに自分を殺すだろう。

杏奈のために、「ダイオライトプロ」の社長を殺したときのように……いとも簡単に、朝、ゴミ袋を出すとでもいうように。

「いまのは完全に脅迫ですが、特別に見逃してあげましょう」

木塚は吉原の手を払い除《の》け、ソファに腰を戻した。

「なにが目的だ⁉」

「私が言う条件を吉原社長がすべて呑んでいただければ、杏奈さんの借金はチャラにしましょう」

「俺に五千万を肩代わりしろっていうんだろうが⁉　てめえの魂胆なんざ、みえみえなんだよ！」

「それだけじゃありません。葉月を私のもとに戻すことも、条件に入ってます」

「なんだって⁉」

吉原が頓狂な声を上げた。

「そんなに難しいことではないでしょう？　吉原社長は、葉月の居所を知っているはずですから」

木塚は、吉原の瞳を見据えた。

「その前に、誰が五千万を払うなんて言った？　てめえ……もしかして、秀太の示談金を俺が値切ったから、代わりにそれ以上の金を払わせようとして、杏奈を嵌めたのか⁉」

吉原が、掠れた声で訊ねた。

「あ、そうそう、もうひとつ、条件があるのを忘れてました」

木塚は、わざとらしく思い出したように言うと、吉原に右手を差し出した。

「なんだ？」

「委任状を、返してもらえますか？」

「はぁ⁉　てめえ、なに言ってんだ！　動画と交換したんだから、返せるわけねえだろうがっ」

吉原が、ふたたび掌をテーブルに叩きつけた。

「いいですか？　松岡秀太さんへの訴えを取り下げさせるために、吉原社長は動画を交渉の場に持ってきたわけです。お望みどおり、女子高生の委任状をお持ちしました。つまり、それで相殺《そうさい》です。美里杏奈さんに貸した五千万はまた別の問題です。その金銭借用書を取り戻したいのなら、債権を肩代わりするということではなく、吉原社長が値切った痴漢の示談金を三千万から五千万に戻して支払うことですね」

木塚は、新しいパーラメントに火をつけながら淡々と言った。

「てめえ、俺から五千万をかっ剝ぐだけじゃなく、秀太に痴漢の濡れ衣を着せようとしてんのか！　示談金の名目で俺が払ったら、秀太の罪を認めたようなもんだろうが！」

吉原の握り締めた拳が、ぶるぶると震えた。

「私は、なにもおかしなことは言ってませんよ。そもそも、私と吉原社長が出会ったのは、お宅の所属タレントが女子高生に痴漢したことがきっかけですから」

木塚は柔和に眼尻を下げ、口もとを綻ばせてみせた。

吉原に言ったように、最初からイニシアチブを握っていたのは自分だ。

イニシアチブを取り戻すために葉月を嵌めたまではよかったが、杏奈が自分の手に落ちたことでふたりのパワーバランスは逆転しなかった。

だが、葉月が戻ってきていない以上、完全に木塚のペースとも言えない。

葉月は吉原に監禁されている可能性が高かった。なので、木塚も強引には話を進められない。

ここは、根競《こんくら》べだ。不安に押し潰され、先に音《ね》を上げたほうが負けだ。

「吉原社長、委任状を返してください。そして、葉月を解放し、一週間以内に五千万の示談金を払ってください」

木塚は、眉ひとつ動かさずに当然のように言った。

僅かな動揺も察知されてはならない。

拒否すれば杏奈と松岡秀太が大変なことになる……と思わせなければならない。

もちろん、葉月の行方がわからないいま、木塚も不安で居ても立ってもいられなかった。

しかし、究極の選択を迫られたときに自分は葉月より保身を選ぶということを、吉原に信じ込ませる必要があった。

さあ、どうする?

木塚は、吉原の口が開くのを待った。

十秒、二十秒、三十秒……吉原は、こめかみに人差し指を当てたまま眼を閉じていた。

四十秒、五十秒、一分……重苦しい沈黙が続いた。

「吉原社長、どうしま……」

「妹と一生会えなくても、いいってことだな?」

沈黙を破った吉原が、眼を開けた。鷹《たか》のように鋭い眼光が、木塚の危惧の扉を貫いた。

# 16

木塚の鉄仮面に、微かに動揺の色が広がったような気がした。

一か八かの賭け――切り札の重さでは、負けてはいない。

秀太にかけられた痴漢の疑惑、杏奈の五千万の金銭借用書……たしかに、葉月の覚醒剤購入の動画しかない自分は、数の上では負けていた。

だが木塚に動画を渡しても、葉月は自分の手もとにいるので、切り札として使える。

それにしても、木塚はどうやって杏奈に五千万の借用書にサインをさせたのか？

杏奈の性格からしてそんな大金を借りるとは思えないし、なにより、木塚との接点などないはずだった。考えるまでもなく、木塚が描いた絵図に杏奈が嵌められたのは間違いない。

学生時代から、杏奈は聡明《そうめい》でしっかりした性格の女性だった。

相当な理由がないかぎり、五千万の額面の金銭借用書にサインなどしない。

もう何年も会ってはいないが、いまも変わっていないという自信はあった。

木塚が、相当な理由を作って杏奈を納得させたのだろう。しかし、その理由を探るよりも、葉月の身柄を交換条件に、杏奈の金銭借用書を破棄《はき》させるのが先決だ。

「葉月と一生会えないとは、どういうことでしょう？」

冷静を装っているが、木塚は内心、慌てふためいているに違いない。

「そのままの意味だ」

「ということは、やはり、吉原社長が妹を監禁しているんですね？」

「そうは言ってねえよ。俺は、仮の話として言っているだけだ」

吉原は、惚《とぼ》けてみせた。匂わせても、認めれば誘拐《ゆうかい》の罪で捕まってしまう。

木塚は法のプロだ。僅かな綻びもみせてはならない。

「そういうふうに、出てくるんですね？」

意味深な言い回し――木塚が、確認するように訊ねてきた。

「出てきたら、どうする？」

吉原は背凭れに両腕を回し、足を組んだ。

「現在、美里杏奈さんはキャバクラで働いていて、五千万を返済するだけの貯《たくわ》えはありません。水商売でだめなら、風俗という選択肢しかないんでしょうか？」

遠回しに、木塚が脅しをかけてきた。

「風俗だと⁉　てめえ、たいがいにしとけよっ。もし、杏奈になにかあったら、てめえの大事な妹も、同じようになっちまうってことを忘れるな！」

吉原は、怒声を浴びせた。木塚のように、平静を装うことはしなかった。

激憤していると気づかれても構わない。

策略には策略を……暴力には暴力を。

やられたら、その何倍にもして返すのが自分のやりかただ。

殴られたら、刺せばいい。

眼を突かれたら、眼球を抉《えぐ》り出せばいい。

指を切り落とされたら、腕を切り落とせばいい。

激情を隠すことなく、全身全霊で敵を潰す――これまでやってきたように、これからも同じだ。

「ダイオライトプロ」のチンピラにボロ雑巾《ぞうきん》のように痛めつけられ、追いつめられ、自殺した父が教えてくれた。弱者と善人は強者と悪人の餌食《えじき》になることを。

「ダイオライトプロ」の社長を闇に葬ったときに、吉原は悟った。

強者や悪人も、より力のある強者とより非道な悪人の餌食になることを。

人生はアフリカのサバンナと同じで、生態系の頂点に君臨《くんりん》する者が支配する。

「私を脅せば脅すほど、吉原社長が困ることになりますよ？　私がその気になれば、美里杏奈と松岡秀太を潰すことは難しくはありませんから」

木塚が、冷眼で吉原を見据えた。

凜冽《りんれつ》な大地に灯る青白い炎のような、静かなる殺気――とうとう、木塚が本性をみせた。

いまの宣言で、杏奈も秀太も自分が嵌めたと認めたようなものだ。

ならば自分は……。

吉原は、上着の胸ポケットに手を入れた。

護身用に持ち歩いているバタフライナイフを取り出し、回転させながら刃を出した。

木塚が微かに眼を見開き、小西がぎょっとした顔になった。

「悪いな」

吉原は低く短く言うと同時に立ち上がり、小西の左手をテーブルに載せた——小指に当てたバタフライナイフの背を思い切り踏みつけた。

社長室の空気を切り裂く小西の絶叫《ぜっきょう》、勢いよく噴き出す鮮血、テーブルの血溜まりを滑り、床に落ちる小指。

「杏奈になにかあれば、てめえの妹はこの程度じゃ済まねえ」

吉原は、息ひとつ乱さずに言うと、あんぐりと口を開けた木塚の瞳を見据えた。

17

噴出する鮮血、空《くう》を切り裂く絶叫、血溜まりのテーブルを滑る小指——左の手首を摑んでのたうち回る小西の姿が、木塚の蒼褪めた記憶に蘇った。

木塚は「木塚法律事務所」の近くのカフェで、金銭借用書を睨みつけていた。

美里杏奈が債務者になっている、五千万の借用書だった。

――妹と一生会えなくても、いいってことだな？

吉原は最愛の女性の危機を眼にしても臆するどころか、逆に木塚に脅しをかけてきた。

吉原が杏奈のことを見捨てるとは思えない。

恐らくは、自分と同じ――動揺はおくびにも出さずに、イニシアチブを取ろうとしているに違いない。

「スタッフの小指を切り落とすなんて、吉原は頭がイカれてますね」

宮根の声で、木塚は指の間でフィルターだけになったパーラメントに気づき、灰皿に捨てた。

たしかに、昨日の吉原の行為は常軌を逸していた。

だが、正気を失っていたわけではない。

木塚を見据える眼は怒りに満ちてはいたが、冷静だった。

あのときの吉原は、自分にとって葉月がどれくらい大切な存在なのかを読み取ろうという瞳をしていた。

それにしても、自分を屈服させるためとはいえ、小西の小指を……。

いま思い出しても、喉が干上がり、掌が汗ばんだ。

三十年以上の人生で、これほど衝撃的な場面を眼にしたのは初めてのことだった。

「どうするんですか?」

宮根が、心配そうに訊ねてきた。

「予定通り、一週間以内に葉月を解放させ、五千万を払わせ、委任状を取り戻す」

木塚は平静を装っていたが、内心では自信と危惧が綱引きしていた。

吉原を従わせるだけのカードは揃っていた。だが、吉原の手にも負けないくらい強力な切り札がある。葉月が監禁されているのは、ほぼ間違いない。木塚の出方ひとつでは、吉原が葉月に危害をくわえる可能性があった。

かといって、杏奈の借用書を握られている以上、吉原も迂闊には動けない。

「奴が、妹さんを素直に解放するとは思えないんですが……」

宮根が、暗い顔で言った。

「それより、なにかわかったか?」

木塚は話の流れを断ち切るように訊ねた。

どれだけ心配しても、葉月は救えない。ピンチのときこそ攻撃に打って出るのが勝利の秘訣《ひけつ》だ。

宮根には、調査部を総動員して吉原の行動をマークするように命じていた。

「昨日、吉原は、所長が出てきて三十分くらいしてから車で虎ノ門に移動して『虎ノ門エステート』っていうマンスリーマンションに入りました」

　宮根はｉＰａｄ《アイパッド》を取り出し、テーブルに置いた。

　ディスプレイには、壮大なマンションの画像が映っていた。

「マンスリーマンション？」

「ええ。ただし、身元関係が弱くて長期の賃貸借《ちんたいしゃく》契約が結べない水商売や外国人が住むようなタイプではなく、外交官なんかが長期滞在の際にホテル代わりに利用する高級なタイプです」

「そこに、葉月はいるのか？」

　木塚は、身を乗り出した。

「現時点では、それは確認できていません。ですが、おかしな動きがありました」

「おかしな動き？」

「はい。吉原が三十代の女とともに、マンションから出てきたんです」

「誰なんだ？」

「わかりません。ただ、女の態度から察して吉原とプライベートな関係ではなく、スタッフだと思います。ふたりはすぐに車に乗り、しばらくなにかを話していましたが、女だけ降りてマンションに戻りました。住人のふりをしてあとをつけ、部屋番号を確認しました。しばらくマンションの前で張っていたら、一時間くらいして女がどこかに出かけたので尾行しました。女はコンビニに行き、ふたりぶんの弁当やミネラルウォーターを買い込んでマンションに戻りました」

「ふたりぶんの弁当だと？　ひとつは葉月のぶんか？」

「断定はできませんが、その可能性は否定できませんね。まあ、同棲《どうせい》相手の可能性もありますし、単なるルームメイトかもしれません」

宮根が、いつもの慎重な言い回しで答えた。

彼は自分の中で一〇〇％の確信がなければ、断定的な物言いはしない。

「会計はしておくから、車を回しておけ」

木塚は伝票を手に席を立ち、レジに向かった。宮根が慌てて、木塚に続いた。

葉月がそのマンションにいる可能性は低いのかもしれない。だが、たとえ一％であっても、ゼロではないかぎり、可能性のある場所を虱潰《しらみつぶ》しに当たるつもりだった。

☆

「その女は、何階にいるんだ？」

リアシートの窓から木塚は「虎ノ門エステート」を見上げつつ、ドライバーズシートの宮根に訊ねた。

　木塚は、買ったばかりのジャガーXEだと目立ってしまうので、宮根が調査部で使っているカローラを張り込み用の車に選んだ。木塚と宮根以外にも、マンションのエントランス周辺を調査部のスタッフが別の車で張っていた。

「一〇〇二号室です。裏口にも調査部の人間を配置しています。今朝、十時頃に女がコンビニに買い出しに行って戻ってからは、動きがないようです」

　木塚は腕時計に視線を落とした。

　午後一時三十分。

「夜までには、夕食の買い出しをするだろう。そのときに、実力行使だ」

「女を、さらうんですか？」

　宮根が、弾かれたように振り返った。

「ああ。葉月がこのマンションにいるかどうかを、早急にたしかめなければならない。悠長に構えている暇はない」

　追い詰められた吉原が、葉月に危害を加えないともかぎらないのだ。

「拉致なんて、社長らしくないですね」

　宮根が、意外、というふうに眼を見開いた。

　彼は、わかっていない。

自分が、必要とあればどんな犯罪に手を染めるのも厭《いと》わない男だということを。

☆

「所長！」

宮根が、フロントウインドウ越しにマンションのエントランスを指差した。

腕時計の針は、午後五時を回ったところだった。

「昨日と同じパターンなら、近所の『セブン－イレブン』に向かうはずです」

「のろのろ運転の車で尾行すると怪しまれてしまう。俺は降りて女を尾《つ》けるから、コンビニに先回りしていてくれ。行き先が違ったら、連絡を入れる」

木塚は宮根に言い残し、車を降りた。
三、四メートルの距離を保ちながら、女を尾行した。
女はとくに警戒したふうもなく、早足で歩いていた。

ほどなくすると、およそ三十メートル先に「セブン－イレブン」の看板がみえてきた。

宮根が運転するカローラが木塚を追い越した。

女は宮根の予想通り「セブン－イレブン」に入った。

既に店の前の路肩に停車していたカローラのドアが開き、宮根が降りてきた。

「運転を代わっていただけますか？　荒事は僕の専門じゃありませんが、所長にやらせるわけにはいかないので」

木塚は頷き、カローラのドライバーズシートに座った。すぐに発進できるよう、エンジンはかけたままになっていた。

宮根は「セブン－イレブン」の自動ドアの脇に並ぶゴミ箱の前で、ミネラルウォーターのペットボトルを傾けていた。

宮根に緊張した様子はなかった。

弁護士事務所は仕事柄、逆恨みを買うことが多い。通常は法律で対抗するが、場合によっては力で排除しなければならないこともある。

調査部の仕事は、依頼人やターゲットの身辺調査だけではない。宮根をはじめとする調査部のスタッフは、みな、格闘技経験者ばかりを選んでいた。因みに宮根は、細身の身体には似合わず、柔道の黒帯を持っている。

十分ほどすると、レジ袋を提げた女が店から出てきた。

すっと歩み寄った宮根は、女の耳もとでなにかを囁いた。

顔を強張らせた女は、宮根と寄り添いながらカローラのほうに向かってきた。

傍《はた》からはわからないが、宮根は身体を密着させているふうを装い、女のレジ袋を持っていないほうの手の肘関節を極《き》めているのだ。

女は少しでも動くと凄まじい激痛に襲われるので、おとなしく従うしかない。

「座って」

リアシートに、宮根が女を連れ込んだ。肘関節は極めたままだ。

「あ、あなた方は……誰ですか？」

震える声で、女が訊ねてきた。

三十代半ばと思しき女の顔は、ベージュのブラウスと茶系のパンツ同様に、化粧気もなく地味な作りをしていた。役所の職員と言われても、納得できる雰囲気だった。

「驚かせてすみません。私、こういう者です」

振り返った木塚は、女に名刺を差し出した。

「法律事務所……弁護士さんなんですか？」

女の顔が、恐怖から動揺に変わった。

「はい。単刀直入にお訊ねしますが『虎ノ門エステート』に木塚葉月という女性がいますよね？」

木塚は、いきなり切り込んだ。吉原が異変に気づく前に、葉月を救出する必要があった。

「え……いえ……あの……」

女の瞳が白眼を泳いだ。

「私は弁護士です。正直にお話ししていただかないと、大変なことになりますよ？　木塚葉月と、一緒に住んでいますよね？」

「それは……」

女が視線を逸らし、俯いた。

「弁護士である私がこんな強引な方法を取ったのは、木塚葉月が私の妹だからです」

「え……」

女が、弾かれたように顔を上げた。

「そのリアクションをみていると、図星ですね？　いいですか？　あなたのやっていることは、刑法二二〇条に規定されている逮捕監禁罪です。法定刑は三ヵ月以上七年以下の懲役です」

木塚は、淡々とした口調で言った。

「た、逮捕監禁罪ですって⁉　私は、麻薬取締官の知り合いの方に言われて、容疑者を保護しているだけですっ」

女が、初めて自己主張した。

「なるほど。そんなふうに言われていたんですね」

事の詳細はわからないが、葉月が吉原に嵌められたのは間違いない。

口調とは裏腹に、怒りが腹の底から沸き起こった。

「その麻薬取締官の知り合いというのは『アカデミアプロ』の吉原社長でしょう？」

「どうして、それを⁉」

女の顔に、驚きが広がった。

「これも、図星のようですね。どんな説明を受けているか知りませんが、麻薬取締官が部外者に容疑者の保護を依頼するなんていうことはありえません。弁護士の私が言うので、間違いはありません」

「でも、どうしてそんな嘘を……」

「『アカデミアプロ』の所属タレントのひとりがあるトラブルを起こして、私の依頼人から多額の示談金を請求されています。吉原社長は、その示談を取り下げるよう私に圧力をかけるために、妹を嵌めて監禁したんですよ」

「そんな……私は『浜松中央病院』のスタッフが違法薬物を横流ししていたと聞かされていまして……。覚醒剤を所持していた葉月さんに、囮捜査に協力してもらうために、任務が完了するまで保護するからと……」

女が言葉を切り、唇を噛んだ。ようやく、自分が騙されていたことと、知らず知らずのうちに犯罪の片棒を担がされていることに気づいたようだ。

「私の言うことが信用できないなら、警察に立ち会ってもらっても構いませんよ？　でも、そうなると、あなたは逮捕されますけどね。私を信用してもらえるなら、あなたを警察に突き出したりはしません。私は、妹を無事に救出したいだけですから。それに、ある意味、あなたも被害者でしょうし」

　ハッタリではなく、すべて事実だった。

　この件に関しては一%も自分に非はないので、警察に通報しても構わない。

　警察が介入して困るのは、麻薬取締官を騙って罪なき葉月を陥れた吉原のほうだ。

　示談金を取らなくてもいいのなら、すぐにでも吉原を警察に突き出してやりたかった。

　木塚も杏奈に偽《にせ》の金銭借用書を書かせていたが、警察は民事不介入なので罪には問われない。なにより、杏奈が「本当は借金していない」と主張しても、直筆の署名と捺印の入った借用書がある以上、その借用書を「偽り」と証明することはできない。

　訴訟になっても、勝つのは木塚だ。

　逆を言えば、木塚がその気になれば、杏奈から五千万を取り立てることができるのだ。

「警察……ですか？」

　若干《じゃっかん》、女から躊躇が窺えた。まだ、木塚の言うことを完全には信じていないようだ。

　強引に車に連れ込むような相手を、警戒するのも無理はない。

「ええ。そうすれば、あなたの中にある危惧も一発で消えるでしょう？」

　平静を装って木塚は言ったが、このタイミングで警察を介入させるのは歓迎ではなかった。吉原から示談金を巻き上げるまでは……。

「でも、私も罪に問われるんですよね？」

不安げに、女が訊ねてきた。木塚は頷いた。

「ですが、私に協力していただければ、あなたの罪には眼を瞑ります」

「協力って……私はなにをすればいいんですか？」

「その前に、いくつか確認させてください。まず、あなたは『アカデミアプロ』のスタッフですか？」

「いまは違いますけど、以前はマネージャーをしていました」

「今回、どういった経緯《けいい》で妹と住むことになったんですか？」

「ある日、梶さんから突然連絡があって、仕事の話があるから会ってほしいと言われたんです。あ、梶さんっていうのは……」

「知っています。続けてください」

木塚は女を遮り、先を促した。

「私も、離婚してから女手ひとつで息子を育てているので、生活が楽じゃなくて……。その日のうちに、梶さんに会って話を聞くことにしたんです」

「で、妹を保護しろと？」

「はい。吉原社長が知り合いの麻薬取締官からある女性を保護してほしいと頼まれたから、しばらくの間、私に面倒をみてほしいと言われまして。面倒な感じがしたのでお断わりしようと思ったんですが、日当三万円だと聞いて……」

女が、バツが悪そうに言った。

「経緯はわかりました。それで、直接的なやり取りは梶さんとやっているんですか？」

「そうです。基本的に、朝、昼、夜の三回、状況確認の連絡が入ります」

「今日は、このあと何時に連絡が入る予定ですか？」

「八時頃だと思います」

木塚は、腕時計に視線をやった。八時までには、二時間以上あった。葉月を救い出すには、十分な時間だ。

「吉原社長や梶さんは、様子をみにこないんですか？」

「明日、吉原社長がいらっしゃると、梶さんから聞いています」

木塚は無言で顔を正面に戻した。


――待ってろ……もう少しの辛抱だ。

心で葉月を励ましながら、木塚はアクセルを踏んだ。

☆

1、2、3、4、5……。
エレベータのオレンジ色のランプが数字を染めてゆく様を、木塚は無言で眼で追った。

宮根は「有事」に備えて警棒タイプのスタンガンを手に、ドアに張りつくように立っていた。

十階に到着し、ドアが開くと、宮根は真っ先に降りてあたりを見渡した。

「案内しろ」

宮根は振り返り、女に命じた。

長い共用廊下には、かなりの数のドアが並んでいた。

女が、廊下の突き当たりのドア――一〇〇二号室の前で足を止めた。

「こちらです」

木塚は頷き、解錠するよう促した。女がセンサーにカードキーを翳し、ドアを開けた。

宮根は女を押し退け、スタンガンを構えながら沓脱《くつぬ》ぎ場に踏み込んだ。

靴のまま部屋に上がる宮根に、木塚は続いた。

カーテンの閉められた薄暗い空間が目の前に広がった。

ソファに横たわっていた女……木塚を認めた葉月が、驚きに眼を見開いた。

「葉月！」

木塚は葉月に駆け寄り、抱き起こした。

「大丈夫か⁉」

「お兄ちゃんっ！　どうしてここに……？」

葉月が、狐に摘まれたような顔を向けた。

「とりあえず、ここを出よう」

「でも、そんなことしたら私、指名手配になっちゃう……」

「お前は騙されてたんだ」

躊躇する葉月の瞳を直視し、木塚は言った。

「え？」

「詳しく話している時間はないが、嵌められたんだよ。お前を捕まえた麻薬取締官は、偽者だ」

「偽者⁉」

「ああ。仕事で揉めているヤクザみたいな男が、俺を脅すためにお前に近づいたんだ」

「じゃあ、私は、犯罪者じゃないの……？」

みるみる、葉月の円らな瞳が涙に潤んだ。

「もちろんだ。お前が、犯罪者なわけないだろう。全部、悪いのはこの俺だよ。怖い思いを、させてしまったな」

木塚は、葉月を抱き締めた。

「お兄ちゃん……」

葉月が背中を波打たせ、嗚咽を漏らした。

「安心しろ。もう大丈夫だからな」

木塚は葉月の震える背中を擦《さす》りつつ、優しく声をかけた。

テレビ、冷蔵庫、ベッドが備えつけられた縦長の空間は、窓が閉め切られているせいか、空気が澱《よど》んでいた。フローリングの床に置かれたゴミ袋は、コンビニ弁当の空容器でパンパンに膨れ上がっていた。

こんな部屋で葉月は……。

握り締めた拳――嚙み締めた唇。怒りに、木塚の腸《はらわた》が煮え繰り返った。

「さあ、行こう」

木塚は葉月の身体を支えるように立ち上がらせた。

「女も連れてこい」

木塚は宮根に命じると、葉月の肩を抱きながら玄関に向かった。

☆

車は虎ノ門から青山に向かっていた。

リアシートに寄りかかり、葉月はずっと咽《むせ》び泣いていた。

葉月の感情が落ち着くまで、木塚は敢えて声をかけなかった。

覚醒剤所持の容疑をかけられ、監禁され、どんなに怖かったことだろう。

木塚は、涙に濡れる葉月の横顔をみつめた。頰はげっそりとこけ、眼の下には色濃い隈ができていた。髪の生え際に、ちらほらと白いものがみえた。

この数日の間に、相当な恐怖に襲われたに違いない。梶から電話がかかってくる八時まで、あと一時間半——その間に、葉月を安全な場所へ匿《かくま》いたかった。

「自宅ですか？　事務所ですか？」

ルームミラー越しに視線を送りつつ、宮根が訊ねてきた。

「どこか人通りの少ないところで車を停めろ」

葉月を匿う場所は、自分とは接点のない場所にするつもりだった。

どちらにしても、女を乗せたまま連れてはいけない。解放したあとに、梶に口を割る可能性があるからだ。しょせん、女は吉原の配下なのだ。

「了解です」

宮根はハンドルを左に切り、青山通りから路地裏へと入った。

しばらく走ると、車はスローダウンし、人気のない雑居ビルの駐車場に停まった。

「つらいと思うが、どうしてこうなったか経緯を話してくれないか？」

葉月の涙が乾くのを待ち、木塚は訊ねた。本当はもう少し心を落ち着ける時間を与えたかったが、吉原がすべてを知るまでに、次の一手を考えなければならなかった。

「夜勤が終わって病院を出たら、知らない男の人に声をかけられて……」

葉月が、薄く掠れた声で語り始めた。

「誰なんだ？」

「麻薬取締官の山本っていう人だった。『浜松中央病院』のスタッフがリタリンという違法薬物を横流ししているから、極秘捜査に協力してほしいって言われて……それで、手荷物検査をするために停めてあった車に連れていかれたの」

「車の中には、誰かいたか？」

「後部座席にひとりいたわ。山本って人が私のバッグの中身を調べたら、封筒が出てきて中に見覚えのない白い粉末が入っていたの……」

「覚醒剤か？」

木塚が訊ねると、葉月が微かに顎を引いた。

「どうしてそんなものが入っていたのか……なにがなんだかわからなくて……」

葉月が声を詰まらせ、膝の上で重ね合わせた掌をきつく握り締めた。

「それで、山本になんて言われたんだ？」

込み上げる激憤から意識を逸らし、木塚は冷静な声音で訊ねた。

いまは吉原への感情よりも、事実確認をするほうが最優先だった。

「事務所で話をしようって、虎ノ門に連れていかれたの」

「事務所って、さっきのマンスリーマンションのことか？」

「警察と違って麻薬取締官は厚生労働省の設置した事務所で取り調べをして、容疑が固まったら管轄の警察署に引き渡すと言ってた。マンションに着いたら取り調べはしなくて、司法取引を勧められたわ」

「司法取引？」

木塚は、訝しげに繰り返した。

「うん。山本って人が言うには、狙いは末端ではなくて卸元だから、協力してくれたら覚醒剤を所持していたことを見逃すからって……。麻薬取締官が狙っているのは、芸能界やスポーツ界に覚醒剤やドラッグを流している中国の密売組織とか言ってたわ」

「それでお前に囮捜査を命じたわけだな？」

葉月が、力なく頷いた。

「わかりましたか？　あなたは吉原の手先となって、葉月を地獄の底に叩き落としたんですよ」

木塚は、視線を葉月から女に移した。

「そんな……私は、なにも知らなかったんです」

助手席から振り返った女が、泣き出しそうな顔で言った。

「知らなかったら、なにをしてもいいんですか？　葉月が、どれだけ怖い思いをしたと思ってるんです？」

木塚は、押し殺した声で言った。

感情を抑え込まなければ、いますぐにでも吉原のところに乗り込んでしまいそうだった。まだだ。いまは、止《とど》めを刺す時機ではない。権力、金、地位……終わらせるのは、吉原からすべてをかっ剝ぎ、出涸《でが》らしになってからだ。

「お兄ちゃん、その人を責めないで」

葉月が、絞り出すような声で言った。

「お前をこんなにひどい目に遭わせた相手を、庇う必要はない」

「騙されていたんだから、仕方ないわよ。私だってお兄ちゃんに話を聞くまでは、あの男の人が麻薬取締官だと思っていたもの。ね？　その人を許してあげて」

慈愛に満ちた瞳で、葉月が訴えた。

「まったく、お人好しなのは子供の頃から変わらないな」

ため息を吐いてはいるが、兄とは真逆の、太陽に恥じない生き方をする葉月を誇りに思っていた。

「わかりました。今回は特別に、妹に免じて許します」

「あ、ありがとうござい……」

「ただし、条件があります。ついてきてもらえますか？」

木塚は女を遮り、車を降りた。葉月には、話を聞かせたくなかった。

女も不安げな顔で、あとに続いて助手席から降りてきた。

木塚は、女を雑居ビルのエントランスへと促した。

「この瞬間から、あなたには私のために働いてもらいます」

「え？」

女が、訝しげに眉を顰めた。

「つまり吉原社長の敵になるということです」

「そんな……吉原社長を裏切るなんてできません」

「犯罪者に加担して刑務所に入るか? 犯罪者に罪を贖わせるか? どちらを選ぶかはあなたの自由です。因みに、無実の人間の所持品に覚醒剤を忍ばせ、濡れ衣を着せた上に、身柄を拘束した罪は重いですよ。実刑は免れないでしょうね」

「実刑……」

女の顔が凍てついた。

「ええ。逮捕監禁だけでなく詐欺罪も加わるから、刑期も五年は超えるでしょうね。いまのあなたにとって、楽な年月ではないはずだ。その間、息子さんはどうなる？」

「五年くらいで、そんなに驚いてもらっては困りますね」

木塚は、丁寧な言葉遣いとは裏腹に、切り裂くような視線で女を見据えた。

「あなたは、私の大事な妹を犯罪者に仕立て上げた。知らなかったこととはいえ、許すわけにはいきません。両親、姉妹、子供……協力しなければ、あなたにとって大切な人に濡れ衣を着せて、人生を破滅に導くことになります。吉原社長やあなたが、葉月にそうしたようにね。弁護士にとって、その程度のことは朝飯前ですから」

木塚は、眉ひとつ動かさずに言った。

「……なにを……すれば、いいんですか？」

女が、観念したように訊ねてきた。

「まずは、吉原社長に電話をかけてください。そして『吉原社長がでたらめ話をでっち上げて木塚葉月に濡れ衣を着せたことを、警察に告発します』と言ってください」

「そんなことを言ったら、大変なことに……」

「言わなければ、もっと大変な目に遭うことを忘れましたか？　さあ、早く」

木塚は淡々と言いながら、女の首にぶら下がっているスマートフォンに視線を移した。

女は観念したようにスマートフォンを手に取り、番号ボタンをタップした。

木塚は、スマートフォンのボディに耳を近づけた。

『おう、問題でもあったか？』

コール音が途切れ、ボディ越しに吉原の声が聞こえた。

「お、お疲れ様です……あの……お話があるんですが……」

『なんだ？　俺は忙しいんだ。用事があるなら早く言え』

不機嫌な吉原の声に怯む女を、木塚は睨みつけた。

「しゃ、社長が、でたらめ話を……でっち上げて、葉月さんに濡れ衣を着せたことを……警察に告発します」

顔面蒼白になりながらも、女は木塚のシナリオ通りのセリフを口にした。

『でたらめ話をでっち上げた⁉　警察に告発する⁉　てめえ、誰になにを言ってるかわかってんのか！　ああ⁉　どうなんだ⁉　こらぁ⁉』

吉原の怒声が、スマートフォンのボディを軋《きし》ませた。

「飼い主の手を咬む犬は困りますね」

女からスマートフォンを奪った木塚は、薄笑いを浮かべつつ言った。

『てめえ……』

予期せぬ声に、吉原が絶句した。

「驚きましたか？」

『これは……いったい、なんの真似だ⁉』

「ちょっと待ってください。私は、彼女が警察に告発するのをやめるように説得しているんですよ?」

木塚は、白々しく言った。

『この野郎っ……ふざけやがって！　てめえ、葉月をどうした⁉』

吉原の怒声が、木塚の鼓膜を心地よく震わせた。

「ご心配なさらずとも、安全な場所に匿いました。さあ、そんなことより、吉原社長の部下が警察への告発をしないよう説得することに成功したら、報酬を頂けますかね?」

『報酬だとっ⁉　ナメたことばかり言ってやがると……』

「私への報酬は、例の示談金でいいですよ。もともと、払わなければならない示談金ですからね。ただし、額は以前のように三千万や五千万というわけにはいきません。そうですね、吉原社長にはいろいろと迷惑を被ったので、一億くらいは頂きましょうかね」

『い、一億だと⁉　てめえ、いい加減にしねえと……』

「強気に出るのは構いませんが、自分が置かれている状況を考えたほうがいいと思いますよ」

木塚は吉原の怒声に被せるように言った。

『どういう意味だ⁉』

「吉原社長の切り札は、もう私の手にあります。妹を世話していた女性の証言も取れるので、麻薬取締官の知り合い云々《うんぬん》の話がでたらめだと証明するのも容易《ようい》です。一方、私のカードは、松岡秀太さんに痴漢された被害者女子高生の訴えと、美里杏奈さんに貸し付けた五千万の金銭借用書と、二枚あります。あ、妹を騙して監禁した、逮捕監禁罪のカードも増えましたね。これだけのカードがチャラになるなら一億なんて安いものだと思いますよ」

木塚は、畳みかけるように言った。受話口から、吉原の歯ぎしりが聞こえてきそうだった。

『おい、それで、勝ったつもりか？』

吉原が、押し殺した声で言った。

「吉原社長こそ、そのザマで負けていないつもりですか？」

スマートフォンの向こうで沈黙が広がった。

ほどなくすると、吉原の高笑いが聞こえてきた。

「強がっても、無駄ですよ。将棋でたとえたら、吉原社長は完全に詰んでいますから」

『てめえ、わかってねえな。俺が若くして芸能界を牛耳《ぎゅうじ》ってる理由を、これから嫌になるほど知ることになるぜ』

吉原が、ドスを利かせた声で恫喝してきた。

「望むところです。私も、教えてあげますよ。法律は使いかたひとつで、人間を破滅させることができるっていうことをね。でも、三日以内に一億を用意したら、今回だけは見逃してあげますよ。あなたも美里杏奈さんも、ふたりして破滅したくなかったら、くれぐれもおかしな考えはしないように気をつけてください。では、ご連絡、お待ちしています」

木塚は一方的に言い残し、電話を切った。

さあ、どうする？　素直に従い一億を差し出すか？　それとも、悪足掻《わるあが》きするか？

どちらでもいい。

木塚は、決めていた――どちらを選択しても、吉原を闇に葬ることを。

## 18

六本木交差点――一棟の飲食店ビルの前に佇む吉原は、地下に続く電飾看板を凝視していた。

何回……いや、何十回と訪れていた。

訪れるたびに、眼の前の「ナイトドルフィン」の電飾看板をみつめていた。

中へ入ろうと思ったことは、一度もなかった。

彼女にとっての自分は死んだ――自分にとっての彼女は死んだ。

そうでなければならない。自分が姿を現わせば、彼女を不幸にする。十年以上前のあのときと同じように、自分は彼女を幸せにすることはできない。

それに、自分はもう、彼女に会うには汚れ過ぎていた。もし、彼女の中にいまでも自分が生きていれば、記憶だけは美しいままにしておいてあげたかった。

嬌声《きょうせい》とともに、ブルーのショートドレスに身を包んだ女性が、泥酔《でいすい》したサラリーマンとともに階段を上がってきた。

いつものように看板に背を向けようとした吉原は、思い直して足を止めた。

今夜は、逃げるわけにはいかない。

吉原は階段を下りた。

「いらっしゃいませ。ご指名のほうは、お決まりですか？」

店から出てきた黒服が訊ねてきた。吉原は無言で黒服を押し退け、店内に足を踏み入れた。

「あ、お客様……」

慌てて追い縋る黒服を振り切り、吉原はフロアに向かった。

ピンクの大理石床に点在する白いボックスソファでは、頬肉を弛緩《しかん》させた客に、煌びやかなドレスを纏ったキャストが営業スマイルを振り撒いていた。

店内は、ほぼ満席だった。ざっと見渡しただけで、四、五十人のキャストがいた。

吉原は、巡らせていた視線を止めた。

フロアの中央のボックスソファ——純白のドレスを着た女性。

どれだけ花が咲き乱れていても、その花はすぐに見つけることができた。

夜の水面のような黒く澄んだ瞳、新雪のような白肌……彼女は、美しい大人の女に成長していた。だが、母性を感じさせる温かな微笑みは昔のままだった。

吉原は、足を踏み出した——彼女の客席の前で立ち止まった。

彼女のもてなしを受けていた客が、怪訝な顔で吉原を見上げた。白いデニムのハーフパンツにブランドもののパーカー姿、茶色に染めた短髪、陽灼けサロンで焼いたような人工的に黒い肌、耳朶《じだ》で煌めくダイヤのピアス……その客が、まともな職業に就《つ》いているとは思えなかった。

「お客さん、困ります！」

追いついた黒服がかけた声で、彼女も顔を上げた。

吉原を認めた彼女が、切れ長の眼を大きく見開いた。

「ひさしぶりだな。杏奈」

「杏奈だと？　誰だお前？」

客が片方の眉を下げ、吉原を睨みつけてきた。

「話があるから、きてくれ」

客を無視して、吉原は一方的に言った。

「お客さんっ、本当に困りま……」

「おい、お前、いきなり現われて勝手なこと言ってんじゃねえよ！」

気色ばんだ客が黒服を遮り、席を蹴った。

「怪我したくなかったら、邪魔すんな」

吉原は押し殺した声で言うと、客を見据えた。

「なんだと……」

反論しかけた客が萎縮《いしゅく》し、眼を伏せた。

「お客様、いますぐ出て行かないと警察を……」

「いいんです。私の知り合いですから。ちょっと、出てきます」

杏奈が黒服を遮り、ソファから腰を上げた。

吉原は、無言でフロアを歩き出す杏奈のあとに続いた。

階段を上がり、地上に出た杏奈は、吉原を振り返ろうともせずに裏路地に入った。

「サプライズにも、程があるわ。何年ぶりかしら？」

突然、立ち止まった杏奈が振り返り、微笑んだ。

吉原は、無言で杏奈をみつめた。

開きそうになる感情の扉に、吉原は鍵をかけた。

蘇りそうになる想いから、眼を逸らした。

杏奈がいなくなってから、この扉を何度開けようとしたかわからない。

杏奈がいなくなってから、何度忘れようと言い聞かせても心が覚えていた。

そのたびに、戒めてきた。堕天使《だてんし》となった自分には、女神と会う資格はないということを。

「本当なのか？」

十年以上の空白を埋めようともせず、いきなり、吉原は本題に切り込んだ。

元気にしていたか？　つらいことはないか？　生活はやっていけているのか？

訊きたいことは、山とあった。だが、敢えて訊かなかった。

少しでも気を緩めたら、過去に引き戻されてしまうから……。

「元気そうね。あなたの活躍は、耳にしてるわ」

杏奈が、吉原の問いに答えずに言った。

「五千万を借りたってのは、本当なのか？」

「『アカデミアプロ』は、いまや芸能界の一大勢力……」

「話をごまかさず、答えてくれ。木塚から五千万を借りたっていう話は、本当なのか？」

吉原は杏奈を遮り、訊ねた。

「ええ、本当よ」

即答する杏奈に、吉原の視界が蒼褪めた。

「真実を話してくれないか？」

「真実を話しているわ」

「誰がそんな話、信じられる？　五千万もの大金を、なにに使うっていうんだ？」

「お店を出そうと思って」

「お店？」

吉原は、鸚鵡返しに訊ねた。

「ええ。私、自分のお店を持つのが夢だったの」

「だから、五千万を借金したっていうのか？」

吉原の問いに、杏奈が頷いた。

「百歩譲って、それを信じたとしよう。だが、弁護士がなぜそんな大金を貸す？　お前と木塚は、いったい、どういった関係なんだ⁉」

「そんなこと、あなたに関係ないでしょう」

胸に、疼痛《とうつう》が走った。

自分との戦いに敗れた者が一文無しになりホームレスになったと聞いても、自分に追い込まれた者が自殺したと聞いても、胸が痛むことはなかった。

感情は、目の前から杏奈が消えたあの日に喪失したと思っていた。

皮肉にも杏奈と再会したいま、こんな自分にも感情のかけらが残っていたと知った。

「俺と木塚は、あることで揉めている。そのことで、なにか脅迫されたんじゃないのか？」

杏奈が唇を引き結び、眼を伏せた。

「俺を庇うために、奴の言いなりになったんじゃないのか？」

杏奈は眼を伏せたまま、無言を貫いていた。

「なにを言われたか知らないが、いまから俺が話すことが真実だ。ウチの事務所に所属する俳優の松岡秀太が女子高生に痴漢をしたということで、木塚は五千万の示談金を要求してきた。だが、俺の調査で不可解なことがわかった。秀太に痴漢されたと主張する女子高生と目撃者を名乗る男性が、ほかにもふたりのサラリーマンを痴漢の疑いで訴えていた。そのふたりに示談を勧めた弁護士も、木塚だった。秀太を含めて三人が同じ女子高生に痴漢して、同じ目撃者が現われて、同じ弁護士が偶然に居合わせて弁護を引き受けるなんて、そんな出来すぎた話はないだろう？　木塚は、端から秀太の知名度に眼をつけて、痴漢の冤罪を仕組んだんだよ」

「たとえそうだとしても、私には関係ないわ。私は、木塚弁護士に五千万を借りただけだから」

杏奈が顔を上げ、吉原をみつめながら平板な口調で言った。

「杏奈。どうして嘘を……」

「悪いけど、私、仕事に戻らなければならないから」

「『ダイオライトプロ』の社長のことを、気にしてるのか？」

杏奈が、踏み出しかけた足を止めた。

「俺が、あのくそ野郎を殺したことなら気にするな」

吉原が言うと、杏奈の表情が強張った。

「木塚弁護士と揉めないで。成功したあなたなら、五千万は払えない金額じゃないでしょう⁉　お金で済むことなら、それでいいじゃない！」

杏奈が瞳を潤ませ、強い口調で言った。

確信した。やはり、木塚は自分の過去をネタに、杏奈を言いなりにしていたのだ。

内臓が燃え立つような怒り――頭に上昇した血液が沸騰《ふっとう》したような錯覚に襲われた。

これまで、両手の指では数えきれない敵と戦ってきた。

だが、木塚ほど憎悪《ぞうお》を覚える敵は、記憶になかった。

潰すレベルで、許せる相手ではなかった。

文字通り闇に葬らなければ、気の済む相手ではなかった。

「奴は俺に五千万じゃなく、一億を要求してきた。だが、金の問題じゃない。ウチの大事なタレントを嵌め、俺の大事な女性を脅迫した木塚を、絶対に許すわけにはいかねえんだ」

吉原は、杏奈から眼を逸らさずに言った。

「お願いだから、もう、やめて……」

杏奈の瞳が……声が震えていた。

「眼を覚ませ」

「え……？」

「お前の瞳に映っている男は、もう、昔の俺じゃない」

吉原は、敢えて無感情に言った。

「お前がどれだけ俺のために犠牲になっても、無駄なことだ」

「どうして、そういうことを言うの？」

「俺の手が汚れてるのは、『ダイオフイト』のくそ社長ひとりの血だけだと思ってんのか？」

「それ……どういうこと？」

杏奈が、恐る恐る訊ねてきた。

「お前を守れなかった俺は、気づいたよ。正義の味方じゃ悪党を滅ぼせねえって……悪党を滅ぼせるのは、そいつらを上回る悪党しかいないってな」

「聖……」

杏奈が顔を強張らせ、息を呑んだ。そう呼ばれたのは、中学生のとき以来だ。

懐かしい響きに身を委ねそうになる自分を、吉原は必死に引き戻した。

「もし、いまでもお前の中にあのときの俺がいるのなら、殺してしまえ。そいつは、お前の知ってる俺じゃない。目的を果たすためなら人の命を虫けらみたいに扱う、最低の悪党だ」

吉原は、己の顔に唾《つば》を吐きかけるかのように言った。

唾棄《だき》していた——愛する女ひとりも守れなかった自分を。

軽蔑していた——苦痛から逃れるために悪魔に魂を売った自分を。

「自分のことを、そんなふうに言わないで！　あなたは、本当は優しい……」

「お前のために、人生で初めて負けてやる」

杏奈を遮り、吉原が遠い眼差しで言った。

「ただし、負けてやるのは最初で最後だ。奴にお前が借りたってことになってる金は払う。だからお前は、二度と木塚に関わるな。いいな？」

念を押す吉原に、杏奈が頷いた。

「これから、どうするの？」

杏奈が、心配げな顔で訊ねてきた。

「言ったろう、負けるのは最初で最後だって」

吉原は言い残し、大通りに向かって歩き出した。

「聖っ、待って！」

追い縋ってくる杏奈に、吉原は足を止め、振り返った。

「次は、木塚をぶっ殺す。今度邪魔したら、お前でも容赦しない」

吉原は修羅の形相で言うと、見る者すべてを切り裂くような鋭い眼で、杏奈を睨みつけた。

「ひ……聖……」

表情を失い、放心状態で呟く杏奈を置き去りにし、吉原はふたたび足を踏み出した。

胸が引き裂かれそうだった——心が哭《な》いていた。

木塚は自分と同じで、手段を選ばない男だった。

守るために、突き放した。

守るために、決別した。

二度目の別れ――今度こそ、永遠の別れとなるだろう。

☆

「到着っす」

ステアリングを握る誠也が振り返り、言った。

マイバッハは、中野の「木塚法律事務所」の入るビルの前に停車した。

「本当に、いいんですか？」

ジュラルミンのアタッシェケースを手にした梶が、珍しく困惑した表情で言った。

吉原は無言でマイバッハのリアシートから降りた。慌てて、梶があとを追ってきた。

吉原の心とは対照的に、空は雲一つなく晴れ渡っていた。

「何時だ？」

エントランスに足を踏み入れながら、吉原は梶に訊ねた。

「九時五十五分です」

約束の時間まで、あと五分だった。

「なにがあっても、余計なことをするんじゃねえぞ」

吉原は押し殺した声で言い残し、エレベータに乗った。

☆

「おはようござ……」

女性スタッフがドアを開けた瞬間、吉原は無言で事務所に押し入った。

スタッフの視線を集めながら、吉原は応接室に早足で向かった。

吉原はノックもせずに、応接室のドアを開けた。

「お早いですね」

ソファに座った木塚が、動じたふうもなく柔和な笑顔を向けた。

隣の席には、宮根という男がいた。

吉原は梶から受け取ったアタッシェケースをテーブルに放り投げた。

物凄い衝撃音――大理石のテーブルが、アタッシェケースの角で砕《くだ》けた。

「こんなに早く用意していただけるとは、思いませんでしたよ」

木塚が言いながら、宮根に目顔で合図した。

宮根がアタッシェケースを開けて、札束のチェックを始めた。

「とりあえず、お座りください」

木塚が、対面のソファに右手を投げた。吉原は、相変わらず無言のまま腰を下ろした。

「チェックが終わりましたら、借用書をお返ししますので、しばらくお待ちください。しかし、驚きました。正直、示談金を支払っていただけるかどうか不安でした。愛の力ってやつですかね？」

優越感に満ちた木塚の顔を見据えつつ、吉原は煙草をくわえた――横から梶が差し出すライターの火で穂先を炙った。

「どうでしたか？　十年以上振りの再会は？」

木塚の質問に、吉原は涼しい顔で紫煙を吐き出した。

恐らく、尾行をつけていたのだろう。

どうでもよかった。自分の人生から、杏奈は消えた――消した。

もう、吉原に守るべきものはない。

あるのは、受けた屈辱を何倍……いや、何十倍にもして木塚やその配下に返すことだ。

「それにしても、麻薬取締官ですか？　葉月をあんな大がかりなシナリオで嵌めていたとは驚きでしたよ。正直、焦りました。葉月を覚醒剤使用者に仕立て上げて、売人との取り引き現場を隠し撮りするなんて考えもしませんでした」

木塚は言葉とは裏腹に余裕の微笑みを浮かべ、女性スタッフが運んできたコーヒーのカップを口もとに運んだ。

「葉月に手を出しさえしなければ、三千万の示談金で手を打ってあげるつもりでした。愚かなことをしましたね。吉原社長。あなたは、たしかに切れ者です。ですが、所詮は無学で粗野《そや》な成り上がりです。私と互角に戦えると思ったのが、大きな間違いでしたね」

木塚の口もとは綻んでいたが、瞳は暗鬱《あんうつ》に翳《かげ》っていた。

葉月を拉致監禁され犯罪者に仕立て上げられた怒りが、まだ収まってはいないのだろう。

「おやおや、いつもの憎まれ口はどうしました？　まさか自尊心とともに声まで失ったとか？」

挑発と皮肉を続ける木塚を、吉原は紫煙を口の中で弄びながら見据えた。

梶が奥歯を嚙み締め、木塚を睨みつけていた。いつもは感情を表に出さない男だが、相当に悔しいのだろう。

「所長、たしかに一億ありました」

札束を数え終わった宮根が言うと、木塚が二枚の書類をテーブルに置いた。

「一枚が美里杏奈の金銭借用書で、もう一枚が示談書です。内容を確認して、署名と捺印をお願いします。そうすれば、私とあなたの腐れ縁も切れます」

吉原は金銭借用書を引き裂きながら、示談書の文言に眼を通した。

「問題がないなら、サインをお願いします」

木塚に言われるがまま、示談書の署名欄にペンを走らせ、捺印した。

「示談成立です。これで、美里杏奈さんも松岡秀太さんも自由の身です。しまっておけ」

木塚が吉原に言いながら、示談書を宮根に渡した。

「最後に。わかっているとは思いますが、おかしなことを考えないようにしてください。あなたが変な気を起こさないのであれば、私もなにもしません。ですが、私及び周囲の者達にふたたび危害を加えようとした場合、示談書をマスコミに公開します。その意味は、わかりますよね？　松岡秀太さんは痴漢の罪に問われることはありませんが、痴漢した女子高生に示談金を支払って和解したという事実が世の中の人に広く知られてしまいます。そんなことになれば、彼の芸能生命がどうなるかおわかりですよね？」

唇の端を吊り上げ、木塚が言った。

驚きも動揺もなかった。木塚がこういうふうに出てくることは、最初から想定済みだ。

わかっていながら、吉原は示談書にサインした。

「話はそれだけか？」

「木塚法律事務所」にきて、吉原は初めて口を開いた。

「私のほうからは、以上です」

木塚が言い終わらないうちに、席を立った吉原は応接室をあとにした。

☆

「社長、あのままでいいんですか？　木塚の周辺を探って、新たな弱味を探り出しますから」

マイバッハのリアシートに乗り込む吉原に、梶が言った。

「お疲れ様っす！　野郎、勝ち誇った顔してたんすか⁉」

運転席から振り返った誠也が、もどかしげに訊ねてきた。

「新宿の浜中《はまなか》の事務所に行け」

問いかけに答えず、吉原は誠也に命じた。

「浜中って……弁護士の浜中さんっすか？」

「他にいねえだろう。早く出せ。お前は浜中に電話して、いまから事務所に行くことを伝えろ」

吉原が言うと、梶がスマートフォンをタップして耳に当てた。

浜中は、主に闇金業者や風俗店などアンダーグラウンドな職業の顧問をやっているダーティーな弁護士だ。暴力団から紹介され、二年前から「アカデミアプロ」の顧問弁護士を頼んでいた。

「お疲れ様です。『アカデミアプロ』の梶です。いま、先生の事務所に吉原社長と向かっているところなんですが、いらっしゃいますか?」

吉原はシートに背を預け、眼を閉じた。

脳裏に、木塚のしたり顔が蘇った。

あんなに一方的に侮辱《ぶじょく》されたのも、言われっ放しで反撃をしなかったのも初めてだった。

手も足も出なかったから、黙っていたわけではない。

すべては、第二ラウンドに備えてのことだ。

木塚は、吉原の逆襲を警戒して示談書を保険にした。

たしかに、痴漢の罪を示談にしたということが公になれば、秀太の芸能生命にかかわる。

以前の吉原になら、示談書は十分に抑止力《よくしりょく》となったことだろう。

だが、いまは違う。切り札だった葉月を奪還された吉原は、なりふり構っていられなかった。

追い詰められ、破れかぶれになったわけではない。むしろ、逆だ。吉原は、確信した。

木塚とどうやり合っても、秀太が女子高生に痴漢したという嫌疑をかけられている以上、イニシアチブを取られてしまう。弱味を握る立場の木塚と、握られている立場の自分――この構図が変わらないかぎり、そうなるのも当然だ。ならば、弱味を弱味でないようにするしかない。

「社長。浜中先生は正午までは時間が取れるそうです」

梶の声に、吉原は眼を開けた。

「宮田と石山に連絡して、今夜、事務所にくるように伝えろ」

梶が頷き、通話を終えたばかりのスマートフォンの番号キーをタップした。

吉原もスマートフォンを手に取り、秀太の電話番号をタップした。

今日、秀太はひさしぶりのオフだった。

まだ十時半を回ったばかりなので、寝ているのかもしれない。

十回鳴らしたところで、電話を切った。

すぐに、コールバックがあった。ディスプレイに浮く「秀太」の文字。

『お疲れ様です。電話取れなくて、すみません』

寝起き丸出しの秀太のくぐもった声が、受話口から流れてきた。

「いいか？　よく聞け。これから、木塚を詐欺罪で追い込む」

前振りなしに、吉原は切り出した。

『木塚を詐欺罪……ですか？』

「ああ。奴が同じ被害者と目撃者を使って、お前を含めた三人を痴漢に仕立て上げ、示談金を騙し取ったことを暴くのさ。ただし、それをやるにはお前のことも公になるだろう」

『えっ……そんなの、まずいですよ！』

秀太が、それまでとは打って変わった大声を張り上げた。

スマートフォンを耳に当てた梶と、ルームミラー越しの誠也も驚いた顔をしていた。

「それを恐れてたら、木塚の罪を暴けねえだろうが」

『でも、そんなことがマスコミに知られたら、芸能界でやっていけなくなりますよ……』

秀太の泣き出しそうな声が、か細く震えた。

「もちろん、無傷では済まない。好奇の視線にさらされるだろうし、仕事も減るだろう。だが、ここで木塚を叩いておかねえと、一生、俺もお前も脅されることになる。ここらで、肚を括《くく》らねえとな」

秀太に、というよりも吉原は自分に言い聞かせた。

秀太のスキャンダルが発覚すると、濡れ衣だといくら訴えたところで、仕事は激減するだろう。減るだけならまだしも、打ち切られたＣＭやお蔵入りになったドラマや映画の違約金が発生してしまう。

ざっと計算しただけでも、二億円近い損失になるはずだ。既に木塚に一億円を払っているので、「アカデミアプロ」の受けるダメージは計り知れない。

金額だけでなく、秀太というドル箱タレントが当分の間、使い物にならなくなる可能性も高かった。一年、二年……いや、疑いが晴れなければ永遠に復活できないかもしれない。

そのすべてを覚悟の上で、勝負をかけるつもりだった。

木塚の罪を立証できれば、それまで散々ワイドショーや週刊誌で叩かれたぶん、秀太に同情票が集まり、逆転復帰という目も出てくる。

厳しい戦いになるのは、わかっていた。

たとえ秀太が芸能界から干されたとしても、木塚を潰すと誓っていた。

いや、潰すなどという生易しい報復では、吉原の激憤はおさまらなかった。

あのサラサラの髪も、色白の顔も、偽りの微笑みも……思い出しただけで腸が煮えくり返り、脳みそが爆発してしまいそうだった。

『僕は……どうなってしまうんですか?』

不安げに、秀太が訊ねてきた。

それも、無理はない。街を歩けばそこら中にいる女子達が黄色い声を上げ、頰を上気させ、憧れの眼差しを送ってくるような生活を送っていた男が、痴漢の汚名を着せられるのだ。

秀太は、たった一枚の示談書が公開されることで、天国から地獄に堕ちてしまう。

「しばらくは、マスコミに叩かれ、追われ、人目を避ける生活を送らなきゃならないだろう」

『し、しばらくって……どのくらいですか?』

「まあ、とりあえず二ヵ月は騒がれるだろう。いままでとは違う意味で、変装しなきゃ外を出歩けなくなる。だが、三ヵ月も経てばマスコミに取り上げられる回数は極端に減ってくるだろう。騒ぎが収まるのは、許されたからじゃない。お前の話題に飽《あ》きただけの話だ」

そう、翼が傷つき地に落ちた鷹は、獣達の餌食となってしまう。

彼に夢中だった女達の黄色い声は罵声《ばせい》になり、憧れの眼差しは軽蔑の眼差しとなる。

それまで嫉妬していた男子達は、親の仇とでもいうように秀太を責め立てるに違いない。あるいは、大罪《たいざい》を犯した逆賊《ぎゃくぞく》であるとでもいうように……。

『……僕は、なにもしてないんですよ⁉　なのに、なぜ、そんなひどい目に遭わなきゃならないんですか⁉』

「サラリーマンがホームレスになっても誰も騒がないが、オリンピックの金メダリストが路上生活をしてたら大騒ぎになるのと同じだ」

吉原は、敢えて淡々とした口調で言った。

これから想像を絶する地獄の日々が始まることを、秀太にはわからせなければならない。

『でも、僕は痴漢なんてやってません！　社長は、信じてくれないんですか⁉』

「木塚の言葉を、忘れたのか？　お前が犯人だろうがなかろうが、関係ないんだよ。無実だなんだと騒ぎ立てるほどに、視聴者は面白がって数字が取れる。マスコミにとっちゃ、真実なんてどうだっていいのさ。奴らには、視聴率が取れて部数が伸びる話題があればそれでいいんだ」

『じゃあ……木塚を追い込むことをやめてくださいっ。示談が済んだなら、それでいいじゃないですか⁉　どうして、事を大きくしようとするんですか⁉　社長は、僕を守ってくれるために大金を払ってくれたんじゃないんですか⁉』

秀太の大声に、スマートフォンが軋んだ。

「勘違いするな。金を払っておとなしくしてたら、それで終わりだと思うか？　そこに食い物があると知った獣は、味を占めて何度も民家に現われる。食い物をやらなければ、奴らは家畜を襲う。家畜がいなくなれば、次は人間を襲うだろう。いいか？　秀太。俺らが安心して暮らすには、獣を仕留めなきゃなんねえんだよ」

吉原は、押し殺した声を送話口に送り込んだ。

『信じて……いいんですか？　社長のこと信じたら、僕は芸能界に復帰できますか⁉　しばらく我慢したら、僕は失ったものを取り戻せますか⁉』

秀太が、悲痛な声で訴えた。

「ああ、取り戻せるさ。必ずな」

気休め——秀太が芸能界に復帰できる確率は、それこそ飛行機が墜落するより低いだろう。同じスキャンダルで言えば、覚醒剤や傷害のほうがまだ可能性があった。性犯罪者のレッテルが貼られた芸能人に手を差し伸べるスポンサーやテレビ局の人間はいない。

吉原とて、できるものならドル箱タレントを失いたくなかった。

秀太が普通に仕事をしていれば、月に数百万の金が転がり込んでくる。

その財源が、一瞬にしてなくなってしまうのだ。

金だけではない。木塚によって大事なエースを潰された屈辱……最愛の女性を切り捨てなければならなかった怒りを、絶対に忘れない。

そして……。


――次は、木塚をぶっ殺す。今度邪魔したら、お前でも容赦しない。


杏奈を恫喝した木塚には、いまの自分以上の苦しみを与えると誓った。

一分でも早く、息の根を止めたかった――一分でも長く、地獄の苦しみを与えたかった。

相反する矛盾《むじゅん》に、皮下を駆け巡る血潮《ちしお》が熱く滾《たぎ》った。

木塚を闇に葬るためなら、どんな犠牲をも払うつもりだった。

それは、秀太であっても例外ではなかった。

彼の存在が吉原にとって足枷になるのならば、躊躇なく切り捨てるだけだ。

「とりあえず、今日はゆっくり休め。状況が進展したら、また、連絡する」

「宮田と石山のふたりは、七時に事務所に呼びました」

吉原が電話を切るのを待っていたように、梶が報告してきた。

「あのふたりは、肚を決めたか？」

宮田と石山は、吉原に協力して木塚の罪を暴くことを躊躇していた。彼らはそれぞれ、
会社や家族にバレることを恐れ、示談で済ませたほうがましだと考えていたのだ。

――俺に協力しなければ、てめえらの女房と会社に、痴漢のことをぶちまけることになるが、それでも示談で済ませる気か？


吉原の恫喝に、ふたりは従うという選択肢しかなかった。

「まもなく、到着っす」

誠也の声に、吉原は視線を窓の外に向けた。

スローダウンするマイバッハが、新宿歌舞伎町一番街の入り口で停まった。

ドライバーズシートを降りた誠也が、リアシートのドアを開けた。

梶に続いて、吉原はアスファルトを踏み締めた。

「震えながら、待ってろ」

吉原は、雑居ビルの三階に掲げられた「歌舞伎町法律事務所」の看板を見上げながら呟いた。

## 19

「所長、完全勝利おめでとうございます！」

アルコールで茄蛸のように顔を赤らめた袴田が、ハイボールのグラスを木塚のワイングラスに触れ合わせた。

「気を抜くのは、まだ早い」

中野駅北口のイタリアンレストランの個室――ソファ席に座った木塚は素っ気なく言うと、赤ワインを流し込んだ。

「前にこの店で私とゴリラさんが乾杯しようとしたときも冷めてたけど、一億入ったんでしょ？　だったら、乾杯でいいじゃん！　ね！　一億人の福沢ゆきーちにカンパーイ！」

桃香がハイテンションで言いながら、コーラのグラスを木塚の鼻先に翳した。

「誰がゴリラだ！」

すかさず袴田がツッコんだ。

「だって、ゴリラ顔じゃん」

桃香が袴田を指差し、ケタケタと笑った。

「桃香ちゃんの言う通りですよ。あの吉原に一億を支払わせたわけですから、完全勝利と言ってもいいと思います」

いつも冷静な宮根も珍しく声を弾ませ、ビールのグラスを木塚のワイングラスに触れ合わせてきた。三人が、はしゃぎたくなる気持ちもわかる。桃香、袴田、宮根の取りぶんは一〇%なので、それぞれ一千万が入ることになるのだ。

「奴が、このままおとなしく引き下がるタマとは思えない」

木塚は、ドライフルーツを口に放り込みながら言った。

ポーズを作っているわけではなく、本音だった。

たしかに、予想に反して吉原はすんなりと一億を持ってきた。

葉月を奪還された上に美里杏奈を借金のカタに押さえられたのだから、無理はない。


――話はそれだけか？


「木塚法律事務所」に現われて帰るまで、吉原が発した言葉は帰り際の一言だけだった。

あのおとなしさが、逆に不気味だった。

嵐の前の静けさ――なにかを企んでいるに違いない。

「でも、俺も見たかったですよ。あのガキの泣きっツラを」

袴田が、残念そうに唇を噛んだ。

「不貞腐《ふてくさ》れた顔で、ずっと黙ってましたよ。残念でしたね！　一敗地《いっぱいち》に塗《まみ》れた野郎の顔を拝めなくて」

宮根が、からかうように袴田に言った。

「なんで桃香を呼んでくれなかったのー！　あの吉原って人憎たらしかったから、泣きそうな顔を見たかったよ～」

桃香が唇を尖らせ、拗《す》ねたように言った。

「それにしても、さすがは所長ですね。吉原の弱味の元アイドルに五千万の借用書を書かせて、妹さんを監禁していた女に協力させ、結局は一億を払わせちゃったんですからね」

宮根が、憧憬《しょうけい》の眼差しを木塚に向けた。

「あ、そうそう、吉原のガキ、所長の妹さんを、覚醒剤の売人に仕立て上げて監禁してたんですよね!?　ふざけた野郎ですよ！」

袴田の類人猿顔は、怒りでさらに赤く染まっていた。

「まあ、でも、そのおかげで、松岡秀太の示談金と美里杏奈の借用書に加えて、奴を逮捕監禁罪と詐欺罪で刑事告訴するっていう新しいカードができたわけですよ。そもそも、半グレの成り上がりが、法律のプロの所長と渡り合えるわけないじゃないですか」

宮根が、我が事のように誇らしげに言った。

「でもさ、ここだけの話、ぶっちゃけ、悪いのは私らのほうだよね？　だってさ、松岡秀太は痴漢なんてやってないんだから」

桃香が、声を潜《ひそ》めて言った。

「馬鹿っ、そんなこと軽々しく口にするんじゃない」

すかさず、袴田が桃香を窘めた。

「そうだよ。親兄弟はもちろん、友人にも絶対に言っちゃだめだぞ？　大丈夫だろうな？」

宮根が、桃香に疑心の眼を向けた。

「馬鹿にしないでよっ。私は、そんなに口の軽い女じゃないから！」

桃香が憤然とした顔で袴田と宮根を睨みつけた。

「そうだぞ、ふたりとも、桃香に失礼だ」

木塚が口を挟むと、袴田と宮根がびっくりしたように眼を見開いた。

打ち合わせ通り、なかなかうまい演技だ。

「万が一にでもからくりを誰かに話した場合、一番困るのは桃香自身だ。考えてみろ？　桃香はこれまでウチのエースとして、いくら金を手にしていると思う？」

木塚は芝居がかった口調で言うと、袴田に視線を移した。

「たしか、五千万は超えてましたよね？」

「正確には、五千四百三十万だ。それに松岡秀太の示談金の一割が加われば、六千四百三十万になる」

「嘘！　そんなに！」

桃香が、大声を張り上げた。

「なんだ、他人事みたいに。自分がもらった金だろ？」

袴田が、怪訝そうに訊ねた。

「だって、もう使っちゃったもん」

「嘘だろ⁉　五千四百万も、なにに使ったんだよ⁉」

宮根が、口に含んだ白ワインを噴き出した。

「え、なにって……服とかアクセとか、あとは、友達に奢《おご》ったりとか……いろいろ。あんま覚えてないし、気づいたらなくなってたって感じ？」

袴田と宮根が、呆れたように顔を見合わせた。

「話の続きだが……それだけの大金を手にしている以上、訴訟になったら桃香も詐欺罪の共犯となり、女子刑務所行きは免れないだろうな。まあ、二十五までには出所できるだろう」

木塚は、淡々とした口調で言った。

「えっ⁉　二十五⁉　もうババアじゃん！　そんなの、冗談じゃないし」

桃香の血相が変わった。

未成年の少女を丸め込むくらい、わけがなかった。

無実の人間を痴漢に仕立て上げ、示談金を騙し取るのはたしかに悪質な犯罪だが、罪が重いのは木塚や袴田であって、未成年の桃香なら家庭裁判所の審判の後に、保護観察か最悪でも少年院送致がせいぜいだ。殺人などの凶悪犯罪ではないので、刑務所に送られることはありえない。

「じゃあ、もし、桃香が捕まったら、一番楽しい十代を牢屋で過ごさなければならないですね」

　袴田が、桃香の不安を煽り立てるように言った。

「女子は未成年と成人の受刑者を一緒くたに収監するので、レイプとか日常茶飯事《さはんじ》って話ですよ」

　宮根も負けじと、桃香の恐怖心を煽り立てた。

　ふたりとは、桃香が変な気を起こさないように一芝居打つための打ち合わせをしていたのだ。

　木塚の読み通り、桃香の顔がみるみる血の気を失った。

　ダメ押し――木塚は、袴田と宮根に目線で合図を送った。

「あ、その話、俺も聞いたことあるぞ。女子刑務所って、相当にエグいらしいな。男と触れ合うことができなくて欲求不満だから、ほとんどの女囚《じょしゅう》がレズ化するんだってさ。だから、顔立ちのいい子が入ってきたら速攻でヤラれちゃうそうだ」

「俺の知り合いの知り合いが女子刑務所に入ったとき、大変な目に遭ったらしいですよ。消灯になると代わる代わる女囚が顔の上に跨《また》がって臭いあそこを押しつけてきて、クンニを強要してくるそうです。ときには排泄《はいせつ》直後の女囚がいて……」

「やめてよ！　いままでも喋ってないしこれからも喋らないし、警察に捕まることなんてないんだし！」

桃香が宮根を遮り、興奮気味に叫んだ。

「そうだ。ふたりとも、そのへんにしておけ。桃香は頭のいい子だから、そんな馬鹿なまねはしないさ」

木塚は、桃香を横目で見ながら、袴田と宮根を窘めた。

視界の端で桃香は、貧血患者さながらに蒼白になっていた。

効果覿面《てきめん》――ワイングラスを口もとに運ぼうとしたときに、テーブルの上でスマートフォンが震えた。ディスプレイに浮かぶ「宮田」の文字を見て、木塚はスマートフォンの通話キーをタップした。

「もしもし、宮田さん？　示談の日取り決まりましたか？」

『あの、その件ですが……』

宮田が言い淀んだ。

「どうかなさいました？」

嫌な予感に導かれるように、木塚は訊ねた。

『示談の話は、なかったことにしてもらえますか？』

意を決したように、宮田が言った。

「示談をしないということですか？」

木塚の言葉に、袴田、宮根、桃香の視線が集まった。

『……すみません』

「いえ、謝る必要はないのですが、理由を教えてもらえますか？」

『痴漢をしてもいないのに、示談をするのは変だと思ったんです。示談をしたということは、痴漢したことを認めたということですから』

この前の打ち合わせまで、宮田は示談を受け入れていた。

誰かに、知恵を入れられたに違いない。

「おっしゃりたいことはわかりますが、示談を拒否すれば、宮田さんが無罪を勝ち取れる可能性は、一％もないんですよ」

受話口から流れてくる、宮田の鼻息が荒くなった。

「判決が出るまでの間、会社を休まなければならないので、下手をすれば解雇されるかもしれません。真実はどうあれ、痴漢した容疑で訴えられている宮田さんやご家族が、世間から白い眼でみられるのは確実です。たとえ宮田さんに耐えることができても、奥様や娘さんはどうですか？　いわゆるママ友という人種はただでさえ噂好きなので、奥様は相当つらい思いをするでしょう。ですが、奥様以上にかわいそうなのは娘さんです。娘さんは、高校生でしたよね？　娘さんの父親が自分達と同世代の女の子のお尻や胸を触った罪で裁判になっているとクラスメイトが知ったら、どうすると思います？　陰口を叩く生徒、からかう生徒、嘲る生徒、罵倒する生徒……娘さんは、針の筵《むしろ》でしょうね。犯罪者のご家族……とくに思春期のお子さんは、学校に行けなくなり、不登校になるケースが多いんです」

木塚は言葉を切り、耳を澄ました。

宮田の鼻息が、さらに荒くなった。電話越しにも、宮田が動揺していることが窺えた。

「不登校ならまだましですが、ノイローゼになったり、自殺という最悪の結果になることもありえます」

『じ、自殺⁉ 脅かさないでくださいよっ』

宮田が、裏返った声で抗議した。

「脅しなんかじゃありません。数年前に私が担当した、窃盗《せっとう》の罪に問われていた男性の息子さんが、クラスメイトからのイジめを苦に、電車に飛び込み、命を絶ちました」

『え……』

宮田が絶句した。もちろん、不安を煽るためのでたらめだ。

「痴漢の印象は、窃盗よりも遥かに悪いです。罪の重さではなく、イメージの問題ですね。知ってましたか？ 刑務所で一番イジめられるのは、性犯罪者だということを」

『ちょっと、待ってくださいよ。私は、痴漢なんてしていませんっ。だからこそ、示談を取りやめようと……』

「何度も言ってるでしょう？　痴漢の場合、真実がどうであっても、警察に捕まった時点で、世間の持つ印象は『黒』なんです」

木塚は宮田を遮り、きっぱりと言った。

『娘には……私のほうから、嵌められたということを説明します。つらいでしょうけれど、無実なのに罪を被るわけにはいかないということを、無実を証明するために裁判で戦うということを、わかってくれると思います』

宮田の声は、うわずっていた。必死で、そう自分に言い聞かせているのだろう。

「百歩譲って娘さんの問題がクリアできても、お義父さんの問題はどうするんですか？」

『それは……』

ふたたび、宮田が絶句した。

「政治家のお義父さんにも、娘さんにたいしてと同じ説明をするんですか？　無実を証明するために裁判で戦うから、我慢してくださいって？」

木塚はソファの背凭れに身を預け、催促するようにワイングラスを宙に翳した。

宮根が、木塚のグラスに赤ワインを満たした。

「娘婿《むこ》が痴漢の嫌疑で裁判になったら、お義父さんは立場的に非常に困るでしょうね。私が彼の立場だったら、娘に離婚を勧めるかもしれません……いや、離婚させると思います。政治家なら、保身のためにスキャンダルの芽を摘み取るのは鉄則でしょうから」

木塚は言うと、赤ワインで喉を潤した。

『離婚……』

宮田の声は、旱魃《かんばつ》の大地さながらに干涸びていた。

「宮田さん。悔しいお気持ちは察しますが、示談を蹴るのは賢明な選択とは言えません。五百万で、宮田さんの嫌疑が誰にもバレないのですから、安いものですよ」

木塚は、諭すように言った。

警察沙汰になったら損するのは宮田だが、木塚も示談金を取り逃してしまう。

なんとしてでも、宮田を翻意《ほんい》させなければならない。

『申し訳ありません』

宮田が詫びを入れてきた。当然だ。好んで世間に恥を晒し、家族や親族を地獄に叩き落としたいと思う者はいない。

「いえいえ、わかってくだされば……」

『示談は取り消します。ご迷惑をおかけして、申し訳ありません』

瞬間、木塚は耳を疑った。

これだけの説明を受けて示談を蹴るなど、正気の沙汰とは思えない。

だが、宮田が常識的な男であることはわかっていた。

となれば、やはり誰かの入れ知恵に違いなかった。

しかし、人生を棒に振る道を選択するほどのなにを吹き込まれたというのか？

「宮田さん。誰かに、なにかを言われたのですか？」

『いえ、別に……』

言葉の濁《にご》しかたが、認めているると言っているようなものだった。

「これは、宮田さんの人生を左右することです。いろいろと事情はあるかもしれませんが、正直に教えていただけませんか？　決して、悪いようにはしませんから」

『いや……本当に、誰にもなにも言われていません』

頑なに否定する宮田に、木塚は確信した。宮田の背後に、黒幕がいることを。

「わかりました。とりあえず、いまは電話を切ります。また、明日、連絡させていただきますので、よく考えて……」

『私の考えは変わりません。なので、もう、連絡は結構です』

宮田が、それまでとは打って変わって毅然《きぜん》とした口調で言った。

「私から連絡が行かないということは、警察から連絡が行くということになりますが？」

『……仕方が、ありません』

絞り出すような声で、宮田が言った。

「本当に、いいんですね？　いまなら、まだ間に合います」

最後の賭け――これで心変わりさせられなければ、木塚も肚を括るしかなかった。

『失礼します』

宮田が、一方的に電話を切った。

プップップッというキャッチホンの音がした。

「はい、木塚ですが」

『石山です』

「ああ、石山さん、どうなさいました？」

示談に持ち込んだカモからの立て続けの電話に、木塚は胸騒ぎを覚えた。

『ご相談がありまして……』

言い淀む石山に、木塚はついさっきの宮田とのやり取りを思い出した。

「まさか、示談を取りやめたいとか言わないでくださいよ」

冗談交じりに、木塚は軽口を飛ばした。

石山の沈黙が、木塚の胸騒ぎに拍車をかけた。

「どうしました？　まさか、本当に示談を取りやめたいと思ってるんですか？」

『すみません……』

石山の消え入る声に、皮下を流れる血液が氷結《ひょうけつ》した。

「示談をしなかったらどうなるか、わかった上でおっしゃっているんですよね？」

『すみません……』

壊れたテープレコーダーのように、石山は同じ言葉を繰り返した。

「わかりました。石山さん、誰に命じられたんですか？」

もう、引き止める気はなかった。時間の無駄だ。それよりも黒幕探しのほうを優先した。

『私は、誰にも……』

「命じられていないなんて、言わないでくださいね」

木塚は、石山の言葉を先回りして釘を刺した。

「誰に言われたのかを教えてくだされば、石山さんを救います」

『え……私を救う？』

「ええ。誰があなたの相談役かは知りません。なぜ、示談をしないほうがいいと勧めたかの理由も。ですが、ひとつだけはっきりしていることは、痴漢をしていないから示談をしなかったという決断が皮肉にも、石山さんに汚名を着せてしまう結果になるということです。そんな結末になったら、身の潔白を証明しようとした石山さんの行為が無意味に……いえ、逆効果になるだけです」

『そ、そんな……私は……私は、どうすればいいんですか？』

石山が、泣き出しそうな声で訊ねてきた。

微かな突破口が見えてきた。宮田よりは、石山のほうが付け入る隙があった。

石山の示談破棄を翻意させようという気はなかった。

彼の示談金は二百万……そんなはした金など、どうでもよかった。

問題は、黒幕の存在だ。

偽善の剣を振りかざす個人、または団体が、痴漢冤罪ビジネスを嗅ぎつけたに違いない。

放っておけば、被害は広がってゆく。

現時点で示談を予定しているカモは二十一人。示談金の総額は二千五百六十万になる。

万が一、黒幕が次々とカモに接触して示談を引っ繰り返してゆけば、大変な損害になってしまう。

いや、金銭面だけならまだしも、被害者の会のようなものを作られてしまえば厄介だ。

一歩間違えば弁護士バッジを奪われ、最悪、自分が収監される可能性があった。

謀反《むほん》の芽は、早急に摘まなければならない。

「いまから、事務所にきていただけますか？　これから石山さんがどうすべきか、私が教えて差しあげましょう」

木塚は眼を閉じた。いま、自分がなによりも優先すべきなのは、黒幕を暴くことだった。

☆

「このたびは、なんとお詫びをすればいいのか……」

応接室に入ってくるなり、石山が通夜の参列者さながらの暗鬱な顔でうなだれた。

型崩れしたよれよれのスーツ、風呂に何日も入っていなさそうな脂《あぶら》ぎった顔、頬から顎にかけて散らばる不潔な無精髭《ぶしょうひげ》、弛《たる》んだ眼の下に貼りつく隈……以前に会ったときよりも、石山はかなり憔悴していた。

「とりあえず、お座りください」

木塚は石山に、正面のソファを促した。木塚の隣には、宮根が座っていた。

袴田も同席したがっていたが、彼は目撃者なので、石山と顔を合わせるわけにはいかない。

ふたりが顔を合わせるのは、法廷だ。そう、木塚は裁判まで持ち込むつもりだった。

示談をしなければどうなるかを、黒幕と黒幕に唆《そそのか》されているカモに知らしめる必要があった。割に合わなくても、弁護士生命を懸けて、盾突いたカモを徹底的に追い込むと誓った。腰を引けば、黒幕を調子づかせてしまう。

「早速ですが、本題に入ります。さきほどの電話での、石山さんのご質問にお答えします。ウチとしては、石山さんの決意を変えようという気はありません。石山さんが逮捕されても、私が担当弁護士として尽力しましょう。石山さんからは費用は頂きませんので、ご安心を」

木塚は、前振りなく核心に切り込んだ。貧相な疫病神《やくびょうがみ》にいつまでもつき合っている暇はない。

「でも、それでは申し訳なさ過ぎます。私の勝手で、先生の示談の申し出を一方的に蹴ってしまったわけですから」

「費用のほうは、本当に気にしないでください。ただし、費用の代わりに情報をください」

「情報？」

石山が、怪訝な表情で首を傾げた。

「はい、誰があなたに示談を拒否しろと命じたのか、教えていただければ、それで結構です」

「それは……」

瞬時に、石山の顔が強張った。

「相談役の名前を明かせない理由でもあるんですか？　なにか脅されているとか？　それとも借りがあるとか？」

木塚は、矢継《やつ》ぎ早《ばや》に質問した。

「いえ、脅されているのではないのですが……」

口籠《くちご》もる石山を見て察した。石山は、黒幕に脅されているのだ。

「いいですか？　理由はなんであれ、痴漢の濡れ衣を着せられたあなたを、相談役は救うことはできません。ですが、私なら石山さんのお力になれます。ご家族や会社にたいしての信用を守りますよ」

木塚は、柔和に細めた眼で石山をみつめ、微笑んだ。

「名前を言いたいのは山々なんですが……それをやってしまえば、私は破滅してしまいます」

「破滅？　どういうことですか？」

「示談を取りやめないと、私の妻、子供、職場に、痴漢の疑いをかけられていることをバラすと脅されました。なので、その方の名前は言えないんです……」

「私が守ると誓います。相談役にも、石山さんから名前を聞いたことは伏せておきますから」

「信じて、いいんですか？」

恐る恐る訊ねる石山に、木塚は力強く頷いてみせた。

「一つ……訊いてもいいですか？」

石山が、遠慮がちに言った。

「どうぞ」

「私に示談の取りやめを命じた方の名を知って、どうするおつもりですか？」

「どうもしませんよ。ただ、名前くらいは知っておきたいので」

嘘――自分のシナリオを妨害しようとする人間を、闇に葬るつもりだった。

「約束は、守ってくださいね」

念を押す石山に、木塚は頷いてみせた。

「『アカデミアプロ』という芸能プロのオーナーの、吉原って男性です」

石山の声が、フェードアウトしてゆく……。

空耳ではない。吉原……いま、石山はたしかにそう言った。

吉原が、宮田と石山に知恵を入れていたというのか？　いったい、なにが目的で？

松岡秀太の示談金として一億を払ったことの、復讐でもするつもりなのか？

それにしてはやりかたが陳腐《ちんぷ》だし、割に合わない。吉原は、なにを企んでいるのか？

「吉原って男は、石山さん達に示談をやめさせて、なんの得があるんですか？」

「なんでも、被害者の会を作るようなことを言ってました」

「被害者の会……ですか？」

転んでもただでは起きない男――吉原の狙いが読めた。おとなしく一億を払ったのも、被害者の会を作り、木塚を追い込むためのカムフラージュだったのだ。

「ええ。詳しいことはわかりませんが……。とにかく、吉原社長の言う通りにしなければ、私の人生は破滅します」

震える声で、石山が言った。

木塚は、煙草をくわえた。宮根がすかさず、ライターの火で穂先を炙った。

紫煙を口の中で弄び、木塚は思惟を巡らせた。

痴漢冤罪の被害者の会など作ってしまえば、松岡秀太が示談したことも世に知れ渡ってしまう。そうなれば、ＣＭ、ドラマなどの違約金が億単位で発生するだろう。

それだけの犠牲を払ってまで、自分を刑務所に送り込もうというのか？

肉を斬らせて骨を断つ——吉原は、全財産を使い果たしてでも、自分の首を取るつもりに違いない。もしかしたら自分は、吉原という男を甘く見ていたのかもしれない。

「気が変わりました」

木塚は、石山に冷眼を向けた。

「え……？」

「示談に応じてください」

「それはできないと何度も……」

「示談しなければ、あなたの弁護はしません。弁護をするどころか、全力で石山さんを強制わいせつ罪にすることをお約束します」

木塚は、きっぱりと言った。黒幕が吉原とわかった以上、肚を括る必要があった。

宮田と石山を罪人にできなければ、罪人になるのは自分だ。

殺《や》るか殺られるか？

吉原との戦いは、金や地位を超越した命の取り合いだ。

「明日まで、考える時間を差し上げます。吉原社長に背《そむ》けば、家族や職場に恥を知られるだけですが、私に背けば、日本中の国民があなたの恥を知ることになります。加えて、刑務所暮らしとなります。私と吉原社長のどちらと手を握ったほうが得策か、よく考えることですね。おわかりになったなら、お引き取りを」

血の気を失った石山の蒼白顔を、木塚は微塵の情もない氷の瞳で見据えながら微笑んだ。

# 20

「吉原社長、依頼人との約束は十時でしたよね？」

「歌舞伎町法律事務所」の応接室――ソファに座った吉原に、腕時計に視線を落とした弁護士の浜中が訊ねてきた。

「おい、石山と宮田にもう一度電話しろっ」

吉原は、苛ついた口調で梶に命じた。

壁掛け時計の針は、十時を二十分回っていた。

十分ほど前に梶が二人に電話をかけていたが、ともに電源が切られていた。

今日は、石山と宮田を「歌舞伎町法律事務所」に呼んで、警察対策の打ち合わせをする予定だった。

二人は、秀太と同様に木塚に痴漢の濡れ衣を着せられ、示談を勧められていた。

痴漢されたと訴えたのは、秀太のときと同じ桃香という女子高生で、目撃者も同じ男性だ。当然、示談を勧めてきた弁護士も木塚だ。

これだけの偶然は天文学的な確率でしか起こりえず、告発すれば木塚を詐欺罪で投獄《とうごく》できるという勝算が吉原にはあった。

もちろん、裁判になれば秀太の示談も表沙汰になる。

真実や経緯はどうであれ、世間的には秀太が痴漢を認めたという結果になってしまう。

秀太にとっても所属事務所の吉原にとっても、そのダメージは計り知れない。

肉を斬らせて骨を断つ——吉原は、秀太や会社の信用を犠牲にしてでも、木塚を潰すと肚を括った。

——社長！　あれから考えたんですが、やっぱり納得できませんっ。一億もの大金を払ったのは、僕にかけられている痴漢の容疑を世間の人々に知られないためですよね⁉　なのに、どうして裁判なんてするんですか⁉

昨夜、吉原は説得するために秀太を事務所に呼んだ。

予想通り、社長室に足を踏み入れるなり、秀太は吉原を問い詰めてきた。

——木塚を詐欺罪で訴えるためだと言ったろうが？　俺が電話で言ったこと、聞いてなかったのか？　一億で味をしめた木塚は、お前が活躍すればするほど、新たな要求をしてくるだろう。だから、多少の犠牲を払っても徹底的に叩いておかねえとならねえってな。

吉原は、何度も言わせるな、というオーラを出しながら言い聞かせた。

——多少の犠牲じゃないですよ！　一億を払った以上、木塚弁護士が新たな要求をしてこない可能性だってあるじゃないですか。でも、木塚弁護士を訴えたら、僕の芸能生命は一〇〇％終わるんですよ⁉

日頃は吉原に従順で不満の一つも口にしたことのない秀太が、珍しく大声で抗議した。無理もない。所属事務所の社長の口によって、死刑を告げられたようなものだから。

——この前も言った通り、二ヵ月はマスコミと世間に叩かれ、人目を避ける生活を送ることになるだろう。お前がマスコミと世間に追われることがなくなるのは、ワイドショーのネタとして飽きられたときだ。

——そんな……ひどいですよっ。僕に、芸能界から消えろって言ってるようなものじゃないですか！

秀太が、涙声で訴えた。

——事実を教えてるだけだ。ただ、諦めるのは早い。無実を証明できたら、それまで叩かれてたぶんだけお前に同情票が集まり、スキャンダル前より人気が出る可能性もある。

——可能性って……なんの保証もないじゃないですか！　社長っ、お願いします！　木塚弁護士を詐欺罪で訴えるとか、考え直してください！

唐突《とうとつ》に、秀太が土下座した。

——それはできねえな。木塚を潰すにゃ、お前にも戦ってもらわねえとな。

——そんなの……無理ですっ。僕のほうが、潰されますよ！

秀太が、半べそ顔で訴えた。

——お前は、白黒つけなきゃなんねえんだよっ。いいか？　なにか勘違いしてるみてえだが、このままじゃお前は痴漢なんだぞ？　わかるか？　疑いを晴らさねえと、お前は一生、女子高生の胸を触りまくった痴漢の汚名を着せられたままだ。

――でも、裁判になったらマスコミにバレてしまって、芸能界でやっていけなく……。

――ぐちゃぐちゃ言ってんじゃねえよ！

吉原はソファから立ち上がり、秀太の胸倉を掴んだ。

――俺はどうあっても、木塚を潰さなきゃなんねえんだよ！　協力しねえんなら、たとえお前でも許さねえっ。俺が先に、芸能界から干してやろうか！

吉原は秀太に怒声を浴びせつつ、胸倉を掴んだ両腕を激しく前後に動かした。

――しゃ、社長……。

スマートフォンの着信音が、記憶の中の秀太の蒼褪めた顔を打ち消した。

吉原は、テーブルに置いていたスマートフォンを手に取った。

『大変ですっ、社長！』

通話キーをタップするなり、切迫した誠也の声が受話口から流れてきた。

「どうした？」

『石山と宮田が、木塚に示談を申し出るって……そう社長に伝えてほしいって……』

誠也の声は、うわずっていた。

「は⁉　そりゃ、どういう意味だ⁉」

吉原は、スマートフォンを耳に当てたまま立ち上がった。

『どうやら木塚に、裁判で必ず有罪にして人生を終わらせてやるって脅されたみたいっすね。二人とも最初は撥ねつけていたらしいんですが、木塚にいろいろ言われるうちに怖くなったみたいで……』

「だからあいつらバックレて、電話にも出ねえのか！」

吉原の掌の中で、スマートフォンが軋んだ。

怒りに煮え立つ脳みそに、木塚の顔が浮かんだ。

『寝返ったみたいっすね。どうしますか⁉　いまから、奴らの家に乗り込みますか⁉』

「そんなことしたら、警察を呼ばれるだけだっ。それより、奴らの会社と自宅に電話しろっ」

『え？　電話して、どうするんすか？』

誠也が、怪訝な声で訊ねてきた。

「馬鹿野郎っ、てめえは、女のことにしか頭が回らねえのか⁉　ウチを裏切ったペナルティを与えてやるんだよ。奴らが女子高生に痴漢して示談したってことを、ぶちまけてやれ！」

『そんなことしたら、クビとか離婚になっちゃうかもっすよ？』

「そのためにぶちまけるんだろうが！　石山には小学生のガキが、宮田には高校生の娘がいたよな？　それぞれの学校の校長と担任にもバラしてやれっ。チラシを作って、奴らの近所の家のポストに投函《とうかん》しろ！　速攻でやれよ！」

矢継ぎ早に命じると、吉原は電話を切った。

「そこまで……やりますか？　あの二人は、もともと吉原社長とは無関係ですよね？」

浜中が、遠回しに吉原を非難した。

「俺から木塚に寝返った裏切り者は、徹底的に潰すまでだ。社会的に抹殺して家庭を崩壊させてやるよ。命があるだけ、奴らは俺に感謝するべきだ」

吉原は、鬼の形相で言った。

梶が、スマートフォンを差し出してきた。

ディスプレイには、諜報部の相模《さがみ》からの報告メールが表示されていた。

報告文を読んだ吉原の唇の端が吊り上がった。

吉原は梶の肩を「よくやった」とばかりに、ポン、と叩いた。

「ですが、証人がいなくなったら、木塚弁護士を詐欺で訴えることはできません。松岡秀太さん一人だけの証言では、木塚弁護士が組織ぐるみで『痴漢冤罪詐欺』を働いて示談金を騙し取っていると証明するのは困難です」

浜中が、ノーフレイムの眼鏡を中指で押し上げながら、事務的な口調で言った。

「そんなこと、あんたに言われなくてもわかってんだよ。俺がなんの策も講じねえで、指くわえて見てるとでも思ってんのか?」

吉原は、浜中を睨みつけた。

「私に威圧的な態度を取っても、木塚弁護士に少しのダメージも与えられませんよ」

浜中が、皮肉っぽい口調で言った。

「あんたら弁護士って生き物は、どいつもこいつも腹の立つ野郎ばかりだ。てめえが一番頭がいいと思い込んで、人を見下してやがる」

「木塚弁護士と一緒にしないでください。私は、吉原社長のことはリスペクトして……」

吉原は上着の内ポケットから取り出した札束を、テーブルに叩きつけた。

「あんたがリスペクトしてるのは、これだろうが? 臨時ボーナスだ。百万ある。二、三日中に新しい証人を連れてくるから、改めて頼むぜ」

「遠慮なく、頂いておきますよ。これだけ経費を使ってるんですから、また、裏切られないようにしてくださいよ」

卑《いや》しい笑いとともに札束に伸ばされた浜中の手を、吉原は摑んだ。

「なんです?」

浜中が、怪訝な顔を向けた。

「知ったふうな口を利くなら、結末を見てからにしろ。最後に笑うのは俺だ。木塚を地獄に送ったら、ついでにあんたも叩き落としてやろうか？　いいか？　よく覚えておけ。弁護士の代わりは、いくらでもいるってことをな。わかったか⁉」

吉原が摑んでいる手の握力を強めると、浜中が顔を歪めながら頷いた。

☆

『あなたがなにを言おうと、どれだけ否定しようと、警察は耳を貸してくれません』

「アカデミアプロ」社長室のテーブルに載せられた万年筆型のボイスレコーダーから、木塚の声が流れてきた。周囲の喧騒《けんそう》から察して、事務所ではなくカフェに違いない。

『そんな馬鹿な！　私は、本当になにもやっていないんですよ⁉　弁護士さんは、信じてくれないんですか⁉』

痴漢の容疑をかけられた名高《なだか》のやり場のない怒りが、ボイスレコーダー越しにも伝わってきた。

『私が信じる信じないは、本件にはなんの影響もありません。残念ながら、名高さんの主張は、被害者である女子高生の主張の前では無力です。しかも、今回は運の悪いことに目撃者もいます』

『女子高生の名前と、目撃者の名前を教えてくださいっ』

名高が、指示された通りの質問をした。

『被害者は斎藤桃香さん十八歳で、目撃者は袴田信二《しんじ》さん三十二歳です。彼らは、名高さんを警察に突き出すと言っています。名高さんが罪を認めなければ勾留期間の延長が繰り返され、最終的に身柄は検察に引き渡されます。送検されれば、罪を認めて示談しないかぎり、裁判になってしまいます。裁判になれば、いまの日本の有罪率は九九・九％なので、名高さんが無罪を証明できる確率は〇・一％ということになります』

吉原は、ボイスレコーダーのスイッチを切った。

「どうです？　完璧っしょ？　桃香と袴田の名前が、バッチリ録音されていますよ。俺の指導法が、よかったってことっすよ！」

吉原の正面のソファで、誠也が自画自賛した。

「自慢してないで、早くもう一本を出せ」

吉原の隣に座った梶が、無表情に手を出した。

「俺は褒められて伸びるタイプなのにな～」

誠也が肩を竦めつつ、新しく取り出した同じタイプの万年筆型ボイスレコーダーのスイッチを入れ、テーブルに置いた。

『示談って、いったい、どういうことだ⁉』

血相を変えた男の声——飯倉《いいくら》の野太い声が、スピーカーを軋ませた。

『お気持ちはわかりますが、意地を張り続ければ飯倉さんにとって状況はますます不利になります。示談金の二百万で人生が守れると思えば、安いものです』

『人生を守れるってなんだよ⁉　なにもしてない俺が、なんで二百万も払って許してもらわなきゃならないんだよ⁉』

バン、という音は、飯倉がテーブルを叩いている音に違いない。濡れ衣を着せられた上に、示談金を支払い和解しろと言われているのだから、飯倉が怒るのも無理はない。

『飯倉さんがお望みなら、私は徹底的に争っても構いません。ただし、困るのは私でなくて飯倉さんですよ』

吉原は、お決まりの木塚の蘊蓄《うんちく》に耳を傾けた。

最初は威勢のよかった飯倉も、痴漢の容疑をかけられた者が体験する〝無間《むげん》地獄〟を聞かされているうちに、口数が少なくなってきた。

さすが何百人ものカモを騙してきているだけあり、木塚の言葉には説得力があった。

相手が弁護士ということもあり、一般人ならまず、信用して言いなりになってしまうだろう。

被害者の桃香の名前と目撃者の袴田の名前が出てきたのを確認し、吉原はボイスレコーダーのスイッチをオフにした。

「どうっすか？　こっちも、ばっちりっしょ？」

誠也が身を乗り出した。

「お前にしちゃ、頑張ったじゃねえか。よくやった」

「お前にしちゃ、は余計っすけど、社長に褒められて嬉しいっす！」

誠也が、幼子のように無邪気に破顔した。

「このボイスレコーダーがあれば、木塚も言い逃れができませんね。早速、浜中弁護士に訴訟の準備を進めてもらいましょうか？」

梶が、伺いを立ててきた。

「いや、それはあとでいい。まずは、木塚に会うのが先だ」

吉原の思考は、目まぐるしく回転していた。

音声が手に入ったことで、状況は一変した。手持ちのカードが強くなったので、肉を斬らせて骨を断つ戦法を取る必要はなくなった――秀太を、生贄《いけにえ》にする必要はなくなった。いままでのシナリオを捨て、新しく書き直したシナリオで木塚を追い詰め、破滅させることができる。

「木塚に会うって、どういうことですか？　訴訟の準備が整ってからのほうが、よくないですか？」

珍しく、梶が訝しげに訊ねてきた。

もわかる。


「訴訟には、しねえ可能性が高い」

「木塚を訴えないんですか？」

吉原は、梶に頷いてみせた。梶の顔には、困惑のいろが浮かんでいた。

それはそうだろう。諜報部に、袴田や桃香を尾行させ、カモに接触させてきたのも、木塚を詐欺の疑いで訴えるためだ。急に裁判をしないなどと言われれば、梶が戸惑う気持ちもわかる。

「裁判にしないほうが、木塚から金も奪える」

「裁判にしなければ、木塚を罪に問うことはできませんよ？」

吉原のくわえた煙草の穂先をライターで炙りつつ、梶が訊ねてきた。

「そうっすよ！　木塚、桃香、袴田が絡んだ被害者を三人も押さえてるんですから、早いとこ、野郎をブタ箱に放り込みましょうよ！」

誠也が、鼻息荒く口を挟んできた。

「お前ら、ちょっとは頭を使えや。木塚の立場になったら、石山や宮田のことだって、被害者がすべて桃香だから、裁判なんてできるわけがねえ。詐欺やってます、っていうのを法廷で証明するようなもんだからな」

「でも、奴に思い知らせるチャンスっすよ？」

「思い知らせる？　木塚を刑務所にぶち込んだところで、懲役二十年や三十年っつうなら話は別だけどよ、奴は初犯だから、模範囚《もはんしゅう》してりゃ三年前後で出てくるだろうよ。一億は戻ってくるかもしれねえが、事が明るみに出りゃ人気商売はおしまいだ。裁判を進めれば、秀太の収入がなくなる上に、違約金が発生する。切り札がねえときは秀太や金を犠牲にしてでも木塚を潰す肚だったが、こいつのおかげで状況は変わった」

吉原は、ボイスレコーダーを宙に掲げた。

「訴訟でないなら、どんな方法で木塚を追い込むんですか？」

梶が、訊ねた。

「奴と手を組む」

「へ⁉　木塚と手を組むんすか⁉」

誠也が、びっくりしたように眼を見開いた。

「社長、それ、本気ですか⁉」

さすがの梶も、動揺が瞳の動きに表われていた。

「本気だ。まあ、手を組むというよりは、俺が奴を吸収するって言ったほうが正しいかな」

二人の困惑をよそに、吉原は涼しい顔で煙草の紫煙を口の中で弄んだ。

「吸収って……」

「お前は車を回せ」

質問を重ねようとする誠也を遮り、吉原は命じた。

「お前は木塚にアポを取れ」

吉原は続けて梶に命じると、吸い差しの煙草をペーパーカップのコーヒーに投げ入れた。

一億円を取り戻すだけでなく、木塚が貯め込んだ財産のすべてを奪い尽くしてやる。そして、吉原は誓った――木塚を一文なしにして、使用済みコンドームのように捨ててやることを。

## 21

「吉原も、相当慌ててるみたいですね。所長が戻るまで待てないなんて、かなりの重症ですよ」

六本木の「グランドハイアット東京」のラウンジで、宮根が勝ち誇ったように言った。

顧問をしているネットモールの会社の社長と打ち合わせを兼ねたランチ会食にきていた木塚のもとに、「アカデミアプロ」の梶から電話が入った。

夕方には事務所に戻るという木塚に、梶はいますぐに会いたいと言ってきた。

当日のアポイントなど、通常ならばにべもなく断わっているところだ。

だが、木塚は三十分だけ時間を取ってやった。

吉原の負け惜《お》しみを聞くには、十分過ぎる時間だ。

「石山と宮田が寝返って示談することが、相当に頭にきてるんですかね？」

「寝返ったんじゃない。もともと、人のシノギに横やりを入れてきたのはあっちだ」

木塚は、エスプレッソのカップを口もとに運んだ。

「たしかに。それにしても、吉原はどうするつもりですかね？　まさか、破れかぶれになって暴力に訴えたりしませんか？　調査部の連中で腕の立つ奴を呼びましょうか？　あの男は、なにをしでかすかわかりませんよ」

宮根が、真剣な表情で進言してきた。

「奴も、そこまで馬鹿じゃないだろう。暴力に訴える気なら、とっくにそうしていたはずだ。ボディガードをつけてるわけじゃないし、俺を襲撃するチャンスはいくらでもあった」

「でも、自分の部下の指を切り落とすようなイカれた男ですよ？」

「イカれてなんかないさ。奴は、ああみえて冷静だ。指を切り落としたときも、感情で咄嗟にやったんじゃない。俺にできない代わりに、彼を犠牲にしたのさ」

「所長の身代わりっていうことですか？」

「ああ。奴は、わかっている。暴力で俺に勝つことは難しくないということを。そして、暴力で勝っても本当の勝利にはならないということをな。奴は、ここで俺と勝負して勝ちたいのさ」

木塚は、こめかみを人差し指でノックした。

「いつから、俺のカウンセラーになった？」

木塚は、ゆっくりと首を巡らせた。

スカイブルーのスーツに身を固めた吉原が、梶を引き連れて現われた。

「優秀なカウンセラーだと思いますが？」

木塚は、正面の椅子に右手を投げながら言った。

「自信過剰気味ではあるがな」

吉原が皮肉っぽく言いながら席に着くと、コーヒー二つ、とぞんざいな口調でボーイに注文した。

「言葉遊びを続けていたいところですが、このあとも商談が詰まってましてね」

木塚は、吉原に微笑を向けた。

たとえ吉原がライオンのように凶暴でも、手足をもがれた状態では戦えない。だからといって、素直に負けを認めるタマでもない。捨て台詞《ぜりふ》を吐くことくらいは、許してやるつもりだった。多少の武士の情けは、持ち合わせている。

「そんな商談、断わったほうがいい。俺が、何倍も儲かるビジネスを持ってきてやったからよ」

吉原が、涼しい顔でグラスの水を飲み干した。

「どういうことでしょう？」

木塚は、吉原の表情を窺いつつ訊ねた。

勝ち目はないと、捨て身の作戦に出てきたのかもしれない。

「ウチには、デビューを目指しながらレッスンを受けている男優や女優の卵が大勢いる。演技に関しては、あんたのとこにいる桃香って女や、袴田っておっさんより格段にうまい。被害者と目撃者は俺が提供してやる。あんたは、示談を勧めるだけでいい。取りぶんは、ウチが七であんたが三。被害者と目撃者を抱えなくて済むんだから、三割あれば十分だろう？」

吉原が片側の口角を吊り上げ、運ばれてきたコーヒーを、音を立てて啜った。

「吉原社長のおっしゃってる意味が、私にはわかりませんが？」

ある意味、斬新な発想ではあるのかもしれない。

たしかに、芸能事務所が無名のタレントを被害者と目撃者に仕立てて提供してくれるならば、いままでの何倍もの大きさの網をかけることができる。

木塚のもとで仕込んでいる女達は演技に関しては素人なので、桃香のような優秀な素材はなかなか出てこない。演技がへたくそな女を急いで被害者デビューさせれば、カモに見抜かれるリスクがあった。

かといって、桃香ばかりを稼働させるのも問題だ。月に何度も同じ女子高生が痴漢の被害に遭うのは、どう考えても不自然だ。目撃者役の袴田にしても同じことが言える。

その点、被害者役と目撃者役が豊富にいれば、これまでの何倍ものカモを引っかけることができ、万が一裁判の流れになっても問題はない。

だが、しょせんは素人の考えることだ。タマが増えれば利益も上がるが、リスクも高くなる。

痴漢冤罪ビジネスは、被害者役の女がカモや警察に口を割れば一巻の終わりだ。

木塚が育てた桃香をはじめとする選りすぐりの被害者は、時間をかけて信頼関係を築いた者ばかりであり、もともと人間的に口の堅い者ばかりだ。

なにより、吉原という人間が一番信用できない。

彼が裏切る確率は、釈放された覚醒剤中毒者の再犯率以上に高い。

「惚けなくてもいいって。あんたが痴漢をビジネスにしてるのは、わかってんだからよ。心配しないでも、そのことをああだこうだ言うつもりはねえ。俺はただ、あんたと組んで一山あてたいだけだからよ」

吉原が、飄々《ひょうひょう》とした口調で言った。

「私を頼ってくれているのはありがたいのですが、そもそも、痴漢をビジネスにしているとかなんとか、そういったことはありませんから。今回の件で私にやり込められて腹を立てているのはわかりますし、一億円を取り戻したい気持ちもわからないではないですが、お力にはなれそうにありません。申し訳ないのですが、時間もないのでお引き取り……」

「あんた、なにか勘違いしてねえか？」

吉原が、ニヤニヤとしながら木塚を遮った。

「俺はあんたを頼ってなんかいねえし、お願いごとにきたわけでもねえ」

「じゃあ、なんの用でしょうか？」

木塚は、眉根を寄せた顔を吉原に向けた。

「俺のもとで痴漢冤罪のビジネスをやれと、命じにきたんだよ」

吉原が、ふてぶてしい笑みを浮かべながら言った。

「ちょっと、あんたね、いい加減にしろよっ」

それまで黙って事の成り行きを見ていた宮根が、堪らず口を挟んだ。

「ステーキ同士の話だ。付け合わせのポテトは黙ってろ」

吉原が、小馬鹿にしたように鼻で笑った。

「ポ、ポテト……？」

宮根が、吉原の侮辱に唇を震わせ、顔を朱に染めた。

「失礼ですが、吉原社長に命じられる覚えはありませんよ」

平静を保って、木塚は言った。

吉原は故意に挑発し、自分のペースに引き込むつもりなのだろう。

「ところが、あるんだよな〜、これが。まあ、腐っても弁護士だし、そこそこ優秀みたいだから、俺の右腕にしてやってもいいぜ。あ、てめえはパシリな」

吉原が宮根を指差し、高笑いした。

「貴様っ、いい加減に……」

「よせ。挑発に乗ったら思うツボだ」

木塚は、熱り立つ宮根を制した。

「案外、能天気なんだな。俺が、そんな古典的で頭の悪いことをやると思ってんのか?」

相変わらず人を小馬鹿にしたような吉原の物言いだった。

「お遊びにつき合っている暇はありません。これで、失礼……」

「帰るなら、これを聴いてからにしろや。おいっ」

吉原が視線をやると、梶が二本の万年筆をテーブルに置いた。

「なんでしょう?」

訊ねる木塚にたいして意味深な笑みを浮かべた吉原が、一本の万年筆を手に取り、キャップを捻った。

『私が信じる信じないは、本件にはなんの影響もありません。残念ながら、名高さんの主張は、被害者である女子高生の主張の前では無力です……』

万年筆から流れてくる音声に、木塚は眼を剝いた。

『被害者は斎藤桃香さん十八歳で、目撃者は袴田信二さん三十二歳です。彼らは、名高さんを警察に突き出すと言っています……』

「これは……」

木塚は、二の句が継げなかった。万年筆型のボイスレコーダー——名高との会話が録音されている理由——考えるまでもなかった。

「絶句するのは、まだ早いぜ」

吉原が、二本目の万年筆のキャップを捻った。

『飯倉さんがお望みなら、私は徹底的に争っても構いません。ただし、困るのは私でなくて飯倉さんですよ』

「あちこちで張り切って、示談金取りまくってるじゃねえか？」

吉原が、茶化すように言った。

「盗聴ですか？」

木塚は、努めて冷静さを装った。

テーブルの下では、怒りに膝が震えていた——怒りだけではなく、屈辱に奥歯を噛み締めていた。

まさか、名高と飯倉まで取り込んでいたとは……。

しかも、今度は二人に盗聴までさせている。

そうとも知らずに自分は、石山と宮田を翻意させたことで、勝負あったと思っていた。

完全に、してやられた……。

名高、飯倉との会話に、桃香と袴田の名前が録音されているのは致命的だ。

自分としたことが……。どうして、こんな愚かなまねをしてしまったのか？

弁護士には依頼人の守秘義務があるということは、中学生でも知っている常識だ。

それを、カモに口を滑らせてしまうとは……。

そう、加害者ではなくカモ――木塚の中では、これは依頼を受けた仕事という意識がなかった。

そもそもが、桃香と袴田も被害者や目撃者ではなく共犯者だから、木塚には守秘するという頭もなかった。もっと言えば、名高と飯倉に向き合っていた自分は弁護士ではなく詐欺師……それが、初歩的ミスを犯した原因だ。

吉原は、松岡秀太という切り札も持っている。三人を訴えているのが、同じ女子高生だということが法廷で明らかになれば、間違いなく自分は敗訴する。

「法律にお詳しい弁護士先生なら、録音された会話の内容があんたにとって不利になることくらい、わかってるよな？　だが、俺も無駄なことはしたくねえ。あんたを訴えたところで、一円の得にもならねえ。だから、あんたの罪に眼を瞑ってやる代わりに、俺と手を組めって言ってるんだ。利益は折半《せっぱん》じゃねえ。七が俺で三があんただ。さあ、どうする？」

勝ち誇った顔で煙草をくわえた吉原が、ソファにふんぞり返った。

「所長っ……」

宮根が唇を噛み締め、悔しげな顔を木塚に向けた。

――このまま、言いなりになるんですか⁉

赤く充血した眼が、そう訴えていた。

「俺は、どっちでもいいがな。詐欺罪でブタ箱にぶち込んでやってもいいし、俺のために働いてもらうのもいい。ま、だけど、俺と手を組んだほうが、あんたのためにはなると思うぜ。取りぶんが三割とはいえ、いままでよりパイは広がるんだから十分な利益は手にできるし、被害者はこっちで作るんだから、あんたの手間も省ける。ただ、俺の企業舎弟になるってだけの話だ」

木塚は、胸前で手を叩いて大笑いする吉原を、眉一つ動かさずに見据えた。

「なんだ？　冷静ぶってんのか？　腹の中はよ、湯が沸騰するくれえに煮え繰り返ってるんだろう？　プライドがエベレスト並みに高いあんただから、悔しいよなぁ？」

吉原は、木塚を徹底的に茶化し続けた。

「だから、言ったろう？　そもそも、俺と渡り合おうっつうのが間違いなんだよ。勉強だけをやってきたてめえが、修羅場を潜り抜けてきた俺に勝てるわけねえんだよ！　身の程を弁《わきま》えろやっ、頭でっかちの弁護士先生よ！」

眼尻を吊り上げた吉原が、テーブルに平手を打ちつけ、物凄い形相で睨みつけてきた。

周囲の客が驚いたように振り返ったが、吉原の鬼の形相を見て、すぐに視線を逸らした。

「言いたいことは、それだけですか？」

木塚は、気息奄々《きそくえんえん》の理性を搔き集め、落ち着き払った口調で言いながら、吉原から視線を逸らさなかった。

テーブルの下――両の膝頭を摑んだ十指の爪が、スラックスの生地と皮膚を切り裂いた。

## 22

「お疲れ様っす！」

エレベータの扉が開くと、待ち構えていたように誠也が頭を下げた。

新宿に建つこのビルの五階はスタジオになっており、「アカデミアプロ」所属タレントの演技やダンスのレッスンに使っていた。

「揃えたか？」

梶に先導されながらエレベータを降りた吉原は、誠也に訊ねた。

「五人の被害者役をピックアップしました！　みんな、超かわいいっすよ！」

「顔だけじゃねえだろうな？」

吉原は訊ねた。

「もちろんっすよ！　思わず痴漢したくなるような、スタイル抜群のコばかりですから」

「借金は？」

「それも大丈夫っす。みんな、ホストに貢いだりブランド狂いとかで、何百万も借金ある女ばかりっす。百聞《ひやくぶん》は一見にしかずっす。とりあえず、入りましょう！」

意気揚々《ようよう》と、誠也がドアを開けた。

十五坪ほどの縦長の空間――パイプ椅子に座っていたタレントの卵達が、一斉に立ち上がった。

「吉原社長がいらっしゃったぞ！」

誠也が言うと、卵達が声を張って挨拶をしてきた。

「おいおい、演技のレッスンを始めようってんじゃねえだろうな？」

吉原は言いながら、卵達の正面のパイプ椅子に腰を下ろした。

「おい、お前ら座れ。社長、こいつらのプロフィールっす。左端の女から順番に重ねてあります」

誠也が、吉原にクリアファイルの束を渡した。吉原は、女とファイルを交互に見比べた。

黒髪セミロングでモデルふうの女が、中島《なかじま》エイミ（23）。
身長１６７　Ｂ84　Ｗ59　Ｈ85　貸付金は五百三十万。
茶髪ロングヘアでギャルふうの女が、佐藤《さとう》真凜《まりん》（18）。
身長１６０　Ｂ86　Ｗ60　Ｈ87　貸付金は三百六十万。
黒髪ロングヘアで童顔巨乳の女が、吉野《よしの》りおん（22）。
身長１５８　Ｂ90　Ｗ57　Ｈ89　貸付金は四百二十万。
金髪ショートヘアでダンサーふうの女が、古井《ふるい》未希《みき》（19）。
身長１６３　Ｂ84　Ｗ57　Ｈ84　貸付金は二百七十万。
黒髪ふたつ結びで清純ふうの女が、橋本《はしもと》あいり（17）。
身長１５６　Ｂ81　Ｗ55　Ｈ84　貸付金は百三十万。
誠也が言うように、タイプは違うが五人ともビジュアルはＡクラスだった。
だが、彼女達が「アカデミアプロ」の一軍に上がってこられないのには理由があった。

五人には、共通して致命的な病気があるのだ。

エイミの病名は、『ブランド狂い』だった。エルメス、シャネル、ヴィトン、ティファニー……エイミは、ブランド物を買い漁《あさ》り、カード破産に追い込まれた。

真凜と未希の病名は、『ホスト狂い』だった。二人は、歌舞伎町のホストに入れ揚げ、多いときは日に五十万以上使っていたという。ショップ店員とガールズバーの給料で払えるわけはなく、彼女達は消費者金融で借金する羽目になった。

りおんの病名は、『整形狂い』だった。彼女の二重瞼の大きな瞳も、高い鼻も、シャープな顎のラインも、豊満な胸も、括れたウエストも、細い太腿も、すべて作り物だ。整形手術にかかった費用は、総額四百万を超えていた。

あいりの病名は、『万引き狂い』だった。化粧品、衣服、アクセサリー、雑誌……彼女は、ジャンルを問わずに万引きする。ほしいものでなくても見境なく万引きするので、本当の意味での病気だ。あいりの場合は、返品のきかない商品を万引きした店にたいしての賠償金が借金となっていた。

五人のビジュアルがどれだけよくても、素行の悪さはタレントとして致命的だ。

しかも、彼女達の病気が完治することはない。

だが、タレントとして不適合者でも、今回の任務には最適だ。

「自分達がどうして呼ばれたか答えてみろ。お前」

吉原は、エイミに視線をやった。

「ターゲットをみつけて、痴漢の被害者になることです」

物静かな口調で、エイミが答えた。

「ターゲットをみつけたら、まずは、どうする？」

吉原は、視線を真凜に移した。

「え〜、そいつに近寄って〜、胸とかケツとか押しつけるんじゃね？」

真凜が、気怠そうに答えた。

「そのあと、どうする？」

次に、りおんに訊ねた。

「手を握って、この人痴漢です！　って叫びます」

りおんが即答した。

「相手が、痴漢なんてやっていないって抵抗したら？」

吉原は、未希に質問した。

「警察に行きましょうって言います」

「警察じゃねえ。駅の事務室だ。で、駅の事務室に連れていくのか？」

すかさず吉原は未希に訂正し、最後のあいりに視線を移した。

「いえ、連れていきません。弁護士さんが声をかけるのを待ちます」

あいりが、はきはきと答えた。

「どうっすか？　きちんと仕込んでるっしょ？」

誠也が、得意げに胸を張った。

「まあな。細かいこと教えるのは、木塚の役目だしな」

「それにしても、あのいけ好かない弁護士野郎が社長の企業舎弟になるなんて、ざまあみろって感じっすよね？」

誠也が、嬉しそうに言った。

――どうすんだ？　俺の企業舎弟になるのか⁉　ならねえのか⁉

――わかりました。吉原社長に協力しましょう。

記憶の扉が開き、木塚の屈辱の顔が蘇った。

――あ？　協力だ？　てめえ、なにか勘違いしてねえか⁉　協力っつうのは、立場が互角か上の奴が口にするセリフなんだよ。てめえは、俺の企業舎弟だって言ってるじゃねえか？　不満なら、この録音を警察に持ってってってもいいんだぜ？　さあ、どっちがいい？

吉原は、サディスティックな口調で二者択一《たくいつ》を迫った。

訊かずとも、決定的な切り札が自分の手にある以上、木塚の答えはわかっていた。

——企業舎弟として、やらせてもらいますよ。

——交渉成立だな。じゃあ、まず、てめえのやるべきは、秀太の示談金として俺が払った一億円を戻すことだ。明日までに、用意しろ。


昨日、木塚の部下の宮根という男が、「アカデミアプロ」の事務所に一億円を持参した。

この時点で、自分と木塚の戦いは終わった。

だが、吉原は振り出しに戻して終わらせる気はない。

もとはといえば、木塚が仕掛けてきたゲームだ。

何倍……いや、何十倍もの恐怖と損害を与えるつもりだった。

「いいか？　お前らの取りぶんは一〇％だ。示談の額にもよるが、最低でも百万を下回ることはない。金を持ってて社会的立場のある相手だったら、五百万から一千万は取れるから、借金はすぐに返せる」

吉原は、五人の顔を見渡しつつ言った。

「マジに⁉　ウチら、超リッチになるじゃん！」

真凜が、手を叩いて大声を張り上げた。

「一千万の場合、私達は百万もらえるんですか⁉」

りおんが、身を乗り出した。

「ウチが立て替えた借金を完済するまでは渡せねえが、終わったらお前らの稼ぎだ」

「マジに⁉　真凜、絶対にやろ！」

ふたたび、真凜が叫んだ。

「時給二千五百円のガールズバーなんか、馬鹿らしくてやってられないな」

シミジミとした口調で、未希が呟いた。

「借金返済が終わっても、このバイトはずっと続けていいんですか？」

あいりが、教師に質問する生徒のように訊ねてきた。

「ああ、もちろんだ」

吉原が言うと、五人が嬉しそうな顔をした。

読み通りだった。彼女達は借金を完済しても、普通の仕事ならすぐに借金生活に逆戻りだ。一度口にした甘い蜜《みつ》を、五人は忘れることはできないだろう。

「だが、このバイトを続けるには演技力が必要だ。下手な演技をしてもドラマや映画なら降板させられるだけだが、このバイトでは刑務所行きだ。カモにする男の見分けかたに関しては、専門の弁護士がレッスンする。それからもうひとつ、お前達が絶対に守らなきゃならないことがある。バイトのことは、誰にも言っちゃならない。親、兄弟、彼氏、友人……誰にもだ」

吉原は、厳しい視線で五人を見渡した。

「もし言っちゃったら、どうすんの？」

呑気《のんき》な口調で、真凛が訊ねてきた。

「海外に売り飛ばす」

さらっとした口調で、吉原は言った。

「おお、怖っ」

真凛が、冗談めかして言いながら肩を竦めた。

「冗談で言ってるんじゃねえぞ」

吉原は、三白眼で真凛を睨《ね》めつけた。

「東南アジアあたりには、変態白人の金持ちが、うようよ遊びにきている。以前、売り飛ばしたある女は、アナルセックスで三十センチのデカマラを突っ込まれてケツの穴が裂けちまった。別の女は、すべての歯をぶっこ抜かれてフェラチオ専門の女にされちまった。また別の女は、重度の性病に罹《かか》って尿道から膿《うみ》が溢れているちんぽを連日、ぶち込まれ続けた」

吉原の話を聞いているうちに、五人の表情がみるみる強張った。

さっきまで人を食ったような言動に終始していた真凜も、蒼褪めていた。

「もちろん、約束を破ってバイトのことを誰かにバラした場合だ。言うことを聞いて普通にしてりゃ、ざっくざく金は入ってくる。ブランド物を買いまくるでも、ホストクラブに入り浸るでも、整形しまくるでも、万引きしまくるでも、好きなことが好きなだけできる。嫌な奴は、いますぐ出ていっても構わねえ。バイトをやるって奴は、手を挙げろ」

吉原が言うと、間髪《かんはつ》容《い》れずに五人の手が挙がった。

吉原は、納得したように小さく何度も頷いた。

思っていたよりは、彼女達の考えはまともなようだ。みなな、身の丈《たけ》をわかっている。

メスの蚊《か》は、どれだけ花の蜜を吸っても卵を産めないことを。

そして、卵を産むには、生き血を吸うしかないということを。

☆

「マジか⁉」

晴海埠頭の倉庫――宮根が扉を開けた瞬間、誠也が素っ頓狂な声を張り上げた。

「なにこれ⁉　グラウンドみたいじゃん！」

真凜が叫んだ。

「電車じゃん！」

未希も叫んだ。

エイミ、りおん、あいりは異様な光景に圧倒されて黙りこくっていた。

みなが驚くのも、無理はない。

目の前に広がる百坪はあろうかという空間に、電車が停まっているのだから。

「ずいぶん、金をかけてんじゃねえか？」

倉庫に足を踏み入れながら、吉原は宮根の肩に手を回した。

すかさず、宮根が吉原の腕を払った。

「勘違いするな。あんたを受け入れたわけじゃない。業務提携だから、仕方なしにつき合うんだ」

「受け入れるとか受け入れねえとか、てめえこそ、勘違いしてんじゃねえよ。これは業務提携じゃねえ。俺の指示のもとで、お前らが動くんだよ」

吉原は、宮根の額を人差し指でついた。

「お前っ、ふざけるんじゃ……」

「やめろ」

血相を変える宮根を、誰かが遮った。

「早かったですね、吉原社長」

遮ったのは、木塚だった。

「あんたとの初仕事だと思うと、いても立ってもいられなくてな。ところであれは本物か？」

吉原は軽口を叩きつつ、フロアの中央で存在感を示す電車を指差した。

「ええ、本物ですよ。アダルトビデオメーカーが痴漢物の撮影で使っていた廃棄車両を、安く譲り受けたものです」

木塚が、微笑みながら言った。対照的に、吉原は真顔で木塚を見据えた。

どこまでがハッタリだ？

自分が苦労して作ったビジネスを、嵌めようとしたカモに奪われた上、逆にカモにされたのだ。普通なら、顔を合わせるのも苦痛なはずだ。

また、合わせたとしても、親の仇を見たような顔しかできないはずだ。

それなのに、この男の表情からは微塵の屈辱も窺えない。

ハッタリだとしても、木塚は強靭《きょうじん》な精神力の持ち主だ。

「おい、お前ら、ＡＶに出てみるか？」

吉原は振り返り、冗談めかして言った。

「彼女達のコーチが車両で待っているので、どうぞこちらへ」

「コーチ？　誰それ？」

ガムを嚙みながら、真凜が訊ねた。

「無実の男を痴漢に仕立て上げるプロだよ。ウチのエースで、これまでに五千万は稼いでるかな」

「おっぱいワンサイズアップして、脂肪吸引もできる！」

「『ナイトキング』を一日貸し切りにしても使い切れないじゃん！」

「このバイト、そんなに儲かるんですか！」

「バーキンが二十個買える！」

「流星君にフェラーリ買ってあげられるし！」

五千万と聞いて、五人がハイテンションに「欲望」を口にした。

五千万を稼ぎ出すエース……桃香という、秀太を嵌めようとした女子高生のことに違いない。

「お前ら、喜ぶのは早いぞ。まずは、才能があるかどうかをテストしなきゃならねえ」

はしゃぐ五人に、吉原は釘を刺した。

「そうですね。とりあえず、車両に行きましょう」

木塚の先導で、車両に案内された。

優先席に座っていた桃香と袴田が、木塚の姿を眼にして立ち上がった。

ふたつ結びの黒髪、新雪のような白肌、くっきりとした二重瞼、円らな瞳……桃香は、そこらのアイドルでは太刀打ちできない美少女ぶりだった。

だが、ただの美少女ではない。ワイシャツ越しにもわかる胸の膨らみは、Eカップはあるだろう。巨乳なだけでなくウエストは括れ、手足は華奢で長く、エロアニメに出てくるヒロインのようにありえない肢体《したい》をしていた。

ビジュアルに優れた数多くのタレントを見てきた吉原でさえ、桃香ほどの素材は初めてだった。いままでは秀太を嵌めた敵だったので意識しなかったが、自分の傘下《さんか》となれば話は別だ。

「これから、一緒に仕事をする吉原社長だ。ご挨拶しなさい」

木塚は、桃香と袴田に言った。

「なんで、こんな奴に挨拶しなきゃならないの⁉」

桃香が、睨みつけてきた。

「生意気な顔も、イケてるじゃねえか」

言いながら、吉原は右手を差し出した。

「誰が握手なんて……」

吉原は、桃香の顔面に向けて拳を突き出した。

鼻先まであと一センチというところで、吉原は拳を止めた。

「言っておくが、俺は女を殴ることは屁《へ》とも思わねえ。いま止めたのは、大金を稼ぎ出す商品を傷物にしないためだ。だが二度目はねえぞ。これから、お前らの雇い主は俺だ。今度生意気なことを言いやがったら、そのプードルみてえにきれいなツラをブルドッグみてえに潰してやるからよ」

桃香が唇を噛み、吉原を睨み続けた。だが、もう、反論はしてこなかった。

「おいっ、お前、黙って聞いてりゃ、なに勝手なことをほざいてやがるんだ!」

それまで黙って事の成り行きを見ていた袴田が、吉原の胸倉を摑んできた。

吉原は袴田の手首を摑み、逆手に捻ると背後を取った。

「女は商品だから少々のことじゃ手を出さねえが、てめえの代わりはいくらでもいるんだよ!」

吉原は袴田の髪の毛を摑み、耳もとで怒鳴ると、木塚のほうへ突き飛ばした。

「木塚さんよ、上にたいしての礼儀とか言葉遣いをしっかり教育しろや!」

「お前、所長に向かってナメた口を……」

「やめろ!」

吉原に突っかかろうとした宮根を、木塚は制した。

「以後、気をつけさせますので。おい、吉原社長に謝りなさい」

木塚が袴田に、謝罪を促した。

やけに従順なのが、気になった。心から、自分に屈服しているとは思えなかった。

狡賢《ずるがしこ》く打算的な木塚のことだ、牙を抜かれたふりをして、なにかを企んでいるに違いない。

気は抜けないが、恐れはしない。決定的な切り札を握っているのは自分だ。あのボイスレコーダーがあるかぎり、木塚は自分に逆らうことはできない。

「所長っ、でも……」

「いいから、言う通りにしなさい！」

抗おうとする袴田を、木塚が一喝した。

「……悪かったな」

不満げに、袴田が詫びの言葉を口にした。

「吉原社長、申し訳ありませんでした、だろうが？　やり直しだ」

「お前っ……」

「やり直すんだ」

自分に食ってかかろうとする袴田を、ふたたび木塚が諭した。

「申し訳……ありませんでした」

渋々と、袴田が言った。

「まあ、木塚の旦那《だんな》の顔を立てて、特別に許してやるよ。早速だが、ウチの精鋭部隊を連れてきた。こいつらは、みな、ウチに借金があるタレントの卵だ。演技のワークショップを受けているから、芝居は得意だ。ビジネスのことは説明済みだから、いろいろと仕込んでやってくれ」

吉原は、木塚に言った。

「わかりました。みんな、座ってくれないか」

木塚は、五人の精鋭部隊を座席に促した。

「私は、弁護士の木塚だ。よろしく」

五人の向かいの座席に座ると、木塚は簡単な自己紹介をした。

「吉原社長から聞いていると思うが、この仕事は無実の男性を痴漢に仕立て上げるのが目標だ。まずは、大まかな流れを説明しておく。ターゲットを決めて、身体が触れ合う距離まで近づく。あとは、次の駅に到着する寸前に腕を摑んで、この人は痴漢です、と大声で叫ぶ。君達は、絶対に許せない、警察に訴えてやる、と怒り心頭の感じで騒いでくれてればいい。ここまでは、いいかな？」

木塚が確認すると、五人が頷いた。金になることなので、みな、真剣に話を聞いていた。

「次に、ターゲットの選びかたを説明しておく。示談金を取るのが目的なので、金を持っているターゲットを選ばなければならない。その見分けかたのポイントは……」

「あのさ、靴も鞄も、どうやって安物とか見分けんの？　おっさんの持ち物とか興味ないしさ」

滔々《とうとう》と説明を始めた木塚を遮り、真凜が質問した。

「本革か合成皮革かの見分けと、金具がメッキかどうかの見極めがポイントだ。あとで、男性物の高級なバッグばかりを掲載したパンフレットと、安物のバッグを掲載したパンフレットを渡すから、それで勉強してくれ。あとは、バッグを売っている店に行ったら、意識して男性物も見るようにしてほしい。靴も腕時計もそうだが、とにかく高級品と安物を数多く見て、感覚で覚えるしかないな。ほかには、衣服だ。スーツであったりカジュアルだったり……わかりやすいブランド物を着てくれたら簡単だが、なかなかそういう乗客はいない。だが、君達女性物の衣服と同じで、見ればだいたいの感じはわかる。衣服や腕時計に値段がついているわけじゃないから、経験を積んで感性を磨くしかないんだよ」

「だいたいの感じって言われても、わかんないんだけど？」

　未希が、顰めツラで言った。

　頭を使うことよりも踊っていることのほうが好きな彼女らしいリアクションだ。

「君の履いているシューズ、高価だろ？」

　木塚が訊ねた。

「おじさん、ダンスとか詳しいの？」

「いいや。ダンスにもダンスシューズにもまったく知識はないけど、見た感じが高そうなのは、だいたいわかる。だいたいの感じがわかるのは、私が高価な物と安物をたくさん見てきた経験があるからだと思う。だから、日常生活の中で君も意識して男物の衣服、腕時計、鞄、靴をチェックするようになると、私みたいにだいたいの感じがわかるようになるさ。まあ、なんにしても、普通のバイトでは手にできないような高額な金を稼ぐわけだから、努力はしなければならない。努力するのに、金も才能もいらないからね。あとは、感性の問題だが、センスのない者はこの仕事に向かないってことで諦めたほうがいいな」

敵ながら、アクの強い女達を引き込む話術はたいしたものだ。

認めたくはないが、ヤクザでさえ一目置く自分をここまで苦しめただけのことはある。

だがその木塚も、いまは自分の手足となって動く立場だ。

「ターゲットが逆恨みして、あとから復讐されたりはしませんか?」

エイミが、不安げな顔で質問した。

「それはないな。弁護士も間に入っているし、下手なことはできないさ。ただ、何事も一〇〇%ということはないから、一、二%の可能性が心配で堪らない性格なら、やめておいたほうがいいな。ターゲットの支払う示談金の額によったら、一度で数百万を手にできるかもしれないバイトなんだから、それくらいのリスクは覚悟しないとな」

飴ばかりでなく、ポイントでは鞭《むち》も打つ。話術の緩急《かんきゅう》のつけかたが絶妙だった。

「あと、これは金を持っているかどうかの見極めかたとは関係ないが、くしゃくしゃの新聞を読んでいたり、髪の毛に寝ぐせがついていたり、鼻毛や目ヤニが出ているような男は、避けたほうがいい」

「どうしてですか?」

あいりが、疑問符を浮かべた顔で訊ねた。

あんなに純粋そうな少女が万引き中毒者とは、人間は見かけではわからないものだ。

「だらしない人間は、すべてにおいてだらしないから、社会的信用や家庭的信用を失わないために示談で済ませたほうがいい、というような説得が通用しづらいんだ。なぜなら、もともと社会的信用も家庭的信用もないろくでなしが多いからね」

木塚が、苦笑しながら言った。

「ほかに、質問は？」

木塚の問いかけに、五人が首を横に振った。

「じゃあ、ここからは、実践的なアドバイスに移る。桃香」

木塚に呼ばれた桃香が、腰を上げて五人の前に立った。

桃香のビジュアルのクオリティは、タレントの卵で美少女のあいりにも劣っていない。りおんの巨乳、真凜の女子高生特有の色気、未希の引き締まったヒップと足、エイミの細く長い手足……桃香は、顔立ちだけではなく総合面で、五人のいいとこ取りをしたような存在だった。

「最初に言っとくけど、あんたらが考えてるような甘いバイトじゃないから」

いきなり、桃香が喧嘩を売るような口調で切り出した。

「はぁ!? お前、ウザいんだけど!?」

「マジに、ムカつく言いかた」

予想通り、ギャルの真凜とダンサーの未希が血相を変えて嚙みついた。

「私に文句言う前に、あんたらの茶髪と金髪を黒髪に染めなよっ。それから、茶髪のあんたはつけ睫毛、金髪のあんたはピアスも取って！　そのカラフルなスカルプもNGだから！　そんな派手な遊び人ふうにしてたら、嵌めたんじゃないの？　って疑われたりさ、触られてもしようがなくない？　って思われるし！」

一気に捲し立てる桃香の迫力に、さすがの真凜と未希も気圧され、言葉を返せずにいた。

迫力だけでなく、桃香の言っていることは正論で、説得力があった。

「それから、巨乳のあんたは髪の色とメイクの薄さはいいけど、胸の谷間を強調しすぎなんだよっ。そんな胸もとが開いてる服を着てたら、誘ってると思われるじゃん！　背の高いあんたは、髪の色もメイクも服装も問題はないけどさ、決まり過ぎなんだよ。隙がないっていうか不自然っていうか……とにかく、痴漢されました、っていう痛々しさとか被害者的な感じが足りないから、もうちょっとラフな感じのファッションにしなよ。制服のあんただけは、そのままで合格。って言っても、ビジュアルの話ね。実戦がきちんとできなきゃ、意味がないから」

吉原は、心で唸っていた。

真凜と未希のダメ出しに続いて、グラドルのりおんの露出度の高い服、モデルのエイミの高嶺《たかね》の花的な匂いを指摘する的確なアドバイスぶりは、聞いていて惚れ惚れした。

——桃香は、とんでもない拾い物かもしれない。

痴漢ビジネスのシステムが軌道に乗ったら、いずれは、木塚を外すつもりだった。いつ、自分の寝首を掻いてくるかわからない。頃合いを見て、フィリピンかタイにでも連れていき、葬るつもりだった。

『無法地帯』というリングは、自分の主戦場だ。日本の法律を盾に粋《いき》がっている飼い犬の木塚には、野生の狼《おおかみ》を倒せはしないのだから。

## 23

「ちょ……ちょっと待ってくれよっ。なにかの間違いだってって。僕は痴漢なんてしてないから！」

ツーブロックのお洒落七三の髪を振り乱し、血相を変えた平山《ひらやま》が応接テーブルを叩いて訴えた。三十歳、新宿の証券会社勤務、既婚、子持ち——これが、カモのデータだった。

午前八時半頃、新宿駅に向かう山手線の車内で、エイミが痴漢されたと訴えて捕まえた。

「なにを言ってるんですか⁉　私のお尻を触ったじゃないですか⁉」

対面のソファに座っているエイミが白い肌を紅潮させ、平山を問い詰めた。

デスクの端に椅子を置いた木塚は、エイミと平山の顔を交互に見渡した。

グレイのロングワンピースにベージュのカーディガンというなにげない格好だが、百七十センチ近い九頭身のエイミが着ると、ファッション誌の一ページのように様になっていた。

吉原の用意したファイルによれば、エイミの借金は五百万を超えている。

そのほとんどは、シャネルやエルメスなどのバッグやアクセサリーに使ったらしい。

桃香の指摘通り、服装はおとなしめにして、ブランド物を身につけるのはやめさせた。

裁判になれば男性のほうが圧倒的に不利だが、被害を訴える女性の印象によって流れが変わる。

桃香も言っていたが、露出の高い服を着ていたり蓮葉《はすつぱ》な印象を与える言動をとったりすると、裁判官の心証が悪くなる。

もっとも、痴漢冤罪ビジネスの目的は裁判に持ち込み罪を償わせることではなく、示談金を払わせることにあるので裁判は関係ないが、カモのかかり具合にも影響する。

痴漢するようなタイプは、騒がれたり反撃されたりしないために、おとなしそうなタイプを狙ってくるものだ。

つまり、痴漢冤罪ビジネスの成否は、周囲からみて、「この男が痴漢したに違いない」

と思わせるシチュエーションを作れるかどうかにかかっている。その意味では、エイミはスタイルがよすぎてベストな被害者とは言えないが、彼女を最初に選んだのには理由があった。

「でたらめ言うなよ！　僕は、両手で吊革に摑まってたんだぞ⁉　君のお尻なんて、触れるわけないだろう⁉　よく考えてみてよ？　僕が、君を触れる状況じゃなかったことがわかるからさ」

平山が、エイミに諭し聞かせるように言った。

「中島さん、平山さんはこう言ってますが、彼が吊革に摑まっているところは見ましたか？」

木塚は、中立者であると印象付けるためにエイミに確認した。

「はい」

エイミが即答した。

「では、なぜ、平山さんが痴漢したと思ったんですか？」

「下半身を……押しつけてきたんです」

「でたらめだ！　君っ、いい加減にしろ！」

気色ばんだ平山が、エイミに怒声を浴びせた。

「でたらめなんて、言ってません……腰を、私のお尻に押しつけてきたじゃないですか！」

エイミが、涙声で抗議した。さすがに女優を目指しているだけあり、なかなかの演技力だった。木塚のところにいる女達だと、怒ることはできても泣くことがうまくできない。

「そこまで言うなら、警察に行って白黒つけようじゃないか！」

平山が、憤然とした顔をエイミに向けた。

「それは、あまり賢明な方法ではありませんね」

木塚は、やんわりとダメを出した。

「なんでですか⁉　彼女が僕の言葉を信用しないから、警察で潔白を証明するしかないでしょう⁉」

「警察は、潔白なんて証明してくれませんよ」

「え？　それは、どういう意味ですか？」

平山が、怪訝な顔で訊ねてきた。

「痴漢の容疑で警察に行った者は、ほぼ全員送検され、裁判になり、敗訴します」

「なんでですか⁉　発展途上国じゃあるまいし、やってもいない罪で裁かれるなんて、世界一優秀だと言われる日本の警察ではありえないでしょう⁉」

「残念ながら、警察は痴漢の容疑者にたいしての対応は決して優秀とは言えませんね。女性の訴えを信じ、男性を疑うところから取り調べは始まりますから」

木塚は、淡々とした口調で言った。

「それでも、やっていないものはやっていないんですから、捜査で明らかになりますよね？　僕だって、潔白を証明するためなら三日でも四日でも取り調べを受ける覚悟はありますよ！」

平山が、鼻息荒く言った。

「わかっていないようですね」

木塚は、小さくため息を吐いてみせた。

「嫌疑を晴らすためには、三日や四日どころではなく、三年も四年もかかります。それも、運よく嫌疑が晴れた場合です。裁判になった場合、九九・九％は有罪になります」

「どうして⁉　なにもやっていないことは警察が調べればわかることなのに、三年も四年もかかるわけないじゃないですか⁉」

「では、お訊ねしますが、平山さんはどうやって無実を証明なさるおつもりですか？」

「どうやってって……そんなの、やっていないってことを信じてくれるまで訴え続けますよ」

「女性のほうも痴漢をされたと訴え続けているので、言葉だけでは無実を証明できません。平山さんが痴漢をやっていないという証拠を提示する必要があります」

「どんな証拠ですか？」

「たとえば、平山さん以外の誰かが彼女のお尻を触るところを見たという目撃者が現われるとか、あなたが電車に乗ってから降りるまでずっと見てて、彼女の身体と一度も接触していないと証言してくれる人が現われるとか、あなたの股間が彼女のお尻に触れることは物理的に一〇〇％不可能だと証明するとか……いずれかが可能であるならば、無罪を勝ち取れるでしょう」

木塚は、事務的な口調で説明した。

「無理ですよっ。僕のことを最初から最後まで見ていた人とか、彼女に痴漢した真犯人を目撃した人とか……そんな都合のいい偶然が起こるはずありませんよ！」

平山が、声を大にして訴えた。

「そうです。平山さんが痴漢をしていないということを証明するのは、簡単なことではありません。平山さんが言っていたように、偶然の目撃者が名乗り出てくる確率は皆無に等しいので、無罪を証明するのはほぼ不可能です。なので、訴えられたら最後、罪を認めるまで釈放されません。逆を言えば、訴えられないようにしなければならないということです」

「そんな……じゃあ、僕はどうすればいいんですか⁉」

エイミは唇を嚙み、涙目で平山を睨みつけていた。

自分が喋っていないときでも、気を抜かずに演技を続けているのはたいしたものだ。

「示談するしかないですね」

「示談……お金で解決しろってことですか⁉」

「まあ、平たく言えば、そういうことになりますね」

「どうして、なにもしてないのにお金を払って許してもらわなければならないんですか⁉」

平山が気色ばんだ。

「平山さんの言う、なにもしていない、ということを証明できない以上は、刑務所行きを免れないので、仕方がないんですよ」

木塚が言うと、平山が苛ついたように膝を叩き、足踏みした。

「君っ、頼むから、もうやめてくれっ。僕の身体は、本当に君に触れていないんだ！　僕には、今年小学校に入学する娘がいるんだよ。痴漢なんかで訴えられたら、変な噂が広がって、子供がイジめられてしまうだろう⁉　なあ、お願いだから、こんな不毛なことはやめてくれよ！」

平山が声を嗄《か》らして、エイミに懇願した。

「知らないですよ、そんなこと！　痴漢したおじさんが悪いんじゃないですか！　弁護士さんっ、これ以上は時間の無駄ですっ。私、この人を警察に訴えますから！」

エイミが、ヒステリックに叫んだ。

「中島さん、私に少しだけ平山さんと話す時間をください」

木塚が言うと、エイミが渋々と頷いた。

ここまで、エイミの仕事ぶりは完璧に近い。

初めてということを考えると、満点をあげてもいいだろう。

「平山さん、ここは示談で収めませんか？　やってないのにどうして？　という気持ちはわかります。ですが、過去の例をみても、示談にしないかぎりは拘置所に拘束されて、最終的には裁判になります。いままで私は、無実を訴えながら仕事や家庭を失った男性を大勢みてきました。悪いことは言いませんから、示談をお考えになったほうが……」

「わかりました」

木塚を遮り、平山が言った。

「ありがとうございます。中島さんも、示談でよろしいですか？」

木塚は視線をエイミに移し、伺いを立てた。

「金額によります」

即答するエイミ――打ち合わせ通りの流れだった。

「お金に拘《こだわ》っているんじゃなくて、誠意を見せてほしいんです。だって、罪をなかったことにするんでしょう？　私は示談をペナルティだと思ってますから」

エイミは、鋭い眼で平山を見据えた。

「弁護士さん、彼女はなにか勘違いしてませんか？」

平山が、怪訝な顔を木塚に向けた。

「まあ、示談金をペナルティという解釈の是非《ぜひ》については……」

「わかりましたと言ったのは、示談をするという意味ではありません」

「え？　どういうことでしょう？」

今度は、木塚が怪訝な顔になった。

「僕は、示談はしません」

「先ほどから言ってますように、示談にしなければ警察での厳しい取り調べを……」

「構わないですよ。もう、覚悟を決めましたから」

予想外の展開に、エイミが窺うように木塚に視線を向けた。

「私の話を、聞いてくれていましたか？　痴漢の容疑で警察に捕まったら、罪を認めないかぎり一年、二年……場合によってはそれ以上、拘束されるかもしれないんですよ？　会社を解雇され、家庭が崩壊する可能性も……」

「ええ、それは聞きました」

平山が木塚を遮り、涼しい顔で言った。

「わかりました。平山さんがそれでも構わないとおっしゃるなら、仕方ありませんね」

「ただし僕は、泣き寝入りはしませんよ」

平山が、挑戦的な眼で木塚を見据えた。

「それは、どういう意味ですか？」

「触ってもいないのに痴漢扱いをされて、いまだってもう一時間も無駄にしています。僕に濡れ衣を着せて屈辱を与えたぶん、彼女にも相応の罪を贖ってもらいますよ」

平山がエイミに視線を移して、不敵な笑みを浮かべた。

「平山さん、お気持ちはわかりますが、そういった発言は不利になりますよ」

「僕の父が、東都《とうと》弁護士会の会長だと知ってました？」

「え？　いま、なんと？」

木塚は、思わず訊ね返した。

「木塚さん、弁護士さんなら、平山誠一《せいいち》って名前を聞いたことありますよね？」

「もしかして、君は平山先生の息子さんですか？」

平山が、薄笑いを浮かべつつ頷いた。

「先生……どうしたんですか？」

木塚の様子に異変を察したエイミが、不安げな顔で訊ねてきた。

「いや、なんでもない」

「そんな悠長なことを言ってて、大丈夫ですか？　僕がどんなにやってないと言い張っても木塚先生が示談を勧めてきたと知ったら、ウチの父はどう出るでしょうね？　確たる証拠もなしに、彼女の証言だけを鵜呑《うの》みにして。下手をすれば、東都弁護士会を除名されるかもしれませんね」

平山が、真綿《まわた》で首を締めるようにじわじわと木塚を恫喝した。

「待ってくださいよ。平山さんを犯人だと決めつけているわけではありません。私はただ、警察に連行されてしまえば平山さんの話を聞いてくれないから……」

「無実の僕にたいして、痴漢の罪を認めた上に彼女に示談金を払えと、勧めていたんでしょう？　そのまま父に伝えますから、ご安心を。あ、因みに、父は元検事正《けんじせい》だったので、確固たる証拠がない状態で僕が送検されることは万が一にもありませんから」

検事正とは、地方検察庁のトップである。

検事正クラスの大物が、定年退職後に第二の人生として弁護士に転身するケースは珍しくはない。大物検事のヤメ検が弁護士として法廷に立った場合、相手の検事は雲の上の存在だった元上司と戦わなければならないので、嫌がるものだ。

「わかりました。今回の件は、なかったことにしましょう。中島さんのほうには、私から責任を持って話しておきます。君も、いいですね？」

エイミが、強張った顔で何度も頷いた。

彼女なりに、厄介な相手をカモにしてしまったと察したのだろう。

「勝手に自己完結しないでくださいよ。弁護士さんと中島さんがよくても、さんざん痴漢扱いされた僕の屈辱と無駄にした時間はどうなるんですか？」

平山が、ねちねちとした口調で言った。

「軽率《けいそつ》だったと思います。中島さん、平山さんに謝っていただけますか？」

木塚は、エイミに謝罪を促した。

「あ……はい。痴漢だと決めつけてしまい、すみませんでした」

空気を読んだのか、エイミは木塚に素直に従った。

「ということは、僕が君のお尻に股間を押しつけたというのは、間違いだったんだね？」

窺うように顔を向けるエイミに、木塚は頷いた。

「はい。勘違いしていたようです」

「君のミスを認めるんだね？」

「はい……本当に、ごめんなさい」

平山の詰問に、エイミが蚊の鳴くような声で詫びた。

「私からも、お詫び致します。申し訳ございませんでした」

木塚は、深々と頭《こうべ》を垂れた。

「弁護士さん、さっきから、勘違いばかりしないでくださいよ」

「え……」

木塚は、顔を上げた。

「彼女が自分のミスを認めて謝ったからって、なにもなかったことにはなりませんよ。中島さんには、それ相応の罰を与えないと」

平山の言葉に、エイミが表情を失った。

「罰と言いますと？」

　木塚は、平山に訊ねた。

「中島さんを、名誉毀損《きそん》で訴えます」

「そんな……」

　蒼白になったエイミが絶句した。

「あなたが公衆の面前で、大声で僕を痴漢呼ばわりした。痴漢呼ばわりされたことで僕の社会的地位は著《いちじる》しく低下した。まあ、民事の名誉毀損で訴えたところで賠償金は五十万円以下だから、君にとってはたいしたペナルティにはなりません。じゃあ、眼には眼をじゃないけれど、僕も君の社会的地位を低下させようと思います。中島さん、あなた、たしか芸能事務所に所属してると言ってましたね？　君にとってははした金を請求されるよりも、SNSで詐欺まがいのエピソードを拡散されるほうが致命傷になりますよね？　芸能人としての道は完全に閉ざされるでしょうし、警察沙汰になったら一般企業への就職活動にも影響するでしょう」

　サディスティックな口調で言うと、平山が唇の片端を吊り上げた。

「平山さん。ちょっと、待ってください。中島さんも、わざとあなたを痴漢扱いしたわけじゃありませんし、そのへんは大目に見てあげていただけませんか？」

「わざとじゃなければ、なにをやってもいいんですか？」

平山が、冷え冷えとした眼で木塚を見据えた。

「僕の父がしがないサラリーマンだったら、彼女の軽率な訴えで、人生を棒に振ったかもしれないんですよ？　弁護士さんの言う通りに示談したとしても、大金を払った上に、僕は彼女に痴漢したと認めたことになりますよね？　考えただけで、ぞっとしますよ。とても、彼女のことを大目に見るような気分にはなれません。いいえ、見てはならないんですよ。泣き寝入りと言えば女性のイメージがありますが、痴漢に関しては、ひどい目に遭っているのは男性のほうです。弁護士さんも、さっき言ってましたよね？　警察は、痴漢をされたと訴える女性を信じ、痴漢をしていないと訴える男性を疑うところから取り調べを始めるってね。たまたま、父が権力者だったから、僕は助かったんですよ。だから今回は、中島さんにしっかりとお灸《きゆう》を据えるつもりです。もう二度と、こんな過《あやま》ちを犯さないように」

平山が、据わった眼をエイミに向けた。

「ごめんなさい……許してくださいっ、私……言われただけで……」

「中島さん」

泣きじゃくりカミングアウトしようとするエイミを、木塚は目顔で遮った。

「今日のところは、とりあえず帰ります。父に相談してから、改めて伺いますから」

一方的に言い残し、平山はソファから腰を上げると、応接室を出た。

「君は待ってて」

木塚は半べそ顔のエイミに命じ、平山のあとを追った。

「待ってください」

平山を乗せたエレベータの扉が閉まる寸前に、木塚も滑り込んだ。

扉が閉まり、エレベータが下降し始めた。

二人は無言で、オレンジ色のランプが若い数字を染めてゆくのを視線で追った。

階数表示ランプが、1のボタンをオレンジに染めた。

扉が開くと、木塚は煙草をくわえながらエントランスに出た。

目の前に、ライターの炎が差し出された。

「あんな感じで、大丈夫でしたか？」

ライターを両手で持った平山が、不安げに訊ねてきた。

「まあ、八十五点ってところだ」

木塚は炎で穂先を炙りつつ、素っ気なく言った。

「マイナス十五点は、どのへんですかね？」

「俺にたいして、遠慮し過ぎだ」

「それは、仕方ないですよ。木塚さんは、俺の命の恩人ですから」

平山が、苦笑した。

——死ねやっ、こら！

弁護士会の忘年会の帰り道——新宿のゴールデン街で、一人の青年が三人のヤクザふうの男に袋叩きに遭っていた。

——返すから……日曜まで待ってくれよ……。

——月曜の次は水曜で、水曜の次は金曜で……てめえのでたらめには、うんざりなんだよ！

三人が、競い合うように青年の脇腹や胸を蹴りつけた。

——今度は……嘘じゃ……ない……です。

——今度が何回あるんだ⁉　てめえはよ！

三人の蹴撃《しゅうげき》が激しさを増した。

——懲役二年、執行猶予が三年から四年。刑事裁判で初犯であれば、こんな刑期でしょう。

——なんだ⁉　てめえ！

いきなり制裁に割って入った木塚に、三人が熱り立った。

——ですが、行為態様《たいよう》の悪質さ、傷害結果の軽重《けいちょう》、同種前科の有無により、執行猶予は付きません。

木塚は、気色ばむ三人とは対照的に、涼しい顔で歩み寄った。

——だから、なんなんだ⁉　ふざけたこと言ってやがると、てめえもぶちのめす……。

——因みに、現状は軽度の打擲《だぼく》程度なので傷害結果で執行猶予が付かないことはありません。

木塚は威嚇《いかく》してくる男達を無視し、青年の傍《かたわ》らに屈《かが》むと、傷の具合をチェックしながら淡々と言った。

——マジにそのへんにしとかねえと、後悔するぞ！　俺らを、誰だと思ってやがる！

「ああ⁉」

「――さっきからあなた達の言動を見聞きしていると、堅気のお仕事とは思えません。ヤクザ、企業舎弟、闇金業者……いずれにしても、反社会的組織に属していると見なされれば、判事の心証は悪くなり、傷害罪でも実刑を言い渡されるのは間違いないでしょうね。」

木塚が平板な口調で続けると、男達が修羅の如き険しい形相になった。

「――てめえは、誰だって訊いて……。」

「――申し遅れました。私、弁護士の木塚と申します。」

木塚の名刺を見ると、三人はそれまでとは違った意味で血相を変えて逃げるように立ち去った。

「――ありがとう……ございます。危うく、死ぬとこでした。」

青年が、鼻血に塗れた顔を無邪気に破顔させながら起き上がった。

――闇金融から、借金してるのか？

――ええ、まあ……カジノに嵌まっちゃって。

――いくらだ？

――五十万です。

――元金はどうでもいい。利息だ。

――あ、十日で二割です。

――借金をチャラにしてやれば、俺の手足になるか？

――立て替えてくれるんですか⁉


青年が、瞳を輝かせた。


――いいや、一円も払わない。

――それじゃまた、俺がやられちゃいますよ！

――安心しろ。俺は弁護士だ。利息制限法違反で訴えると圧力をかければ、五十万なんてすぐに債権放棄するから。

――弁護士さんって、神様みたいですね！

青年が、尊敬の眼差しを木塚に向けた。

闇金融から借金してチンピラに袋叩きに遭っていた青年――平山をスカウトした理由は、木塚にもわからなかった。敢えて理由を訊かれれば、直感としか言えなかった。金を与え続けているかぎり、誰よりも忠誠を尽くす男――木塚の見立てに、狂いはなかった。

「命の恩人なんて、思う必要はない。俺はお前に利用価値があるから助けただけだ。お前は俺に利用された対価をもらう。俺らの関係は、それ以上でもそれ以下でもない」

木塚は紫煙を肺奥に吸い込みながら、無表情に言った。

「相変わらず、木塚さんはドライですね」

「師弟だ親友だと情を絡めると、利害が絡んだときに関係に亀裂《きれつ》が入る。最初から利害関係だけを前提に結ばれている絆《きずな》ほど、強固なものはない」

「勉強になります。それで、俺はこれからどうしますか?」

平山が訊ねてきた。

「とりあえずは、ここまでだ。いまから事務所に戻って、エイミを詰めてくる。吉原への恐怖心や忠誠心が強過ぎてシナリオが進まないようなら、もう一度お前の出番だ」

「了解です。いつでも呼んでください。木塚さんのためなら、セックスの途中でも駆けつけますから」

冗談めかして言い残し、深々と頭を下げると、平山はエントランスをあとにした。

☆

「あの人、大丈夫でしたか⁉」

木塚が応接室に戻ってくるなり、立ち上がったエイミが不安げな表情で訊ねてきた。

「まずいことになった。とりあえず、座ってくれ」

木塚は渋面を作りながら、エイミにソファを促した。

「まずいことって、なんですか⁉」

「相当に今回のことで怒り心頭で、絶対に君を訴えると言っている。大々的に記者会見を開いて、君に嵌められたと公表するとも言ってたよ」

木塚は眉間に縦皺を刻み、腕組みをした。

「そんな……私は、吉原社長に命じられて、このバイトに参加しただけですっ」

「それを平山に言ったところで、通用しない。彼からすれば、自分を痴漢扱いしたのは吉原社長じゃなくて君なわけだから」

「でもっ、雇い主は吉原社長です！　私は、言われた通りにしただけですっ」

エイミの端整な顔立ちは怒りと恐怖に強張り、歪んでいた。

「だから、同じことを何度も言わせないでくれ。自分の意志じゃないといっても、平山が聞く耳を持つわけないだろう？」

「だったら、吉原社長に電話して、謝りにいってくださいと頼みますっ」

木塚は、スマートフォンを手にしたエイミの腕を摑んだ。

「そんなことをしたら、火に油を注ぐようなものだぞ？」

「……どういう、意味ですか？」

「考えてもみろ？　あの吉原社長が、君に言われたからって素直に自分の責任として平山に謝罪すると思うか？　平山の父親は大物弁護士だ。自分から罪を認めるようなまねをしたら、詐欺罪で訴えられる恐れがある。吉原社長は、責任回避をして是非《ぜひ》でも君に罪を被せるはずだ。実際、現場で平山を捕まえて痴漢だと訴えたのは君なんだから、裁判になったらまず勝ち目はない。さっき、平山は言ってたよ。示談金を騙し取られそうになったから、名誉毀損じゃなくて、君を詐欺罪で訴えるってな」

「詐欺罪⁉」

エイミが、裏返った声で繰り返した。

「そうだ。名誉毀損なら罰金程度で済んで実刑になることはないが、詐欺罪となれば十年以下の懲役は免れない。父親の力で、最大限に重い量刑にしようとするはずだ。そうなったら、五、六年は覚悟したほうがいい」

「五、六年……」

エイミが蠟人形《ろうにんぎょう》のように蒼白になり、言葉を失った。

「まあ、三十路《みそじ》までには社会復帰できるとは思うがな」

「じょ……冗談じゃないわ！　三十まで刑務所暮らしなんて……絶対に嫌よ！　なんで私だけ……第一、示談金は、私じゃなくて木塚さんが請求したんじゃないですか⁉」

取り乱したエイミが、血走った眼で木塚を睨みつけた。

「たしかに、その通りだ。だが、何度も言っている通り、平山は公衆の面前で痴漢扱いして恥をかかせた君にたいして一番怒っているんだ。俺のことを訴えたからって、君を許すことはない。つまり、このままじゃ俺も君も詐欺罪で訴えられるということだ」

抑揚のない声でニュース原稿を読むキャスターさながらに、木塚は言った。

「どうすれば……私、どうすればいいんですか⁉」

藁にも縋る思い——エイミが、涙に潤む瞳で木塚をみつめた。

「君次第では、方法がないわけじゃない」

「助かる方法があるんですか⁉」

エイミの顔に、生気が戻った。

「ああ。君が俺の言う通りに動いてくれたら……の話だが。ただし、その方法を使えば俺も君も助かるが、吉原社長を敵に回す……というよりも、代わりに吉原社長を刑務所に入れることになる。その覚悟が君にあるなら、だけどね。まあ、世話になった人だろうから無理にとは……」

「やりますっ。木塚さんの言う通りにします!」

木塚を遮り、エイミが即答した。

「驚いたな。本当に、いいのか?」

嘘――エイミの選択は想定内だった。

「はい。もとはと言えば、このアルバイトに引き込んだのは吉原社長なわけですから、責任を取るのは当然のことです」

微塵の迷いもなく、エイミが言った。

「そこまで言うなら、あまり気は進まないが……」

渋々といったふうに、木塚は右手を差し出した。

「よろしく、お願いします!」

手を握り、テーブルに額がつくほどに頭を下げるエイミの姿を見て、木塚は酷薄な笑みを口もとに湛えた。真凜や未希だと反発する可能性があり、あいりは未成年、りおんは頭が悪い。今回のシナリオにエイミを抜擢《ばってき》したのは、彼女が一番バランスが取れているからだ。

――弁護士さんって、神様みたいですね!

あのときの平山は、言葉がたりない。

弁護士は、神にもなれば悪魔にもなれる生き物だ。

## 24

木塚が、封筒を大理石のテーブルに置いた。

「どうぞ」

「いくらだ？」

ソファにふんぞり返り、両足をテーブルに投げ出したまま、吉原は木塚に訊ねた。

「今回の示談金は二百万だったので、吉原社長の取りぶんの百四十万が入っています。エイミ君は、初めてにしてはうまくやりました。さすが、女優を目指しているだけのことはありますね」

木塚が、隣に座るエイミに視線を投げつつ、淡々と言った。

その口調や表情からは、一切の感情が読み取れなかった。

「少ねえな。もっと、取れなかったのか？」

吉原は、札束で膨らんだ封筒を掌で叩いた。

「カモが証券会社の平社員だったので、二百万でも取れたほうですよ」

木塚が、気を悪くしたふうもなく言った。

「だったら、もっと金を持ってるカモを捕まえるように指導しろや。それが、お前の役目だろうが？　思ったより、使えねえ男だな」

吉原は、わざと挑発的な言葉を浴びせかけた。

あらゆる角度から刺激を与えて、能面男の本音を探りたかった。

「そうですね。以後、気をつけます」

木塚が、殊勝《しゅしょう》な言葉を口にした。気味の悪い男だ。

弱味を握られた上に自分のシノギに手を突っ込まれたのだから、面白かろうはずがない。本当は、腸が煮え繰り返っているに違いなかった。

冷静を装い、自らをコントロールしているのか？　それとも、なにかを企んでいるのか？

「次は誰にやらせるんだ？」

吉原は、話題を変えた。

木塚がどう足掻こうとも、自分がカードを握っているかぎり、おかしな真似はできはしない。弁護士資格を剝奪《はくだつ》されて刑務所行きと引き換えに、牙を剝いてくるとは思えない。

「いま検討中です。みな、それぞれいいものを持っていますが、一長一短なところがありまして。一度のミスが命取りになるので、慎重に運ぶ必要があります」

「わかった。まあ、そのへんはお前に任せるが、実行日だけは決めとけや。時は金なり、って言うじゃねえか」

吉原は唇の片端を吊り上げ、封筒を上着の内ポケットに捩じ込んだ。

「一週間前後で、実行します」

「わかった。じゃあ、お前は帰っていいぞ」

吉原は、野良犬《のらいぬ》にそうするように木塚を手で追い払った。

「よろしくお願いします」

木塚は頭を下げ、ソファから腰を上げた。

「なあ」

応接室のドアノブに手をかけた木塚が、吉原の呼びかけに足を止めた。

「なんでしょう?」

「わかっちゃいると思うが、馬鹿な考えを持つんじゃねえぞ」

あまりに従順な言動に終始する木塚に、吉原は釘を刺した。ここまで屈辱的な扱いを受けても、反抗的な素振りもみせずに従う木塚が、不気味でならなかった。

いまの状況では、木塚が身動きできないことはわかっていたが……。

吉原は、漆黒《しっこく》の脳細胞をフル回転させた。

気は抜けない。木塚は、針穴ほどの傷を致命傷にする画策ができる男だ。

腹立たしくはあるが、認めなければならないだろう。

ここまで自分と渡り合い、苦しめた男はほかにはいない。

「馬鹿な考え？　たとえば、吉原社長の寝首を掻くとか、そういうことですか？」

振り返った木塚が、微笑み交じりに言った。

吉原は無言で木塚を見据え、真意を読み取ろうとした。

「冗談ですよ。そんな眼で見ないでください。では、これで」

木塚は頭を下げ、ドアの向こう側へと消えた。

「狸《たぬき》野郎が……」

吉原は吐き捨て、ラークをくわえた。

ノックの音に続いて、誠也が現われた。

「うまくいったんすか？」

「とりあえず、二百万の示談金で取りぶんが百四十万だ」

「社長が七割で、木塚が三割っすか？　さすがっすね？」

誠也が愉快そうに笑いながら、エイミの隣に腰を下ろした。

「どうだった？　カモを嵌める気持ちは？」

誠也が、エイミに訊ねた。

自分一人の前ではエイミが畏縮して、本音を引き出せない可能性を懸念し、誠也を呼んだのだった。誠也は、女性とフレンドリーに会話をする天才だ。

「緊張しちゃって、電車の中でのことはほとんど覚えてません」

「でも、痴漢です！　って叫んだんだよね？」

エイミが、小さく顎を引いた。

「やっぱ、女は怖いっすね～。エイミちゃんみたいに真面目そうな子でも、無実の人を痴漢にして破滅させても平気なんすからね」

誠也が肩を竦めた。

「そんなことないです！」

エイミが、ムキになって否定した。

「え？　でも、二百万、支払わせたんでしょ？」

「それは……」

誠也が言うと、エイミが口籠もった。

吉原は、エイミの眼と唇の動きを観察していた。

エイミがカモのことで感情的になったのが、引っかかった。

罪悪感がそうさせているとも言えたが、怒りを孕《はら》んでいるような気がした。

「木塚って、どんな男？」

唐突に、誠也が訊ねた。なにも考えていない、ノリだけで生きているように見えるが、誠也は空気を読み、相手の心境の変化を敏感に察知できる男だ。

「どんな男って……なにを考えているか、よくわからない人です」

「たしかに！　あいつ、鉄仮面みたいな男っすからね！」

誠也が手を叩いて爆笑する横で、エイミは浮かない顔で、重ね合わせた掌に視線を落としていた。

吉原の脳内で、微かに警報ベルの音が聞こえた。

「おい、どうした？」

「え……？」

突然、吉原に声をかけられ、エイミが驚いた顔をした。

「なんかあったんなら、正直に言え」

「いえ、なにも……」

「よ～く、考えてから物言えや！　下手な隠しごとしたら、てめえもただじゃ済まさねえぞ！」

間を置かずに、吉原は追い詰めた。

確信した。エイミは、なにかを知っている。

「お話ししたいことがあるんですけど……」

エイミが言葉を切り、誠也に視線を投げた。

「こいつは気にしなくてもいい。なんだ？　言ってみろ」

吉原は、エイミを促した。

「私……証言してほしいと言われたんです」

震える声で、エイミが語り始めた。

「証言？　なんの証言だ？」

「私も木塚さんも、吉原社長に脅されて、痴漢の犯人を仕立て上げて、示談金を取るように命じられていたと……」

「誰に証言するんだ？」

吉原は、押し殺した声で訊ねた。

「検察の偉い人とか言ってました」

「検察⁉」

吉原は、目まぐるしく思考を巡らせた。

「はい。なんか、吉原社長が持っている音声データを無効にするとか……よくわからないんですけど、そういったことを言ってました」

木塚に嵌められたカモの録音のことに違いない。あの録音は、木塚の悪事を証明するものだ。

検察を抱き込み、エイミに偽りの証言をさせて、自分を黒幕に仕立て上げるつもりか？

木塚は弁護士なので、法の抜け道をいくらでも知っているに違いない。

厄介なのは、木塚がエイミに証言させようとしていることが、根も葉もないでたらめではないということだ。

被害者の声を録音しているときの画《え》を描いていたのは木塚だが、いまは違う。

自社のタレントを仕込み、木塚のもとに送り込み、上がりの七割をピンハネしている。

どう考えても、自分が元締めの構図だ。

実際に、このプロジェクトでイニシアチブを取っているのは自分だ。

検察の人間と手を組み、すべての罪を自分になすりつけることは、そう難しくないことなのかもしれない。

焦燥感が背筋を這い上がり、激憤が五臓六腑《ごぞうろっぷ》を焼き尽くした。

エイミに証言をやめさせるのは簡単だ。現にこうして彼女は木塚の画策を密告している。

だが、それで済むとは思えない。エイミが証言しなくても、弁護士と検察官が手を組んだら既成事実を作るのはそう難しいことではないだろう。

いや、もう、既成事実はできている。自分が作ってしまった。

迂闊だった。木塚のシノギを奪ったことで、痴漢冤罪ビジネスの黒幕にされてしまう。

黒幕ではないと言い切れないところが厄介だった。

木塚は、一切は自分に脅され、命じられていたことだ、と被害者を演じるつもりに違いない。弁護士と、叩けば埃《ほこり》が出る身の芸能プロダクションの社長……法廷での判決が、どちらに有利に働くかは言うまでもない。

しかも、法に長《た》けているプロフェッショナルが寄り集まり、綿密にシナリオを作っているのだ。同じ土俵で戦ったら、勝ち目はない。

ようやく、納得できた。薄気味悪いほどの木塚の従順ぶりが……。

彼は、自分を油断させている裏で、着々と計画を進行していたのだ。

木塚に対抗するには、自分の得意なフィールドに引き摺り込むしかない。

「その検察の人間の名前、わかるか?」

吉原は、エイミに訊ねた。

「名前はわからないんですが、明後日、会ってほしいと木塚さんに言われています」

「明後日?　お前に証言させるつもりか⁉」

吉原は、煙草の穂先を荒々しく灰皿に押しつけた。

エイミが頷いた。

「でも、私、行かないつもりです。吉原社長が不利になるような証言を……」

「行くんだ」

エイミを遮り、吉原は言った。

「えっ、でも……」

「誰も証言しろとは言ってねえ。その検事のツラを見るのが目的だ」

「社長も、いらっしゃるんですか⁉」

「もちろん、バレねえように変装していくから安心しろ。お前は、一週間くらい考えさせてほしいって時間稼ぎをするんだ」

目的は、検事の面割りだ。木塚と別れるまで尾行し、接触する。

あとは、金の力で翻意させるだけだ。

金に靡《なび》かない人間などいない。いくら払ってでも、自分の足もとに跪かせてみせる。

「いいか？　絶対に、下手を打つんじゃねえぞ！」

「わかりました」

「でもよ。どうして、木塚はお前にそんな話を持ちかけたんだろうな？」

吉原は、エイミを見据えた。

「え？」

「普通なら、所属タレントにそんな話をしたら俺に筒抜けになるって疑うんじゃねえか？　あの用意周到な木塚なら、なおさらだと思うがな。お前、俺になんか隠してることねえか？」

エイミを見据える眼に、力を込めた。

「そんなわけ、ないじゃないですか。私が、こんなこと続けるのは嫌だって、吉原社長の愚痴をこぼしたんです。そしたら、親身に相談に乗ってくれて……それで、私も、人を犯罪者にしたくないって話をして……」

「つまり、お前の罪悪感につけ込んできたっていうわけだな。まあ、それなら、わからねえでもない。だが、完全に信じたわけじゃねえ。万が一、俺を裏切ったら、そのときは俺の全人生をかけてお前を地獄に叩き落としてやるからよ」

吉原は、片側の唇を吊り上げた。

エイミが、蒼白な顔で顎を引いた。

木塚のことだ。どんな寝技を使ってくるかわからない。

あらゆる可能性を先入観で否定せずに、足を掬《すく》われないようにする必要があった。

「明後日、何時にどこだ？」

「十一時に『木塚法律事務所』です」

「気を抜くんじゃねえぞ。競馬で言えば、鼻差で決まるような厳しい戦いになるだろうよ」

吉原は、自らに言い聞かせた。

☆

中野駅南口——十時に中野通り沿いに車を停めて、一時間半が過ぎた。
木塚に目立たないように、いつもの外車ではなく、スタッフの友人が乗っている安い国産車で張っていた。

三十分前……十一時にはエイミが「木塚法律事務所」のビルに入り、検事らしき男はさらに三十分早い十時半頃に入った。

木塚は吉原が到着する十時より前に出勤したのだろう、姿を見なかった。

検事と思しき男は五十代前半くらいの、眼つきの鋭い狡猾《こうかつ》そうな顔つきをしていた。

「あのモデル女、うまくやれますかね？」

ドライバーズシートから振り返り、誠也が不安そうに訊ねてきた。

「やるしかねえだろ。じゃなきゃ、てめえが地獄行きだ」

吉原は、くわえ煙草で紫煙をくゆらせつつ吐き捨てた。

「そうなんすけど、相手は木塚っすからね。あの野郎、紳士の仮面を被ってますけど、一皮剝けば社長と同じ野獣……」

誠也が言葉を切り、まずい、という顔をした。

「は？　誰が野獣だ？」

「あ……いえ、つい口が滑って……あっ……」

誠也が、しどろもどろになった。

軽率ではあるが、誠也のこの裏表のなさを吉原は評価していた。

それに引き換え、木塚は正反対のタイプだ。誠也の言うとおりなのかもしれない。

木塚の言動に、信じられることなど微塵もない。柔和な微笑みの裏に酷薄な冷笑を、冷静な対応の裏に激情の衝動を隠し持っているに違いない。

自分と木塚は真逆な性格に見えるが、アプローチの仕方が異なるだけで目的のためなら手段を選ばないスタンスは似ている。いや、アンダーグラウンド出身の自分よりも、弁護士という正義の剣を振り翳す裏で悪事を働く木塚のほうが、質が悪いと言えるだろう。

つまり、木塚は自分より悪党ということだ。

そもそも、秀太をカモにしようとして、人の米櫃《こめびつ》に手を突っ込んできたのは木塚だ。

いままで、誰かをカモにしたことは数え切れないが、カモにされたことなどなかった。

どんな手段を使っても許される戦いだ。

そして、いつも以上に、負けられない戦いでもある。

虎の獲物を横取りしようとした狐が咬み殺されても、文句は言えない。

「おいっ、誠也」

「は……はい！」

吉原が呼びかけると、誠也の座高が高くなった。

「俺は怒ってるんだよ」

「す、すみません……社長を木塚と同じ野獣扱いするなんて……」

「それだよっ、それ！」

吉原は誠也を遮り、指摘した。

「えっ……なんすか？」

「俺を野獣扱いするのは構わねえが、木塚を野獣扱いするのは許さねえ」

「あ……そこっすか⁉」

誠也が、拍子《ひょうし》抜《ぬ》けした声を出した。

「あんな奴、野獣でもなんでもねえっ。ただのペテンギツネだ！」

吉原は、ドライバーズシートの背を蹴りつけた。

「いいか⁉　弱小動物の分際で獰猛《どうもう》な肉食獣のテリトリーを奪おうとしたらどうなるかを、嫌っつーほど思い知らせてやるよ！」

「で、でも、木塚が狐じゃなくて狼なら、どうしますか？　狼は、頭も切れて機動力もあって戦闘力もあるっすよ？」

誠也が、蒼褪めながらも質問してきた。

普通の男ならこの状況で、心に疑問が過ったとしても口にしない。木塚は狐だから恐るるに足らず、と話を合わせているほうが誠也にとっては無難だ。とくに、頭に血が昇れば敵味方関係なしに牙を剝く自分のような凶暴な男が怒っているのだから、なおさらだ。

込み上げた怒声を、寸前のところで呑み下した。

誠也は、吉原にとって貴重なアドバイスをくれているのかもしれなかった。

たしかに、木塚には何度も煮え湯を飲まされていた。

予想もしない角度からの弾が飛んでくる。

吉原が過去に相手にしてきたのは、ヤクザ、企業ゴロ、右翼、半グレなどの、いわゆる裏社会の人間ばかりだ。木塚のような表社会の悪党と戦ったことはない。それが苦戦の原因に違いなかった。

「木塚のどういうところが狼だと思うか、言ってみろ?」

吉原は、激憤と苛立ちを押し殺し、誠也を促した。

「そうっすね～、まずは、チームプレイっすかね? 狼は、互いに協力し合いながら獲物を追い詰めるっす。でも社長は虎だから、チームプレイで狩りをするのは苦手っす。狼は持久力が半端ないっす。時速七十キロなら二十分。三、四十キロなら六、七時間は獲物を追い続けられるっす。一方の虎は待ち伏せ型の狩猟《しゅりょう》法なんで、瞬発力とパワーはありますが、持久力はからっきしっす。時速六十キロで百メートルも走れば動けなくなっちゃいます。だから、戦いが長引けば長引くほど狼タイプの木塚に有利になるんで、誰か、俺みたいな優秀な部下をあと二人くらい用意したほうがいいっす」

想像以上に理論的に話す誠也に、吉原は軽い驚きを覚えていた。

ナンパだけのお調子者だとばかり思っていたが、少し見くびり過ぎていたのかもしれない。

「お前が優秀なら、ほかにいらねえだろ?」

吉原は、皮肉を込めて言った。

「いや、だめっす。俺の役割は社長にズケズケ物を言うことっす。ほかに、木塚のミニチュア版みたいな腹の内が読めないようなしたたかな奴が必要っす。開けた草原で向かい合って、殺るか殺られるかの戦いになったら社長の圧勝ですけど、森林や岩場みたいな障害物のあるところで長期戦になったら、そういう戦いかたに慣れてる木塚のほうが有利っす」

学はなくても社会で生き抜く能力がある男だと思っていたが、まさかここまでとは……。

「お前、そんな奴だったっけ？」

「俺のこと、ただの女たらしと思ってたんすよね？　それは、間違ってないっす。女たらしだからこそ、人の心理と空気を読むことが得意になったんすよ。でも、俺のサポートだけで木塚連合には太刀打ちできません」

「木塚連合だ⁉　大袈裟なことを言うんじゃねえっ。野郎に、どんな協力者がいるっつうんだ？」

吉原は、誠也を睨みつけた。

「袴田っつうおっさんに桃香って女子高生、それ以外の仕掛け人の女ども……あとは、いま会ってる検事とか。とにかく、木塚はどんな奴でも群れに引き込もうとします」

「仕掛け人の女達なら、俺のとこにもいるだろうが？　あの検事も、これから俺に寝返らせる予定だ。チームプレイが得意なのは、奴ばかりじゃねえぜ」

「俺もそう思いたいんすけど、なんか、嫌な予感がするんすよ」

「心配すんな。お前の言うように奴のほうが持久力とチームプレイに優れていたとしても、俺には頭蓋骨《ずがいこつ》を一咬みで破壊できる顎の力と一撃で脊椎《せきつい》を引き裂く絶対的なパワーがある。いいか？　チームプレイだなんだって言ってもよ、配下はより上等な餌を与えるボスに従うもんだ。俺が野郎の協力者どもにこいつの力で一人ずつ寝返らせてやるから、まあ、見てろや」

吉原は、リアシートに置いているルイ・ヴィトンのボストンバッグを叩きながら言った。

「そうっすね。社長の戦闘力は桁外れっすからね。おっ……噂をすれば、出てきましたよ！」

誠也が、フロントウインドウ越しに指差した。

「木塚法律事務所」の雑居ビルのエントランスから、木塚、検事、エイミの順で出てきた。

エイミが木塚と検事に深々と頭を下げ、脇目もふらずに駅へと向かった。木塚に勘づかれる恐れがあるからこっちは見るな、という吉原の言いつけを、しっかり守っていた。

木塚と検事が、なにやら深刻な表情で立ち話をしていた。

五分ほど経った頃に、木塚がタクシーを停めた。

木塚は検事を後部座席に乗せ、恭しく頭を下げて見送った。

「出せ！　見失うなよ！」

吉原が命じると、誠也がアクセルを踏んだ。

☆

検事を乗せたタクシーは、中野駅の南口のロータリーに入った。

「電車で移動するんすかね？　検事って、意外に堅実なんすね？」

誠也が言いながら、タクシーに続いて車をロータリーに入れた。

「お前は、このへんで待機してろ」

「えっ？　俺も行きます……」

最後まで聞かずに、吉原は車を降りた。

ちょうど、検事もタクシーから降りて駅の改札に向かうところだった。

「ちょっと、いいか？」

吉原が声をかけると、検事が立ち止まり、怪訝そうな顔で振り返った。スカイブルーのスリーピースを着た色黒の派手な男がいきなり声をかけてきたのだから、それも無理はない。間近でみると、七三にわけられた髪には白い物が目立った。

「はい？　なんですか？」

「木塚弁護士の件で耳に入れておきたいことがあるから、十五分くらい、いいか？」

「あの、失礼ですがあなたは?」

　検事の顔に、警戒の色が濃くなった。

「俺は、木塚弁護士に嵌められた者だよ」

「え? あなた、なにを言っているんですか?」

「『アカデミアプロ』代表の吉原だ。さっきまで、散々耳にしていた名前だろう?」

　吉原は、唇の片端を吊り上げた。

「し、失礼するよ」

「いいのか? 俺に背を向けると、検事の資格を剝奪されるぞ?」

「なんだと!?」

　検事が立ち止まり、血相を変えて振り返った。

「木塚と話したなら、知っているはずだ。痴漢冤罪ビジネスの黒幕は俺で、自分は脅迫されて無理やりやらされていたと……そういうふうな画《え》を描いていたんじゃねえのか? エイミって女に、証言させるんだろう? 私は、所属事務所の社長から、無実の人に痴漢の濡れ衣を着せて示談金を毟《むし》り取れと命じられました……ってな」

「なんのことだか、私にはさっぱり……」

『被害者は斎藤桃香さん十八歳で、目撃者は袴田信二さん三十二歳です。彼らは、名高さんを警察に突き出すと言っています……』

「これについての対策を立てているんだろう?」

吉原は、ボイスレコーダーを検事の鼻先に突きつけた。

検事の表情が、瞬時に強張った。

「だから、私にはさっぱり……」

「この音声データの会話も、俺に脅迫されてやっているってことにするつもりだろう?

木塚にどう丸め込まれたか知らねえが、やめといたほうがいい。よく考えてみろ?　女どもと口裏合わせて俺を黒幕に仕立て上げようとしても、被害者はこっちの手にある。奴らが証言すれば、木塚の悪事が暴かれることになることくらいわからねえのか?」

吉原は、検事を遮って言った。

「その被害者の方々の証言が真実だと、どうやって証明するつもりかな?」

一転して、検事が挑戦的な眼で吉原を見据えた。

「ようやく、認めたか。たしかに、この被害者の件も裏で操っていたのは俺、ってことにすりゃ、信憑性がなくなるだろうよ。だが、忘れてねえか?　俺に脅されようが騙されようが、木塚が犯罪の片棒を担いでいたのは事実だ。奴がフリーターなら失うものはねえだろうが、こともあろうに弁護士だ。俺が罪に問われたとしても、奴も弁護士資格は剝奪されるし、あんただって無傷じゃ済まねえ。詐欺の共犯の弁護士とこんなシナリオを書いているんだからよ」

「君は……私を脅す気か？」

検事の下膨《しもぶく》れの頬肉が震え、下瞼がヒクヒクと痙攣《けいれん》した。

恐怖か屈辱か？　どちらにしても、検事が動揺していることに変わりはない。

「とんでもない。警告してあげてるんだよ。木塚と手を組むより、俺と手を組んだほうが賢明だってな。芸能プロをやってるから、マスコミとは関係が深くてよ。この件、ぶちまけてやろうと思ってる。検事さんの名前を出さなくていいようになることを祈るぜ」

吉原が冷笑を浮かべると、検事の顔が凍てついた。

「な、なにが望みだ？」

針に食いついた──吉原は、心で拳を握り締めた。

「俺に協力してくれるだけでいい」

「協力って、なにをするんだ？」

「マスコミに、木塚から頼まれたことを証言するだけでいい。もちろん、あんたの実名は伏せるから安心しろ」

「そんなこと……」

「できねえなら、あんたの名前も木塚の共犯者として出すだけだ。別に俺は、そもそもがダーティーなイメージの芸能プロ社長だ。マスコミに煽られ大々的に争って、損するのはお偉い肩書のあるあんたら二人のほうだ。もちろん、ただで協力しろとは言わねえ」

吉原は、ボストンバッグのファスナーを開けた。

バッグに詰められた一千万の札束に、検事が眼を見開いた。

「これで足りねえなら、替え玉もＯＫだ。とりあえず、続きを話そうぜ」

吉原はバッグを男に押しつけ、駅前のカフェに向かって足を踏み出した。

## 25

午後五時三十分。下北沢《しもきたざわ》のダイニングバー「カトリーナ」の個室――木塚はなんの接点もない場所を選んで、平山、宮根、桃香、袴田の四人に招集をかけた。

打ち合わせに事務所や自宅を使えば、吉原や彼の配下が張っている可能性があった。

脈絡《みゃくらく》もない土地のダイニングバーを指定したのは、吉原一派の眼を欺《あざむ》くためだ。

「吉原から中野駅の近くで声をかけられて、カフェに入りました。匿名の現役検事として、記者会見で木塚さんの悪事を告発するように言われました。これが、報酬です」

平山が、ボストンバッグを木塚に差し出した。

「いくらだ？」

「一千万です。奴は、俺を永井《ながい》検事だと信じて疑っていませんでした」

「一千万！　超凄いじゃん！」

桃香がボストンバッグを覗き込み、黄色い声を張り上げた。

「おっさん、やるじゃん！」

そう言って、平山の肩を叩く。

「おっさん⁉　こうみえても、二十七歳なんだけど」

悪戯っぽい顔で、平山が言った。

「え⁉　嘘でしょ⁉　白髪《しらが》あるし頬肉だるだるだし、どうみてもおっさんでしょ⁉」

「彼女の反応をみて、安心しました」

平山が、人懐《ひとなつ》っこい微笑みを浮かべた。

平山の老け顔は、特殊メイクで作ったものだった。木塚が顧問をしている映像制作会社に、特殊メイク専門のメイクアップアーティストが所属していたのだ。

「ねえ、どういうこと⁉」

「特殊メイクだよ。それより吉原の野郎、絶対に許さねえっ。三倍返しにしてやるぜ！」

袴田が面倒くさそうに桃香に言ったあとに、顔を紅潮させ、奥歯を鳴らした。晴海埠頭の倉庫で顔を合わせたときに、吉原にこっぴどくやられたことを恨みに思っているのだろう。

「奴は激情型に見えて、意外に冷静だ。騙されたふりをしている可能性がある」

「いえ、今回は信じていると思います。でなければ、一千万の大金を俺に持たせませんよ」

言うと、平山がホットコーヒーを啜った。

たしかに、平山の言うことには一理あった。

だが、そう信じ込ませるために敢えて一千万を平山に渡した可能性もある。

吉原にとって、一千万ははした金だ。自分を嵌めるためなら、平気で捨て金にするだろう。

「本当かな」

平山の隣でショートケーキを頬張っていた調査部の宮根が、疑わしそうに言った。

「なにが？」

平山が、ムスッとした顔を横に向けた。

「信じているかもしれないですけど、信じてないかもしれないですから、決めつけないほうがいいですよ～」

人を食ったような言いかたをしているが、宮根の判断は正しかった。

疑い過ぎて足を踏み出さないのも愚かだが、無暗《むやみ》に信じて突っ走るのはより愚かだ。

宮根は、そのへんを嗅ぎ分ける嗅覚が鋭い男だった。

「お前に、なにがわかるっていうんだ⁉」

「ところで、これから、どうするんですか？」

気色ばむ平山を無視して、宮根が好奇に輝く瞳を木塚に向けた。

「お前っ……」

「おいっ、いまは仲間割れしてる場合じゃねえだろう！　一致団結して、吉原のくそ野郎に地獄を見せるのが先決だっ」

袴田が、小競《こぜ》り合う宮根と平山を一喝した。

「なんで、あんたに偉そうに言われなきゃならないんだよ⁉」

平山が、袴田に矛先《ほこさき》を向けた。

「たしかに、それは思います」

宮根も、袴田に冷めた眼を向けた。

二人は袴田の部下ではない。とくに宮根は、目撃者役しかできない袴田を見下している節《ふし》があった。仲良しこよしでいるよりも、競争心を芽生えさせたほうが各々《おのおの》の業績も上がるので、むしろ木塚は三人の不仲具合を歓迎していた。

「袴田の言う通りだ。いまは、吉原対策だけを考えろ。記者会見はいつ頃開くとか、吉原は言っていたか？」

木塚は、平山に訊ねた。

「いや、日程は言われていませんが、近々に開きたいようです。木塚さん、記者会見を開かれてしまうと厄介なことになりますが、なにか、お考えでも？」

「もちろんだ」

「じゃあ、記者会見を妨害する策があるんですね⁉」

「いや、記者会見を開かせる」

「え⁉」

木塚の言葉に、平山、宮根、袴田の三人が揃って驚いた顔をした。

「でも、それじゃあ、木塚さんが弁護士資格を剝奪されてしまいますよ？　いや、それどころか、詐欺罪に問われて刑務所行きになる可能性もあります」

「そこで、お前の出番だ」

木塚は平山を見据えつつ、ホットコーヒーを啜った。

「俺ですか⁉」

平山が、驚いた顔で己を指差した。

「ああ、そうだ。今回の一件は、すべて吉原が仕組んだことだとぶちまけるんだ」

「で、でも、記者会見に出たら、俺が偽検事だとバレてしまいますよ⁉」

「そうですよ。吉原は騙せても、記者会見に出たらまずいですよ」

「俺もそう思います。彼を記者会見に出すのは危険です」

ここは、宮根と袴田も平山に同調した。

「それが狙いだ」

木塚は、涼しい顔で言った。

「どういう意味ですか⁉」

「どういうことですか！」

平山と宮根が、コーラス団のように見事にハモった。袴田も、身を乗り出した。

桃香だけが、興味なさそうにスマートフォンをイジっていた。

「偽検事まででっち上げて、記者会見でマスコミや全国の視聴者を騙そうとした。一切合《いっさいがっ》切《さい》を吉原のシナリオということにすれば、奴の信用は皆無になる。どれだけ奴が俺のせいにしようとしても、脅されていたとシラを切り通せばそれで終わりだ。松岡秀太も、本当は痴漢していたんじゃないかって印象になるしな。誰も、吉原の言うことになんか耳を傾けない」

木塚は、淡々とした口調で言った。

「さすがですね！　たしかに、偽の検事まで同席させて会見を開いたことが公衆の面前でバレたら、吉原の面目《めんぼく》は丸潰れです。芸能界も干される……いや、社会的に抹殺されるのは確実ですね」

袴田が手を叩き、嬉しそうに言った。

「でも……いくら脅されたと言っても、所長もヤバくないですか？　そのへんのサラリーマンと違って、所長は弁護士ですから、資格とか剝奪されませんか？」

袴田とは対照的に、宮根が不安げな声で訊ねてきた。

「恐らく除名処分だろう」

木塚は言いながら、セーラムのメンソールに火をつけた。

「所長、それで平気なんですか？」

宮根が、怪訝な顔を向けた。

「仕方ないだろう。俺とカモとの会話の音声データを握られていたんだからな。警察沙汰になっていてもおかしくなかった状況を考えると、たとえ弁護士資格を剝奪されたとしてもラッキーと言える」

木塚は、糸のような紫煙を静かに吐き出した。

強がりでも慰《なぐさ》めでもなかった。

もともと、木塚から仕掛けた喧嘩——松岡秀太にやってもいない痴漢の罪を着せたのは自分だ。その後、やったやられたの応酬はあったものの、吉原に罪はない。

換言《かんげん》すれば、吉原は濡れ衣を晴らすために売られた喧嘩を買っただけの話だ。

その上、木塚は決定的な証拠まで握られていた。

宮根に言った通り、本来なら逮捕も免れないところを、逆に吉原を刑務所送りにするのだ。

奇跡の逆転満塁ホームランといってもいいくらいの快挙だ。

「それより、桃香。お前が重要なカギになる」

「私が⁉」

垂れ気味の大きな眼を見開き、桃香が裏返った声で言った。

「ああ。平山が記者会見でぶちまけたら、吉原はお前に接触してくるはずだ」

「どうして私に？」

「お前は真実を知っている。お前の証言があれば、すべてを引っ繰り返せるからな」

木塚は、桃香をみつめた。

「なによ、その眼？　もしかして、疑ってるの？　私はなにも喋らないから平気だって」

「疑う疑わないじゃなくて、リスクの芽は摘んでおかなければならない。二週間くらい、ほとぼりが冷めるまで宮根と袴田と一緒に行動しろ。学校への送り迎えも、すべてやらせるから」

「やだよっ。なんでこんな小言男《こごと》とゴリラ男と一緒に行動しなきゃなんないのよ⁉」

「小言男なんて、心外だな」

宮根が、不満げに唇を尖らせた。

「ゴリラ男より、ましだろうが？」

袴田が、不服そうに宮根を睨みつけた。

「とにかく、おっさん二人がずっと一緒なんて、ありえねーし！」

「見た目とのギャップが激しいな。ギャルが実はおしとやかっていうギャップは萌えるけど、清楚系の女の本性がヤンキーっていうギャップは引かれるよ」

宮根が、諭し聞かせるように言った。

「そういうところが小言ばかりでウザいんだよ！　ねえ、木塚さん、私のこと信用してよね！　いままでだって、誰かに話したことなんかなかったでしょう⁉」

　桃香が、憤然とした表情で訴えてきた。

「いままで大丈夫だったからって、これからも大丈夫だという保証はない。なにより、お前に裏切る気がなくても、結果的に吉原に有利な証言を引き出される可能性がある。お前の不用意な発言で裁判にでも持ち込まれたら致命的だ。そうなっても、お前は責任を取れないだろう？　だから、そうならないようにおとなしく従え」

　木塚は、抑揚のない口調で言った。

「だって、おっさん二人が一日中、私につき纏うんでしょ？」

　桃香が、嫌悪感たっぷりに言った。

「つき纏うって、ひどい言いかただな。ストーカーじゃないんだからさ」

　宮根が、心外といった表情で言った。

「俺だって、好き好んでお前のお守《も》りなんかしたくねえから」

　袴田も、類人猿顔を歪ませて吐き捨てた。

「安心しろ。家にいるときに二人は付かない」

「あたりまえじゃん！　それに、ほとんど家にいないし」

「僕みたいな優秀な男と一日中一緒なんて、本当は心強いだろう？」

「ふざけんな！　あんたみたいな自惚《うぬぼ》れ男なんかとずっといたら、脳みそが爆発するから！」

自信過剰気味の宮根を、桃香が一刀両断した。

「これは、命令だ」

木塚は、難色を示す桃香に命じた。

「命令ってさ、私にそんな偉そうな態度を取ってもいいの⁉　私がさ、警察に全部喋っちゃったら、木塚さん困るんでしょ⁉」

「ああ、困るな。だから、お前には保険をかけてある」

「保険ってなに？」

桃香が、訝しげな顔で訊ねてきた。

「お前の父親、西麻布と六本木で複数の飲食店を経営しているよな？」

木塚は吸い差しの煙草を灰皿で捻り消し、すかさず新しい煙草に火をつけた。

「なんで知ってんの？」

「すべてラウンジだが、明け方の四時まで営業をしている。警察に風営法違反で摘発させて潰すこともできるし、知り合いの税務署員に連絡して抜き打ち調査をさせることもできる。水商売……とくに違法なラウンジ経営をしているような奴が、まともに税金を払っているとは思えないからな」

「き、汚いぞ！」

「別に、お前が裏切らなければいいだけの話だ。保険だと言っただろう？　保険っていうのは事故や病気……なにか問題が起こったときに使うものだ。お前がなにも問題を起こさなければ、保険も必要なくなる。違うか？」

木塚は、唇の端に薄い笑みを浮かべた。

痴漢冤罪ビジネスで使う女達の身辺を徹底的に調査し、それぞれの一番の弱味を炙り出すのも、調査部に命じている重要な仕事だ。

ある者は彼氏、ある者は職場、ある者は高校の内申書……そして、桃香の弱味は父親だ。木塚のもとには、桃香が幼い頃からファザコンだったという調査報告が上がってきていた。

「くそっ、あんた、最低の弁護士だな」

桃香が、軽蔑の眼差しを木塚に向けた。

「なんだ、そんなこと、いま頃わかったのか？　だが、無実の男を嵌めて金を巻き上げているお前も同類だ。もう一つ。俺が最低の弁護士じゃなくて、弁護士自体が最低なんだ。そもそもが、金をもらったら殺人の罪でも軽くしようとする仕事だからな」

皮肉っぽく言い放った木塚は、視線を宮根に移した。

「調査部の人間で優秀な奴を二人選抜して、二班に分かれて二交代制で桃香に密着しろ。桃香以外は吉原達に面割れしていないとは思うが、念のため、残りの調査部の人間に、ほかの女達を一人ずつ張らせるんだ」

「二交代制⁉　そんなの、嫌だ……」

「また、親父の店の風営法違反と脱税調査の話をしたほうがいいか？」

桃香が舌を鳴らし、横を向いた。

「お前のためでもある。俺のことを喋ったら、お前だって捕まるんだぞ？　これまでに、報酬として大金を手にしているわけだからな。未成年とはいえ、犯罪歴もつく。なにより、警察沙汰になって大好きなパパに知られてもいいのか？　娘が悪徳弁護士と組んで、痴漢冤罪で無実の男から示談金をふんだくっていたって」

桃香が弾かれたように木塚をみて、涙に潤む眼で睨みつけてきた。

だが、もう、反論してはこなかった。

「桃香ちゃん、所長に任せていれば大丈夫だよ。じきに吉原は詐欺罪でブタ箱行きだから、そうなれば君も自由だ」

宮根の言葉に、桃香は不貞腐れたようにソファに深く背を預け、顔を背けた。

「平山。記者会見の打ち合わせだ。宮根は調査部を招集しろ」

木塚は、早口で二人に命じた。

「了解です。じゃあ、僕はこれで」

宮根が席を立った。

「お前は、こいつを連れて宮根と行動をともにしろ」

木塚は、桃香を顎でしゃくり、指示待ち顔の袴田に命じた。

「わかりました。ほら、行くぞ」

袴田が差し出した手を払い除け、桃香は席を立つと、飛び出すように個室を出た。

「彼女、大丈夫ですかね？」

桃香が出ていくと、平山が心配そうに言った。

「あいつは馬鹿じゃない。桃香のことより、自分の心配をしろ。記者会見でお前が下手を打ったら、すべては終わりだ。『木塚法律事務所』の命運は、お前にかかってるんだぞ」

木塚は、平山に敢えてプレッシャーをかけた。

チンピラ風情《ふぜい》の取り立て屋に袋叩きに遭っていたところを助けたのが、平山との出会いだった。あのとき平山は、鼻血塗れの顔をあっけらかんと破顔させていた。ピンチになればなるほどに、力を発揮する男だ。

「木塚さんには、絶対に迷惑をかけません。野良犬みたいな俺を拾ってここまで育ててくれた恩を返しますから」

平山が、情の籠もった瞳を木塚に向け、熱っぽい口調で言った。

「本当に、俺に恩返ししたいと思っているのか？」

木塚の問いに、平山が頷いた。

「なら、恩とか俺のためとかを考えるのはやめろ。任務が失敗したら、お前も刑務所行きだ。自分のために、成功させるんだ」

木塚は、無感情に言った。

潰すか潰されるかの戦いのときに、情は役にも立たないどころか、マイナスにしかならない。

「わかりました。任せてくださいっ」

平山が胸を叩き、微笑んだ。

このダイニングバーにきたときよりも、その顔は生き生きとしていた。

――やはり、追い込まれると強い男だ。

木塚は眼を閉じ、記者会見をシミュレーションした。

## 26

「木塚弁護士は、斎藤桃香という女子高生をはじめとする被害者役を複数抱えていました。被害者役は、電車の乗客から痴漢の濡れ衣を着せるカモを物色し、接触します。駅に停車する寸前に、被害者役はカモの手を摑み、痴漢されたと大声で訴えます。ここで、目撃者役の男性が出現します。被害者役と目撃者役はカモを電車から降ろし、駅の事務室に連れていこうとします。そして、最後に現われるのが木塚弁護士です……」

「アカデミアプロ」の社長室——検事の永井が、吉原が作成した原稿を読み上げた。

「……木塚弁護士は、被害者役の女性を使って過去数年間で三百人以上のカモから五億円以上を騙し取っています」

「まあ、棒読みだがいいだろう。本番までには、頭に入れてこいよ」

ソファに深く背を預けて足を組んだ吉原は、煙草の穂先を突きつけた。

本番——記者会見は一週間後を予定していた。馴染みのテレビ局の報道部、スポーツ新聞の記者、週刊誌の記者……。マスコミを集めるのに、それくらいの期間は必要だった。

「ところで、俺に寝返ったことは木塚にバレてねえだろうな？　野郎は勘が鋭いからよ」

「それは、大丈夫だ。いまのところ、木塚弁護士はなにも気づいていない。明日も、中野の事務所で私とエイミ君と三人で打ち合わせがある」

「野郎は、どうやってエイミに証言させる気だ？」

「吉原社長と同じで、記者会見を開くつもりだ」

「日程は？」

「いや、日取りのほうはまだ決まってないようだ」

「わかっているだろうが、もし、俺らより早い日程を出してきたら理由をつけて延期するように勧めろ。おい、大丈夫だろうな？」

吉原は身を乗り出し、永井を見据えた。

「ん？　なにがかな？」

「万が一にも俺を嵌めようなんてしたら、どうなるかわかってんのか？　お？」

さらに顔を近づけ、永井を睨めつけた。

永井の黒眼の動きを注視した。

永井の小鼻の動きを注視した。

永井の指先の動きを注視した。

人間が嘘を吐くときに、動きが出やすい部位だ。

「そんなこと、するわけないだろう？　あんたから一千万ももらっているんだ。バレたら、私の立場が危なくなる」

永井の言葉など少しも聞かずに、黒眼、小鼻、指先に注意を払った。

いまのところ、永井からは動揺が窺えなかった。

だからといって、信用したわけではない。

意志が強いか馬鹿か鈍感《どんかん》なら、嘘を吐いていてもリアクションが出ない場合があるからだ。

「なんにしろ、俺を裏切ったらてめえは終わりだってことを覚えておけ。もう一度、セリフを言ってみろ」
吉原は新しい煙草に火をつけ、ソファに背を預けると、眼を閉じた。

☆

「どうも、吉原です。届きましたか？」

緊急記者会見

※松岡秀太絡みの重大発表を致します。
日付　9月17日
場所「ウェンディホテル恵比寿」白鳳《はくほう》の間
時刻　13時

永井が帰ったあと、吉原は社長室のデスクで「日東《にっとう》テレビ」報道部長の相良《さがら》に電話をかけ、メールの送信履歴をみながら訊ねた。
眼の前の応接テーブルでは、誠也がノートパソコンを広げ、関係者各位に向けて記者会見の案内状を送信していた。

『ああ、見ましたよ。松岡秀太絡みの緊急記者会見って、なにを発表するんですか？』

「それは、当日のお愉しみということで。きてもらえますよね？」

『もちろん、と言いたいところですが、一件、グラドルの写真集刊行イベントに顔を出さなくてはならなくて。終わり次第、駆けつけ……』

「俺と秀太は、グラドル以下ですか？　『アカデミアプロ』の吉原と看板タレントが緊急記者会見するより、巨乳女の写真集のほうが重大ニュースねぇ。そんな局に、ウチの秀太を出したくはないですね。日吉《ひよし》社長も、視聴率俳優がドラマNGとなると困るだろうな。その原因が、報道部長だと知ったらどう思うだろうな。あ、気にしないでください。俺の独り言なんで」

　吉原は、言葉こそ丁寧だが、遠回しに相良を恫喝した。

『吉原社長、イジめないでくださいよ。わかりました。明日、十三時ですね？　スケジュールを調整して、伺わせていただきます』

「なんか、悪いですね。まあ、損をさせないだけのネタは提供しますから」

　吉原は電話を切り、「サクラスポーツ」芸能部デスクの番号をタップした。

『吉原社長、見ましたよ！』

　電話に出るなり、デスクの坂下《さかした》の濁声《だみごえ》が受話口から流れてきた。

「というわけなので、当日、よろしくお願いしますよ」

『もちろんです！　まさか、松岡秀太君の婚約会見とかじゃないでしょうね？』

「婚約会見なら、俺は同席しませんよ。ある意味、社会的にはもっと衝撃的なことです」

『愉しみです！　ウチの菊池《きくち》っていう記者を行かせますので、よろしくお願いします！』

「は？　坂下デスクがきてくれるんじゃないんですか？」

吉原は、剣呑《けんのん》なオーラを故意に言葉尻に含ませた。

デスクが取材するのと平《ひら》記者が取材するのでは、記事の扱いに差がついてしまう。

だが、今回の場合、吉原が坂下に拘るのには別の理由があった。松岡秀太が痴漢冤罪組織の被害に遭ったというネタなら、誰が取材してもトップ記事になるのはわかっている。

坂下に取材させたいのは、芸能界でのパワーバランスを維持するためだ。

業界大手の芸能プロダクションの社長と所属タレントのトップが開く記者会見ならば、取材する側もトップクラスでなければならない。

『あ、私も駆けつけたいのは山々なのですが、ちょうどその日、山倉涼音《やまくらすずね》の新作ドラマの制作発表会見がありまして……』

歯切れ悪く、坂下が言った。本当は隠したい理由なのだろうが、連続ドラマの制作発表会見ならば嘘を吐いてもバレてしまう。

「なるほど、山倉涼音か。ウチと双璧《そうへき》の大手プロダクションの看板女優の高視聴率ドラマシリーズの制作発表会見なら、松岡秀太の重大発表の会見より優先しても仕方がないってことですね」

吉原は、皮肉たっぷりに言った。

『吉原社長、そんなことは断じてありません！　菊池はウチの期待の記者で……』

「俺は、坂下デスクに取材してほしいんですよ。まあ、『アカデミアプロ』の吉原の頼みより、『サンライズ』の山倉涼音を選ぶって言うんなら、諦めますよ。ただし、今後『サクラスポーツ』の取材は、うちの所属タレント全員ＮＧにさせてもらいますから」

吉原は、威圧的な響きを含ませた声で言った。

『社長、勘弁してくださいよ……「サンライズ」さんのほうを選んだわけではなく、先約なので仕方がないんですよ』

坂下が、泣き出しそうな声で言った。

「だから、仕方がないって言ってるでしょうが。ただ、俺と秀太が揃って開く会見にこられない理由として納得できるのは、坂下デスクが死んだときだけですから」

吉原が言うと、電話の向こう側で息を呑む気配があった。

一番の扱いをさせるためなら、ひどい人間だと嫌われてもいい。

強い駒と恐怖が揃っていれば、芸能界では敵なしだ。

二つの要素の、どちらか一つでも欠けてしまえば、権力を失ってしまう。

王様が一夜にして召し使いになるのが、芸能界という伏魔殿だ。

『わかりました。私が、伺います』

絞り出すような声で、坂下が言った。

「なんだか、不満そうですね」

『いえいえ、不満じゃなくて、困っているだけです。「サンライズ」さんとの先約を反故《ほご》にしてライバル事務所の記者会見に行くわけですから……』

坂下が、苦悶《くもん》の声で言った。

「心配しないでください。後悔しないだけの衝撃的なネタを差し上げますから。じゃあ、当日、よろしくお願いしますよ」

一方的に言うと、吉原は電話を切った。

「相変わらず、社長は強気っすね。こんなに強引にやって、大丈夫っすか？」

電話が終わるのを待ち構えていたように、誠也が吉原に言った。

「いいことを教えてやるよ。あいつら、局Pや記者は不良債務者と同じだ」

吉原は、ラークに火をつけながら言った。

「不良債務者、ですか？」

誠也が、怪訝な顔で訊ねてきた。

「ああ、そうだ。一番優しい債権者は後回しにして、一番怖い債権者を優先する生き物だ。奴らに、同情なんか必要ねえ。理解を示したぶんだけ馬鹿を見るのが落ちだ。芸能界のパワーバランスは、ちょっとしたことですぐに逆転する。視聴率と購買率を稼げるタレントがいるかぎりは、どんなに無理難題を吹っかけてもわがままで通るが、ろくな所属タレントもいない事務所が同じゴリ押しをすれば、それは単なる脅迫になる」

吉原は言うと、紫煙を勢いよく天井に向けて吐き出した。

「社長は、やっぱ、凄いっすね！　こんな人を敵に回した木塚は、憐れな野郎っすよ。まあ、奴も頑張ったほうっすけど、今度の記者会見で終わりっすね。松岡秀太に痴漢の濡れ衣を着せて示談金を騙し取ろうとした事実と、組織的に痴漢冤罪ビジネスを行なってきたことが、全国の人々に暴露されるわけっすからね」

生き生きとした顔で、誠也が言った。

「浮かれるのは、まだ早い」

吉原は、デスクに両足を投げ出しつつ、言った。

「え？　どういうことっすか？」

「勝負は下駄《げた》を履いてみるまでわからねえっつうことだ」

「そりゃそうですが、この爆弾が投下されたら、さすがの鉄仮面男も生き延びることはできないっすよ。なんといっても、こっちには永井検事っつう切り札があるわけっすからね」

たしかに、誠也の言う通りだった。すべては順調に運んでいる。

記者会見で事実が明らかになれば、木塚は弁護士資格を剝奪された上に刑務所行きだ。

だが、順調に運び過ぎていることが逆に引っかかった。

なにか、見落としてはいないか？　重大ななにかを……。

「俺が二十代でここまでの地位を芸能界で築けたのは、なんでだと思う？」

吉原は、宙に立ち上る紫煙を視線で追いながら、誠也に訊ねた。

「え？　そりゃあ、やっぱ、頭が切れて腕が立つからっすよね？」

「否定はしねえが、それだけじゃ生き馬の眼を貫《ぬ》く芸能界で天下は取れねえ」

「ほかに、なにかあるんすか？」

「ああ。ここだ」

吉原は、己の鼻を指差した。

「鼻っすか？」

「嗅覚だ」

吉原は、霧散《むさん》する紫煙をみつめながら言った。

## 27

「凄いな……三百人はいそうですね」

会場の最後方——木塚と並んで佇む宮根が、圧倒された顔で白鳳の間に詰めかける報道陣を見渡した。

もしかしたら止められるかもしれないと思いながらも名刺を出した木塚を、受付係はすんなりと通した。

「これだけいれば簡単に紛れ込めましたね」

テレビカメラも五台ほど入っており、週刊誌やスポーツ新聞の記者と思しき者達がパイプ椅子に乗り、ベストアングルを模索していた。


「松岡秀太の重大発表って、なんだろうな？」

「新作映画の発表か？」

「そんなことくらいで、こんなに大袈裟な記者会見は開かないだろうよ」

「もしかして、結婚か？」

「そりゃねえだろう。いまが稼ぎ時なんだからさ」

「じゃあ、事件にでも巻き込まれたか？」

「どんな事件だよ？」

「わからないけど、それなりのなにかがなきゃ、こんなに大勢のマスコミを呼ばないだろ？」

記者達が、会見の内容を推理し合っていた。

「松岡秀太は、人気絶頂だからな」

腕組みをした木塚は、淡々とした口調で言った。

「いよいよですね。吉原は、平山がシナリオにないことを暴露し始めたら、さぞや驚くでしょうね。奴の蒼白顔を、早く見たいですよ」

宮根が、声を弾ませた。

無表情だが、木塚も内心、待ち遠しかった。木塚に止めを刺そうと開いた記者会見で、己が止めを刺されたときの吉原の顔を見るのが……。

長かった。過去に、こんなに手こずった相手はいなかった。

吉原から、示談金を取ることができなかった。

それどころか、記者会見が終われば弁護士資格も剝奪されてしまうだろう。

肉を斬らせて骨を断つ――吉原を刑務所送りにするには、腕の一本くらいは差し出すしかなかった。そうしなければ、弁護士資格を剝奪されるどころではおさまらない。犯罪者としてすべてを失い刑務所暮らしをしなければならないのは、自分のほうだったのだ。

敵ながら、あっぱれな男だった。

二十代で海千山千《うみせんやません》の猛者《もさ》達がひしめく芸能界で頂点に立っただけのことはある。

「でも……本当に、いいんですか？」

一転して、宮根が沈んだ声で訊ねてきた。

「また、そのことか？　何回も、同じことを訊くな」

木塚は、冷めた眼を宮根に向けた。

「何回だって、何十回だって言いますよっ。だって、所長は弁護士を辞めなければならないんですよ⁉　俺は、所長がいなくなったら……」

「心配するな。お前のことは、知り合いの弁護士事務所に頼んである。ウチにいたときよりも、いい条件で引き取ってくれる」

「条件なんて……俺は、所長のもとで働きたいんです！」

宮根が、潤む瞳で木塚をみつめた。

相手が熱っぽくなるほどに、反比例するように木塚の心は冷え切った。

「聞き分けのない子供みたいなことを言うな。俺を、牢獄《ろうごく》に入れたいのか？」

「そんな……」

宮根がうなだれた。

「落ち込むな。それに、俺を見くびるな。バッジがなくなっても、俺はいままで以上に金儲けをするつもりだ。弁護士という肩書がプラスになることも多いが、ビジネスにおいてはマイナスになることも多い。弁護士の肩書で、制限されることが多々あるからな。これからは、実業家として手腕を発揮するつもりだ」

強がりではなかった。とりあえずは、弁護士として培《つちか》った知識を活かし、企業相手のコンサルタントをやるつもりだった。

法の抜け道は、木塚の頭に叩き込まれていた。

コンサルタントとして、企業から大金を吸い上げるノウハウを十分に持っていた。

弁護士であれば、弁護士会の制約などがあって思うように動けない。

だが、これからは違う。誰の監視もなく、好きなように采配《さいはい》を振るえるのだ。

「それより、桃香のほうは大丈夫だろうな？」

木塚は、宮根に厳しい表情で訊ねた。

桃香には、調査部の人間が交代制で見張りについていた。

いま、桃香にすべてを暴露されたなら一巻の終わりだ。

「ええ、袴田さんもついてますので、ご安心ください。それに、平山検事を寝返らせたと思っていますから、吉原は桃香に接触しようとは考えないはずです」

宮根の言うことには、一理あった。

今日の会見……あと数分で吉原は、宿敵である自分の息の根を止められると思っている。

だが、気は抜けない。吉原は、したたかで周到な男だ。記者会見で平山が木塚の仕掛けたトラップだと知った瞬間に、桃香に証言させようと考えても不思議ではない。

いや、それが、窮地に追い込まれた吉原が逆転打を放つ唯一《ゆいいつ》の方法だ。

そう、桃香の証言があれば、互いの立場はあっさりと逆転する。

吉原が牢獄に囚《とら》われの身になるまで、絶対に桃香と接触させてはならない。

「とにかく、桃香から眼を……」

会見場のどよめきが、木塚の言葉を遮った。主役達が姿を現わしたのだ。

平山を先頭に、吉原、松岡秀太の順番で会見場に入ってくると、三人は報道陣に頭を下げてから席に着いた。

少し遅れて入ってきたのは、顔立ちの整った若い男性だ。

たしか、吉原に誠也と呼ばれていた諜報部の男だ。

どこから紛れ込んだのか、松岡にたいして黄色い声援が飛んだ。

「皆様、お忙しい中お越しくださり、ありがとうございます。ただいまより記者会見を始めます」

誠也がマイクを手に、報道陣に挨拶した。

どうやら、会見の進行役のようだ。

「早速ですが、『アカデミアプロ』の代表取締役である吉原から、皆様にご報告があります」

誠也は言うと、吉原にマイクを手渡した。

「いよいよですね」

宮根が、緊張気味に言った。

「いま、紹介に与《あずか》った吉原です。今日は、『アカデミアプロ』の看板タレントである松岡秀太に関しての重大発表があります」

吉原が、報道陣を見渡しながら言った。

まずは秀太に痴漢の嫌疑がかけられた話をし、次に平山に、木塚が黒幕となった痴漢冤罪ビジネスについての実態を暴露させるという流れなのだろう。

平山が偽の検事とも知らずに……己が一切の黒幕だと告発されるとも知らずに。

木塚は、心でほくそ笑んだ。

「本人の口から、語ってもらいます」

吉原が、マイクを松岡に渡しながら促した。

本人に告発させることで、報道陣と世間から同情を引こうという計算なのだろう。よく練られたシナリオかもしれないが、数分後には平山の爆弾発言によって致命傷を負うことになる。

「みなさん、本日は、お忙しい中、僕のために時間を取っていただき、ありがとうございます。僕、松岡秀太から、皆様にお報《しら》せしたいことがあります」

マイクを握った松岡が、強張った顔で言った。

「僕、松岡秀太は、来月から無期限でアメリカに留学に行ってきます」

報道陣がどよめいた。

「どうして、アメリカに行くんですか⁉」

「無期限って、どのくらいのことですか⁉」

「語学留学ということですか⁉」

「アメリカのどこですか⁉」

「芸能界で、なにかトラブルでもあったんですか⁉」

「もう少し詳しく、事情を教えていただけませんか⁉」

記者達が、矢継ぎ早に質問を浴びせた。ここから、痴漢冤罪の件に入るのだろう。

「吉原の野郎、もったいをつけますね」

宮根が、小さく舌を鳴らした。

「個別の質問は後程時間を取っていますので、ご遠慮願います。いま、本人から事情説明がありますので」

吉原が、言葉こそ丁寧だが威圧的な口調で報道陣を窘めた。

「僕は高校中退でこの世界に入り、あっという間にたくさんのお仕事を頂けるようになりました。嬉しいという思いと裏腹に、これでいいのかという思いが常に心の奥底にありました。きちんと勉強をしてこなかったせいで台本の漢字もろくに読めず、言葉の意味がわからないことも珍しくなく、僕の国語のレベルは日本での生活の長い外国人にも負けるでしょう」

自嘲気味に、松岡が苦笑いを浮かべた。

「国語だけでなく、歴史についても同じです。以前、映画で織田信長《おだのぶなが》の若い頃を演じたことがあるのですが、正直、織田信長という人が歴史上でなにを成し遂《なしと》げた人なのかは、台本をもらってから初めて知りました。もちろん、撮影日まで織田信長について歴史の勉強はしました。ですが、しょせんは一夜漬けです。そんな薄っぺらな演技をしても、観客の心にはなにも届きません。このまま忙しさにかまけて役者を続けていたら、取り返しのつかないことになりそうで……。僕はまだ二十歳です。いまならまだ、役者の前に人間としての厚みをつける時間が残されています。将来、後悔しないように、芸能活動の無期限の休業とアメリカへの留学を決めました」

「所長、なんか、雲行きがおかしくないですか？　前ふりにしては、無駄に話が長過ぎます」

宮根が、眉を顰めた。木塚も、同感だった。

なにかがおかしい。嫌な予感がした……とてつもない、嫌な予感が……。

「なぜ、アメリカなんですか⁉」

「国語や歴史についての勉強なら、日本でやるべきじゃないですか？」

「留学というのは体裁《ていさい》で、本当は、日本を離れなければならない事情があるんですか？」

ふたたび、速射砲のような質問が報道陣から浴びせられた。

「次に、個別の質問を無断でしたら会見を中止しますから、そのつもりでお願いします」

吉原が押し殺した声で言うと、報道陣に鋭い視線を巡らせた。

「質問にお答えしなさい」

吉原が、松岡を促した。

「日本の学校で勉強したいのは山々ですが、僕の顔は多くの人に知られています。あなた達も、僕をそっとしておいてはくれないですよね？　松岡秀太、家庭教師をつける。松岡秀太、いまさら小学校高学年レベルの漢字を習う。松岡秀太、二十代で高校生になる。僕のことを、面白おかしく書きたてますよね？　僕はこういう仕事をしているので構わないのですが、行く先々で、いろんな人にご迷惑をかけるのが怖いんです」

「ロサンゼルスに、アメリカ人向けの日本語スクールを経営している私の友人がいます。今回、彼を居候させてスクールに受け入れてくれることになりました。日本人なのにアメリカの日本語スクールに通うなんて、まるでコメディみたいですがね」

吉原が、ジョーク交じりに言った。

「役者の前に人間としての厚みをつけるだと……」

木塚は、嚙み締めた歯の隙間から言葉を絞り出した。

これは、痴漢冤罪の話を切り出す流れではない。

　平山も異変を察したのか、何度も吉原と松岡のほうに首を巡らせていた。

「なんか、嫌な感じですね。どうするつもりなんでしょう？」

　宮根が、暗鬱な顔を木塚に向けた。

「芸能界では、とんとん拍子にうまく行きましたが、実社会での僕は赤子同然です。復帰はいつになるかわかりませんが、人間的に一回りも二回りも大きくなって、みなさんの前に帰ってきますので、温かく見守ってやってください」

　松岡が立ち上がり、深々と頭を下げた。

「こちらからの発表は以上となります。ここからは、質問タイムになります。挙手をしてこちらから指名されたら、社名と氏名をお願いします。一社につき、質問は一つまでとなります」

　吉原の言葉に、木塚は耳を疑った。

「所長っ……」

　気色ばむ宮根を、木塚は右手で制した。

「『週刊タイムス』の磯部《いそべ》です。松岡さんが留学を思い立ったのは、いつ頃ですか？」

「デビュー作のドラマの撮影中です。台本に書かれている漢字がほとんど読めなくて……いえ、全部読めなくて。監督や共演者のみなさんは、僕のせいで待たされてばかりでした。もう、申し訳なくて、恥ずかしくて……。それで、いつか、必ず留学すると心に決めたんです」

「『菊丸《きくまる》スポーツ』の中原《なかはら》です。疑っているようで申し訳ないのですが、アメリカ留学は本当にそれだけの理由なんでしょうか？　女性関係とか、そういった問題が……」

「言い忘れてましたが、不適切な質問はお断わりします。では、次の方どうぞ」

吉原が、記者の言葉を遮った。

「所長、なにを……」

挙手する木塚を、宮根が訝しそうな顔で見た。

「最後方のグレイのスーツにストライプ柄のネクタイ……」

吉原が、指名しかけたのが木塚だと気づき、言葉を切った。

「ストライプ柄のネクタイの方、質問をどうぞ」

気を取り直したように、吉原が木塚を指名した。

「『木塚法律事務所』の弁護士の木塚です」

木塚が名乗ると、会見場がざわついた。

無理もない。記者会見場に、弁護士が交じっているのだから。

「本日の記者会見は、松岡秀太さんの海外留学の発表だけなんでしょうか？」

木塚は、淡々とした口調で質問した。

「はい、今日は僕の……」

「私は、吉原社長に質問しているのです。吉原社長、お答えください。本日の記者会見は、松岡秀太さんの海外留学の発表だけなんでしょうか？」

木塚は松岡を制し、一切の感情のスイッチを切ったような冷え冷えとした瞳で吉原をみつめた。

「はい。そうです。ウチの秀太は、先月まで連続ドラマ一本、映画二本、ＣＭ四本の契約がありました。海外留学をするにも、きちんとした形で会見を開かなければ、関係各社に迷惑をかけることになりますから」

吉原が、尤もらしい顔で尤もらしいことを言った。

肚が読めなかった。

吉原はいったい、なにを考えている？　このまま痴漢冤罪の話題を、出さないつもりなのか？

罠だと気づいたのか？　だとしたら、なぜ？

平山が裏切ったのか？　それとも野性の勘が働き、自主規制したのか？

「なるほど。わかりました。ところで、お隣にいる方は検事さんですよね？　検事さんが同席しているので、てっきり、松岡さんがなにかの事件に巻き込まれたのかと思いましたよ」

木塚の質問に、ふたたび会場がざわめいた。

一か八かの賭けに出た。

「所長、事を荒立てるのはまずいです」

宮根が、耳もとで囁いた。

たしかに、いま自分が言っていることは諸刃の剣だ。下手をすれば、藪蛇《やぶへび》になる。

だが、無傷で済まないのは端から承知の上だ。

痴漢冤罪ビジネスの罪を吉原に擦《なす》りつける代わりに、弁護士バッジを外す覚悟はできていた。

「質問は一社に一つと言ったはずです。ですが、妙な誤解を与えたくないので、特別にお答え致します。こちらは永井元検事です。秀太が無期限の休業に入る前の契約関係の問題で、いろいろとお世話になっている弊社の顧問弁護士です。今日の会見で、もし契約についての質問が出たときのために、同席していただきました」

涼しい顔で事情説明する吉原に、平山が啞然《あぜん》としていた。それは、木塚も同じだった。

「そういうことだったんですね。ご説明、ありがとうございました」

木塚は平静を装い、素直に引いた。

敵の戦略がわからない状態で、深入りするのは得策ではない。

「今度は私が質問します。どうして、弁護士さんが秀太の記者会見にいるんですか？」

吉原が、木塚に訊ねてきた。

報道陣の視線が、木塚に集まった。

誘っているのか？　自分に、痴漢冤罪ビジネスの話をさせようとしているのか？

だとしたら、なにが狙いだ？

その話を出されるのはまずいから、記者会見の内容を変更したのではないのか？

本来なら、自分が会場にいるのは吉原にとって迷惑なはずだ。

無視することも追い出すこともできたはずだ。

それなのに、なぜ質問に答えた？　なぜ質問をしてきた？

木塚は、思考の車輪を目まぐるしく回転させた。

もし、吉原が自分の画策を見抜いていたら？　平山を偽検事だと知っていたら？

自分が下手に深入りすれば、ミイラ取りがミイラになる。

吉原が、この場ですべてを暴露すればどうなる？　痴漢冤罪ビジネスの罪を擦りつけるために偽検事を接触させたと、洗いざらいぶちまけてしまえばどうなる？

平山が検事かどうかは、調べればすぐにわかることだ。

偽検事をでっち上げたことがマスコミに知れ渡れば、木塚は窮地に陥る。

だとしたら、吉原はなぜ真実を明かさない？

これだけのテレビやマスコミが集まっているのだ。海外留学話などでお茶を濁さずに自分のシナリオを話してしまえば、刑務所送りにできるというのに……なぜ、そうしない？

考えられる可能性は一つ――確信がないのだ。

だから吉原は、様子を探ろうとしているに違いない。

どちらにしても、すべてにおいて情報不足だ。

「ああ、私の婚約者が松岡秀太さんの大ファンでして、記者会見に行ったら自慢できると思ったんです」

木塚は、咄嗟にでたらめを言った。

「所長っ」

宮根が、咎《とが》める眼で木塚を見た。報道陣の失笑が、そこここから漏れ聞こえてきた。

「なるほど。あとでスタッフにサインを届けさせます。オークションで売られたら困りますので、婚約者さんの名前を色紙に入れますから、スタッフに伝えてください」

吉原が人を食ったような顔で言うと、余裕の表情で笑った。

「ありがとうございます。名刺を受付に置いていきますので。もし、オークションに出品されているのを見つけたら、通報してください」

木塚も、ジョークで切り返した。

「わかりました。なにかありましたら、弁護士バッジを外してもらいますから」

吉原が冗談めかして言うと、報道陣から笑い声が起きた。

だが、吉原の眼は笑っていなかった。

確信した。やはり、吉原はなにかを摑んでいる。

木塚は会釈《えしゃく》を残し、会場をあとにした。

「最後まで、いなくてもいいんですか⁉」

追いかけてきた宮根が、訊ねてきた。

「奴は、冤罪ビジネスの話をする気がない。俺とのやり取りで、はっきりわかっただろうが」

木塚は、エレベータに乗りながら言った。

「ですが、どんな発言をするかわからないので、監視していたほうがいいんじゃないですか？　僕だけでも、残りましょうか？」

「その必要はない。それより、袴田に電話しろ。桃香に異常ないか確認するのが先決だ」

Ｂ２でエレベータを降りた木塚は、地下駐車場に蹲《うずくま》るレクサスＬＳのパッセンジャーシートに乗り込んだ。

「桃香を、疑ってるんですか？」

ドライバーズシートに座った宮根が、ルームミラー越しに言った。

「誰かが吉原に情報を流しているのは間違いない。桃香にかぎらず、疑わしい人間を一人ずつ洗っていく。早く、電話しろ」

木塚に命じられ、宮根がスマートフォンを取り出し、ディスプレイをタップした。

「あ、お疲れ様です、宮根です。桃香さんの様子は……」

木塚は身を乗り出し、宮根からスマートフォンを奪った。

「俺だ。桃香はどこにいる？」

『あ、所長……お疲れ様ですっ。桃香はいま、中野の『マクドナルド』でポテトを食ってます。記者会見は、もう、終わったんですか⁉　吉原の野郎っ、パニクってましたか⁉』

袴田が、食い気味に訊ねてきた。

「奴は冤罪ビジネスについて一切触れず、平山にも一言も喋る機会を与えなかった」

『えっ……それ、どういうことですか⁉』

「こっちのシナリオが、奴に伝わっていたようだ。だから吉原は、会見の内容を松岡秀太が芸能界を休業して海外留学するという発表の場に切り替えやがった」

木塚は、吐き捨てた。いま思い出しても、腸が煮え繰り返った。

『シナリオが伝わっていたって……誰かスパイがいるってことですか⁉』

「それをたしかめるために、電話をしてるんだ。桃香は昨日と今日、なにをしていた？一人で、どこかに行ったりしてないか？」

『近くにいますんで、本人と替わりましょうか？』

「馬鹿。本人が正直に答えるわけないだろうが？　桃香の姿が見える範囲で、場所を移れ」

『あ、はい。少し、お待ちください』

袴田が移動する気配が受話口から伝わってきた。

『お待たせしました。大丈夫な場所に移動しました。昨日も今日も、桃香は学校に行ってませんし、家にも帰っていません』

「家に帰ってない？　どういうことだ？」

『言いづらいんですが……キャバクラに行ってたんです』

「キャバクラ⁉」

思わず、木塚は素っ頓狂な声を上げた。

『ええ……桃香がキャバクラに行ってみたいって言うから、まあ、一緒に行動してれば吉原も接触できませんし。友人が歌舞伎町で経営している店に、昨夜はラストの一時まで、終わってからはインターネットカフェに泊まりました』

バツが悪そうに、袴田が言った。桃香のせいにしているが、自分が行きたかったに違いない。だが、そんなことはどうでもよかった。

「インターネットカフェの部屋は別々だろうから、誰かに電話をしてもわからないよな？」

『そのへんは、ご心配なく。スマートフォンは昨日も今日も預かってますから。ブーブー文句を言って大変でしたが、個人的にボーナスを出すってことでなんとか納得させました。宮根がいないときに、問題が起きると困りますから』

「ネットがあるだろう？」

『それも、想定内です。桃香の個室のネットだけ、店員に事情を話して使えないようにしてもらいましたから。これも、臨時ボーナスの上乗せで納得させました。昨日だけで、キヤバクラの料金と合わせて二十万もかかりましたよ。あの……経費で、落とせたりしないですよね？』

遠慮がちに、袴田が訊ねてきた。

「よくやった。落としてやるから安心しろ」

本音だった。

単細胞の袴田にしては、上出来だ。二十万で内通者を封じ込められれば安いものだ。

だが、まだ、完全に桃香が白と決まったわけではない。

「携帯以外に、桃香がなんらかの方法で外部と連絡を取っている可能性はなかったか？」

『はい。昨夜寝るとき以外は、ずっと一緒ですから。連絡の取りようがありません』

自信満々に、袴田が言った。

「そうか。もう少ししたら、お前らと合流する。一時間もすれば着けるから、そこで待ってろ。それまで、引き続き桃香から眼を離すな。携帯も、俺らが合流するまで返すな。金で釣れるなら、経費で落としてやるから」

一方的に命じると、木塚は通話ボタンをタップした。

「袴田さん、頑張っているみたいですね？　人間、任せればできるものなんですね」

上から目線で、宮根が言った。そう、宮根は袴田を見下している節があった。

「調査部の部下に電話して、中野の『マクドナルド』にいる袴田と桃香を監視させろ」

「え？　いまから、合流するんじゃないんですか？」

木塚が指示を出すと、宮根が怪訝な顔で振り返った。

「ああ、合流する。ただし、俺らは遅れる。しばらく、袴田と桃香を泳がせるつもりだ」

「所長は、袴田さんのことも信用していないんですね？」

木塚は頷き、セーラムをくわえて火をつけた。

袴田の桃香にたいする予防は完璧に近かった。

桃香も、吉原サイドに内通する隙はないだろう。

ただし、それは袴田の報告が本当なら、の話だ。

もし、袴田自身が内通者なら、いま受けた報告はまったく無意味なものだ。

「でも、袴田さんは吉原のことを滅《め》茶《ちゃ》滅《め》茶《ちゃ》嫌ってますよね？　所長を裏切って奴に協力するとは思えないんですが……」

宮根がそう考える気持ちはわかる。たしかに、袴田の吉原にたいしての嫌悪感は相当なものだ。しかし、状況が変われば人間は昨日の敵と簡単に手を組む生き物だ。

それは金であったり、地位であったり、弱味であったり……人によって裏切る理由は様々だ。袴田が、吉原に魅力的な餌をちらつかされて懐柔されたり、反対に、弱味を握られ脅されたりしていないという保証はない。

木塚は、忠誠心や信頼というものを信用していない。いや、人間そのものを信用していない。だから、木塚が誰かを裏切ることがあっても、誰かに裏切られることはない。

「袴田が俺を裏切るのは、晴れの予報の日に雨が降るより確率が高い。その程度のことだ」

木塚は抑揚のない口調で言うと、紫煙をパワーウインドウに向かって吐きかけた。

「絶対に敵に回したくないタイプですね……所長は」

宮根が、本音とも冗談ともつかない口調で言った。

「敵になりたいときは、遠慮しなくていいぞ。俺も、容赦なく潰してやるから」


――誰を犠牲にしてでも、どんな卑劣な手を使ってでも、あの男を闇に葬るんだ。できるだろう？

紫煙が霧散した窓ガラスに現われた男――片側の唇を酷薄に吊り上げた男が、木塚に冷たく微笑みかけた。

## 28

「吉原社長、これは、いったい、どういうことなんだ⁉　どうして、木塚弁護士の痴漢冤罪ビジネスを暴露しなかったんだ⁉」

記者会見を開いたホテルの地下駐車場――マイバッハのリアシートに座るなり、永井検事が血相を変えて詰め寄ってきた。

「新宿に向かえ」

永井の問いかけを無視して、吉原は誠也に指示した。

「事務所じゃなくて……ですか？」

誠也が、ルームミラー越しに訊ねてきた。

「別荘だ」

吉原が言うと、誠也が弾かれたように振り返った。

「別荘っすか⁉」

頓狂な声で訊ね返した誠也の視線が、永井に移った。

「さっさと車を出せ」

吉原は誠也に命じると、シートに背を預け、眼を閉じた。

別荘とは、新宿三丁目のレンタルスペースのことだ。

「無視しないで、説明してくれないか⁉」

永井の逼迫《ひっぱく》した声が、吉原の耳を心地よく愛撫《あいぶ》した。

「十五分後には教えてやるから、それまで黙ってろ」

素っ気なく言うと、吉原は記憶の扉を開けた。

会見場での木塚は、冷静さを装ってはいたが、かなりの動揺が窺えた。

無理もない。木塚の痴漢冤罪ビジネスを暴露した自分を、偽検事を使ってテレビカメラと報道陣の前で嵌めようとした計画が水泡《すいほう》に帰《き》したのだから。

吉原はラークをくわえ、思考をフル回転させた。

かつて、ここまで自分をコケにした人間はいない。

木塚は、思い知ることになる。

悪魔を敵に回したことの対価の重さを……。

☆

新宿三丁目の雑居ビルの地下——B‐1号室の窓のない十坪ほどのスクエアな空間の壁際には、金塊《きんかい》や裏帳簿が入った木箱が積み上げられていた。

このレンタルスペースは他人名義で契約しているので、国税に関連付けられる可能性は低い。そう、可能性はゼロではない。

他人名義でも、内偵で尾行されて隠し部屋が発覚することもある。

なので吉原は、三ヵ月に一度はレンタルスペースの場所を変えていた。

そして、このレンタルスペースには、もう一つの使い道があった。

「ここは？」

個室に入った永井が、怪訝な顔で訊ねてきた。

「見てわからないか？　倉庫だ」

「私が訊いているのはそういうことじゃなく……」

「いつまで、検事みたいな口をきいてるんだ？　お？　平山さんよ」

木箱に腰かけた吉原は、永井――平山に言った。

「え……」

平山の表情が固まり、絶句した。

「残念だったな。てめえが木塚の手先だってことは、バレてんだよ！」

吉原は腰を上げ、平山に詰め寄った。

「な、なにを言ってるのか……わ、私には、わからないな」

しどろもどろになりながらも、平山がシラを切り続けた。

「認めるわけにはいかねえよなぁ？」

小馬鹿にしたように言いながら煙草に火をつけた吉原は、紫煙を平山の顔に吐きかけた。

「いや、本当に私にはなんのことだか……」

吉原は、平山のみぞおちに右の拳を叩き込んだ。

平山が呻き、腹を押さえながら膝をついた。額には、びっしりと玉の汗が浮いていた。

「しかしお前も、ずいぶんとナメた真似をしてくれたよな！」

爪先で顎を蹴り上げると、平山が仰向《あおむ》けに倒れ、殺虫剤を噴霧《ふんむ》されたゴキブリのように手足をバタつかせた。

「や、やめてくれ……私は本当に……んあぁ！」

右足で股間を踏みつけると、平山が叫び声を上げた。

レンタルスペースのもう一つの使い道――拷問《ごうもん》部屋。

地下に四部屋あるレンタルスペースは、すべて吉原が他人名義で借りていた。故に、ほかの人間が立ち入ることはありえず、叫んでも怒鳴っても周囲に気づかれることはない。

「さすが、木塚が大役を任せただけのことはあって、口の堅い野郎だっ」

吉原は右足に体重をかけ、踵で睾丸《こうがん》を踏み躙《にじ》った。

平山は首に太い血管を浮かせ、蒼白な顔で身悶《みもだ》えた。

「地下室は全部ウチが借りているから、どんだけ騒いでも誰にも聞こえねえ。好きなだけ喚けや」

今度は、爪先で睾丸を抉った。

過呼吸になったように口をパクパクとさせ、空気を貪る平山は、もはや声も出せなかった。

「心の中で、どうしてバレたんだろうって、パニックになってんじゃねえか？　いま、種明かししてやるよ。おい、隣の部屋から連れてこい」

視線を平山から誠也に移し、吉原は命じた。

「シラを切っても無駄だ。いまからでも遅くねえ。全部白状すれば、見逃してやってもいい」

吉原は屈み、悶え苦しむ平山に言った。踵では、睾丸を踏みつけたままだ。

「私は……嘘なんか……ああー！」

平山の絶叫――吉原が吸い差しの煙草を、平山の首筋に押しつけた。

ジュッという穂先が肉を焼く音がし、鼻孔《びこう》に焦げた臭いが忍び込んだ。

強力な援軍が、吉原のもとに舞い込んできた。もはや平山を寝返らせる必要はないが、保険があるに越したことはない――使い捨てのカードは、多ければ多いほどいい。

「連れてきたっすよ」

ドアが開き、誠也が入ってきた。

「失礼します」

誠也のあとに続いて室内に入ってきた男が、吉原を認めて頭を下げた。

「おう、こっちにきて、平山に顔を見せてやれ」

吉原に促された男が、平山の傍らに屈んだ。

激痛に涙ぐんでいた平山の眼が、驚きに見開かれた。

「は、袴田さん……あんた……どうして⁉」

平山が狐に摘まれたような顔で、男――袴田に訊ねた。

「見ての通り、吉原社長に協力することにした」

袴田が、にべもなく言った。

「木塚さんを……裏切ったのか⁉」

平山が気色ばんだ。

「お前も、こんなもん取って吉原社長に協力しろ」

不意に、袴田が平山の頬を鷲掴みにして、皮膚を剥いだ。

いや、皮膚ではなく特殊メイクだった。

「ちょ……やめろ……」

覆面《ふくめん》を剥ぎ取られたレスラーのように、平山が両手で顔を覆った。

「驚いたな。最近の特殊メイクってやつは精巧にできてんだな」

言葉通り、吉原は驚嘆《きょうたん》していた。

平山が特殊メイクをしていたことに、少しも気づかなかった。

「いまさら顔を隠しても、意味がねえだろ！」

吉原が拳を脇腹に叩き込むと、平山の両手が顔から離れた。永井検事を演じていたときよりも、素顔の平山は若かった。自分と、そう変わらない歳に見えた。

「あんた……なんで、こんなことを？　木塚さんに、世話になった恩を忘れたのか⁉」

正体がバレて開き直った平山が上体を起こし、袴田に食ってかかった。

「恩？　お前、本気でそんなこと言ってるのか？　弁護士のくせに罪なき人間をカモにして大金をせしめる最低な男に、恩なんて感じる必要はないってことさ。百歩譲って、それはいいとしよう。だがな、分け前だって、一番危険な俺や女には雀《すずめ》の涙ほどしかくれないで、ほとんどは自分の懐だ。そんな男のために、危ない橋を渡るのはもうごめんなんだよっ」

袴田が、吐き捨てた。

——永井って検事の件で、あんたの耳に入れておきたいことがあるんだが、会えないか？

袴田から電話がかかってきたのは、記者会見を開く前々日のことだった。

——あ⁉　永井が木塚の配下だと⁉　そりゃ、どういう意味だ⁉

「アカデミアプロ」の社長室を訪れた袴田の口から出た衝撃的な言葉に、吉原は血相を変えて詰め寄った。

——すべては、あんたを罠に嵌めるためのシナリオだ。

――俺を嵌めるためのシナリオだと⁉

――そうだ。あんたんとこのエイミが初仕事したときのカモ役が、平山だったのさ。平山は東都弁護士会会長の息子を演じ、痴漢の濡れ衣を着せたエイミを逆に名誉毀損で訴えると脅してきた。もちろん木塚もグルで、このままだと懲役五、六年は喰らってしまうから、指示を出した吉原を刑務所送りにするしかないって唆したんだ。

――じゃあ、俺に張られてるのを計算した上で、わざと永井検事に声をかけさせる状況を作ったっていうのか？

屈辱に、吉原は奥歯を噛み締めた。
すべてが木塚の描いたシナリオだとも知らずに、意のままに操られていたのだ。
そう、自らの墓穴を掘らされているとも知らずに……。

――そういうことだ。

――どうして、それを俺に教えた？　お前は、木塚の犬だろうが？

吉原は、激憤を押し殺した声で袴田に訊ねた。
本当は、エイミを半殺しにしてやりたかった。だがそんなことをしても木塚の腹は痛まない。逆に木塚を地獄に叩き落とすには、騙されたふりをして道化《どうけ》になる必要があった。

——あの男の冷たさとガメつさには、ほとほと嫌気が差した。俺を儲けさせてくれるなら、木塚を刑務所送りにして、あんたのもとで働いてもいいと思っている。

袴田の申し出は、想定外だった。

——木塚は、ああ見えて手強いぜ。この俺と、互角に戦っているんだからよ。お前に、奴を刑務所送りにできるのか？

挑発的に言う吉原に、袴田がＵＳＢメモリを掲げた。

——なんだ？　それは？

——ここ三年間に嵌められた、憐れなカモ達のデータだ。示談金の流れも、すべて記録されている。これが世に出れば、木塚は間違いなくブタ箱行きだ。

吉原は、袴田を受け入れることを即決した。

仕事ができる男とは思えなかったが、持参した土産《みやげ》には最上級の価値があった。

――見返りはなんだ？

――木塚のところでやっていた痴漢冤罪ビジネスを、あんたのところでそのままやったとして、俺とあんたの取りぶんは折半。被害者役の女には、あんたの取りぶんから金を支払う。これが、俺の条件だ。

――ずいぶんと、欲の皮が突っ張った男だな。

――長年仕《つか》えてきた木塚を裏切るリスクを冒《おか》して、あんたに協力するんだから、それくらいあたりまえだ。

――女はどうする？　ウチのタレントどもは、まだアマチュアだ。

――桃香を引き抜く。

その一言が、決定打となった。能無しの袴田と違って、桃香は役に立つ。

いずれはヘッドハンティングするつもりだった。

――わかった。手を組もうじゃねえか。その代わり、必ず桃香を引っ張ってこい。

束《つか》の間《ま》の辛抱だ。木塚を葬ったら、使用済みのコンドームのように袴田も切り捨てればいい。必要なのは、桃香だけだ。


「あんたっ、思い直すならいまのうちだぞ！　こんなヤクザみたいな奴のもとで……」

「思い直すのは、てめえのほうだ」

吉原は平山を遮り、髪の毛を鷲摑みにした。

「袴田の心配をしている場合か⁉　てめえは、この俺を嵌めようとした。それだけじゃねえ、一千万まで騙し取りやがった。ただで済むと思ってんのか⁉　おお⁉」

「一千万は、返せばいいんだろうがっ」

「おいっ、銀行強盗が盗んだ金を戻したからって、罪が許されると思ってんのか⁉　お前が言うようにヤクザみたいなやりかたで落とし前をつけてもいいし、警察に引き渡してもいい。どっちにしても、てめえを待ってるのは地獄だ。だがよ、一つだけ、地獄行きを回避する方法がある」

吉原は意味深な言い回しをしながら、平山を見据えた。

自分を見事に騙し通した演技力は、たいしたものだ。

それと、袴田と違って主《あるじ》を簡単に裏切らない忠誠心もいい。

一度寝返った人間は、二度、三度と繰り返す。寝返る回数を重ねるたびに、罪悪感も薄れてゆく。吉原の経験則では、部下にするのに苦労した人間ほど、一度心を決めれば忠実な犬となるのだった。

「うちのスタッフになれ。俺のために働けば、俺を欺いたことは水に流してやる」

「ふざけるな……誰があんたのために働くかっ。木塚さんは、命の恩人だ。あの人がいなきゃ、俺はとっくの昔に死んでたよ」

平山が、強い意志の宿った瞳で吉原を睨みつけてきた。

「その命の恩人は、袴田が持ち出したこれまでカモにした被害者名簿と裏帳簿のデータで、刑務所行きだ。つまり、お前のボスは弁護士バッジを剝奪され、犯罪者になるってわけだ。すべてを不問に付してもらって俺のもとでバリバリ稼ぐか、職を失った上に俺から追い込みをかけられてホームレスになるか……考えるまでも、ねえだろうが？　あ？」

「なにを言っても無駄だ。俺が木塚さんを裏切ることはない。裏切るくらいなら、死んだほうがましだ」

躊躇うことなく、平山はきっぱりと言い切った。

「おい、お前、なにを馬鹿なことを言ってるんだっ。木塚の船には、塞ぎようのないでっかい穴が開いてるんだぞ⁉　沈むとわかってる船なんてさっさと捨てて、吉原社長の船に乗り換えたほうがいいって。お前も知ってる通り、あいつは罪を重ね過ぎた。俺が持ち出したＵＳＢメモリを持ち込めば、あいつは即逮捕だ」

袴田が、平山に諭し聞かせた。

「あんた、なにか忘れてないか？　木塚さんを告発すれば、袴田さんだって捕まるんだぞ!?」

平山が、逆襲に転じた。

「だろうな。ただし、俺は捕まらない」

「なにを言ってるんだ!?　あんた、共犯だろう!?　捕まらないわけないじゃないか！」

「俺は共犯じゃなくて、立場上、上司の強要を断われなかっただけだ。だが、罪の意識に耐え切れず証拠を持ち出し、警察に自首した。俺に前科はないし、実刑じゃなくて執行猶予で済む可能性が高い。だが、木塚はそうはいかない。弁護士という法に携わる聖職者が、未成年の少女に犯罪の片棒を担がせ、罪なき人々に痴漢の濡れ衣を着せて示談金を騙し取る……被害総額の大きさを考えても、五年以上の実刑は免れないだろう。なあ、平山、悪いことは言わない。俺と一緒に自首しよう。そしたら、お前も執行猶予で済む。木塚を刑務所に放り込んで、俺らは吉原社長のところで大金を稼ごうじゃないか？　な？」

「あんた……いい加減にしろよっ。黙って聞いてりゃ、好き勝手なことばかり言いやがって！　俺が、絶対に阻止してやる。木塚さんは、この俺が……」

「おい、てめえ、なにか勘違いしてねえか!?」

しばらく二人のやり取りをみていた吉原は、平山を遮った。

「絶対に阻止するだなんだ、なにを勝手なことをほざいてるんだ!?　木塚を救うもなにも、てめえ、解放されると思ってんのか⁉」

「それは……どういう意味だ？」

「木塚が逮捕されるまで、てめえの身柄は俺が拘束する。自由にしてりゃ、また、どんな悪さをしてくるかわからねえからな。てめえへの罰は、木塚が片づいてからゆっくり与えてやるからよ」

吉原は加虐《かぎやく》的に言うと、唇の端を吊り上げた。

「俺が、おとなしくお前の言うことを……」

吉原は、平山の頰を殴りつけた。赤い唾液とともに、欠けた歯が床に転がった。

「だから、勘違いするんじゃねえっ。ここでのてめえには、意志も人権もねえ。家畜と同じだ。飯と水だけは与えてやるが、てめえから一切の自由を剝奪する」

脅しではなかった。平山を野放しにすれば、木塚の兵隊となって吉原に立ち向かってくるだろう。平山は、検事を装って自分を地獄に堕とそうとした食わせ者だ。気を抜けない男だった。

袴田、桃香、そして平山と、木塚のブレーンを一人ずつ切り崩してゆく。

木塚に反撃の糸口も与えず、奇跡を起こさせないため――これも、重要な戦略の一つだ。

「諜報部の奴を呼んで、交代で監視させろ」

吉原は誠也に命じると、袴田を促し、B‐1号室を出た。

☆

「お前、本当に自首なんてできんのか?」

平山を監禁しているB-1号室の隣――B-2号室に移動した吉原は、ソファに座るなり袴田に訊ねた。

B-2号室は、金塊も帳簿も置かずに、ソファとテーブルを設置して応接室のようにしていた。契約して使用料を払っているかぎり管理人も立ち入れないので、バレることはない。

「ああ、できるさ。なんで、そんなことを訊くんだよ?」

袴田が、訝しげな表情を向けた。

「執行猶予がつく可能性は高いが、一〇〇%じゃねえ。判事の性格によったら、実刑になるかもしれねえ。そこまでのリスクを冒してまで、どうして木塚から俺に寝返るんだ?」

「言ったじゃないか。危険なことをやっても、利益のほとんどは木塚が持っていってしまう。木塚のとこにいたって、捕まらない保証なんてない。それこそあいつは弁護士で法の抜け道に詳しいから、俺や桃香達に罪を被せて自分だけ助かる道を選ぶことだって考えられる。用済みになったら、必ず木塚は俺達を切り捨てる。生き延びるために、やられる前にやるってことさ。それに、たしかに俺が実刑を喰らう可能性もゼロじゃないが、証拠を持ち出して自首するんだから、まず大丈夫だって自信があるしな」

吉原は、じっと袴田の眼を見据えた。とくに、黒眼の動きを注視した。

そのあとは、鼻翼《びよく》や指先の動きに注意を払った。

パッと見ているかぎりは、袴田に嘘を吐いている人間特有のリアクションは見られない。

もっとも、袴田の持ち出したリストは、木塚にとっては致命傷になるので、これが自分を嵌めるための罠とは考えられない。

もし罠だとしたら、木塚自身も刑務所に入ることを覚悟して刺し違えるということになる。だが、木塚は、そんな効率の悪い方法を取るような愚かな男ではない。

「いつ実行するんだ？」

「その前に、あんたのほうこそ、大丈夫なんだろうな？」

袴田が、疑わしそうな口調で言った。

「なにが？」

「利益は折半、被害者役の報酬はあんたの取りぶんから払うって約束だよ」

「疑り深い奴だな。安心しろ」

「もし、俺を騙したら、あんたを道連れに刑務所に行くからな」

袴田が、恫喝口調で言った。

「約束はちゃんと守ってやるからよ」

嘘——木塚が刑務所に入り、桃香の引き抜きに成功すれば、袴田は用済みだ。目撃者役など、誰にだって務まる。示談金の五割どころか、一人嵌めるごとに十万の日当を払うだけで十分だ。

「一週間以内には、自首するつもりだ」

「腕利きの弁護士をつけてやるから、心配するな」

既に袴田の身辺調査を諜報部の人間にやらせていた。

袴田は独身なので、妻子はいない。一人っ子で兄弟もなく、両親も七年前と五年前にそれぞれ他界している。調べたかぎり恋人はおらず、親しくしている友人もいない。つまり、袴田が消えたところで気にかける人物などいないということだ。

フィリピンあたりの密林伐採業者に引き渡せば、危険な作業なので、労働中に事故死することも珍しくはない。最低五年は戻ってこられない。異国の山奥で、身寄りも友人もいない日本人を行方不明にするのは容易なことだ。

「今夜、飲みながら打ち合わせ……」

吉原の上着の胸ポケットが震えた。取り出したスマートフォンのディスプレイに表示される名前を見た吉原の口角が、ゆっくりと吊り上がった。

「記者会見にきてくれて、ありがとうな」

吉原は電話に出るなり、挑発的に言った。

『ウチに、ネズミが紛れ込んでいたようです。もし、そちらに行ってるのなら、帰ってくるように言っていただけますか？　それから、捕まえているウチの忠犬も戻していただけませんか？』

　木塚が、相変わらずの慇懃《いんぎん》な物言いで訊ねてきた。

「ネズミだとか犬だとか、なんのことだかわからねえなぁ」

　吉原は、惚けてみせた。

『まあ、お怒りになるのはわかりますが、騙し騙されやってきた者同士なので、お互い様ということで水に流しましょう』

「まあ、なんでもいいが、俺には意味がわからねえ。もし、てめえんとこのネズミや犬が俺んとこに紛れ込んでいるとしても、おとなしく返すわけないじゃねえか」

　吉原は吐き捨て、鼻で笑った。

『それは困りますね。私も、ネズミを放置して忠犬を見殺すわけにはいかないんですよ』

「嫌だと言ったら？　てめえが一発逆転を狙ったシナリオは不発に終わった。振り出しに戻ったら、てめえは不利な立場に置かれているっつーことを忘れたのか？」

『いいえ、覚えていますよ。ただ、吉原社長のほうこそ、私が弁護士だということを忘れていませんか？　あなたを共犯として刺し違えることくらい容易にできるんですよ？』

　木塚が、穏やかな口調で恫喝してきた。

袴田が寝返る前までなら、たしかにそうだろう。

だが、数年に亘っての悪事のデータが吉原の手に入った以上……木塚の配下が証拠を手に自首する以上、木塚がどう足掻いても自分を道連れにすることはできない。

「ネズミも犬も敵の手にあるかもしれない状況で、よくそんな自信満々でいられるな。思ったより浅はかな馬鹿なのか、ビビってるのを見抜かれないように強がってみせてるのか……まあ、どっちにしても、てめえが窮地に陥ってるってことだけはたしかだな」

吉原は、勝ち誇ったように言った。

『最後に、警告します。すべてを水に流してネズミと忠犬を引き渡せば、痴漢冤罪ビジネスの利益の六割を吉原社長に与えます。ですが、私の要求を呑んでいただけないというのなら、不本意ではありますがともに刑務所に入ってもらうことになります。付け加えて言えば、吉原社長はほかにも叩けば埃がたくさん出てきそうなので、私より長い刑期になるのは確実です。さあ、どうしますか？　もう一度私と手を組み、六割の利益を手にするか。それとも累犯《るいはん》加《か》重《じゅう》で十年ほど食らい込むか……どちらの人生を選びますか？』

木塚が、余裕綽々《しゃくしゃく》の声で吉原に二者択一を迫ってきた。

不意に、吉原は高笑いした。演技ではなく、腹の底から笑った。

滑稽《こっけい》だった。冷徹と冷血の間に生まれたような鉄仮面男が、精一杯の冷静さと余裕を装っているのが、気味がよかった。

本当に木塚が冷静なら……余裕なら、自らの懲役を覚悟に刺し違えるなど口が裂けても言わないタイプだ。数分前まで、そう思っていた。

腹を抱えて笑い続ける吉原に、袴田も眉を顰めた。

『なにが、そんなにおかしいんですか？』

木塚が、珍しくぶすりとした声になっていた。

「は？　なにがおかしいかだって？　柔術家《じゅうじゅつか》に寝技に持ち込まれそうになったボクサーみてえにジタバタするてめえが、おかしくてたまらねえんだよ」

吉原は、爆笑しながら言った。

『いま思い直すんであれば、聞かなかったことにしてあげます。ラストチャンスですよ。さあ、どうしますか？』

木塚が、怒りを押し殺したような声で言った。

「は⁉　聞かなかったことにしてやるだ⁉　てめえ、黙って聞いてりゃ調子に乗ってんじゃねえぞ！　もともと、秀太を嵌めて、てめえが売ってきた喧嘩だっ。本来なら、ぶっ殺してるところだ！　命があるだけ、マシだと思えや！」

一転して、吉原は怒声を送話口に吹き込んだ。

『弁護士を相手に、脅迫ですか？』

「もうすぐ、お前は弁護士じゃなくなる。予言してやるよ。一週間以内に、てめえはただの犯罪者になる。首を洗って待ってろや！」

吉原は、スマートフォンのディスプレイに罅《ひび》が入るほどの勢いでタップした。

「おい、袴田、しっかりやり遂げろや」

吉原は、威圧的な声音で言った。

「わ、わかってるって。俺だって。懲役がかかってる……」

「懲役くらいで済めば、儲けもんだ」

袴田を吉原が遮り、吊り上がった三白眼で見据えた。

「てめえに、約束してやる」

「え……？」

袴田の顔に疑問符が浮かんだ。

「万が一にでも下手を打ったら、わざとだろうがなかろうが、まずはてめえから殺す。俺が逮捕されようが、その前に必ず殺す！　だから、絶対に下手を打つんじゃねえ！」

修羅の形相で睨みつける吉原に、袴田が表情と声を失った。

## 29

吉原との電話を切ってしばらくの間、木塚は事務所のデスクに座ったままスマートフォンを握り締めていた。
「やっぱり、袴田さんは吉原に寝返っていたんですね？」
デスクの前に設置してある応接ソファから、心配そうな顔で宮根が訊ねてきた。
木塚は奥歯を噛み締め、頷いた。
無言でいなければ、袴田への罵詈《ばり》雑言《ぞうごん》を口走ってしまいそうだった。
感情的になっている姿を、配下の前では見せたくなかった。
たとえ銃を突きつけられても取り乱さないと、木塚は決めていた。
それが、自分のプライドだった。

――中野の「マクドナルド」に袴田さんも桃香もいないそうです。

調査部の配下からの電話を受けた宮根の声が、木塚の脳裏に蘇った。
記者会見の内容を吉原が変更した時点で、内通者の存在を疑った。
最初に頭に浮かんだのは、袴田と桃香だった。
だが、宮根の報告の直後にかかってきた桃香からの電話で、共犯の線は消えた。

――マズイよ。袴田のおっさん、木塚さんを裏切ってるよ！

――誰かに尾けられているかもしれないから、そっちに行くよ。一時間くらいあれば、移動できるわ。

――どういうことだ？


桃香との電話を切って、もうすぐ一時間が経つ。

「あの野郎……許せない」

宮根が掌でテーブルを叩き、唇を嚙み締めた。

「やめろ」

木塚は、宮根を窘めた。

「でも、所長っ……」

「感情的になっても、なにも解決はしない。戦いで最後に勝つのは、冷静なほうだ。いまは、袴田の裏切りへの怒りよりも、対処法を考えるのが先決だ」

宮根に言い聞かせると同時に、自分にも向けた言葉だった。


――もうすぐ、お前は弁護士じゃなくなる。予言してやるよ。一週間以内に、てめえはただの犯罪者になる。首を洗って待ってろや！

吉原の自信に満ちた声が、木塚の鼓膜で繰り返された。

あの余裕は、袴田というカードを手に入れたことからきているのは間違いない。

「木塚法律事務所」で何年も痴漢冤罪ビジネスの目撃者役として働いてきた男が味方になれば、吉原にとってこれほどラッキーなことはない。

袴田を自首させて真相を供述させれば、警察は動く。

所長に強要されて仕方なく、という証言をさせれば、自首して捜査に協力したことも情状酌量《じようじようしやくりよう》の余地ありと判断されて、袴田が執行猶予になる可能性は高い。

袴田に前科はないので、まず実刑はないだろう。だが、そんなことは百も承知の上だ。

木塚は、袴田はもちろんのこと、目の前で自分のために憤《いきどお》っている宮根も、囚われても口を割らない平山も信用してはいない。たしかに宮根も平山も優秀で忠実な配下だが、現時点では裏切っていないから大丈夫、という評価に過ぎない。

四十年連れ添った熟年夫婦の妻があっさりと夫を捨てる——それが、人間という生き物だ。

たかだか数年の歴史しかない仕事仲間が裏切るのは、ある意味、当然の話だ。

だから、木塚はターゲットの連絡先、職場や自宅住所といった情報を、袴田や桃香達には教えていない。当然、木塚のいないところでの接触もさせていない。

となれば、吉原が袴田を自首させたところで、武器となるのは証言だけだ。

被害者に裏を取れないので、自分を詐欺の疑いで立件することは不可能だ。

任意の同行を求められても、拒否すればいいだけの話だ。

理由としては「参考人として警察に呼ばれただけで弁護士業に支障《ししょう》が生じる」と言えばいい。それは詭弁《きべん》でも言い訳でもなく、本当の話だ。

真相はどうであれ、犯罪の容疑をかけられただけで噂が広がり、弁護士としての評判はガタ落ちになる。警察の取り調べを受けるような弁護士には、虫歯だらけの歯科医と同じで、誰も依頼しようなどと思うはずがない。

顧客リストの提出を求められても、参考人にたいして強制力はない。

法に疎《うと》い素人なら脅しに屈するかもしれないが、自分は法のプロフェッショナルだ。

逮捕状でも出ないかぎり、顧客リストを提出させるのは不可能だ。

「どうするんですか？　袴田さん……いや、袴田は、警察にタレコミますよ」

宮根が、不安げな顔で訊ねてきた。

「だろうな」

木塚は、パーラメントのメンソールに火をつけた。

涼しい顔とは裏腹に熱を持つ脳みそを、クールダウンさせたかった。

「え……どうするんですか⁉　あれこれぶちまけられたら、まずいですよ⁉　なんとかして袴田を捕まえて、口を封じましょう！」

宮根が、珍しく興奮口調で捲し立てた。

物事を客観的に捉える宮根も、冷静な判断力を失いつつある。

「調査部には、所長のためなら喜んで汚れ役を引き受ける者達がいますからっ」

「馬鹿。そんなことをしたら、それこそ刑務所行きだ」

「でも、このままじゃ……」

「落ち着け。顧客が事情聴取されないかぎり安泰だ。袴田は、カモのデータを持っていない。俺に逆恨みをしてでたらめをでっち上げていると言えば、それまでだ。あんなクズの証言くらいでは、この俺に掠り傷も負わせることはできない」

木塚は、意識してゆったりとした口調で言った。

トップが動揺しているところを見せてしまえば、組織の統制が取れなくなる。

いま、木塚が一番危惧するべきことは、不安になった配下の暴走だ。

「もし、桃香が寝返ったらどうしますか？　袴田だけじゃなく桃香の証言があったら、警察も本腰を入れて捜査するんじゃないでしょうか⁉」

宮根が、切迫した表情で言った。

「そのつもりなら、このタイミングで俺に会いにはこないさ。むろん、身体検査はするがな。安心しろ。俺がどれだけ用意周到か、お前が一番よく知っているだろう？」

木塚が冷笑を浮かべると、宮根が安堵の表情で小さく息を吐いた。

身体検査――桃香が盗聴器を仕込んでいる可能性は、十分に考えられた。

木塚は吸い差しの煙草を灰皿で揉み消すと、宮根にわからないようにデスクの下で握り拳を作った。

――ネズミも犬も敵の手にあるかもしれない状況で、よくそんな自信満々でいられるな。思ったより浅はかな馬鹿なのか、ビビってるのを見抜かれないように強がってみせてるのか……まあ、どっちにしても、てめえが窮地に陥ってるってことだけはたしかだな。


吉原の勝ち誇った高笑いが、木塚の理性を掻き毟った。

この自分が弁護士資格を剝奪されて刑務所暮らしになる？

冗談ではなかった。あんなヤクザもどきの男に、負けるはずがない。

しかも、暴力ならまだしも、頭脳戦で……絶対に、あってはならないことだ。

平常心を取り繕った仮面の下で、木塚はめまぐるしく思考の車輪をフル回転させた。

いまの状況から形勢逆転するには、吉原が手に入れた武器――袴田を無力化することだ。

つまり、袴田の証言に信憑性を持たせなくするということだ。

薬物中毒の人間がなにを言っても相手にされないように……。

木塚は、宮根を手招きした。

「耳を貸せ」

宮根が、怪訝な表情で耳を近づけてきた。

「薬物を扱っている人間を知らないか？」

「薬物ですか⁉」

宮根が素っ頓狂な声で訊ね返した。

「声が大きい」

木塚は、宮根の唇に人差し指を立てた。

「どういうことですか？」

宮根が潜めた声で質問してきた。

「袴田を自首させなければいい」

「え？」

「あいつが自首する前に、逮捕させるんだ」

「逮捕って……どうやってですか？」

「薬物をあいつの自宅に仕込んで、警察にリークする」

「なるほど！　袴田を犯罪者にして、証言に説得力を失わせるっていうことですね？」

宮根が瞳を輝かせた。

「そういうことだ。心当たりはあるか？」

「任せてください。そっち方面にルート持っている奴がいますから。どのくらい用意しますか?」

「そうだな、百グラムだ」

「ひゃ……百グラム……」

宮根が絶句した。

無理もない。重度のジャンキーでもないかぎり、一度に使われる覚醒剤は〇・〇三グラムといったところだ。この計算でいくと、百グラムは三千回ぶんということになる。

「そんなに必要ないんじゃないですか? 二、三グラムもあれば、十分だと思います」

「それだと、単なる使用目的だろう?」

「え……」

宮根が、疑問符を顔に浮かべた。

「自分が使用目的で所持していただけなら、袴田は初犯なので執行猶予がつくのは間違いない。だが、百グラムなんて尋常《じんじょう》でない量の覚醒剤を所持していたら密売目的だと判断される。営利目的で逮捕された場合は、初犯でも懲役一年以上の刑が科され、併せて五百万円以下の罰金が科される。逮捕されても、袴田がすぐに娑婆に出てきたら意味がない。長期に亘って刑務所に入れておくには、それだけの量が必要になる」

木塚は、ニュースキャスターが原稿を読むように淡々と言った。

「わかりました。でも、百グラムとなれば、かなりの額になるんじゃないでしょうか?」

「そうだな。いまの相場ではルートとモノにもよるが、末端価格でグラム六万から八万といったところだ。グラム七万で計算すると、七百万が必要だ」

「そんなに⁉　もったいなくないですか？」

宮根が、眼を見開いた。

「吉原のシナリオを潰して刑務所行きを免れることを考えると、七百万なんて安いものだ。もし、まともに吉原に交渉したら、数億の金を要求されることは間違いないからな」

本音だった。

裏切り者の犬――袴田を制裁し、吉原の計画をぶち壊す……七百万で勝利が買えるのだ。

「まあ、そう言われると、たしかにそんな気になってきました」

「とにもかくにも、ブツがなければ絵に描いた餅だ。早いとこ、手配……」

木塚の声を遮るように、ドアが開いた。

「お疲れで〜す」

気怠い感じで、桃香が入ってきた。

「お前、社長室に入るのにノックくらいしろよな」

宮根が、桃香を窘めた。

「私、超極秘情報を持ってきたんだよ？　ノックくらいで、なんで説教されなきゃなんないの⁉」

唇を尖らせ、桃香が抗議した。

「説教って、大袈裟だな。超極秘情報を持ってきたことと礼儀は別の……」

「もういいから。おい、早くこっちにこい」

木塚は宮根を遮り、桃香を手招きした。

タータンチェックのミニスカート、薄いピンクのワイシャツ、黒髪のセミロング、くっきりとした二重瞼、黒眼がちな瞳、括れたウエスト、細身にアンバランスなふくよかな胸、スカートから伸びる細く長い脚……相変わらず桃香のビジュアルは芸能人顔負けのクオリティの高さだった。ロリコンの男が満員電車に乗り合わせたら、リアルに痴漢してくるだろう。

「お前は、例の物を仕入れてこい」

木塚は、宮根に命じた。

「では、行ってきます」

桃香が座るのと入れ替わりに宮根が立ち上がり、社長室を出た。

「どこに行ったの？」

桃香が、木塚に訊ねてきた。勘の鋭い女だから、なにかを感じたのだろう。

「それより、袴田の件を報告しろ」

「ああ。あのおっさん、ヤバいよ。木塚さんのところにいるより吉原と手を組んだほうが儲かるからって、私にもこないかって言い出してさ」

「奴は、警察に行くとか言ってたか？」

木塚は、煮え繰り返る腸から意識を逸らし、桃香に訊ねた。

制裁するのは、袴田の情報を仕入れてからだ。

「うん。自首して、木塚さんのやってきたことを全部バラしてやるって言ってた。私は未成年で自分は初犯だから、木塚さんに弱味を摑まれて無理やりやらされてたって言えば捕まらないから大丈夫だってさ」

桃香が、他人事のように肩を竦めた。いや、ように、ではなく、桃香にとっては他人事なのだ。

「お前は、どうして行かなかった？　吉原のところに行ったほうが、同じことをやっても多くの分け前をもらえるんだぞ？」

木塚は、試すように言った。

「そうかもしれないけどさ、怖いじゃん？」

「怖い？　吉原がか？」

桃香が頷いた。

「二人とも悪人だけどさ、木塚さんは一応弁護士じゃん？　でも、吉原ってほとんどヤクザでしょ？　なんか、吉原と関わってると、そのうちＡＶとか風俗に売り飛ばされそうでさ」

「まあ、ありえるだろうな。だが、ウチにいて心配じゃないのか？　袴田がすべてをぶちまければ、俺は逮捕されるかもしれないんだぞ？」

「さっきも言ったけど、私は未成年だから大丈夫だよ」

桃香が、あっけらかんとした口調で言った。

これまでなら、未成年でも安心はできないと脅していたところだが、いまは敢えてそうしなかった。

とりあえず桃香には、こちらにいたほうが安心だと思わせておかなければならない。

手綱を締めるのは、吉原と袴田を葬ってからで遅くはない。

「まあ、お前の言う通り、吉原のところに行っても先は見えている。奴は冤罪ビジネスだけでなく、多くの犯罪に手を染めているから、いつ捕まってもおかしくないからな」

「これから、どうすんの？」

「まずは、吉原と袴田を刑務所にぶち込む。それまでしばらく仕事がないから、これを取っておけ」

木塚は、上着の内ポケットから銀行の封筒を取り出し、テーブルに置いた。

「え!?　なになに!?　お金くれんの!?」

桃香が、ひったくるように封筒を摑んだ。

「ああ。百万入ってる。それで、俺から連絡があるまでおとなしくしてろ」

「百万！　超ラッキー！　ありがとう！　やっぱり、木塚さんは最高だね！」

桃香が、ハイテンションに弾んだ声で言った。

「お前、二週間くらい友達と旅行してこい」

「旅行？」

桃香が、怪訝な表情で首を傾げた。

「沖縄に、俺の別荘がある。二人分の旅費と小遣いは、その百万とは別に出してやるから」

「えっ！　マジ⁉」

桃香の瞳が輝いた。

二週間もあれば、袴田の家に覚醒剤を仕込み、刑務所送りにすることができる。

とりあえず袴田の片がつけば、木塚にとっての脅威はなくなる。

吉原への落とし前は、それからだ。

木塚はスマートフォンを手にし、宮根の番号をタップした。

☆

木塚は、初台《はつだい》の「オペラシティ」のロビーを見渡した。

モスグリーンのスーツの胸ポケットに黄色のチーフを差しているのは、クラシックピアノのリサイタルの客層に紛れても浮かないようにするためだった。

「こっちです」

トイレの脇に立っていた宮根が木塚を認め、手を挙げた。

宮根も、濃紺のスーツの胸ポケットに白のチーフを覗かせていた。

「用意できたか？」

木塚が訊ねると、宮根がヴァイオリンケースを掲げてみせた。

宮根に百グラムの覚醒剤を入手するように命じ、桃香が袴田の裏切りを報告しに事務所に現われたのが、三日前だった。

桃香は、今朝の便で沖縄に飛んでいるはずだ。

今日は、覚醒剤をチェックするために宮根を呼んだのだった。

「チケットを手配しろと言われたときには驚きましたよ。所長って、クラシックに興味あったんですか？」

宮根が、品のいい婦人や育ちのよさそうな少年、少女で溢れているロビーに視線を巡らせつつ訊ねてきた。

「全然」

木塚は、そっけなく言った。

「え……じゃあ、どうしてこんなところを待ち合わせ場所にしたんですか？」

「この客層に紛れていれば、まさか、そんなものの受け渡しをしているなんて思わないだろう？　意外性ってやつだ」

「たしかに、クラシックの演奏会のロビーでこういうもののやり取りはないですよね」

宮根が、感心したように言った。

「もののやり取りだけじゃなく、話もだ。お前は重要な話をするときに、どんな場所を選ぶ？」

木塚は、唐突に訊ねた。

「会議室とか、会員制のバーの個室とか、ホテルの部屋とか……できるだけ、機密性が保たれる場所を選びますね」

「普通は、そうだろうな。だが、機密性が高い場所を選ぶということは、同時に、人に聞かれたくない大事な話をしますよ、って宣言しているようなものだ。敵対している相手が力のある組織だったら、その場所に携わる人間を内通者に仕立て上げたり、盗聴器を仕掛けたりといったことを平気でやるだろう。大事な石を隠したいなら金庫や秘密部屋に隠すよりも、そのへんの河原《かわら》に放っておくほうが目立たない。それと同じだ。いいか？　人間っていうのは先入観念の生き物だ。人が最初になにを考えるかを見抜ければ、真逆の考えを実行するだけで簡単に敵を出し抜ける。ここだ、ここ」

木塚は、こめかみを人差し指でノックした。

吉原が、暴力だけではなく頭も切れる男だったということは認める。

だが、しょせんは、ボクサーが特訓した付け焼き刃の寝技と同じだ。

そんなものは、柔術家の筋金入りの寝技の前では通用しない。

健闘は認めるが、ここまでだ。野獣は野獣らしく、檻《おり》の中で暮らすのがお似合いだ。

「宮根。袴田と接点のない調査部の人間を宅配便の配送員に変装させて、『木塚法律事務所』からの荷物を届けさせろ」

「ウチからの荷物ですか？」

宮根が眉を顰めた。

「そうだ。事務所に残っている奴の私物を適当に段ボール箱に詰めて送り届けるんだ。覚えがある届け物だから、警戒心を抱かずにドアを開けるはずだ」

「でも、袴田が目の前にいるのに、ブツを仕込めますかね？」

「後ろ足で砂をかけて出ていった裏切り者の荷物を送り返すときに、元払いにする馬鹿はいない。着払いだと伝えても、袴田が疑うことはない。予期していなかった宅配物だから、財布は用意していないはずだ」

「部屋に財布を取りに戻った隙に、実行するんですね？」

宮根が声を弾ませた。

「ああ。奴の部屋には、玄関の左側面に靴棚がある。その最上段に、情報分電盤の小さな扉がある。ブツを、その中に仕込め。袴田が、そこを開けることはまずない。それだけの作業なら、十秒もあれば十分だ。指紋を残さないように、軍手を嵌めることを忘れるな」

木塚は、ほとんど唇を動かさずに話した。それは、宮根も同じだった。

周囲からは、演奏会の観客が開演前にロビーで立ち話しているふうにしか見えないだろう。

「実行は、いつにしますか？」

「とりあえず、今夜行かせろ。疑われるから、二十一時は過ぎるな。不在なら、明日の朝の九時に出直させろ。わかってるだろうが、実行者は演技力があって機転の利く奴を選べよ」

「了解しました。じゃあ、これの確認をお願いします」

宮根が、ヴァイオリンケースを差し出してきた。

「袴田の仕込みがうまく行けば、次は吉原だ」

木塚は、ケースを受け取りながら言った。

「吉原にも仕込むんですか⁉」

宮根が、眼を見開いた。

驚くのも当然だ。木塚も、昨夜までは吉原のことは頭になかった。

考えを変えたのは、吉原の野生動物並みの嗅覚の鋭さを警戒してのことだ。

袴田が覚醒剤の密売容疑で逮捕されたと知ったなら、間違いなく自分の仕業だと疑う。

そうなってしまえば、吉原は対策を立ててくるだろう。

吉原が自分を仕留められると油断しているいま、袴田とともに一気に地獄に葬るのがべストだと考え直したのだった。

「ああ。だが、奴は警戒心が強いから袴田のように簡単にはいかない。仕込む方法は、今夜中に考えておく。お前は、袴田のことだけに集中しろ」

宮根に言ったように、袴田と同様の宅配便作戦では、吉原を欺けはしない。

もっと周到に、策を練る必要があった。

「俺がトイレで確認したら、五十ずつにわけておけ。袴田と吉原に、白い爆弾をお見舞いしなきゃならないからな」

宮根に言い残してトイレに入ろうとしたときに、上着のポケットが震えた。

スマートフォンを取り出した木塚は、ディスプレイに浮く名前を二度見した。

「そんなに暇なんですか？」

電話に出るなり、木塚は吉原に言った。

『この電話が、お前の声を聞く最後になるだろうよ』

吉原が、含み笑いをしながら言った。

「まさか、それでわざわざ電話をかけてきたわけじゃないでしょう？」

『最後に、聞こうと思ってな』

「なにをですか？」

『俺を敵に回さなきゃよかったっていう、てめえの後悔の言葉だ。そもそも、秀太に痴漢の濡れ衣を着せたのが、てめえの悪夢の始まりだ。運の悪い奴だ。カモにしようとしたのが、俺の事務所のタレントだったなんてよ』

受話口から漏れてくる高笑いに、木塚は心で嗤《わら》った。いまのうちに、いい気になっていればいい。

「もう、勝ったような言い草ですね？」

『てめえこそ、まだ、負けてないつもりか？』

ふたたび、受話口から高笑いが流れてきた。

「どうしたら、吉原社長のように強気になれるんですかね？」

木塚は、皮肉を返した。

『そっちこそ、相変わらず強気じゃねえか。お前に、最後のチャンスを与えてやるよ。吉原さん、本当に申し訳ありませんでした。数々の非礼をお詫び致します。私をお許しいただけないでしょうか？　そう言ってみろや。もしかしたら、許してやるかもしれねえぞ』

吉原が、茶化すように言った。

「気が済んだなら、そろそろ切りますよ。吉原社長みたいに、暇ではないですから……」

「所長っ、まずいです。ケースを、貸してください」

宮根が動転した様子で、電話中の木塚からヴァイオリンケースを奪い取った。

「なんだ？　どうした？」

木塚は送話口を掌で押さえ、宮根に訊ねた。

「あれを……」

宮根の視線の先——約二十メートル向こう側から、四人の制服警官を従えた二人のスーツ姿の男が歩み寄ってきた。恐らく、刑事に違いない。だが、なぜ刑事が？

「とりあえず、行きます」

言い終わらないうちに、宮根が刑事達と反対側の方向に足を踏み出した。

『なんか、トラブルが起きたみたいだな？』

吉原が、弾む声で訊ねてきた。

「いま、話している暇がないので……」

『まだ、わからねえのか？　いま、お前んとこに向かってる刑事は、俺が行かせたんだよ』

「えっ……」

木塚は、スマートフォンを耳に当てたまま周囲に首を巡らせた。

『正面の上を見てみろ』

言われた通りに、木塚は顔を上げた。

「なっ……」

自分と同じようにスマートフォンを耳に当てた吉原が、木塚に向かって手を振っていた。

「ど、どういうことですか⁉　なぜ、吉原社長が刑事を⁉　なぜ、私の居場所を⁉」

木塚は、うわずった声で矢継ぎ早に訊ねた。なにがどうなっているのか、わからなかった。

『お前、袴田の証言だけなら逮捕されねえと高を括ってなかったか？』

「どういう意味ですか？」

『野郎は、お前が思ってるほど馬鹿じゃねえ。いままで痴漢の濡れ衣を着せたカモ達のリストと示談金のデータをUSBメモリにコピーして持ち出したってわけよ。袴田は、そいつを持って昨日自首したよ』

吉原の言葉が、木塚の脳みそを凍てつかせた。

まさか、カモのデータを持ち出されていたとは……。

「こ、この場所は……どうしてわかったんだ？」

もう、敬語を使う余裕もなかった。こうしている間にも、刑事達がどんどん近づいてきた。

『ああ、そんなことか。ここ何日間か、ウチの諜報部の人間がお前をずっと張ってたんだよ。万が一、高飛びでもされたら困るからよ』

視界が、色を失った。

『おい、聞こえてるか？　もしもし？　もしもーし？』

小馬鹿にしたような吉原の声が、鼓膜からフェードアウトしてゆく。

「木塚さんですね？　私、警視庁捜査二課の須賀《すが》と申します」

屈強《くっきょう》な体躯《たいく》にスーツを纏った男——須賀が、写真と徽章《きしょう》のついた手帳を木塚の顔前に掲げた。

「……なんの用でしょうか？」

木塚は、精一杯の平常心を掻き集めて須賀に訊ねた。

「痴漢冤罪詐欺の容疑者として、あなたを逮捕します」

須賀が、無表情に言った。

パニックになりそうな思考を、必死にコントロールした。

震えそうになる足を、必死に従わせた。

自分はいま、表情を変えずにいるだろうか？

自分はいま、声がうわずってないだろうか？

木塚は深呼吸し、気を落ち着けた。

吉原の前で、狼狽した姿を見せるわけにはいかない。

「逮捕状を、確認させてください」

木塚は胸を張り、抑揚のない声で須賀に言った。


——自分は、氷の頭脳を持つ敏腕弁護士と呼ばれた男だ。

木塚は吉原を見上げ、片側の口角を無理やり吊り上げてみせた。

## 30

「きたきたきた、なにも知らないでアホヅラ下げた木塚の野郎が」

初台の「オペラシティ」の三階――誠也がロビーを歩いてきた木塚を指差し、嬉々とした顔で言った。

「あそこに楽器のケースを持って立っているのが、調査部の宮根って奴っすよね？」

誠也の問いかけに、吉原は頷いた。

桃香のタレコミがガセでなければ、宮根が肩にかけているヴァイオリンケースには百グラムの覚醒剤が入っているはずだ。

木塚と宮根から二十メートルほど離れた場所――警視庁捜査二課の刑事が、クラシックピアノの演奏会の観客に紛れていた。

吉原は、自首させた袴田に、この受け渡し場所を刑事に告げるように命じた。

木塚が痴漢冤罪ビジネスをやっていた証拠となるＵＳＢメモリを入手した捜査二課は、すぐに逮捕状を請求した。逮捕状があるので「木塚法律事務所」か木塚の自宅に踏み込むこともできたが、捜査二課が「オペラシティ」を逮捕現場に選んだのは、同時に覚醒剤を押収《おうしゅう》するためだ。

——木塚さんは、調査部の宮根さんに覚醒剤を用意するように命令してたわ。

袴田を自首させる前日に、桃香から吉原の携帯に連絡が入った。

——どうしてお前がそんなことを知ってる？

——木塚さんと会う予定でさ、事務所に行ったの。そしたら、偶然、社長室から話し声が聞こえてきてさ。しばらく、盗み聞きしていたってわけ。

桃香が、あっけらかんとした口調で言った。

——お前のボスが不利になる情報を、なんで俺に教えるんだ？

木塚の罠かもしれないという警戒心が、吉原の脳内に黄色信号を点《とも》した。

——桃香さ、吉原社長のとこで働きたいんだよね。

——それは嬉しい言葉だが、覚醒剤のことをチクることとなんの関係があるんだ？　お前が、俺のところにくれば済む話だろう？

——木塚さんさ、袴田さんの家に覚醒剤を仕込んで警察に通報しようとしているみたい。桃香的にはどうだっていいけど、袴田さんが捕まったら吉原さんが困るでしょ？

——なに⁉　それは、本当か⁉

——こんなこと、嘘を吐いても私にはなんにもいいことないじゃん。だから、木塚さんと宮根さんの動き、見張ってたほうがいいよ。近いうちに、覚醒剤の取り引きするかもだから。受け渡し場所は初台の「オペラシティ」だって。

「でも、楽器ケースに覚醒剤が入ってなかったらアウトじゃないっすか？　桃香ってガキ、イマイチ信用できないんすよね～」

誠也の声が、記憶の中の桃香の声に重なった。

「もともと、捜査二課の目的は木塚の身柄の拘束だ。痴漢冤罪ビジネスの証拠も証人も手の内にあるわけだからな。覚醒剤は、ついでに押収できれば儲けもん程度の感覚だろ？組織犯罪対策第五課に恩を売れなくなるだけだからよ。奴らにとっちゃ、ぶっちゃけ、覚醒剤なんかどうだっていいんだよ」

吉原は、木塚に視線を向けたまま言った。

捜査二課にとっては覚醒剤の有無は関係ないが、木塚の刑罰には大いに影響する。

詐欺に覚醒剤の取り引きが加えられれば、木塚の罪はさらに重くなるというわけだ。

「なるほど！　たしかにそうっすね。覚醒剤の押収は、オマケみたいなもんすね」

木塚と宮根は、ひそひそとなにかを話していた。

刑事が動く気配はまだなかった。

現行犯逮捕——木塚の手に、ヴァイオリンケースが渡るのを待っているのだろう。

「ところで、桃香って、どう思います？」

不意に、誠也が訊ねてきた。もちろん、彼の視線も木塚に向けられたままだ。

「どうって？」

「なんで、木塚を裏切ろうと思ったんすかね？　木塚の罠じゃないんすかね？」

「俺も、最初はそう思った。でもよ、桃香の報告通り、じっさいに木塚は宮根と待ち合わせをしてるわけだしな。それに、あと数分もすれば刑事に逮捕されるわけだし、その疑いはなくなった」

「じゃあ、なんで、桃香は木塚を売ったんすかね？　なんか、個人的な恨みでもあったんすかね？　セクハラされたとか？　もしかして、木塚の愛人だったんすかね？」

誠也が、好奇に瞳を輝かせた。

「それはどうだか知らねえが、金の不満だろう。袴田の話じゃ、木塚は相当のシブチンだったらしいからよ」

「それにしても、社長をシャブで嵌めようだなんて、木塚は弁護士とは思えねえ悪党っすね。どこまでナメた真似をすれば気が済むんだ……あのくそ野郎が！」

誠也が、腹立たしげに吐き捨てた。

たしかに、覚醒剤を使って自分と袴田を嵌めようとしていたとは驚きだ。

桃香のタレコミがなければ、刑務所に入るのは木塚ではなく自分だったのかもしれない。

敵ながら、あっぱれな男だった。かつて、ここまで苦しめられたことはなかった。

様々な兵《つわもの》と戦ってきたが、間違いなく木塚は一番の強敵だった。

「弁護士だから、悪党なんじゃねえか」

「え？」

誠也の顔に、疑問符が浮かんだ。

「弁護士なんてよ、金さえもらって依頼を受けりゃ、依頼人が黒でも白にする仕事だからな」

「なるほど！　そう言われりゃ、そうっすね！　無差別通り魔殺人にも弁護士がついて、少しでも刑が軽くなるように、心神喪失がどうの判断能力がどうのってやってますもんね」

「そういうことだ。まあ、自分から金を騙し取りにいく木塚は別格だがな。さて、刑事が動く前に、野郎に最後のお別れをしねえとな」

吉原は言うと、スマートフォンを取り出して、木塚の番号をタップした。

『そんなに暇なんですか？』

二回目のコール音が途切れ、電話に出るなり木塚が皮肉を言った。

「この電話が、お前の声を聞く最後になるだろうよ」

吉原の口角が、ゆっくりと吊り上がった。

☆

「アカデミアプロ」に移動するマイバッハの後部座席に深く身を預けた吉原は眼を閉じ、つい十数分前に起こった出来事を脳裏に蘇らせた。

二人の刑事と四人の制服警官に囲まれた木塚が、吉原を見上げた。

木塚は胸を張り、余裕の笑みを浮かべつつ刑事に両手を差し出した。

手錠をかけられても、木塚は微笑みを湛えたまま吉原から視線を逸らさなかった。

もちろん、笑えるような精神状態ではないだろう。

最後まで木塚は、誇り高く振る舞いたかったに違いない。

「終わってみれば、呆気《あっけ》なかったっすね。いやぁ、でも、もう会えないと思うとなんだか寂《さび》しいっすね」

誠也の声は弾んでいた。宿敵との戦いに終止符が打たれたのだから、浮かれるのも無理はない。だが、これで終わりではない。大事なのは、これからだ。

木塚に咬みつかれたことで生じた様々なマイナスを取り返すだけではなく、プラスに転じさせなければならない。

「桃香は着いたのか？」

吉原は眼を開け、誠也に訊ねた。

「もう、事務所に到着してるってマネージャーから連絡が入りました。桃香に、なにをやらせるんすか？」

「痴漢冤罪ビジネスしかねえだろ？　あいつだけでも、月に一千万は稼げる計算だ。だが、桃香だけじゃだめだ。図に乗って、わがままになるからよ。ライバルを、何人か育てなきゃな。改めて、ウチのワークショップでくすぶってるタレントをピックアップし直すんだ。以前に選んだタレントはだめだぞ。あんな無能な女どもは使い物にならねえ。頭が切れて、ブレイクしそうにもない美少女を集めろや」

吉原は誠也に命じると、ふたたび眼を閉じた。

ブレイクしそうにもない美少女――一見、無茶な要求に映るが、芸能界にはビジュアルは完璧でもくすぶっているタレントは腐るほどいる。

芸能界という世界は不思議なもので、顔やスタイルがよくても売れるというものではない。

優秀なスカウトマンは完璧な美少女であるかどうかよりも、売れる顔立ちかどうかを重要視する。だから、ビジュアルがよくて売れないタレントの中には、ブレイクを夢見て水商売でアルバイトをしている者も珍しくない。

——お前のぶんまで稼いでやるから安心しろや。

吉原は、取調室にいるだろう木塚に心で語りかけた。

☆

「どう？　私の働きに、頭上がらないでしょ？」

ワイシャツにタータンチェックのスカート——社長室のソファに座った制服姿の桃香が、得意気に言った。

「ああ、たいしたもんだ。お前のおかげで、野郎を刑務所にぶち込むことができたぜ」

吉原は、パーラメントの紫煙を肺奥に吸い込み、勢いよく天井に向けて吐き出した。

最高の気分だった。

あと数ヵ月、木塚と決着をつけることができなかったら、最終手段——手にかけていたかもしれない。それだけ追い込まれていた。

「袴田のおっさんは、出てこられるの？」

桃香が、スマートフォンをイジりつつ訊ねてきた。

「自首して捜査に協力もしたから、一ヵ月もあればシャバに出られるんじゃねえか」

「じゃあ、私と一緒に働くんだ？」

「そういうことになるな」

嘘――袴田がシャバに出てきたら、平山とともにタイかフィリピンに連れ出して葬るつもりだった。

一度裏切った人間は、二度、三度と裏切る。

木塚を裏切ったように、いつ、自分のことも裏切らないという保証はない。

そもそも袴田は、木塚を刑務所送りにして桃香を手に入れるための捨て駒だった。

謀反の芽は、育たないうちに摘んでおかなければならない。

「ところでさ、桃香の取りぶんは？　木塚さんは示談金の一割しかくれなかったんだよね」

桃香が訊ねてきた。

「二割でどうだ？」

「三割。じゃなきゃ、吉原さんとこで仕事しないから」

間髪容れずに、桃香が言った。

「思った通り、たいしたガキだ。わかった。三割で手を打とうじゃねえか。だが……」

吉原は言葉を切り、桃香を鋭い眼で見据えた。

「なによ?」

「万が一裏切ったら、俺の残りの人生を懸けてお前を地獄に叩き落とすってことを忘れるな。そのために刑務所送りになっても構わねえ。だが、覚えておけ。俺が捕まる前に、お前は死ぬほうが楽に思えるほどのひどい制裁を受けてるってことをよ。ま、俺を裏切ったらの話だけどな」

吉原は、険しい形相から一転して、満面に笑みを湛えて言った。

「三割も取りぶんをくれる人を裏切ったりしないから安心して」

桃香も、微笑みを湛えて言った。

「俺も、お前が忠実な犬であるかぎり全力で守ってやるから安心しろ」

嘘ではなかった。

ただし、利益を運んでくるうちは……。

吉原は、ゆっくりと口角を吊り上げた。

## 31

グレイの壁、壁に並ぶスチール書庫、向き合うスチールデスク——見慣れた殺風景な空間に、まさか自分が被疑者として座ることになるとは思ってもみなかった。

「木塚、いつまでそうやってダンマリを決め込むつもりだ⁉　お前が痴漢冤罪ビジネスの首謀者だっていう証拠は揃ってるんだよっ」

対面の席に座る須賀が、赤ら顔をよりいっそう紅潮させて、苛立つ口調で言った。

無理もない。取調室に入って二時間、木塚は一言も口を開かなかった。

黙秘権を行使しているわけではない。ただ、喋りたくないだけの話だ。

いまさら、無罪を主張する気はなかった。悔いがないと言えば、嘘になる。

それは、弁護士バッジを奪われたからでも自由を失ったからでもない。

袴田如きに出し抜かれたという事実が、許せなかった。

袴田にたいしての怒りではない。自分自身にたいしての怒り……頭脳派としての誇りをズタズタに切り裂かれ、これまで築いてきたキャリアを汚されてしまった。

飼い犬に手を咬まれたのなら、まだましだ。袴田は飼い犬にもなれない、ネズミのような男だ。

そう、ネズミにそんな頭はない。背後で吉原が糸を引いていたのは間違いない。

松岡秀太に濡れ衣を着せ、吉原から大金を引っ張ろうとしたのがすべての始まりだった。

自業自得《じごうじとく》ということか？

だが、後悔はなかった。たまたま、今回は自分が負けてしまったというだけの話だ。

「このUSBメモリに記録されている、過去三年間の示談リストに載っている男性の数は四百二十三人。彼らは、十代及び二十代前半の女子にたいしての痴漢の嫌疑をかけられた者ばかりだ」

　須賀の声が、木塚の回想の扉を閉めた。

「それ自体は、珍しいことじゃない。年間、都内で発生する迷惑防止条例違反のうち、いわゆる痴漢は二千件を超えている。その七割以上が、電車内や駅で発生しているんだ。だが、このＵＳＢメモリに入っている四百二十三人に痴漢されたと訴えている女性は、たったの十人。つまり、一人の女性が約四十人以上に痴漢されたと騒いでいる計算になる。おかしいと思わないか？」

　須賀が、証拠品袋に入ったＵＳＢメモリを木塚の鼻先に突きつけつつ言った。

　木塚は、無表情で須賀をみつめた。

「さらに解《げ》せないのは、その四百二十三人の全員に示談の交渉をしたのが『木塚法律事務所』の弁護士……お前だ。しかも、依頼があったわけじゃない。偶然に駅に居合わせたお前が声をかけ、カフェや事務所に連れていき、相談に乗って示談を勧めている。たとえお前が痴漢犯罪専門の弁護士だとしても、こんなに出来過ぎた偶然はありえない」

「しらばっくれてないで、本当のことを言え！」

　須賀の背後の席で調書を取っていた若い刑事が、机に拳を叩きつけて怒鳴りつけてきた。

「なあ、木塚、悪いことは言わん。早く自供して、楽になれ。抵抗しても、お前には万に一つの勝ち目もない。お前が示談を勧めた四百二十三人のうち、三百人以上の痴漢の犯行現場を偶然に居合わせた車内で目撃した袴田という男が、このＵＳＢメモリを持って自首してきたんだからな。お前は初犯だから、素直に罪を認めて模範囚を務めれば数年で出所できるだろう。弁護士だけが人生じゃない。心を入れ替えて、一からやり直すんだ」

須賀が木塚の瞳をみつめ、熱っぽい口調で訴えた。

不意に、笑いが込み上げた。

「なんだ？　なにがおかしいんだ？」

須賀が、眉を顰めて訊ねてきた。

「心を入れ替えるって、どの口が言ってるんですか？」

木塚は、蔑んだ眼を須賀に向けつつ質問を返した。

「お前っ、我々を馬鹿にして……」

「いいから！」

憤慨する若い刑事を、須賀が鋭く制した。

「それは、どういう意味かな？」

改めて、須賀が訊ねてきた。

「あなた達、女子高生が痴漢したと言って男性を連れてきたら、端から疑ってろくな取り調べもせず検察に送るでしょう？　私に冤罪がどうのこうの言える資格があるんですか？」

無意識に、口が動いていた。

「なんだと⁉」

須賀の血相が変わった。

「妻と二人で洋食屋を営んでいた真面目な男が、ある朝、友人の家に向かうために電車に乗りました。男は女子高生に痴漢と間違われ、次の駅で降ろされて事務室に連れていかれました。私は彼女のお尻なんて触っていません。男は、駅員に無実を訴えました。嘘です。このおじさん、私のお尻を触ったり、下着の中に手を入れてきました。女子高生の言葉を鵜呑みにした駅員は、男の訴えを無視して警察に通報しました」

「おい、木塚、なにを言ってるんだ？」

須賀が、怪訝な顔でなにかを言っていた。まったく、木塚には聞こえなかった。

「私は彼女のお尻なんて触っていません。警察に連行された男は、取り調べる刑事に駅員に言ったのと同じ言葉を口にしました。嘘を吐け。彼女は、お前にお尻を触られて下着に手を入れられたと言ってるんだよ！　刑事も、女子高生の言いぶんだけを一方的に信じて、端から男を痴漢だと決めつけました。信じてくださいっ。そのとき近くにいた乗客ならわかるはずですっ。私は両手で吊革に摑まっていましたから、彼女のお尻を触ったり下着に手を入れることは不可能ですっ。男は、懸命に訴えました。嘘を吐き続けると、送検されてから最終的に裁判になる。いいのか？　そんなことになったら、家族や職場の人達にバレてしまうぞ？　素直に罪を認めて被害者側と示談にすればすぐに帰れるし、家族や職場の人間にバレることはない。刑事は男を脅し、示談を勧めてきました」

「お前っ、いい加減にしろ！　さっきから、わけのわからないことばかり……」

立ち上がり、険しい形相でなにかを言う若い刑事を、須賀が遮って座らせた。

「私は痴漢なんてしていないのに、どうして罪を認めなければならないんですか⁉　絶対に示談なんてしませんっ。男は、無実を訴え続けました。嘘を吐くな！　お前に触られたと、少女が言ってるんだよ！　刑事は、男の言いぶんを全否定しました。結局、一年に及ぶ裁判で男は有罪を言い渡されました。男はすぐに控訴しました。でも、どれだけ無実を叫んでも、一審で有罪判決が出たこともあり、世間は完全に男を痴漢だと決めつけました。エロジジイ！　痴漢店主！　ロリコン変態！　裁判の影響で閑古鳥が鳴く男の洋食屋のガラス扉やメニューウインドウは誹謗中傷の落書きで埋め尽くされ、日に数十本の悪戯電話がかかってきました。主人不在の男の妻はパートのかけ持ちをしながら、幼い息子を育てていました。男の妻は連日の誹謗中傷と世間の好奇の視線に身も心も衰弱《すいじゃく》していましたが、それでも、夫の無実を信じて気丈に息子のために昼夜《ちゅうや》働き続けました。ですが、第二審でも敗訴した男は、拘置所内で自殺しました。夫の訃報を受けた妻は精神を病み、二歳の息子を施設の前に置き去りにして、自宅で首を吊りました」

それまで訝しげな顔をしていた須賀が、息を呑んだ。

「その後、男と同じ電車に乗っていたという女性が名乗りを上げました。そして、マスコミの取材にこう答えました。自殺した男性は、女子高生が『痴漢！』と叫ぶまでの間、両手で吊革に摑まっていました……とね。マスコミはこぞって冤罪を叫び、男を逮捕した警察と有罪判決を下した裁判官に対し、非難の声が上がりました。ですが、警察も検察も、過ちを認めるどころか、夫婦に線香一つあげなかったそうです」

木塚は、魂が抜けたように無感情に語った。

いや、ようにではなく、真実を知ったあの日を境に魂が抜け落ち、感情を喪失した。

「お前、なにが言いたいんだ？　まさか警察批判をしているわけじゃないだろうな？」

須賀が、押し殺した声で言った。

「いいえ。刑事さん達には、痴漢冤罪についてもっともらしいことを言う資格はないと教えているだけです。少女の言うことを疑いもせずに一方的に信じ、罪なき人間の人生を滅茶苦茶にし、死に追い込んだんですからね」

木塚は、無機質な瞳で須賀を見据えた。

「貴様っ……」

「おい、木塚、よく聞けよ」

熱り立つ若い刑事をふたたび制し、須賀が木塚に顔を近づけてきた。

「お前、冤罪冤罪言ってるが、その根拠は目撃者の女の証言だけだろう？　記憶違いということも、十分にありうる。なにせ、事件から一年以上経ってから名乗り出てきたわけだからな。人の記憶なんて、曖昧なものだ。お前、一週間前の夕飯、なにを食ったか覚えてないだろう?」

「そう、その言い草ですよ。痴漢の濡れ衣を着せられた男は、取調室に足を踏み入れたら最後、有罪になるしか道は残されてないんですよ。あなたがた警察にとっては、被疑者がどうなろうが関係ないんでしょう?」

「おい、そのへんにしておけ。これ以上の侮辱は許さんぞ!」

須賀の眼尻が吊り上がった。

「警察が弱者を守らないなら、私が守ろうと思い、弁護士になりました」

木塚は、須賀の警告を無視して喋り続けた。

「ん? それは、どういう意味だ? お前、もしかして、いまの話……」

須賀が言葉を切り、木塚の顔をまじまじと見た。


——弁護士になって、私をイジめる悪い人達をやっつけてね。約束だよ?

弁護士を目指して上京する日の朝——新幹線のホームで、涙を堪えて懸命に笑顔を作る八歳の葉月が小指を立てた。

――ああ、立派な弁護士になって、葉月をイジめる悪い奴らを全員退治してやるよ。

養父の娘――妹同然の葉月のためにも、木塚は立派な弁護士になることを誓った。

誓いは、脆《もろ》くも崩れ去った。

発言力を持つ弁護士になるためには、法廷に立ち、勝訴を重ねる必要があった。

弁護士になって気づいたことは、法廷は正義が勝つ場ではないということだった。

勝った者が正義――法治《ほうち》国家では、判決がすべてだ。

人脈と資金力の豊富な弁護士が、勝利に最も近い位置にいることを木塚は悟った。

木塚は「正義」になるために……「善」になるために「悪」に魂を売った。

地位のある依頼人なら、黒も白にした。

金のある依頼人なら、黒も白にした。

木塚が力をつける裏で、多くの真実が闇に葬られた。

――お兄ちゃん、元気にしてる？　葉月はもう高校二年生だよ。ちゃんと、覚えてる？

地元の駅前のカフェが、月に一回、兄妹が会う場所だった。

――年寄りじゃないんだから、覚えてるに決まってるだろう？

昔と変わらない兄として、木塚は接した。

――もう、三十一になるんだっけ？　おっさんだよ。

昔と変わらない妹として、葉月は屈託のない笑顔で笑った。

――まったく、相変わらずの減らず口だな。

――お兄ちゃん譲りですぅ。

――俺譲りだったら、もっといい女になってるはずだけどな。

――ほら！　そういうところが減らず口だって言ってるの。

小鼻の上に小皺を寄せる葉月のコケティッシュな表情も、二人の漫才のようなやり取りも、昔のままだった。違うのは……昔と変わったのは、葉月以外の人間に接するときの木塚の言動だった。

——でもさ、お兄ちゃん、立派になったよ。スーツなんかもパリっとしてさ。悪い人をやっつける立派な弁護士になるって、葉月との約束を守ってくれたんだね。

嬉しそうに言う葉月の笑顔に、胸が痛んだ。

信頼しきった曇りなき瞳にみつめられるのが、つらかった。

その当時、木塚はたしかに弁護士として実績を上げていた。

金のある人間の依頼しか受けず、金のない人間の依頼は冷たくあしらった。

依頼人が詐欺を働いているとわかっても、全力で弁護した。

依頼人のせいで会社が潰れて家族と路頭に迷っている被害者がいるとわかっても、全力で弁護した。

金を得るために、木塚は人間性を捨てた。

権力を得るために、木塚は罪悪感を捨てた。

愛する者を守れぬ無力な敗者にならないために、無力な人間を守ることはやめた。

罪悪感に背を向けるたびに、木塚は弁護士として出世した。

弁護士として手に入れるものが多くなるほどに、人間として多くのものを失った。

――立派じゃないさ……東京だと、みんな、こんな感じだよ。

木塚は、曖昧な笑みを返すのが精一杯だった。

葉月と向き合っているときだけは、胸が痛んだ。

汚れ切った兄を昔のままの正義感に燃える兄と信じてみつめる葉月の瞳に、葬ったはずの罪悪感が心に爪を立てた。


――弱い者イジめをする悪い人達を、バンバンやっつけてね！　お兄ちゃんは、葉月の自慢の正義の味方だからさ。


無邪気な葉月の笑顔が、昨日のことのように木塚の脳裏に鮮明に蘇った。

「自殺した夫婦の話、もしかして、お前の両親の話だったのか？」

須賀の訊ねてくる声が、木塚を現実に引き戻した。

「両親は、私に教えてくれました。正義なんて、弱者の幻想だということを。真実なんて、勝者の前では無力だということを。正義と真実は、金と力のある人間だけが使っていい言葉だということを」

無表情に須賀を見据えつつ、木塚は抑揚のない口調で言った。

「なるほど。自殺した両親のために弁護士になったものの、皮肉にも両親を自殺に追い込んだ側の人間と同類になったってわけか」

須賀が、憐れみを宿す瞳で木塚をみつめた。

「さあ、どうでしょうね」

木塚は、他人事のように須賀の言葉を受け流した。

自分のやってきたことに、悔いはなかった。

勝者と敗者——この世の中には二種類の人間しかいない。

哀れな敗者にならないためには、どんな手段を使ってでも勝つしかなかった。

だが、万が一、悔いがあるとすれば……。

木塚は、脳裏に蘇りそうになる葉月の顔を打ち消した。

「だが、その話が本当だったとしても、情状酌量にはならないぞ。父親が非業の死を遂げたからといって、お前が多くの人間を騙してきたことの免罪符《めんざいふ》にはならない」

須賀が、突き放すように言った。

「それに、さっきも言ったように、お前の父親の嫌疑が冤罪だと証言しているのは、事件から一年以上経って名乗り出てきた女だけだ。そんな得体の知れない目撃者の証言より、尻を触られ下着に手を入れられたという無力な女子高生の証言を信用するに決まってるだろう？　悪いが俺は、お前の父親は痴漢冤罪の犠牲者だとは思っていない。お前の父親は、若い肉体を前にして欲情したんだろうよ」

須賀が、ヤニに黄ばんだ歯を剝き出しに、卑しく笑った。

「やはり、間違ってなかったようです」

木塚は、須賀を直視しながら言った。

「なにが？」

「あなた達みたいなクズでゲスな刑事がいるから、私の仕事……痴漢冤罪ビジネスが成り立ったんです。ありがとうございます。痴漢を仕立て上げる片棒を担いでくださって。あなた達みたいな、頭ごなしに決めつけて無実の人間を犯罪者にする刑事や検事が作ってきた過去の冤罪が、カモを示談させるのに役に立ちましたから」

「な、なんだと。お前っ、警察を侮辱するつもりか⁉　自分がやったことを正当化しようと……」

「刑事さん達……いや、警察も検察も法廷も、私の共犯ですよ」

須賀を遮り、木塚は冷笑を浮かべた。


――ごめんな。

木塚は眼を閉じ、心で詫びた。

漆黒に浮かぶ葉月が、哀しげな眼で木塚をみつめていた。

## 32

新宿西口の純喫茶「ボア」の、古めかしい革ソファ――刑事が提示した警察手帳を覗き込んだ三十代と思しきサラリーマンふうの男が、蒼白な顔で絶句した。

「刑事さん……ですか？」

コーヒーカップを持つ手が震えていた。

「ああ、そうだ。妹に、なんてことしてくれたんだ」

誠也扮する偽刑事が、レンズの奥から男を睨みつけた。

角刈りふうにした短髪、二十キロ増量して手に入れたビール腹、時代錯誤《さくご》のダブルスーツ――誠也は、新しい任務のために別人と見紛《みまご》うほどに変貌していた。

実年齢の二十五よりも、十は上に見えた。

「いや、だから……僕は痴漢なんて、やってないですって。信じてくださいよ……」

男が、半泣き顔で訴えた。

「おじさんっ、静香《しずか》のお尻触ったじゃないですか！」

黒髪ツインテールのセーラー服の少女――桃香が涙声で叫んだ。

誠也、桃香、男が座る隣のテーブル――吉原は、スマートフォンをイジるふりをしながら、三人の会話に耳を傾けていた。

「ちょっ、君っ、声が大きいよ」

男が唇に人差し指を立てて、桃香を制した。周囲の客の好奇の視線が、男に集まった。

「長嶋《ながしま》さん……だったよね？　俺は刑事だから痴漢で捕まった奴をたくさんみてきたけど、彼らの行く末は悲惨だぞ。痴漢っていうのは、一度疑われたら最後、罪を認めなければ必ず裁判まで行ってしまう。どんなに否定しても、とりあえずは法廷で証言してくれって話だ。まあ、長嶋さんが裁判で戦うっていうのなら、否定し続けても構わないけどな」

誠也は男――長嶋の名刺に視線を落としつつ言った。

「裁判なんかになったら、職場を解雇されてしまいますよ……」

長嶋が、蚊の鳴くような声で言った。

「よくわかってるじゃないか？　裁判になった時点で長嶋さんの負けだ。有罪率は九九・九％、つまり、長嶋さんが無罪になる確率は〇・一％しかない。最高裁まで争ったとして、短くても二年か三年はゆうにかかってしまう。社員が痴漢の嫌疑をかけられて係争中だなんてことになれば社会的イメージも悪いし、会社があなたを解雇するのは当然だ。俺としても、妹の言葉に嘘はないと信じている。だから、あんたが罪を認めないかぎり、俺は警察に連行するつもりだ」

誠也が、怒りを押し殺した声で言った。

痴漢された妹の兄にして、現役の刑事役——誠也は、なかなかの役者だった。

さすがは、元ナンバーワンのホストだけのことはある。

騙して金を引っ張るのは、女も男も同じだということか。

「やってもいない罪を認めたら、逮捕されちゃうじゃないですか？」

「罪を認めて、きちんと妹に誠意を見せたなら、今回だけは特別に許してやってもいい」

いよいよ、誠也が仕上げにかかった。吉原はラークをくわえ、聴覚に意識を集中させた。

「本当ですか⁉」

長嶋が、身を乗り出した。

「ああ。だが、罪を認めたっていう誠意を見せたらの話だ」

「誠意……具体的に、どうすればいいんですか？」

吉原は、唇の端を吊り上げた。カモがこのセリフを言えば、九割は落ちたも同然だ。

あとは、カモにいくら払える体力があるかが問題だ。

示談に持ち込めたところで、金がなければ話にならない。

もちろん、木塚の時代からカモの懐具合を見抜く訓練を受けていた桃香が、貧乏ガモを捕まえることはない。

吉原は、長嶋の身なりに視線を巡らせた。

スーツはオーダーメイドではないが、全体的なフォルム、襟の形、ボタンの感じから、三着いくらの安物ではないに違いない。

靴も光沢具合から合成皮革の安物でないのがわかる。

腕時計のベルトは靴と同様に合成皮革ではなく、それなりの品だろう。

隣の椅子に置かれた書類鞄は、イタリアのＦＵＲＬＡ《フルラ》だ。ハイブランドではないが女性に人気があり、長嶋の持っているタイプは四、五万はする。

うまくいけば、銀行マンか証券マンの線は望める。

貯金は二、三百万程度だろうが、金融関係や親兄弟に借金させれば五百は引っ張れる。

吉原は、誠也に「５００」と打ったメールを送信した。

誠也が、テーブルの下でさりげなくスマートフォンに視線を落とした。

「罪を認めて被害者に謝罪の意を示すのは示談金だ。示談することによって、晴れて長嶋さんの罪は許されるというわけだ」

「示談金のお話は私も聞いたことありますが……さきほどから言ってますように、妹さんに痴漢なんてしていません。お願いですから、信じてください」

長嶋が、悲痛な顔で訴えた。

「お兄ちゃんっ、この人全然反省してないから逮捕して！　私、許せないっ」

「ほら、せっかく俺が穏便に済ませてやろうとしたのに、妹を怒らせてしまったな。そんなに、刑務所に入りたいのか？」

「い、いいえっ、とんでもない！　ただ、私は本当に痴漢なんかしていないので、罪を認めて示談するということに抵抗があると言っているだけです」

「だったら、塀の中で何年も無罪を訴えてろ。裁判が終わる頃には会社もクビになって、奥さんも離婚届に判を押しているだろうよ」

「そんな……」

誠也が突き放すと、長嶋の顔から血の気が引いた。

新体制になって半年で騙したカモは四十五人、騙し取った示談金は一億三千五百万。

被害者役は桃香のほかに五人いたが、刑事役は誠也一人だった。

刑事役は複数いたほうが効率よく稼げるが、そのぶんリスクも高くなる。

下手を打って警察に捕まってしまえば、一発で終わりだ。

儲けは少なくても、最も信頼を置いている誠也だけに刑事役を任せることにしたのだ。

——木塚さんのときみたいにさ、弁護士役にすればいいじゃん？　なんで、刑事なの？

新体制の打ち合わせをしているとき、桃香が怪訝な表情で質問してきた。

——木塚は本当の弁護士だが、誠也は違う。

——刑事でもないじゃん。

——一般人は、刑事って信じ込ませるだけで萎縮して従順になるもんだ。それに今回は、被害者の兄貴役って設定も加わるから、相手にとっちゃなおさらだ。

——だったら、ヤクザを演じたほうがビビるんじゃない？

——馬鹿。いまの時代ヤクザなんか、すぐにパクられるだろうが。

吉原が吐き捨てると、桃香が下唇を突き出して肩を竦めた。

——たしかに、それは言えるっすね。でも、木塚は本物だから弁護士会に問い合わせても大丈夫っすけど、俺の場合は偽もんだから、警察に問い合わせられたら、すぐにバレるっすよ？

誠也が疑問を口にすると、桃香が大きく頷いた。

——その心配はいらねえ。精巧にできた偽の警察手帳さえ見せれば、警察に問い合わせて本物の刑事かどうか確認する奴はいねえ。診療する医師を疑って、病院に本物の医師かどうかをたしかめる患者がいないのと同じだ。絶対とは言えねえが、そんなことをする奴は千人に一人の確率だ。とくに、痴漢の疑惑をかけられて警察とは距離を置きたがっているカモは、自分から虎穴《こけつ》に入ろうとはしねえ。

——さすが、社長！　俺が演じる刑事は、カモを警察に捕まらせないように示談を勧めるわけっすから、わざわざ疑って問い合わせたりするわけないっすよね！

——おじさんが、へたくそな演技をしなきゃね。

茶化すように、桃香が口を挟んだ。

——おいおい、桃香ちゃん、勘弁してくれよ。二十五歳の若者を捕まえて、おじさんはないだろう。

——二十五なんて、もうおっさんじゃん！

——おっさんじゃ……。

——桃香の言う通り、すべてはお前にかかってる。小説の取材とかなんとか適当な理由をつけて、刑事を取材しろ。専門用語、喋りかた、仕草を研究して、任務までに敏腕若手刑事になりきるんだ。

「示談金は……いくら払えばいいんですか？」

長嶋の声が、吉原の記憶の扉を閉めた。

「こういうケースでは、五百が妥当かな」

誠也が、当然のように言った。

「五百って……五百万ですか⁉」

長嶋が、驚きに声を裏返した。

「家庭や会社を失う危機を買い取るんだから、五百万は安い物だと思うけどな」

「それはそうかもしれませんが、そんな大金は持っていません。あの、分割でもいいんですか？」

「示談金は基本的に一括だ。逆に訊くが、いくらなら用意できる？」

「そうですね……二百……どんなに頑張っても三百が限界ですね」

「仕方ない。じゃあ、三百で手を打とう」

誠也が、渋面を作ってみせた。

妥協したふり——誠也は端から、落としどころを三百と決めていたのだろう。

最初に狙いよりも高い金額を提示して、ハードルを上げておいてから一気に下げる。

長嶋にとって三百万という金額を支払うのは、決して低いハードルではない。

だが、最初に五百を要求された後に大幅にディスカウントされたことで、長嶋の中ではハードルが低くなったと錯覚が起きているのだ。

「お兄ちゃん！　勝手に決めないでくれる！」

血相を変えて、桃香が誠也に食ってかかった。

誠也に負けず劣らず、桃香もなかなかの役者ぶりだ。

「私は、示談なんて嫌よ！　この人を警察に突き出してっ。お兄ちゃん、刑事でしょ！」

桃香のこのセリフは、誠也が刑事であるというリアリティを出すために発せられたものだ。同時に、示談を渋っている長嶋の背中を押す目的もあった。

「あのな、お兄ちゃんだって、刑事である前に人間だ。痴漢は許される行為じゃないが、正直、払う代償が大き過ぎる。仕事柄、いろんな犯罪者を見てきたが、傷害や薬物で捕まったほうが、まだ、社会復帰はしやすい。いまだって彼は否定しているが、ほかの犯罪と違うのは、罪を犯していようが犯していまいが、捕まってしまったら周囲の人間もクロだという眼で見てしまうってことなんだ」

誠也は桃香に説明しているふりをして、「痴漢の容疑で警察に捕まったら人生終わりだ」という恐怖を長嶋に植えつけているのだ。

「なんで、この人の味方をするのよ！」

桃香が眼尻を吊り上げ、誠也に詰め寄った。

「そうじゃない。彼も罪を償うために示談にしようとしているんだから、許す気持ちも必要だということを言ってるのさ」

「あの……ですから、私は痴漢をしていませんし、罪を償う必要はありません。ただ、このままだと警察に捕まって裁判になるというから、仕方なく示談を考えただけです」

遠慮がちにだが、長嶋がきっぱりと否定した。

無理もない。やってもいない痴漢の濡れ衣を着せられたのだから。

「あんた、いい加減にしろよっ。そこまで意地を張り通すなら、ウチの署に引き渡してもいいんだぞ⁉ 身内が絡んでいる事件で俺は関われないから、あんたのことは庇えない。厳しい取り調べになるのを、覚悟したほうがいいぞ」

誠也の言葉に、長嶋の顔が強張った。

「そうよ！ こんな痴漢男、刑務所に放り込んで！」

桃香が、ダメ押しをした。

「わかった」

誠也は言うと、スマートフォンを取り出した。

「ちょ……ちょっと、待ってください！」

長嶋が、慌てて誠也の腕を押さえた。

「なんだよ?」

「示談に応じないなんて、言ってないじゃないですか！ ただ、私は、罪を認めることに対して抵抗があると言っているだけです」

「示談にしたことは会社にも奥さんにもバレはしない。百歩譲ってあんたが痴漢していないとしても、俺は示談を勧めるね。どれだけ潔白を主張しても証拠がないかぎり、あんたは送検されて法廷に立つことになる。さっきも言ったが、これまでに俺は勾留された痴漢容疑者達の悲惨な末路を数多く見てきた。誤解を恐れずに言えば、悲惨な末路を辿った者の中には冤罪者もいたことだろう。そんな俺の気持ちも理解しないで、馬鹿の一つ覚えみたいに無実だ無実だって繰り返すだけなら、取調室で言えよ」

できることなら救ってやりたい、という優しさをちらつかせつつも、冷たく突き放す。

誠也は、飴と鞭を使い分けながら長嶋を追い込んだ。我が配下ながら、たいした男だった。

「さあ、行くよ」

誠也は立ち上がり、長嶋を促した。

「え……行くって……どこにですか？」

「警察に決まってるだろう？　さあ、ほら、早く立て」

「あ、いや……ちょっと、待ってください。示談しますっ、しますから！」


――ゲームセット。

吉原は心で呟き、ほくそ笑んだ。

☆

「乾杯！　今回も、楽勝でしたね。一時間で三百万っすからね。ボロい商売っすよ」

誠也がしてやったりの表情で、吉原のシャンパングラスにビールのグラスを触れ合わせた。

五坪ほどのスクエアな空間、U字形に設置された真紅の革ソファ、低く流れるR&BのBGM——「東京ミッドタウン」の裏にある会員制バー「プライバシー」の個室は、最近、吉原がよく密談に使う場所だった。会員制なので店は落ち着いた雰囲気があり、なにより店名通りプライバシーを保てるのが決め手だった。

いまは週刊誌が競い合ってスクープを狙うので、吉原も警戒心を強めていた。

とくに、この痴漢冤罪ビジネスがマスコミに漏れたら一巻の終わりだ。

なので、打ち合わせも吉原以外は、誠也と桃香しか参加させていなかった。

ほかの被害者役の女への指示は、誠也がしていた。

女達には、吉原の存在すら知らせていなかった。

万が一、下手を打って捕まったときも、誠也で止まるようなシステムになっていた。

つまり、摘発されたときに一切の責任を負って刑務所に入るのは誠也だ。

誠也の示談金の取りぶんは、懲役料も含めた四割にしていた。

吉原と同じ取りぶんなので、誠也に不満があるわけがなかった。

もっとも、吉原に心酔している誠也は、取りぶんが二割であろうと罪を背負い、刑務所に行くだろう。そんな忠誠心の厚い配下だからこそ、ケチらずに多くを与えた。

因みに桃香には、木塚のもとで働いていたときの倍となる二割を与えている。

吉原は、木塚を反面教師にしていた。木塚は自分ばかり利益を貪り、桃香や袴田を安く使っていたので、結局は裏切られることになったのだ。

「桃香は何時にくるんだ？」

吉原は、午後八時を回った腕時計に視線を落としつつ、誠也に訊ねた。

「二十分くらい前に家を出たって連絡が入ったので、多分あと十分か十五分で着くと思うっすよ」

風呂に二日入っていないという桃香は、一度実家に戻り、シャワーを浴びてから合流すると言っていた。

「ところで、袴田のおっさん、いま頃どうなってるんすかね？」

思い出したように、誠也が訊ねてきた。

「ジャングルでこき使われてるんじゃねえか」

吉原は、興味なさそうに言った。

――早速、お前に任務を与える。平山をフィリピンのミンダナオ島に連れていけ。

――ミンダナオ島⁉　そんなところに連れていってどうするんだよ⁉

袴田が、怪訝な表情で訊ねた。

――現地に行けば、森林伐採業者の嶋田《しまだ》というブローカーがいる。そいつに平山を引き渡せば、日本円で一千万をくれるから、お前が全額取っていい。俺からの入社祝いだ。

――一千万！　本当にいいのか⁉

袴田が瞳を輝かせた。ゴリラ並みの知能しかない袴田を餌で釣るのは簡単だった。一千万に眼が眩《くら》んだ袴田は、意気揚々と平山を引き連れてフィリピンに飛んだ。自分も奴隷要員だとは知らずに……。

今頃、袴田は平山とともに、ミンダナオのジャングルで奴隷のように働かされていることだろう。ただし、それも運がよければの話だ。

現地の日本人ブローカーには、命の保証はなし、という条件で二人を売っている。ミンダナオ島入りした作業員は、一ヵ月もてばいいほうらしい。

マラリア、狂犬病が、ミンダナオ島の作業員の命を奪う二大感染症だという。

不衛生な場所で、ろくに食事も摂《と》れずに馬車馬のように働かされる生活環境では免疫力も低下し、感染症に罹る確率が高くなるそうだ。

「袴田のおっさんも、哀れな人っすね」

誠也が感情の籠もらない口調で言うと、オリーブを口に放り込んだ。

「失礼します」

店長が、個室のドアを開けた。

「連れがきました？」

誠也の問いかけに、店長が顔を強張らせた。不意に、吉原の胸に不吉な予感が広がった。

「『アカデミアプロ』代表の吉原聖だな？」

店長の背後から現われた、スーツ姿の眼つきの鋭い四十代と思しき男が、吉原に訊ねてきた。男の背後には、首が太く、肩幅が広いスーツ姿の若い男が四人いた。

「誰だっ、あんたら!?」

誠也が立ち上がり、血相を変えて五人に詰め寄った。

「警視庁組織犯罪対策部組織犯罪対策第五課の者だ」

リーダー格の中年男が、警察手帳を誠也と吉原に見えるように掲げた。

「警察が、なんの用だ？」

腰を上げた吉原は誠也の前に歩み出て、中年刑事に訊ねた。

「『アカデミアプロ』の社長室から、末端価格七百万相当の百グラムの覚醒剤が発見された。覚醒剤取締法違反の容疑で、あんたを逮捕する」

中年刑事が得意げな顔で、逮捕状を吉原の鼻先に突きつけた。

「百グラムの覚醒剤だと⁉　そんなもん知らねえよ！」

吉原は、中年刑事を睨みつけながら吐き捨てた。

嘘ではなかった。人を殺《あや》めたことはあっても、薬物にだけは誓って手を出していない。

なにがどうなっているのか、まったく、わけがわからなかった。

「詳しい話は、署で聞こうか？」

「触るんじゃねえ！　くそデカが！」

腕を取ろうとした中年刑事の手を振り払い、吉原は罵声を浴びせた。

「逮捕状があるんだ。おとなしく従ったほうがいいぞ」

中年刑事が、押し殺した声で言った。

「なにが逮捕状だ！　そもそも、なんでウチの事務所にガサなんか入れてんだ⁉」

「匿名の通報があったのさ。『アカデミアプロ』の社長は覚醒剤の売人だと、社長室に大量の覚醒剤を隠しているとな」

「はぁ⁉　誰が売人だ⁉　ふざけんじゃねえぞっ。そんなでたらめを信じて、俺を逮捕しようってのか⁉」

「でたらめじゃない。社長室内のトイレから覚醒剤を押収した。予備の十二ロール入りのトイレットペーパーの芯の空洞に隠すなんて常習犯だな」

「トイレットペーパーだと⁉」

身に覚えのないことばかりをつきつけられ、吉原は混乱した。

「そうだ。ブツが出てきた以上、身に覚えがないは通用しない。反論があるなら、取調室でするんだな」

「これは、誰かの罠だっ。おい、通報者の名前を教えろ！」

吉原は、中年刑事に詰め寄った。

「それはできない」

「ふざけやがって……いくつくらいの男だ⁉　それくらいは教えてもいいだろうが！」

「何度言われても、教えられないものは教えられない。それに、通報者が男とは言ってないぞ」

中年刑事の意味深な物言いに、吉原の頭にある人物の顔が浮かんだ。

「お前……俺がここにいると誰から聞いた？」

吉原の問いに、瞬間、まずい、というような顔を中年刑事がしたのを見逃さなかった。

吉原はスマートフォンを取り出し、リダイヤル番号をタップした。

『オカケニナッタデンワハ　デンゲンガハイッテイナイカ　デンパノトドカナイバショニアルタメ　カカリマセン……』

「出ろっ」

吐き捨てて電話を切ると、リダイヤル番号を指で叩きつけるようにタップした。

『オカケニナッタデンワハ　デンゲンガハイッテイナイカ　デンパノトドカナイバショニアルタメ　カカリマセン……』

吉原は、電話を切ってリダイヤル番号をタップすることを繰り返した。

五度とも、不愛想な録音音声が流れるだけだった。

「なんで出ねえ！」

今度は別の番号を呼び出し、通話ボタンをタップした。

『斎藤でございます』

三度目のコール音を、上品そうな中年女性の声が遮った。

「娘を出せっ」

名乗りもせずに、吉原は中年女性に言った。

『あの……失礼ですが、どちら様でしょうか？』

「いいから、娘を出せって言ってんだよ！」

苛立ちと焦燥感に、吉原は中年女性に怒声を浴びせた。

『なんですか⁉　あなたは⁉　娘は、一週間ほど帰ってませんっ。私のほうが、居場所を知りたいくらいです！』

中年女性の声が、鼓膜からフェードアウトした。

胸騒ぎが物凄い勢いで膨張し、吉原の脳内を支配した。

「社長……どうしたんすか？　いま、どこにかけたんすか？」

誠也が心配そうな顔で、なにかを言っていた。

聞こえない……なにも聞こえない。

「連行しろ」

中年刑事がなにかを言っていた。

聞こえない……なにも聞こえない。

四人の若い刑事が吉原を取り囲み、手錠を嵌めた。

「まさか、この俺が……」

誰かの声が、遠くから聞こえた。

吉原の煮え滾《たぎ》る脳内で、疑念が確信に変わった。

「くそったれがー！」

手錠で拘束された両腕を振り上げ、勢いよく振り下ろした——派手な衝撃音とともに、スマートフォンが床で砕け散った。

――終わったと思うな。これからが、始まりだ。

吉原は、四人の刑事達に個室から引き摺り出されつつ、新たなる敵に復讐を誓った。

# エピローグ

「僕は……痴漢なんてやってない！」

新宿駅の山手線のホーム──生白い顔を紅潮させて、サラリーマンふうの男が訴えた。

少女は、男が逃げないようにスーツの裾をしっかり摑んでいた。

「おじさん、恵梨香《えりか》のお尻、触ったじゃない！」

少女の横──恵梨香の大声に、乗降客の視線が集まった。

「なにかの間違いだって！　僕は本当に……」

「だったら、警察で話そうよ！」

恵梨香が、男を遮って言った。

「ああ、いいよ。僕は、痴漢なんてやってないんだから！」

男が、強気な言葉を返してきた。

十人中、五、六人のカモは男と同じ言葉を口にする。

一度警察が介入してしまえば、たとえ無罪であっても痴漢の容疑を晴らすのはほぼ不可能だという事実は──取調室でも法廷でも、圧倒的に被害者女性の発言が有利だという事実は、まだ、一般的には浸透していない証だ。

「警察に行ったら、おじさん、痴漢の犯人にされてしまいますよ」

少女は、絶妙のタイミングで口を挟んだ。

「どうして、君がそんなことを知ってるんだ？　だいたい君は何なんだ。早くその手を離せよ」

男が、怪訝な顔を少女に向けた。

「私の兄が、痴漢冤罪事件を扱う弁護士なんです。痴漢の容疑で警察に行った男の人は、犯罪を認めて示談に応じないかぎり、とにかく検察に送検されて裁判になるって言ってました。兄の話では、裁判になったら九九・九％は有罪になるそうです」

少女は感情を込めずに、淡々とした口調で言った。

「そんな馬鹿な！　君だって、僕が彼女のお尻を触ったのを見たわけじゃないんだろう⁉」

「触っているところも見ていませんが、触っていないところも見ていません。私は、彼女の悲鳴を聞いておじさんを捕まえただけですから。ただ、一つだけ言えるのは、警察に行ったらおじさんに勝ち目はないということです」

抑揚のない口調で言うと、少女は男をみつめた。

不規則に動く黒眼、額に噴き出す玉の汗、乾いた唇、生唾を飲み込むたびに動く喉仏……男の口から出てくる次の言葉は、少女には予測できていた。

「じゃあ、僕は、どうすればいいんだ⁉」

予測通りの言葉を、男は口にした。

「とりあえず、兄を紹介します。個人的に頼みますから、相談料は要りません。どうしますか？」

少女は、どちらでもいいというような態度で、男に訊ねた。

気持ちが先走るとカモに伝わり、疑念が生まれてしまう。

「本当に、ただでいいの？」

「はい。示談に応じるとなれば示談金はかかりますが、相談は無料にさせます。無実なのに刑務所に入るのは嫌でしょう？」

「もちろんだよ！　じゃあ、悪いけど頼むよ」

「いま、電話しますね」

少女は男のスーツの裾を摑んだまま、スマートフォンを取り出した。

履歴のページの最上段の番号をタップした。

『捕獲したか？』

電話に出るなり、受話口から宮根の声が流れてきた。

「あ、お兄ちゃん？　いまね、電車に乗ってたら偶然、痴漢されたって言ってる女のコがいたから、とりあえず話を聞いてたの」

『ハンターは恵梨香だろ？　今月五人目だな。以前のお前を超える勢いじゃないか？』

茶化すように、宮根が言った。

「うん、うん、男の人もここにいるよ。痴漢してないって言ってるからさ、お兄ちゃん、話を聞いてあげてくれない？　もし本当にやってなかったら、警察に行ったら捕まっちゃうし、かわいそうじゃん」

少女は、宮根の軽口を無視してシナリオ通りに進めた。

『それにしても、お前、まだ、十九だろ？　協力しなきゃ百グラムの覚醒剤のこと警察にバラしますよ、ってお前に脅されてから一年のつき合いになるけどさ、ほんと、敵に回したくない女だよ。あの吉原をさ……』

「ありがとう！　じゃあ、新宿の駅の構内のカフェに入ってるから。どのくらいでこられる？　え⁉　お兄ちゃんも新宿なんだ！　超ラッキー！　ん？　『バーニーズ』？　知ってるよ。東口の改札出たとこにあるカフェでしょ？　うん、わかった、すぐ向かう！」

少女は宮根を遮って一方的に独り芝居を続け、電話を切った。

「相談に乗ってくれるって？」

男が、不安そうに訊ねてきた。

「なんとか警察沙汰にならないように考えるから、まずは話を聞きたいそうです」

「あんた、勝手に決めないでよ！　私、示談なんて嫌だから！　この痴漢、警察に突き出してよ！」

恵梨香が眼に涙を浮かべて、激しい口調で少女に食ってかかってきた。

宮根の言う通り、名役者の恵梨香は少女の後継者候補ナンバーワンだ。

「お兄ちゃんの話が納得できなかったら、警察に行きましょう」

少女は男に見えないように恵梨香に微笑んでウインクすると、ホームの階段に向かって足を踏み出した。

本書は、平成二十九年十一月に四六判単行本として刊行された同名の作品に、著者が文庫化に際し加筆・修正したものです。また本書はフィクションであり、登場する人物、および団体名は、実在するものといっさい関係ありません。

痴漢冤罪

一〇〇字書評

切り取り線

| 購買動機（新聞、雑誌名を記入するか、あるいは○をつけてください） | |
|---|---|
| □（　　　　　　　　）の広告を見て | |
| □（　　　　　　　　）の書評を見て | |
| □ 知人のすすめで | □ タイトルに惹かれて |
| □ カバーが良かったから | □ 内容が面白そうだから |
| □ 好きな作家だから | □ 好きな分野の本だから |

・最近、最も感銘を受けた作品名をお書き下さい

・あなたのお好きな作家名をお書き下さい

・その他、ご要望がありましたらお書き下さい

| | | | | | |
|---|---|---|---|---|---|
| 住所 | 〒 | | | | |
| 氏名 | | 職業 | | 年齢 | |
| Eメール | ※携帯には配信できません | 新刊情報等のメール配信を 希望する・しない | | | |

この本の感想を、編集部までお寄せいただけたらありがたく存じます。今後の企画の参考にさせていただきます。Eメールでも結構です。

いただいた「一〇〇字書評」は、新聞・雑誌等に紹介させていただくことがあります。その場合はお礼として特製図書カードを差し上げます。

前ページの原稿用紙に書評をお書きの上、切り取り、左記までお送り下さい。宛先の住所は不要です。

なお、ご記入いただいたお名前、ご住所等は、書評紹介の事前了解、謝礼のお届けのためだけに利用し、そのほかの目的のために利用することはありません。

〒一〇一―八七〇一
祥伝社文庫編集長　坂口芳和
電話　〇三（三二六五）二〇八〇

祥伝社ホームページの「ブックレビュー」からも、書き込めます。
www.shodensha.co.jp/bookreview

祥伝社文庫

痴漢冤罪《ちかんえんざい》

令和 2 年11月20日　初版第 1 刷発行

著　者　新堂冬樹《しんどうふゆき》
発行者　辻　浩明
発行所　祥伝社《しょうでんしゃ》
東京都千代田区神田神保町 3-3
〒101-8701
電話　03（3265）2081（販売部）
電話　03（3265）2080（編集部）
電話　03（3265）3622（業務部）
www.shodensha.co.jp

印刷所　萩原印刷
製本所　積信堂
カバーフォーマットデザイン　芥 陽子



Printed in Japan ©2020, Fuyuki Shindō　ISBN978-4-396-34686-7 C0193

# 〈祥伝社文庫　今月の新刊〉

**渡辺裕之**
## 怒濤《どとう》の砂漠　傭兵代理店・改
米軍極秘作戦の捜査のため、男たちはアフガンへ。移動途中、軍用機に異常事態が……。

**新堂冬樹**
## 痴漢冤罪《えんざい》
「この人、痴漢です！」手を摑まれたら〝人生終了〟!?　恫喝飛び交う戦慄のサスペンス。

**南　英男**
## 警視庁武装捜査班
火器ぶっぱなし放題！　天下御免の暴力捜査。犯人逮捕のためならなんでもあり！

**大下英治**
## 高倉健の背中
監督・降旗康男に遺した男の立ち姿
高倉健演じる主人公は、なぜ台詞が少ない？　舞台裏や逸話とともに、二人の軌跡を辿る。

**向谷匡史**
## 任侠《にんきょう》駆け込み寺
つらいときには御仏にすがればいい。アツい坊主が世知辛い事件や悩みを一刀両断！

**五十嵐佳子**
## 結びの甘芋　読売屋お吉甘味帖
子育てや商い、自らの役目を終えながらも誰かのために働く女性達を描く。傑作時代小説。

**尾崎　章**
## 竹馬の契《ちぎ》り　替え玉屋　慎三
奇手奇策、剣と騙りで無体な役人を撃退できるか。〝替え玉屋〟一味が因縁の敵を追う！

**辻堂　魁**
## 女房を娶《めと》らば　花川戸町自身番日記
愚かと言われても、夫を想う気持ちは一所懸命――。三者三様の夫婦の絆を描く。